CONTENTS

앨리스

카미조 앞에 나타난 미아 소녀

"후냐아? 소녀는 앨리스인데욧???"

Designed by **Hirokazu Watanabe** (2725 Inc.)

창약

어떤 마술의 금서목록
INDEX

5

카마치 카즈마 지음
하이무라 키요타카 일러스트
김소연 옮김

서장 그림책의 나라에서 온
Girl_Name_is_"ALICE."

비록 잔금 1580엔이라도, ATM이 연말연시라 멈춰 있어도, 그래도 또 해는 뜬다.

12월 29일 아침이 찾아왔다.

"우욱…."

신음하는 삐죽삐죽 머리, 카미조 토우마는 조립식 욕실의 욕조 안에서 눈을 떴다. 까놓고 말해서 최근에는 아침이 오는 것이 두려웠다. 아침이 온다는 것은 하루가 시작되는 것이고, 하루가 시작된다는 것은 의식주에 일일이 돈이 드는 것이다. 슬슬 진심으로 한계다. 양배추 심에 곁들임용 파슬리, 당근이나 무 껍질도 물론 해 보았다. 생선 머리? 평범하게 가위바위보로 15센티미터의 신이나 굶주린 야수 수녀와 쟁탈전을 벌일 정도로는 사치품이다. 시험할 수 있는 방법을 시험할 수 있는 만큼 시험해 보아도. ATM이 다시 숨을 쉬는 내년 1월 4일까지 버틸 수 있으리라고는 생각되지 않는다. 그리고 은행이 전부 멈춘다는 것은 세뱃돈이라는 이름의 시즌 구제 이벤트에도 의지할 수 없다는 뜻이다.

담요를 뒤집어쓰고 별생각 없이 천장을 향해 누워 있는 이 자세조차, 죽어서 움직이지 않게 된 벌레를 저도 모르게 연상해 버릴 정도로 배가 고프다.

(후키요세가 돌려준 삼색 고양이 녀석은 고정 사료가 한동안 있다지만, 문제는 나와 인덱스와 오티누스 몫이지…. 진짜로, 이대로 가다간 코모에 선생님의 보충 수업 때 나오는 과자에 의지하는 연말연시가 될 것 같은데.)

어쨌든.

무엇을 어떻게 한탄하든 이 위기를 뛰어넘어야만 한다. 그리고 귀중한 영양 보급원인 츠쿠요미 코모에의 아파트를 놓치면 느릿하던 죽음의 리미트가 갑자기 목을 콱 조여 올지도 모른다. 수업이 없는 겨울방학 때까지 학생을 위해 사적인 여행을 취소하고 시간을 비워 주는 자그마한 선생님이 들으면 아마 진심으로 울음을 터뜨리겠지만, 오늘을 살아남으려면 몇 안 되는 기회를 놓칠 수는 없다.

그러저러해서 좁은 욕조에서 몸을 일으키려고 하는 카미조 토우마.

였지만,

"이게 뭐지…?"

뭔가 달콤한 냄새가 난다. 위험해, 하고 카미조는 생각한다. 설마 모르는 사이에 비누나 샴푸 향기가 맛있을 것 같다고 착각할 정도로 쇠약해졌나? 가난이 웃을 수 없게 되어 가고 있는 영역에 돌입했다.

"이, 인덱스는 어떻게 됐지? 오티누스는……? 설마 모두 전멸인가!"

갑자기 불안이 덮쳐 왔지만, 큰 소리를 낼 수는 없었다. 체력이나 기력의 문제라기보다는 소리를 질러 버리면 무언가가 확정될 것 같아서 무서웠던 것이다. 만일 무기질적인 욕조 바닥에서 소리를 질러도 폐허처럼 대답이 없다면? 친한 소녀들도 이대로는 끝나지 않는다. 목소리가 닿지 않으면 삐죽삐죽 머리도 계속 이대로다. 평소 더부살이를 데리고 있어도 전혀 문제가 되지 않는 것에서도 알 수 있듯이, 2, 3일 동안 현관 출입이 없었던 정도로 어른들이 문을 부수고 내부를 수색하는 것도 아니다. 즉, 다시 말해서. …최악의 경우, 이대로 모두 함께 겨울방학이 끝났을 때 미라 같은 모습으로 발견될 가능성도, 있을 수 있다…?

"바보냐 너, 그건 아무리 뭐래도 역시 참을 수 없어 그런 3학기가 시작되고 첫 번째 잡담의 소문이 될 수는 없어…!!"

굶주림에 괴로워한다는 전제였을 텐데 카미조의 몸속 깊은 곳에서 무언가 솟아났다. 동시에, 왠지 모르게 이게 마지막 저항일 거라는 이상한 확신이 있다. 어쨌든 일어나, 그리고 욕실 문을 열고 거실로 굴러 들어가. 그러지 않으면 정말로 입이 찢어진 여자나 팔척귀신의 동료로 취급될 거야. 아니, 느낌으로는 바짝 말라비틀어진 승정이나 네프튜스나 그 언저리일까?!

하지만,

"냥☆"

지금, 뭔가.

같은 담요 안에서 이상한 소리가 들린 것 같은…?

아니, 아니다. 달콤한 향기는 목욕용품이 아니다. 명확하게 무언가가 몸 위에 덮여 있다. 엇, 뭐야? 방금 전까지와는 호러의 종류가 다르지 않나? 카미조는 초조해지기 시작했다. '그것'은 같은 욕조에 있다, 담요 속에 있다. 삐죽삐죽 머리는 자신이 잠에서 깬 직후라는 것을 잊고 있었다. 눌어붙을 정도로 고속회전하는 생각을 주체하지 못하면서 머뭇머뭇 담요 끝을 손끝으로 집고, 멈추고, 잠시 망설이고, 무섭다. 무섭지만 역시 안을 들여다보았다.

　모르는 여자아이와 눈이 마주쳤다. 나이는 열두 살 정도.

　"누."

　상대는 아직 졸린 것 같다. 엎드린 채 카미조의 몸 위에 올라와 있는 금발의 소녀는, 놀랄 정도로 얼굴이 가까이 있다. 저도 모르게 두 눈의 핀트가 흐릿해질 정도로 가까운 거리. 긴 금발에 하얀 피부, 보석 같은 푸른 눈동자. 조금 몸을 움직이기만 해도 달콤한 향기가 밖으로 나온다.

　카미조 토우마는 쉰 목소리로 물었다.

　"누구신지…?"

　"후냐아? 소녀는 앨리스인데욧???"

행간 1

초록색으로 빛나는 열대우림 한가운데였다.

이 별에서 매년 천만 헥타르 이상의 숲이 담담히 사라져 가는 가운데, 그래도 불가침으로 되어 있는 초록색 비경의 이야기였다.

그것은 몇 개나 되는 국경에 걸쳐 굽이굽이 흐르는 강의 상류에 있다.

"이게?"

스트로베리 블론드의 긴 머리카락을 몇 개나 납작하게 땋아 묶고, 기분에 따라 옷이 바뀌는 것인지 레오타드와 롱스커트의 진홍색 드레스를 가슴께에서 난잡하게 끌어모은 소녀. 안나 슈프렝겔은 반쯤 어이없어 하면서 그것을 올려다보고 있었다.

근대적인 스타디움, 으로 보인다.

내부의 경기장은 모두 수몰되고, 중앙에는 100미터 규모의 호화 여객선이 떠 있었지만.

"땅에 발을 디뎌서는 안 된다거나, 다른 물과 섞여서는 안 된다거나?"

"의미 같은 건 없어."

중얼거린 것은 보라색 천으로 몸을 감싼 안내인 여성이었다.

뭔가의 장난인지, 바로 옆을 천천히 지나가는 바보 같은 사이즈의 노란색 오리를 보며 어깨를 으쓱하는 것은 아라디아. 루시퍼와

디아나의 딸이며, 육체를 가지고 현세에 내려온 모든 마녀들의 여신. 구체적으로는 열일곱이나 열여덟 살 정도의 은발 소녀. 머리에 뒤집어쓴 바람막이는 발목까지 닿는 거대한 것이고, 덕분에 실루엣은 수녀와 비슷하지만, 실제로는 맨발에 배꼽을 드러내며 맨살을 크게 보여 주는 변칙 비키니 같은 무용수 의상으로도 보일 지경이다.

당연한 일이지만, 배덕적인 것에 의미를 둔 복장이다.

"거점은 하나가 아니면 안 된다는 이유도 특별히 없고. 미국제 드라마에라도 휘둘린 건지, 바로 얼마 전까지 외딴섬에서 형무소를 만들면서 놀고 있었거든? 즉 그 애의 흥미에 맞춰서 이런 형태로 만들었을 뿐이야. 이러다가 엘프의 숲이나 마법 학원 같은 걸 한 번 보고 싶다는 얘기를 꺼낼지도. 우선 그 애한테 스마트폰이나 태블릿은 엄금이야. 너무 위험해."

스타디움에 있는 계단형 관객석에는 수많은 책장이 늘어서 있었지만, 두 사람은 그쪽에는 시서도 던지지 않는다. 걸을 때마다 순금 장식을 방울처럼 울리는 아라디아의 안내로 안나는 관객석의 난간에서 거울 같은 물 위를 산책하듯 걸어가더니, 호화 여객선의 갑판에 맨발을 올려놓는다.

배 안에는 묘한 생활감이 있었다. 이곳에는 생활이 있다. 아라디아는 느긋하게 주방에서 생햄을 집어 먹고 있는 젊은 부인을 가볍게 가리켰다.

"저건 옛날의 좋았던 마리아. 물론 성모 마리아를 말하는 게 아니라 그런 이름을 빌려서 정체를 숨기는 누군가, 인 것 같지만. 하지만 놈의 연금술은 누구에게도 뒤지지 않는 기적을 출력하니까 조심해."

그리고 그대로 손끝을 다른 곳으로 향해, 컬러풀한 플라스틱 목욕 세트를 안고 콧노래를 부르며 욕실로 향하는 뿔과 날개가 달린 미인을 가리키며,

"저쪽은 볼로냐 서큐버스. 저래 봬도 공적인 재판 기록 속에 남은, 당시의 정부 공인 악마다? 어쨌든 1466년 볼로냐 지방에서 어떤 남자가 서큐버스만 모은 창관을 운영한 죄로 유죄 판결을 받았다고 하거든. 이런 농담 같은 죄로 정말 사형이 집행되고 말았지."

"…볼로냐, 라."

"당신도 비슷하지? 말할 것까지도 없이, 나도 그렇고."

보디라인을 요사스럽게 움직이다시피 하며 아라디아는 가만히 한숨을 쉬었다.

"그래서 '이곳'은 책이 메인이지만, 공문서나 보고서, 또는 편지나 서한, 상식을 벗어난 메모 같은 것도 드물지 않아. 책장이나 서랍은 마음대로 써도 되니까, 그쪽에서 자유롭게 자신의 영역을 적당히 정해 줄래? 애당초 2000년쯤 전에 쓰인 낡은 책도, 몇 개의 편지가 나오니까."

안나 슈프렝겔은 씨익 하고 엷게 웃는다.

"편지나 서한, 이라. 후훗."

"통신 교재 텍스트도 좋아. 당신들, 그런 걸 좋아하잖아?"

"나로서는 단순한 지식을 섞어서 담은 것보다 기독교 미술 계열의 유리 장인이 남긴 스테인드글라스의 디자인 책 같은 걸 보면서 즐길 수 있는 게 좋은데. 뛰어난 암호에도 아름다움이 깃드는 법이잖아."

"뭐든 좋아. 신참자의 십자가 따위 애초에 흥미는 없으니까."

장미십자의 중진은 작게 어깨를 으쓱했을 뿐이었다.

마(魔)를 전도하는 자. 그 알기 쉬운 예지의 계단으로서의, 신화나 에피소드의 집적체. 그렇기 때문에 더욱, 아마 '그녀들의 힘'은 영국 청교도가 보유한 마도서 도서관의 기록에서 기묘할 정도로 누락되어 있을 것이다. …예를 들어 「레메게톤」(주1)이나 「법의 서(書)」(주2)를 좇음으로써 웨스트코트나 메이더스가 체계화하고 크로울리가 빼앗은 근대 서양 마술의 의식 순서를 망라할 수는 있어도, 세계 최대의 마술 결사 '황금'을 형성한 멤버 한 사람 한 사람의 생애나 고뇌, 그 끝에 있던 마술 역사상 최악의 투쟁 '브라이스로드의 싸움'의 진실까지 완전기억하지는 못할 테니까.

예를 들어, 이상한 나라의 앨리스, 라는 이야기가 있다.

하지만 이것을 손끝으로 더듬어 어떻게 해석할지는 천차만별이다. 만일 카발라에 대해서 충분한 지식이 있다면 마술을 배우는 사람에게는 필독서가 될 수 있다, 고 단언한 것은 그 파멸적 천재 · 아레이스타 크로울리다.

아라디아도, 볼로냐 서큐버스도 마찬가지다. 과학 측이나 마술 측과 같은 사람 세상의 구조로는 설명할 수 없는 괴물들. 이곳에 있는 전원이 슈프렝겔 양과 동격의 전설을 가지고 있고, 게다가 그 모든 것의 정점에 어떤 존재가 군림하고 있다.

"도시 괴담이지."

납작한 가슴에 그러모은 붉은 드레스를 질질 끌면서, 안나는 반쯤 어이없다는 듯이 중얼거렸다.

주1) 레메게톤: 악마나 정령의 성질, 그들을 사역하는 방법을 기록한 마도서 중 하나. '솔로몬의 작은 열쇠'라고도 한다.
주2) 법의 서: 1904년에 아레이스타 크로울리가 썼다고 하는 텔레마의 근본 성전의 통칭.

바깥에서 문이 잠기는 병실에서 새하얀 벽을 향해 필사적으로 암호를 해독하려고 하는 늙은 박사라도 보는 것 같은, 냉혹한 웃음을 띠며.

"성서는 복잡하게 암호화되어 있어서, 실은 약간 색다르게 읽을 수 있다나. 앨리스는 아직 오리지널이 근대 영어라서 분석이나 재조합이 쉬운 걸까?"

"그러니까 그쪽 얘기에는 흥미 없다니까. 성 비투스? 성 세바스티아누스? 옛 시대의 마녀들을 부정해 놓고 태연한 얼굴로 각지의 전설을 자신의 종교에 집어넣는 놈들한테 뭐가 깃든다는 거야?"

이것에 대해서는 립서비스일 거라고 안나는 해석했다. 아마 아라디아는 입 밖에 내고 있는 것만큼 십자가에 집착하지는 않을 것이다. 그녀는 원래 이런 역할의, '모든 마녀의 옹호자'일 것이 기대되고 있는 것이다. 따라서 실은 유령 비판자가 과학적으로 어쩌고저쩌고하는 것보다 전단계로서 '있으면 곤란한' 영혼의 존재를 인정하지 않는 것과 마찬가지로, 아라디아는 자신의 입장에서 보아 십자가의 힘에 항상 회의적인 시선을 향한다. 그러나 안나의 입장에서 보자면 자신과 대립하는 존재를 완고하게 인정하려고 하지 않는 것은, 그것은 그것대로 비뚤어지고 위험한 것처럼 느껴지기도 하지만. 예를 들어 불의 공포를 전혀 모르는 소방대와 같은.

마녀들의 여신은 별뜻도 없는 말투로,

"이곳에서의 행동은 기본적으로 자유. 나는 당신을 일절 방해하지 않을 거야."

"어머나, 그래?"

"단."

명확하게, 다.

공간에 칼날이라도 통과시키는 듯한 단절을 풍기며, 아라디아가 선고했다.

"앨리스의 기분만은 상하게 하지 마. 이것만 기억해 준다면, 그 외에는 뭐든 좋아."

"……"

슈프렝겔 양은 여전히 희미하게 미소를 짓고 있었다. 그 전설적 마술사는 오만불손 덩어리이기는 하지만 자신의 설명을 배울 의욕도 없으면서 생각 없이 차단당하지 않는 한은 일단 예의를 지킨다.

거대한 오리를 떠올린다. 앨리스인지 뭔지가 원하면 뛰어난 마술사들은 한 책상에 모여 진지한 얼굴로 도면을 그리는 모양이다.

"항간에서는 수십 광년 너머의 행성에서 물이 발견되었다느니 하면서 생명의 흔적이 있는 것 같다고 소란을 피우고 있는 것 같지만, 어째서 그렇게 되었을 것 같아? …그 애가 짜증을 내면서 닥치는 대로 도자기 포트나 과자를 집어던졌기 때문이야."

진실은 허무하지, 하고 아라디아는 지극히 성실한 말투로 말했다.

"금지될수록 더욱 해 보고 싶다, 라는 마술사에게 흔히 있는 지향성은 이 경우 권하지 않아. 이건 견제나 담력 시험이 아니라 순수하게 당신을 생각해서 조언하고 있는 것뿐이니까. 그리고 숫자를 줄줄이 늘어놓은 스펙을 비교해 보아도 의미는 없어. 더 근본적인 부분에서, 당신은 앨리스를 이길 수 없거든. 절대로."

특별히 자랑하는 것도 아니었다.

아라디아 안에서는, 그것이 이미 자연스럽고 당연한 세계의 룰이 되어 있는 것이다.

"그러니까 앨리스한테 인사만 해 둬. H.T. 트리스메기스투스인지 뭔지는 나중으로 돌려도 돼. 우선 앨리스의 허가만 내려지면 다른 놈들은 불평을 하지 않을 테니까. 말해 두겠는데, 이쪽에서 찾아가지 않는 한은 포착할 수 없는 거냐든가, 그런 트집 잡기는 안 돼. 앨리스는 순수하고 천진하지만 변덕스럽거든. 그리고 무엇보다, 잔인하고 흉포하지. 즉."

"다음 행동은 아무도 읽을 수 없다?"

"알고 있다면 됐어. 시시한 자존심을 달래려고 해 봐야 자그마한 어린애의 손에 움켜잡힌 곤충 같은 말로가 될 뿐이야. 지금은 순순히 머리를 숙여 둬."

배의 밑바닥 중에서도 밑바닥.

요즘의 호화 여객선에는 수영장이나 극장 등도 있지만, 그래도 이것은 어디에도 없을 것이다.

그녀들이 도착한 곳은 원형의 콜로세움이었다.

그러나 잔뜩 흥분한 피나 땀의 냄새와는 정반대의 공기가 그 자리를 지배하고 있다.

오래된 종이의 냄새. 기름 냄새가 강한 것은 역시 동물의 가죽으로 만든 양피지들이기 때문일까.

많은 기척은 있지만, 이상하게도 삶의 공기가 부족한 공간이었다. 마치 유일한 출구가 무거운 돌문으로 막힌 피라미드 같다. 머리 위는 트여 있을 텐데도, 보는 사람에게 공기의 흐름 자체가 멈추어 있는 듯한 착각마저 주는 고요한 공간이다.

중요한 것은 콜로세움의 중앙.

오직 거대한 옥좌가 놓여 있을 뿐이었다. 작은 소녀가 걸터앉으면 발이 바닥에 닿지 않게 되지 않을까. 아마 등받이의 높이는 주인의 키의 3배 이상은 될 것이다.

금색에 붉은색.

유치하고, 알기 쉽고, 그리고 코웃음을 친 모든 것을 일격에 없애는 화려한 색의 시련.

하지만 세계의 중심인 옥좌를 보고 아라디아의 시간이 멈추었다.

"어."

루시퍼와 디아나 사이에서 태어난 딸. 부유한 기독교에 학대당하는 오랜 밤의 무녀들을 구하기 위해, 육체를 갖추고 현세에 강림한 마녀들의 여신은 양손으로 머리를 쥐어뜯는다.

그대로 아라디아는 절규했다.

"없어…? 앨리스‼ 그 애 대체 어디로 갔지???‼"

제1장 연말, 가난, 그리고 쟁탈전
Winter_Vacation

1

푸른 계열의 원피스 위에 새하얀 앞치마를 겹쳐 입은 여자아이였다.

12월 말인데 설마 싶은 반소매. 날씬한 두 다리는 하얀 타이츠로 가려져 있고, 일본의 실내인데도 사정없이 에나멜 질감의 검은 가죽 구두를 신은 여자아이였다. 긴 금발은 동물의 귀처럼 뾰족하게 돌돌 말아올려 장식하고 있다. 앞치마 뒤에 하얗고 동그랗고 폭신폭신한 것이 있으니 토끼처럼 꾸민 건지도 모른다.

"..
....
....
......................그러니까 토우마를 죽인다는 방향으로 이야기는 오케이?"

"인덱스 씨, 벌써 두세 번 남의 뒤통수를 힘껏 깨문 끝에, 그다지 아름답지 못한 일본어를 실컷 창작하지는 말기로 하지 않을래?"

이제 극한을 뛰어넘어 버린 카미조 토우마는 온화한 웃음을 띠며 제안하고 있었다.

"이거 맛있어욧!!"

일본어는 통하는 것 같지만 몇 번을 말해도 신발을 벗어 주지 않는 서양풍 소녀가 유리 테이블 밑에서 작은 두 발을 파닥파닥 흔들고 있었다. 안 그래도 기분이 좋은 소녀는 카미조와 눈이 마주치자 천진하게 웃어 준다. 덕분에 잠자코 있으면 단정한 인형 같은데, 그런 차가운 인상이 없는 따뜻한 여자아이였다.

인덱스는 빤히 쳐다보면서 말했다.

"대체 이런 작은 아이가 어디에서 방으로 들어온 거야."

"풋, 자기도 배를 곯으면서 베란다에 걸려 있을 것 같은 얼굴을 하고 있는데."

"셔렵!! 아, 아아아아무리 그래도 그럴 리가 없어!!"

자자, 두 사람 다 오십보백보잖아, 하며 중재에 들어간 카미조가 인덱스에게 물어뜯겨 괴로워하며 뒹굴었다.

덧붙여 말하자면 그녀가 작은 양손으로 감싸듯이 들고 있는 머그 컵에 든 것은 여러 번 우리고 또 우린 홍차의 찻잎에서 추출한 거의 거무칙칙한 그것에 캐러멜 하나와 봉투 밑바닥에서 어중간하게 남아 버린 녹말가루를 집어넣은 카미조 토우마 오리지널 블렌드다. 아마 리얼 아가씨인 미사카 미코토 정도가 본다면 (단순히 그 쩨쩨한 내용물도, 홍차를 머그 컵에 찰랑찰랑하게 따른다는 방식도 전부 포함해서) 그대로 뒤로 쓰러질 만한 물건이겠지만, 그래도 그는 이 극한 상황, 도쿄 연말 서바이벌로 확실하게 배웠다. 양배추 심에서 생선 머리까지, 도저히는 아니지만 그대로는 딱딱하고 써서 먹을 수 없을 것 같은 재료는 어쨌거나 압력솥으로 부드럽게 만들고 나서 걸쭉함을 더해 달거나 신맛으로 감싸 버리면 대체로 어떻게든 극복할 수 있다는 것을…! 인류여, 여기에 벌꿀풍의 (실은 무엇이 들어 있는지 약간 확실하지 않다) 엄청나게 싼 시럽과 덕용 포장되어 있는 (이 또한 무엇과 무엇이 들어 있으면 정의할 수 있는 건지는 꽤 수수께끼인 매운맛 성분의 조합이다) 카레 가루를 찬양할지어다!! 카미조 토우마는 어찌저찌 살아 있습니다!!!!!!

아침 여덟 시다.

슬슬 코모에 선생님의 낡아빠진 아파트에 가서 겨울방학 보충수업을 받아야 하는 시간이 다가오고 있다. 그러나 그 전에 어떻게든 이 여자아이에게 대응해야 한다. 어쨌거나 카미조 토우마에게도 사활이 걸린 문제다.

그렇달까 어설픈 결론이 나오는 것이 카미조는 조금 무섭다.

응? 갑자기 나타난 이 여자애는 대체 뭘까???

잠깐, 지금부터 우리 집에서 돌봐야 하는 거야? 카미조 토우마의 수상한 거동이 불심 검문 레벨에 다다라 있었다. 잔금은 1580엔이고 지금은 12월 29일. 지금부터 ATM이 움직이기 시작하는 새해 4일까지 카미조 토우마, 인덱스, 오티누스, 삼색 고양이 네 명(?)이서 어떻게든 살아남아야 하는데, 이 상황에서 또 오는 겁니까 수수께끼의 게스트 님이?! 까놓고 말해서 정체를 알 수 없는 컬러풀한 뱀에게 갑자기 발을 물리는 것과 비슷한 정도의 목숨의 위기인데요???!!!

"결국 이 극한 미아는 대체 어디 사는 누구인 거야….."

"소녀는 앨리스예욧."

"인덱스, 자, 설명."

"어, 이것뿐??? 아마 영국에서 1, 2위를 다투는 메이저한 여자애의 이름일 텐데. 이런 건 관청 서류의 견본에도 쓰여 있을 거라고 생각해."

홍길동급이었다. 즉 아무런 힌트도 되지 않는다.

소녀.

그렇다고 해도 자신의 이야기인데 어딘가 남의 냄새가 나는 호칭이다. 앨리스는 세상의 상식에서 동떨어져 있고 처음 만나는 카미조 일행을 부드럽게 대하고 있다. 이곳만 이상하게 현실미에서 잘려 나가 있다고 할까, 그렇다, 마치 백설공주나 빨간 두건 같은, 위기감 제로의 동화 속 소녀 같다고 할까.

카미조 토우마는 입가에 손을 대며 저도 모르게 심각한 얼굴로 신음하고 만다.

"…그렇달까 전체적으로 이상하잖아, 여기는 일본의 학원도시라고. 어째서 잠에서 깨어 보니 갑자기 간장 냄새가 나는 내 방에 영국인이 있는 거야 이런 건 너무 미스터리해…."

"토우마, 그건 어딘지 모르게 나한테 유탄이 맞는 것 같은 기분이 들어."

그렇달까 앨리스가 영국인이라는 확증조차 특별히 없는 셈이지만. 카미조 토우마, 자기가 준 홍차 비스무리한 것 때문에 그런 인상에 질질 끌려가서 어쩌겠다는 거냐.

(큰일이야. 이곳에는 의젓하고 귀여운 기숙사 이모님 같은 건 없고, 역시 안티스킬(경비원)한테 전화해야 하나. 너무 큰 소동은 안 일어났으면 좋겠는데. 앗, 하지만 혹시 취조실에 가면 돈가스덮밥이 나오나?)

어쨌든 이쪽은 지금부터 보충수업이다.

그 전에 아침밥 정도는 준비해 두지 않으면 집을 볼 인덱스가 굶주리고 만다.

"어쩔 수 없지. 앨리스인지 뭔지의 처우는 나중에 생각하기로 하고, 지금은 비장의 식빵을 꺼낼까. 마지막 식빵을 드디어 뜯는 건가아─…. 이 여섯 조각 한 봉지가 마지막 평화로운 식사 재료인데. 오늘 점심부터는 드디어 수라도에 돌입할 마음의 준비를 하고 꼭꼭 씹어 먹어야 해 인덱스…."

말하던 목소리가 뚝 끊겼다.

없다.

쌀이 없어진 그 순간부터 볼일이 없어진 밥솥 옆에 있었을 그 봉지가. 아니, 확실히 투명한 봉지는 여기에 있다. 하지만 구깃구깃하게 뭉쳐진 비닐 덩어리가 작은 틈새에 끼워 넣어져 있을 뿐이고, 가장 중요한 식빵이 여섯 조각 전부 소실되었다…고?!

그리고 카미조 토우마의 시선을 뒤집어쓴 인덱스의 눈이 부자연스럽게 딴 곳을 향했다.

그러고 보니 똑같이 주린 배를 움켜쥐고 하룻밤을 보냈을 터인 인덱스는, 대체 어디에서 그 남아도는 분노의 파워를 끌어낸 것일까?

가까운 곳에 엎드려 뻗어 있는 15센티미터의 신 오티누스가 딸기잼을 이용해 검지로 찬장 판자에 뭔가 적고 있었다.

인덱스─.

"설마, 너, 너… 저지른 거야? 남이 욕실에 틀어박혀서 보고 있지 않은 틈에, 어제 밤중에 벌떡 일어나서 식빵을 여섯 조각이나 우걱우걱 해치웠다는 거냐아아아아아아아아아아아아아아아아아아아아아

아아아아아아아아아아아아아아아아아아아아아아아아아아아아아아
아아아아아???!!!"

"사느냐 죽느냐의 도쿄 연말 서바이벌에 정정당당 따위는 통하지
않아 토우마. 그렇게 무사도를 좋아한다면 먹지 않고도 배부른 척
이를 쑤시고 있으면 되잖아."

2

본명 불명 · 통칭 '액셀러레이터(일방통행)'.

만 명 이상에 이르는 대량 학살, 실험 용도에 의한 클론 인간 제
조 방조 등의 조직적 범죄, 폭행, 상해, 기물 파손, 총검법 위반 등
의 총 3만 6025건의 죄를 합산해 징역 12,000년의 형에 처한다. 소
년법에 비추어, 피고의 미래에 대한 가능성을 고려해도 이 숫자는
뒤집을 수 없다.

피고 측의 상소 기한은 초과. 이에 형을 확정한다.

딱딱하고 차가운 소리였다.

그것은 하나는 아니고, 그러면서도 일정한 리듬이라고 부르기에
는 약간 불규칙한 소리의 연속이었다.

제10학구, 특수 범죄자 사회인 교정 형무소.

주민의 80퍼센트가 학생인 학원도시에서, 그래도 필요 불가결한
어른들을 집어넣기 위한 감옥. 또는 통상의 소년원에서는 관리가
불가능한 것으로 판단되는 괴물들을 비밀리에 수감하는 거대한 상
자. ⋯라고 할까, 마지막 것은 액셀러레이터(일방통행)가 계기가 되

어 은밀히 신설된 제도이지만.

그, 도면에 없는 지하 통로의 이야기다.

"……."

"……,"

성별을 알 수 없는 괴물. 그 인간의 좌우 양옆에는 삼엄한 제복을 입은 형무관이 두 명 붙어 있었다. 그러나 그들은 모두 대화다운 대화도 없이, 가끔 힐끔힐끔 곁눈질로 시선을 던질 뿐. 규칙적이어야 하는 발소리도 사이에 끼어 있는 또 한 명의 것에 의해 흐트러져, 조화가 무너지고 주도권을 빼앗기고 말았다.

목발을 짚는 소리에, 절그렁 하는 굵은 사슬의 소리가 섞인다.

하얀 머리카락에 붉은 눈동자.

괴물.

기나긴 직선의 통로였다. 사회인 교정, 이라고 명명되어 있기는 하지만, 누구에게도 알려져서는 안 되는 플로어를 흉악범에게 보이고 있는 것 자체가 이제 두 번 다시 밖으로는 내보내지 않겠다는 의사 표시 같은 것이었다. 평생 내보낼 생각이 없다는 것이라면, 좌우에 줄줄이 늘어선 두꺼운 철문은 그것 자체가 청결한 묘지와 같을지도 모른다.

(…예정에 있던 대로, 그 외에도 몇 명인가 넣을 준비를 하고 있군. 나만 없었으면 바깥의 소년원으로 끝낼 수 있었을 텐데.)

그런 중에서도 가장 안쪽. 막다른 곳에 있는 것은 은행의 대금고 같은 둥글고 두꺼운 거대한 문이었다. 게다가 반도체 공장 같은 이중 구조로 되어 있다.

"개, 개문 확인."

"죄수 번호 1890호의 입실 개시. 뭐, 야 안으로 들어가. 빨리!"

오히려 가엾을 정도로 목소리가 뒤집어져 있었다.

달각달각 하는 작은 금속음이 불규칙하게 이어진다. 수갑의 열쇠 구멍에 열쇠를 꽂아 넣을 때까지 20초나 걸렸다. 지극히 일반적인 쇠창살의 문과 달리, 죄수를 안에 넣고 나서 팔만 밖으로 내밀어 수갑을 풀 수 있는 것이 아니다. 오히려 시큐리티상 문제가 있을 것 같은 거대한 문이었다.

공간 자체는 학교 교실 하나분, 같은 느낌일까. 창 같은 것은 없기 때문에, 전원이 떨어지면 즉시 캄캄해지고 모든 자유는 빼앗길 것이다.

한 바퀴 둘러보고.

그리고 액셀러레이터(일방통행)는 어이없다는 듯이 한숨을 쉬었다.

"…이건 뭐야?"

모르는 물건이 있다.

그렇달까, 지나치게 물건으로 넘쳐나고 있다.

홈 시어터 같은 커다란 TV에 진공관 오디오 시스템, 전자레인지와 냉장고, 가죽 의자에 흑단으로 된 거대한 책상 위에는 컴퓨터와 태블릿 단말이 놓여 있고, 심지어 전문서가 줄줄이 꽂혀 있는 책장이나 의미를 알 수 없는 미술품. 벽에는 전화가 있었다. 아무래도 24시간 언제든 룸서비스를 시킬 수 있도록 되어 있는 모양이다. 섬세한 다기나 세계 각지의 찻잎 같은 것도 대강 갖추어져 있었다. 옷장에 무엇이 몇 벌 들어 있는지는 더 생각하고 싶지도 않다.

아무래도, 다.

새 총괄이사장을 맞이하는 데 있어서, 형무관들이 지나치게 분발해 버린 모양이다.

(정말이지, 지금부터 산속에 틀어박힐 건데 커다란 숲을 통째로 개간해서 선수촌이라도 만들어 놓은 것 같은 기분이야.)

지긋지긋해하면서 액셀러레이터(일방통행)는 신발도 벗지 않고 킹사이즈 침대에 몸을 던졌다. 그리고 나서 천장을 바라본 채 딱 하고 손가락을 튕긴다.

기긱유이이잉???!!! 하고.

공간 전체가 크게 삐걱거리는 듯한 이상한 소리가 몇 겹이나 되게 겹쳤다. 벡터 조작. 학원도시 제1위의 레벨 5(초능력)를 구사해 음파에 지향성을 준 것인데, 그제야 액셀러레이터(일방통행)는 만족스러운 듯이 고개를 끄덕인다.

이것으로 벽이나 문이 날아가 버린다면 눈 뜨고 볼 수 없는 참상이었을 텐데, 어떻게든 버티고 있는 것처럼은 보인다.

"뭐, 최소한의 사양은 채운 건가….."

예전에 전 총괄이사장 아레이스타는 '창문 없는 빌딩' 안쪽에 숨어 집무를 보고 있었다. 액셀러레이터(일방통행)는 지구의 회전 에너지까지 이용해서 '창문 없는 빌딩'을 공격한 적이 있지만, 그때도 고층 건축물이 쓰러지는 일은 없었다.

즉, 학원도시에는 존재한다.

제1위의 능력을 힘으로 누르고, 봉쇄할 만큼의 기술이.

상황에 맞추어 예외를 인정하고, 안과 밖을 왔다 갔다 할 수 있는 정도로는 의미가 없다. 최소한 우리로서의 기능 정도는 확보해 주지 않으면 곤란하다.

360도, 안을 향한 거대한 장갑(裝甲).

이곳이 앞으로의 세계다. 그리고 형은 확정되고 자신의 자유를 버린 액셀러레이터(일방통행)지만, 그렇다고 지배자로서의 권한까지 반납한 기억은 없다.

그러면 얼른 새 총괄이사장으로서의 일을 시작하자.

킹사이즈 침대에 몸을 던진 채, 액셀러레이터(일방통행)는 TV 리모컨을 움켜쥐고 빙글 돌린다. 버튼을 누를 것까지도 없이, 벡터 조작 능력을 사용하면 형광등의 불빛에서 적외선으로 파장을 전환해 간단한 신호 정도는 보낼 수 있다. 벽 쪽의 TV에서는 이런 것이 나오고 있었다.

『뭐, 통칭 액셀러레이터(일방통행)가 클론 살해를 스스로 인정해 버린 건 물론이고, 문서뿐이고 혈흔 등의 물적 증거는 전무하다고 해도 공적인 판결도 나와 버린 셈이니까요. 이것 때문에, 다감한 학생들이 배울 의욕이 감퇴한다고 해도 무리는 아닙니다.』

『하지만 12월 말, 수험생은 마지막 스퍼트의 시기예요. 여기에서 학원도시의 톱 그룹 레벨 5(초능력자), 그것도 정점인 제1위에 대한 불신감이 높아지는 건 확실히 위험한 상황이잖아요.』

『이런 데모 활동은 연말이라는 시기도 맞물려서 '대청소' 태그로 널리 호소되어 인터넷 상의 전용 커뮤니티가 많이 난립하는 건 물론, 실제로 학원도시의 번화가에서도….』

(…오늘도 평화롭군.)

코웃음을 치지만, 전극의 배터리를 신경 쓰지 않고 제1위의 능력을 낭비하고 있는 자신도 마찬가지일까. 두꺼운 벽으로 보호받고 있다는 것도 좋은 점과 나쁜 점이 다 있다고 생각하면서, 하얀 괴물은 낮은 목소리로 중얼거린다. 문은 열렸다. 그렇다면 놈도 함께 들어왔을 것이다.

"나와, 클리파 퍼즐 545."

3

어쨌든 보충수업이다.

이것은 단순히 유급 확정의 낭떠러지 앞에 있기 때문만이 아니라, 코모에 선생님의 낡아빠진 아파트까지 가면 차와 과자를 얻어먹을 수 있을지도 모른다는 옅은 기대도 있다.

바로 옆에는 잠깐 눈을 떼면 폴짝폴짝 뛸 것 같은 여자아이가 있다. 실제로 앞치마 뒤에서 하얗고 동그랗고 폭신폭신한 것이 좌우로 흔들리고 있다. 인형 같은 드레스는 따뜻한 건지 추운 건지, 먼 눈으로 보아도 판단이 가지 않지만 본인은 행복해 보인다. 이 아이 반소매 차림인데 북풍 같은 건 무섭지 않은 걸까? 그럭저럭 긴 치마일 테지만 몹시 팔랑거려서 위태롭다. 근처의 울타리나 나뭇가지에 걸리면 속이 전부 다 보일 것 같다. 이러고 있는 지금도 하얀 타이츠를 신은 다리가 허벅지 부근까지 얼핏얼핏 보인다.

"흠, 흠, 흐흠."

"…뭐든지 상관없지만, 어째서 앨리스는 이쪽을 따라오는 거야?"

"으음, 오히려 어째서 수녀 아이는 데려오지 않는 건데요?"

보충수업에 방해밖에 되지 않기 때문이다.

아무것도 눈치채지 못하는 앨리스는 멀뚱멀뚱하고 있다. 어딘가 현실미가 없는 부드러운 분위기는 여전하다. 뭐, 그 살풍경한 학생 기숙사에 남아 있어도 혼자서 배를 채운 인덱스가 있을 뿐이고, 제대로 된 칼로리원은 이제 고양이 사료인 딱딱한 생선 믹스뿐이니 밖으로 나가는 게 정답일지도 모르지만.

(그렇달까 이 애 평범하게 어떻게 하지…?)

새삼스럽게 어쩔 줄 몰라 하는 카미조 토우마.

같은 기숙사에 있는 것이 더부살이 인덱스나 버려진 삼색 고양이나 신이라서 감각이 마비되어 있었지만, 정체를 알 수 없는 작은 여자아이라니 꺼림칙한 사태다. 앨리스 본인에게 물어보아도 낙관 100퍼센트의 웃는 얼굴로 알 수 없는 말만 하고. 미아? 가출? 공식 문서에서 뭐라고 표기할지는 모르겠지만, 레벨로 말하자면 평범하게 안티스킬(경비원)의 초소로 뛰어 들어갈 정도가 아닐까???

"엇. …그렇다면 오히려 마침 잘된 건가? 코모에 선생님은 그래 봬도 어른이고, 학교 선생님한테 알려서 맡겨 버리는 게 제일이 아닐지."

"?"

상황을 아는 건지 모르는 건지, 옆을 걷는 앨리스는 귀엽게 고개를 갸웃거리고 있었다.

『독일, 뉘른베르크시에서 대학생을 중심으로 하는 생화학 그룹이 일제 검거되는 사태가 일어났습니다. 그들은 인간의 유전자를 조작해 수분 50퍼센트 이하의 인류를 만들 목적으로 실험 기구를 구입, 준비를 진행하고 있었던 듯….』

『역시, 이건 역시로군요. 불길한 사태예요. 클론 인간의 인권을 인정한다고 말하는 건 간단하지만, 그렇게 함으로써 제조하는 쪽의 심리적인 허들도 내려간 거라고 착각되고 말거든요.』

『이번의 신속한 검거에는 학원도시 측으로부터 선의의 비공식적인 협력이 있었다는 이야기도 나돌고 있지만 정부의 홍보 책임자는 강하게 부정하고 있고, 각국의 학회에서는 과학 윤리가 어떻게 변동되어 갈지 주의 깊게 관찰할 필요가 있다고….』

머리 위의 차가운 하늘을 천천히 가로지르는 비행선의 배에 붙어 있는 커다란 화면에서는 그런 이야기가 이어지고 있었다.

앨리스는 신경 쓰지 않고 가까운 편의점을 쳐다보고 있었다. 정확하게는 가게 앞에 있는 깃발을.

"아앗, 새로 발매된 마멀레이드 상어지느러미 푸아그라 호빵이라고 쓰여 있어."

"안 돼."

"마멀레이드 상어지느러미 푸아그라 호빵이라고 쓰여 있는 가게인뎃!!"

"가로막아도 웃는 얼굴로 끝까지 말하다니…?! 안 된다니까 잔금 1580엔밖에 없는 도쿄 연말 서바이벌이 한창 중이라고 했잖아 무엇보다 고기호빵이나 컵수프 같은 것에 상어지느러미라니 결국 그게 뭐야, 너무 싸서 오히려 무섭고! 그리고 맨 앞의 마멀레이드가 틀림없이 모든 걸 망치고 있어!!"

"…우에에?"

"이 자식 패기가 없군이라는 얼굴로 고개를 갸웃거리지 마 앨리스, 여자애의 한 단계 낮아진 의문의 목소리라니 너무 무서워. 사춘기 남자아이의 마음이 죽어 버리니까."

"하지만 소녀는 위험한 모험을 추구하고 있는걸요?"

"남의 지갑에 의지하는 대모험이라면 그야 틀림없이 즐겁겠지!! 확실히 인덱스가 식빵을 먹어 버려서 배가 고픈 건 사실이지만, 하지만 편의점은, 적어도 거기는 자취 스킬만 있으면 가성비를 극한까지 이룰 수 있는 슈퍼 계열이나 무식하게 큰 덕용 패밀리 사이즈로 넘쳐나는 할인마트라든가, 앗, 앨리스? 멍청이 그만둬 멋대로 주문하지 마 핫 스낵 계열은 점원이 일단 꺼내 버리면 반품 불가, 구우오와아아아아아아아아앗—?!"

그리고.

망가진 초인종이 아니라 문을 똑똑 노크하는 소리에 낡은 문을 연 키 135센티미터의 여교사, 츠쿠요미 코모에는 카미조의 얼굴을 보자마자 의아한 얼굴을 하고 있었다.

"킁킁, 뭔가 좋은 냄새가 나는데요…. 혹시 카미조 도중에 군것질이라도 하고 온 건가요—?"

"…아마 이제 새해가 될 때까지 살아남을 수 없을 거야."

"?"

코모에 선생이 어리둥절해하며 두 평 반짜리 방으로 안내한다.

카미조에게 옆에서 착 달라붙어 있는 앨리스는 고개를 갸웃거리고 나서,

"…키는 소녀와 비슷하지만 그런데 뭔가가 다른 기분이 들고요."

"잘 눈치챘군 앨리스. 두 평 반짜리 방의 구석에 굴러다니고 있는 빈 맥주 캔을 보도록 해, 무알코올 같은 걸로 도망치지도 않았다고 저거. 그리고 상 위에 있는 꽁초가 산더미처럼 쌓인 재떨이도.

저게 우리는 풍길 수 없는 여교사의 애수야."

까야야!! 하고 절규한 코모에 선생이 허둥지둥 방 청소를 시작했다.

잠시 후,

"콜록. 그럼 카미조, 교과서 58페이지부터 시작할게요—. 이 부분은 능력 개발이라고 해도 생물학에서 화학으로 응용 기술이 변화해 가니까 혼란에 빠지지 않게 주의해야 한답니다—."

"으음 복잡하네 어떤 게 뭐라고요…?"

"이걸 틀리면 정말로 카미조는 3학기까지 가지도 못하고 두 번째 1학년 생활을 보내는 게 확정되어 버리는 셈인데요."

"전력을 다해서 임할 자세니까 부탁이에요. 제 인생을 내던지지 말아 주세요!!"

앨리스는 역시 생글생글 웃고 있었다. 자세히 보면 신발은 벗지 않았고.

의자도 없는 다다미방에서 상에 교과서와 노트를 펴 놓고 보충수업을 받는 삐죽삐죽 머리의 뒤쪽에서 습격해 온다. 그렇닳까 갑자기 매끈매끈한 무언가가 카미조의 뺨에 부딪쳐 왔다. 하얀 타이츠를 신은 다리다, 라고 이해하는 것과 동시에 묵직한 무게와 높은 체온이 카미조의 두 어깨와 목 뒤에 통째로 실려 온다.

노도의 목말 스타일이다.

팔랑팔랑 드레스의 치마 같은 것을 신경 쓰는 기색도 없다. 그렇닳까 이건 두꺼운 치마의 감촉이 아니다. 하얀 타이츠의 허벅지가 직접 뺨을 꾸욱 감싸고 있다는 것은 파니에로 부풀린 긴 치마 속으로 직접 안내되고 있는 건가?! 의식한 순간, 온실처럼 공기의 온도가 조금 올라간 기분이 들었다. 뭐랄까 밀실감이 강하다.

남의 위에서 앨리스는 호빵의 얇은 종이를 컵 아이스크림에 있는 뚜껑 안쪽처럼 핥고 있는 듯,

"하음하음, 아니이 맛이 없었어요 선생님☆ 상어지느러미도 푸아그라도 전부 마멀레이드로 질척질척해."

"상황을 알고 있는 거냐 소녀…!! 당장 잔금은 1160엔까지 줄었는데요?!"

맛없다 맛없다 하며 불만이 많은 것치고 아쉬운 듯이 얇은 종이를 여전히 작은 혀로 가지고 놀고 있고.

"예상 밖인 게 즐거운 거예옷, 역시 모험은 이래야지."

"그리고 어째서 내가 선생님이 된 거야?"

"카미조 토우마는 소녀의 선생님이니까요."

???

일본 문화의, 학원도시에서 놀기 위한, 이라는 뜻일까? 이 정도 나이의 여자아이의 감성은 조금 따라잡기 어려운 부분이 있다. 아니, 단순히 나이와도 다른가. 지금을 살아가는 현실의 12세리기보다는, 위기감이 결여된 동화 속의 12세라고 할까. 애초에 앉아 있는 상대에게 목말을 해도 시선의 높이가 달라지는 것도 아닐 텐데, 이 목말은 무엇을 노린 장난이지???

"어쨌든, 남의 위에서 비켜 앨리스! 이쪽은 한창 유급의 위기를 극복하고 있는 중이니까 방해하지 마!!"

"와—이, 째깍째깍 토끼 씨☆"

"오른쪽으로 왼쪽으로 흔들지 맛!! 무서워 무서워 무서워, 두 다리의 허벅지로 머리가 단단히 홀드되어 있어서 어쩌다가 네가 옆으

로 넘어지면 목이 뚝 떨어져 버릴 거야…!!"

"오?"

자신의 충동적인 생각에 대해서는 별로 집착이 없는지, 입 밖에 내어 말하자 비교적 선선히 부드러운 무게가 카미조 토우마의 위에서 비켜 준다.

그러나 무궤도 소녀 앨리스는 딱히 말을 들어 준 것도 아닌 듯,

"꿈트트트틀."

"앨리스, 야, 아핫? 상 밑으로 들어가지 맛…."

"헷헤―, 선생님의 무릎베갯☆"

생글생글 웃는 얼굴로, 어쨌든 머신건처럼 탄막을 쳐 오는 여자아이다. 덕분에 허벅지 부근으로 금색의 사락거리는 머리카락이 흘러 들어온다. 동물의 귀처럼 뾰족하게 말아 올린 머리카락이 따끔따끔 달콤하게 찔러 왔다. 경계심이 없다고 할까, 몹시 분위기가 부드럽다. 일일이 주의를 주어도 끝이 없다.

그렇달까 지금 어떤 상황인 걸까? 물러설 수 없는 보충수업이 한창 중인데 선생님의 눈앞에서 무구한 금발 소녀가 책상 밑으로 기어들어와서 상황의 중대함을 전혀 깨닫지 못한 웃는 얼굴을 한 채 불온하게 꼼지락거린다거나―?!

다만 테이블 밑에서 공방을 전개하기에는 상이 너무나도 작다.

거의 거북의 등껍질 같은 느낌으로, 둥근 상 밑에서 앨리스의 손이나 발이 여기저기 튀어나와 있다. 바로 정면의 코모에 선생님한테 전부 다 보인다.

보기 드물게, 죽은 물고기 같은 눈이 되어 여교사는 말했다.

"…으―음, 가짜 바다거북과 장난치느라 정신이 없는 카미조는

이제 고등학교 생활 같은 것에 미련이 없는 사람인 걸까요?"

"유급은커녕 퇴학이 어른거리기 시작했어…?! 잠깐만요 진지하게 공부할게요, 그러니까 카미조 토우마를 버리지 마세요─!!"

4

덜컹, 하는 무거운 금속음이 울려 퍼졌다.

안티스킬(경비원)과는 또 다른, 쇠창살을 관리하는 형무관들의 말은 압도적이지만 열(熱)이 없다. 어디까지나 차갑고, 듣는 사람의 심장을 조이는 외침이었다. 감옥 관리는 기원전부터 존재하는 오래된 직업이다. 그림책 속에는 고함이나 노랫소리를 들으면 목숨을 빼앗긴다는 괴물이 간간이 나오는데, 그것은 이런 목소리에서 연상된 것인지도 모른다.

"록, ABC, 체크!"

"복창. 록, ABC, 체크!"

"복창 확인. 다음!! 0003번, 자물쇠와 구속 확인에 들어간다!!"

그러나 이곳은 제10학구에 존재하는 거대한 형무소가 아니다.

죄수 호송 차량 '오버헌팅'.

복합 장갑의 장갑 두께는 측면이 평균 200밀리, 가장 얇은 지붕이 120밀리, 선두 부분 같은 경우는 800밀리를 넘는다. 까놓고 말해서 차량이라기보다 쉘터에 가까운 두께다. 이 이상 늘리면 금속제 바퀴나 레일을 상하게 하고 만다는 상한의 한계까지 쌓아 올렸다.

7량 편성 특별 사양이지만, 그러나 그 전부에 죄수가 집어넣어져 있는 것은 아니다. 선두와 최후미는 거대한 모터와 비상용 배터리를 포함한 운전·기관차량이고, 그들과 각각 이어지는 2량째와 6량째는 유리 레이저 규격의 돔형 대공(對空) 광학무기와 대지(對地) 공격 로켓포의 컨테이너로 단단히 방비한 무장 차량, 그리고 3량째에 그들 무장 간수의 대기소가 있다. 즉 이렇게 거대한 장갑 열차 안에서, 실제로 죄수를 위해 마련된 공간은 4, 5량째의 겨우 두 량 분밖에 없는 것이다.

행정 기관이 모여 있는 제1학구는 철도·지하철과 관련해서 유쾌한 소문이 많이 있는 것으로도 유명한데, 그럼 정장 차림에 7대 3 가르마를 한 공무원들은 구치소나 재판소의 지하에 도면에서 빠진 지하철 플랫폼이 존재하는 것은 알고 있을까.

"하아…."

"뭐야 마츠리바, 잠을 깨려고 마신 커피 때문에 위장이라도 망가졌어?"

냉철한 인상의 여성 운전사의 목소리에, 젊은 신입은 한 손을 파닥파닥 흔들었다. 특수한 플랫폼을 걸어 선두의 운전석으로 향하는 도중인데, 두꺼운 장갑판으로 덮인 검은색과 파란색의 차량은 보기만 해도 음울한 기분으로 만들어 준다. 최종 체크 중이라 문이 열려 있는 것도 좋지 않았다.

보아서는 안 되는 것이 시야에 들어와 버린다.

작은 바퀴가 달린 식사용 왜건처럼 보이지만, 아니다. 대형 동물의 수송에 사용하는 것 같은 두꺼운 우리다. 실수로라도 인간을 집어넣기 위해 사용해도 되는 물건이 아니다. 게다가 팔다리를 움츠

리고 비좁은 듯이 있는 것은, 열 살이나 열두 살의 어린 소녀로 보이는데…,

"하나츠유 요우엔. '오퍼레이션 네임·핸드커프스'…의 망령, 이었던가요?"

탁탁, 하고 젊은 운전사는 저도 모르게 바지 옆을 손바닥으로 두드리고 말았다.

공공시설이라는 일터나 단정한 제복 때문에 혼동이 일어나기 쉽지만, 이 나라의 철도원은 공무원이 아니라 일반 회사원이다. 하물며 안티스킬(경비원)이나 저지먼트(선도위원)와 같은 치안 유지의 권한은 아무것도 없다.

그럼에도 불구하고, 바지 옆에는 검은 합성피혁의 홀스터가 두 개 있었다. 내용물은 각각 비금속 수갑과 5발이 들어 있는 싸구려 리볼버다.

지금쯤 지상에서는 큰 소동이 일어났을 것이다. 행정 기관이 집중되어 있는 제1학구는 평소에는 조용하지만, 이런 항의 활동에서는 표적이 되기 쉬운 것도 사실.

일반 손님과는 인연이 없는 특수한 지하철역인데, 둥근 기둥에 휘감겨 있는 액정 광고는 오늘도 떠들썩하다.

『대청소'는 지금부터다아!!』

『R&C 오컬틱스도, 학원도시 제1위도 그랬어! 일부 엘리트의 폭거를 허용하지 마라, 괴물은 무해한 일반 시민의 손으로 관리해라―!!』

『힘의 집약을 허용하지 마라, 부자를 단속해! 쓸데없는 돈을 갖고 있으니까 무마 같은 게 허락되는 거야. 전부 서민에게 환원해라아!!』

…여론도 여론이다. R&C 오컬틱스 해체와 제1위의 수감이 우연히 겹친 것은 난처한 일이다. 이런 기폭 직전의 세계에 '핸드커프스'에서 살아남은 천재(특이한 죄수)가 내던져진다면 분노한 학생들의 손에 찢어발겨질지도 모른다는 것은 알지만, 수갑이니 권총이니 하는 이런 초법규적 특별 장비를 갖고 있으면 자신까지 '짜증나는 특별 범주' 취급되는 것은 아닐까. 젊은 운전사는 모니터에서 들려오는 고함 소리의 홍수에 안절부절못한다.

한 번 이 열차에 신발을 한 짝이라도 올려놓아 버리면, 학원도시라는 총검법으로 보호되는 시내가 아니게 되는 것이다. 대사관이나 영사관처럼, 전혀 다른 룰에 지배된다. 지면에 그어진 라인에서 한 발짝이라도 밖으로 나가면 망설임 없이 사살하는 특별 감옥의 일부로서.

똑같이 끈으로 몸에 고정된 리볼버를 갖고 있는 여성 운전사는 익숙한 듯이,

"신경 쓰지 마. 여기 실린 짐이 분유든 연료봉이든 열차의 운전 난이도는 달라지지 않아."

이것 외에도 인권은 아랑곳하지 않는 손으로 미는 왜건 형태의 우리는 몇 개 더 있는 모양인데, 전부 평범한 호송차로는 운반할 수 없을 정도의 악당들이다.

최악이었던 '어두운 부분' 일소의 생존자.

학원도시의 치안을 지키는 안티스킬(경비원)의 손에 무사히 붙잡혔다고는 하지만, 애초에 살아남은 것이 이상해서 견딜 수 없을 듯한 진짜 지옥이었다고 전해 들었다. 목숨이 붙어 있는 시점에서 괴

물이 얼마나 괴물인지는 증명된 것이나 마찬가지다. 만에 하나라도 도망을 허락한다면 얼마나 피해가 퍼질까.

"마츠리바."

"예예, 알고 있습니다!"

납작한 모자를 고쳐 쓰며, 젊은 운전사는 선배 여자의 등을 허둥지둥 쫓아간다. 이쪽에 시선을 던지지 않고, 낮은 목소리로 여성 운전사는 이렇게 들이밀어 왔다.

"운행 예정에 대해서 최종 확인한다."

"시뮬레이터 앞에서 딱딱하게 긴장한 연수생이냐고…. 콜록, 이 '오버헌팅'은 오늘 17시 정각에 발차 예정입니다. 이 제1학구 지하에서 제7학구를 경유해 남하해서, 제10학구까지 갑니다. 최종 도착역은 특수 범죄자 사회인 교정 형무소 바로 아래ㆍ비공개역. 쾌적한 30분의 철도 여행이죠."

"좋아."

그래도 도쿄의 3분의 1 정도 되는 구역이다. 시베리아 등지의 열차 여행처럼 되지는 않는다.

당연한 일이지만 열차는 달릴 수 있는 상태를 유지하는 것만으로 막대한 비용을 발생시킨다. 이 점은 적자 경영에 시달리는 지방 노선의 분투를 조금이라도 조사해 보면 금방 알 수 있을 것이다. 1년에 몇 번 이용할지 아무도 읽을 수 없는 죄인 호송 열차 따위는 보통 같으면 생각할 수 없다. 승객이나 화물 등 주기적인 수송량을 계산할 수 없다면 열차의 운행은 있을 수 없을 것이다.

즉, 그만한 비용을 지불해도 상관없다고 생각하는 인간이 있다.

지폐 다발의 산을 석탄 대신 불꽃 속에 던져 넣어서라도 이 열차를 달리게 해, 안전하고도 확실하게 흉악범의 호송을 완수시키고 싶다고 생각하는 인간이.

"하지만 부러운 얘기네요…."

젊은 운전사가 중얼거리고 있는 것은 장갑 열차에 탑재된 이상할 정도의 무기들, 이 아니라,

"…열차는 잠복하기 쉬운 탈것의 넘버원이잖아요. 행선지만 알고 있으면 도중에 있는 레일을 어디든 좋으니 하나 빼 두기만 해도 100퍼센트 탈선시킬 수 있는 셈이고요. 그래도 '안전하고 확실하게'라는 건, 이런 얘기겠죠. 우리는 신호가 바뀌든 건널목에서 미비함이 있든, 무슨 일이 있어도 최고속도로 질주하는 행위를 멈추지 않는다. 섣불리 바깥에서 습격해서 죄수를 구출하려고 해도 요란한 사고가 일어나면 안에 있는 인간은 전멸할 뿐이다. 그러니 쓸데없는 희망을 갖는 건 그만두라는 자멸 전술이지 않습니까. 즉…."

그 다음은 조금 입에 담기가 어려웠다.

즉 무슨 일이 일어나면 극악무도한 범인과 함께 다진 고기가 되어 달라고 말하고 있는 것이다, 학원도시의 상층부는. 무슨 일이 있어도 흉악범을 밖으로 도망치지 못하게 한다, 라는 목적을 위해서라면 싼 비용이라고 판단되고 있는 것이리라. 오늘까지 깨끗하고 바르게 살아온 사람으로서는 참을 수 없는 일이 아닐까.

조금 더 연상인 여성 운전사가 납작한 모자의 각도를 조정하면서 어이없다는 듯이 대답했다.

"그래서 '오버헌팅'의 운행에 대해서는 일반 보수 외에 추가 보너스를 더 얹어 주고 있잖아. 단 한 번, 30분만 몰면 요트를 살 수 있는 액수라고. 유럽의 고급 침대 열차도 한 번의 운행으로 이 정도의

돈은 못 벌어."

"뭐, 선배님 혹시 돈 때문에 곤란하세요? 저는 오히려 무서워요,
전철 관련으로 부당하게 높은 보수라니. 바구니랑 집게를 주고 참
치를 주워 오라는 것도 아닐 테고."

"10년 이상 철도 일을 하면서 나름대로 트러블에 휩쓸려 온 나도,
그런 아르바이트는 본 적이 없는데. 어쨌든 돈 때문에 곤란하다면
목숨을 걸기 전에 주식이라도 시작해 보겠어. 호주의 철도 공사가
핫하다는 얘기는 알고 있어?"

"그럼 어째서."

"이만큼 이산화탄소를 혐오하는 세상이 되어도 아직 오래된 석탄
기관차를 이것저것 만지작거리면서 지금은 더 이상 생산되지 않는
부족한 부품을 직접 만들어서라도 부활시키고 싶어하는 공무원이
랑 마찬가지야. 장갑 열차! 이런 비효율적이고 채산을 도외시한 장
난감은, 지금은 야마토형 전함(주3)과 비슷할 정도의 엄청난 레어 아
이템이라고. 이제 전세계에서도 이곳 정도밖에 다니지 않아."

"…선배님, 저어 당신은 혹시…."

"오히려 플랫한 채로 이쪽 업계에 들어온 마츠리바 쪽이 여기에
서는 소수파일 것 같은데. 철도 오타쿠, 철도남, 철도녀, 영혼에 사
인을 새긴 '우리'를 어떻게 부르느냐에 따라 네놈의 미래가 달라질
거야. 자, 일하자, 일!"

5

주3) 야마토형 전함: 제2차 세계대전 당시 일본에서 건조되었던 전함. 총 4척이 기획되었으나 실제 건조된 것
은 2척으로 1번함 '야마토'와 2번함 '무사시', 3번함 '시나노'가 있으며(도중에 항공모함으로 설계 변경) 4번함은
1942년에 건조가 중지되고 해체되었다. 일본에서 건조된 마지막 전함 형태이다.

보충수업은 저녁까지 이어졌다.

오늘은 코모에 선생님의 태도가 엄해서 간식 시간은 없었다. 카미조 토우마, 귀중한 영양원의 보급에 실패. 시종 웃는 얼굴로 신이 나 있던 앨리스에게는 유원지와 다를 바 없는 놀이터였던 모양이지만.

(우우, 어떡하지. 인덱스나 오티누스가 존엄을 버리고 고양이 사료를 갉아먹고 있지 않으면 좋겠는데….)

"참고로 코모에 선생님은 밥 어떻게 하실 거예요?"

"카미조만 돌보느라 이제 만들고 있을 시간이 없어서 오늘은 배달이에요―. 앗, 온 것 같아요. 스마트폰은 위대합니다―."

딩동―, 하는 전자음은 없었다. 망가진 부저를 누르는 소리만으로 눈치챌 수 있는 모양이다. 135센티미터의 여교사가 보잘것없는 현관으로 향한다. 이제 곧 정월인데 세뱃돈만으로는 임시 수입이 부족하다고 생각한 것인지, 비슷한 또래의 고등학생으로 보이는 자전거 배달 아르바이트가 서 있다.

(그런가, 스마트폰이 있으면 저런 아르바이트의 선택지도 생기는 셈인가. 굉장해, 역시 문명의 이기라는 건 갖고 있으면 가능성이 넓어지는구나―.)

솔직하게 감탄하고 있었지만, 냉정하게 생각해 보면 카미조에게는 자전거가 없었다. 할아버지 스마트폰으로 잠시 몰 사이트를 들여다보니, 특가로도 5,000엔 정도 하는 가격이라 평범하게 기가 죽는다.

선생님이 양손으로 받아 든 것을 카미조가 뚫어져라 바라보고 있자니,

"앗, 아아?! 이 네모나고 길쭉한 두꺼운 종이의 패키지…. 잠깐만, 농담이지 이거 영화 속에만 나오는 전설의 중화요리잖아!!"

"쯧쯧쯧. 카미조, 자신의 좁은 세계로만 이 별을 바라보아서는 안 돼요. 사실 '레드타운'은 YAKISOBA라는 말을 지구의 모든 인구에게 가장 널리 보급시킨 세계 최대의 체인이에요. 오히려 일본이 유행에 크게 뒤진 거랍니다."

말하면서, 코모에 선생은 길쭉한 종이팩의 윗면을 꽃처럼 펼친다.

빨강.

"앗, 어?"

카미조 토우마의 시선이 무엇을 먹어야 할지 모르는 젓가락 상태에 빠졌다. 갑자기 케첩의 독살스러운 빨간색이 눈알에 꽂혀 가볍게 현기증이 난 것이다. 어찌 된 셈인지, 야키소바라고 하는데 얇게 자른 올리브가 가득 들어 있고, 아마 표면에서 녹아 있는 것은 피자용 치즈고, 뭔가 시나몬 같은 달콤한 향기가 밀려들어 온다. 생강절임 감각으로 꼭대기에 오도카니 놓여 있는 것은 새빨간 크랜베리다. 서양 음식이라고 해도 거기는 적어도 피클 계열이라든가 그런 걸로 할 수는 없었던 걸까.

"…저어, 선생님, 이거 그, 야키소바라고, 저어…?"

"으—음, 역시 로스앤젤레스 사양은 조금 다르네요오☆ 맥주에 맞으려나—?"

먹을 걸로 장난치는 건 아니었던 모양이다.

애초에 어려운 한자로만 이루어진 중국어 요리 이름이 아니라 'YAKISOBA'라는 일본다운 단어를 사용하고 있는 시점에서 원조를 모르는 채로 카피한 짜가 중화요리일 가능성을 생각해야 했을까. 전언 게임처럼, 중계점을 거칠 때마다 이상한 변화가 일어나고 있다. 이것은 이미 한 입만 주세요 작전이 허락될 분위기가 아니었다. 각오도 없이 초심자가 건드렸다간 사나운 말에 걷어차일 판이다. 귀중한 0엔 영양 보급의 기회는 통째로 날아갔다.

전전긍긍하면서 (위기감을 깨닫지 못하고 생글생글 웃고 있는) 앨리스와 함께 아파트를 나왔을 때, 거기에서 카미조는 고개를 갸웃거렸다.

"하지만 카르보 우동 같은 거였을까? 일본인의 강고한 선입견만 버리면 의외로 평범하게 먹을 수 있는 건지도…."

"카르보 우동!!"

"안 살 거야 앨리스. 관둬 그만해 양손을 들고 웃는 얼굴로 편의점을 향해 달려가지 맛."

아까는 이것에 호되게 당했기 때문에 허둥지둥 드레스의 목덜미를 누른다. 그것만으로 결 고운 금색 머리카락이 가볍게 펼쳐지고, 가냘픈 목덜미가 얼핏 보인다. 무엇이든 몸 하나로 부딪쳐서 도전하지 않으면 속이 시원하지 않은 아이일까. 그러나 근처의 편안한 슈퍼와 달리 편의점에는 아이에게 달콤한 시식 코너 같은 것은 존재하지 않는다.

그런 장난이라고 착각한 것인지 즐거운 듯 작은 손발을 파닥거리고, 앞치마 뒤의 동그랗고 폭신폭신한 것을 흔들며 앨리스가 물었다. 여전히 그림책의 소녀처럼 분위기가 부드럽다.

"그럼 집에 갈 때는 뭘 먹고 갈 건가욧?"

"…봐, 이 지갑 속. 이제 1000엔짜리 지폐 한 장이랑 소비세 낼 정도밖에 남아 있지 않다고 멍청아! 그렇달까 어째서 너 날 따라오는 거야?! 코모에 선생님한테 보호는 맡겼잖앗."

"츠쿠요미 코모에는 낫 선생이니까요."

"? 아니 앨리스, 그 사람은 키 135센티미터지만 학교 선생님이야."

"하지만 소녀의 선생님은 아니고요."

???

특수한 표현이랄까, 수수께끼 냄새가 난달까. 또 현실감이 없는 동화 같은 독자적인 룰이 찾아왔다. 천진하게 웃고 있는 앨리스의 눈동자에는 망설임 같은 것이 전혀 없다. 즉흥적으로 우기고 있는 것만이 아니라 앨리스 안에서는 1 더하기 1은 2가 되는 것 같은 어떤 법칙이 있는 듯하지만, 바깥에서 보고 있는 남자 고등학생 카미조로서는 상상도 할 수 없다.

(…뭐 겨울방학이라 수업 같은 건 없으니까, 동아리 고문이라도 되지 않는 한, 어른 안티스킬(경비원)은 주위에서 순찰을 하고 있겠지. 내용물은 학교 선생이고.)

"선생님, 왜 그래요?"

"아니…."

왠지 입 밖에 내기가 조금 망설여졌다. 실제로 앨리스는 이미 이렇게 코모에 선생님의 아파트라는 '보호받던 곳'에서 탈주했다. 그렇달까, 어디 사는 애인지는 모르겠지만 애초에 카미조의 기숙사에 온 것도 어딘가에서 제멋대로 빠져나온 것은 아닐까…? 여기에서 또 다른 누군가에게 맡기겠다는 말을 꺼내면, 도망칠 준비와 각오를 다져 버릴지도 모른다.

『역이다 역, 역 앞에 집합! 생중계하고 있대!』

『TV 카메라가 와 있다고? 우리의 주장을 흩뿌릴 기회!』

그렇게 생각하고 있자니, 바로 그곳을 '대청소'라는 직접 만든 플래카드를 짊어진 젊은이들이 달려 지나갔다. 입가를 스카프나 공사용의 딱딱한 마스크로 덮고 선글라스나 스키 고글로 눈도 가렸지만, 진심 어린 언그라운드 활동이라기보다는 거리에서 하는 동영상 퍼포먼스 기분이라고 하는 편이 가까울 것 같다. 그것과는 상관없이, 그저 길가에서 모여 과일 같은 캔에 든 술을 마시고 있는 대학생들도 있었다. 거리는 일견 평화로워 보이지만, 여기저기 곤두서 있다. 이렇게 되면 '대청소'의 시비와는 상관없는 곳에서 멋대로 폭발적인 트러블도 일어날지 모른다. 이제 곧 밤이 되는데, 지금 여기에서 어린 앨리스를 남의 집 애라고 해서 방치하는 것은 솔직히 조금 무섭다.

(아무도 곤란해지지 않는다면 2, 3일 맡아 주는 것도 좋지만, 이 애의 부모나 기숙사 이모나, 어쨌든 어두워지면 보호자가 걱정할 테고⋯. 특히 이런 상황에서는.)

"앨리스, 휴대 전화는?"

"휴대 전화?"

오히려 가느다란 목을 갸웃거린다.

요즘 같은 때에 모바일 계열을 아무것도 갖고 있지 않은 사람이라는 것도 드물지만, 복장도 세상의 상식에서 동떨어져 있고, 상당한 양갓집 아가씨라면 있을 수 있, 으려나? 인터넷 관련에 접촉하게 하는 것이 걱정되는 것은 이해가 가지만⋯ 아니, 그런 게 아닌 걸까. 카미조는 주목해야 할 포인트를 약간 바꾼다.

"? 헤헤―, 어울리나욧?"

작은 양팔을 좌우로 벌리며 천진하게 자기 자신을 과시하기 시작한 앨리스였지만, 그녀의 인형 드레스에는 GPS가 달린 방범 부저 같은 것도 특별히 없다. 이렇게 되면 아직 보지 못한 부모님이 주의 깊게 인터넷 환경을 차단하고 있다기보다도, 단순히 경솔한 인상이 있다.

어쨌든, 이렇다면 앨리스에게 주소록을 보여 달라고 해서 보호자에게 연락을 하고…라는 것도 불가능할 것 같다.

(이거 더더욱 대위기로군. 하지만 앨리스를 밤거리에 방치할 수도 없고….)

"ATM이 움직이기 시작하는 건 1월 4일이야, 아직 일주일 정도 남았어. 이런 식으로 계속 뭘 사 먹다가는 새해를 맞이하기는커녕 오늘 안에는 꿈의 0엔 생활에 돌입하고 말 거야…!!"

"우―웅?"

앨리스는 카미조 옆을 타박타박 걸으면서, 작은 검지를 자신의 입술에 대고 있었다. 그대로 가냘픈 목을 갸웃거리며 금발 소녀는 말한다.

"하지만 그런 것치고, 학생 기숙사로는 가고 있지 않은 것처럼 보이는데요."

당연하다.

어쨌든 인덱스가 하룻밤 만에 식빵 6조각을 먹어 치운다는 짓을 저질러 버려서, 기숙사로 돌아가도 먹을 것이 하나도 없는 도쿄 연말 서바이벌 상태이기 때문이다. 이 1160엔이 전부다. 당장 가성비를 극한까지 높여 대량의 식재료를 확보하지 않으면 사막도 아니고 눈 덮인 산도 아닌 평범한 학생 기숙사에서, 편의점의 프랑크푸르트 소시지에 딸려 오지만 사용하지 않고 남아 버리는 작은 케첩 봉지를 핥으며 굶주림과 싸우는 나날이 시작될지도 모른다.

"어쨌든 인덱스가 먹어 치우지 않도록, 그대로 먹을 수 있는 빵이나 쿠키 같은 건 절대 아웃. 쌀, 고기, 채소, 어쨌든 요리가 되기 전의 식재료의 형태이고, 그것도 가능한 한 보존이 오래 되는 덕용을 사들여 두는 게 중요합니다!! 짝짝!!"

"굉장햇. 찬합 명절 음식 세트래욧."

"너는 편의점 체인의 스파이나 뭐 그런 거냐?! 아니, 저런 건 어묵이나 작은 생선밖에 안 들어 있는데 그냥 5000엔 이상 해!! 이미 잔금 오버!!"

따라서 이번의 이번에야말로 편의점 계열은 아웃.

할인마트는 굳이 말하자면 다 만들어져 있는 음식이 많기 때문에, 덕용의 큰 팩을 사도 전부 인덱스의 위장에 들어가 버릴 리스크가 높다. 그렇게 되면 역시 쌀이나 고기 같은 (말하자면 그대로는 먹을 수 없는) 식재료부터 갖출 수 있는 슈퍼를 노리는 것이 타당한 선이지만, 이쪽도 조심하지 않으면 기세가 넘친 나머지 발을 헛디딜 수도 있다. 그렇다, 특가 판매 10퍼센트 할인 스티커에 정신이 팔려 유통 기한을 깜박 놓치면 실은 오늘 중에 먹지 않으면 죽음 취급되는 상품도 드물지 않은 것이다.

카미조 토우마는 오늘 하루를 견뎌 내면 되는 것이 아니다.

1월 4일까지의 장기 계획을 세워서 살아남아야 한다면, 즉흥적인 특가 판매 스티커에 낚이는 것은 위험하다.

(싼값에 식재료를 확보한다면 업소용 슈퍼로 가야 하는 것 같지

만… 우에에, 동영상 사이트를 보면 비참하군, 이건. 살기등등한 아줌마 군단이 선반의 상품을 모조리 뽑아 가고 있고….)

지금부터라면 괜찮은 것은 모두 나갔을 테고, 어중간한 기분으로 난이도 베리 하드의 쟁탈전에 나갔다간 압살당할 수도 있다. 옷이나 머리카락을 서로 잡아당기는 정도는 평범하게 하고 있는 것 같고, 역시 병아리처럼 어린 앨리스를 데리고 돌격하는 것은 너무 위험하다. 그렇게 되면,

"현실 노선이라면 '거기' 같은 데일까….."

"응?"

귀엽게 고개를 갸웃거리는 앨리스를 데리고 카미조가 찾아간 곳은 제7학구의 커다란 역이었다. 다만 목적은 콧대 높고 거만한 역 빌딩의 브랜드 숍이 아니다.

과밀 노선 열차를 할당하는 범용 플랫폼에는 18량 편성 열차가 정차하고 있었다.

보통의 승객용도, 화물 열차도 아니다.

이것 자체가 거대한 쇼핑센터로 기능하고 있는 대형 상업 열차다.

앨리스가 유원지를 앞에 둔 어린아이처럼 눈을 반짝반짝 빛내며 달라붙고 있었다.

"이, 이건….."

"딜리버리 고라운드. 뭔가 이동 판매차의 대형판 같은 취급이지만. 몇 개의 역을 돌면서 열차 위에서 장사를 한다는 것도, 전부터 주점 열차 같은 게 있었던 모양이고."

"…저것 보세요 선생님! 일본이 낳은 별 다섯 개의 햄버그 전문

점이래요!!"

"한 방에 파산하고 싶은 거냐 소녀?! 현실에서는 주방에서 접시를 닦는다는 너그러운 계산은 내려지지 않는다고, 대뜸 안티스킬(경비원)한테 통보되어서 인생 끝장이야!!"

"때로는 그런 모험도 나쁘지 않은데요!!"

"말해 두겠는데, 편도 티켓은 모험이 아니라 인생의 조난이거든?"

어쨌든 이쪽은 개찰구를 지나 플랫폼으로 향하는 것만으로도 2인분의 표를 샀다. 잔금은 980엔. 이러고서 수확이 없으면 더욱더 손쓸 방법이 없다.

"…아, 앨리스 이 자식. 겉모습은 천진난만한데, 어째서 이렇게 뭘 하든 일일이 돈이 드는 거야 이 녀석은?"

"홍차에 어울리는 건 대체 뭘깟, 으—음 진한 치즈케이크가 먹고 싶어요. 없다면, 뭐 오늘은 쇼트케이크로도 참아 드리겠지만요."

이런 가난한 겨울에 앙투아네트급의 헛소리를 하고 있는 앨리스를 데리고, 비좁은 플랫폼 도어를 지나 정차 중인 열차 안으로 들어간다. 흠흠 하고 콧노래를 부르며 앨리스는 부티크나 액세서리 숍 앞에서 빙글빙글 돌거나 유리 케이스에 작은 양손을 찰싹 붙이곤 했다.

만약을 위해 말해 두지 않으면 무섭다.

"먹을 것 이외에는 아무것도 살 여유가 없어."

"흐흠, 소녀는 보는 것만으로도 좋아요. 윈도 쇼핑! 여유 있는 휴일이에요☆"

"그렇다면 펫숍 앞에서 남의 상의를 꾹꾹 잡아당기지 마. 이봐 관

뒤 그만해 앨리스 촉촉한 눈으로 올려다보지 맛, 뭘 해도 토끼 같은 건 안 사!!"

그림책의 소녀 같은 앨리스가 가게 앞에서 동물과 장난치고 있으면 그림이 된다, 라고 할까 손님몰이가 된다고 판단된 것이리라. 라면 맛집 앞에 생기는 줄 같은 감각으로 마음씨 좋은 오빠가 앨리스에게 하얗고 동그란 토끼를 안겨 주고 있다.

"이거 귀여워요!!"

"안 살 거야."

"토끼 다리가 갖고 싶어졌어옷. 행운의 부적이니까요."

"엣, 애, 앨리스 씨?"

앨리스는 생글생글 웃고 있었다. 잘못 들은 건지 어린아이 특유의 다크한 농담인지 확실하지 않다.

한동안 토끼와 놀고 있던 앨리스였지만, 역시 키울 수 없는 것은 키울 수 없다. 아쉬운 듯이 손을 흔들면서, 그리고 카미조가 노리는 것은 서두에서부터 세어서 여섯 번째, 일곱 번째 차량. 신선식품 구역이다.

공간을 확보하기 위해서인지, 보통의 전철과 달리 2층 구조로 되어 있었다. 통로는 차량 끝에 몰려 있고, 작은 박스 형태로 나누어진 부스가 몇 개나 늘어서 있다. 외국의 침대 열차라도 참고한 것인지도 모르겠지만, 플라스틱 장바구니를 들고 돌아다니기에는 조금 비좁은 상점가를 걸어다니는 것과 그렇게 다르지 않다.

"소는 안 돼, 돼지도 안 돼, 지금은 무조건 닭이지 가성비적으로. 멍청한 놈들 가슴살 중에서도 근육이 많은 건 요리하기 어렵다는 이유만으로 특가 판매 코너에 처박다니 카미조 씨를 우습게 보는 거냐 후후후….”

“헤헤―.”

“…앨리스, 그 초코과자 어디에서 가져왔어? 어쨌든 원래 있던 선반에 돌려놓고 와.”

“헷헷―☆”

“안 돼! 전력을 다한 웃는 얼굴로 슬슬 다가오지 마 앨리스!!”

가난뱅이 밥의 기본은 어떻게 배를 채우느냐다. 따라서 어떻게 해도 우동이나 파스타 등에 집중되는 경향이 있다. 거기에서 파생되어 곤약이나 두부 등도. 다만 이것은 기본이다, 그대로 모방하는 것만으로는 도쿄 연말 서바이벌에서 살아남을 수 없다.

“호오, 오트밀. 이건 뭐지? 보리밥 같은데….”

가게 안을 꼼꼼하게 보고 다니면, 엄청나게 싼 것은 확실하게 찾을 수 있다. 다만 정가라고는 생각할 수 없었다. 아마 보급을 촉진하기 위해 일부러 가격을 내린 것이리라.

채소는 물론 사연 있는 것을 노리는 것은 기본, 말할 것까지도 없다. 그리고 왠지 크게 부푼 배추나 양배추 상추 계열로 눈이 향하고 마는데, 잎채소는 수분뿐이어서 꼭 배에 오래 남는다는 보장이 없다는 점에서 주의가 필요하다. 그리고 토마토나 피망 등 계절감을 무시한 여름 채소는 대체로 비싸니 기본적으로 기각. 농업 빌딩이라면 1년 내내 키울 수 있을 텐데.

같은 무라면 먹을 수 있는 잎이 덥수룩하게 달려 있는 것, 그리고 이쪽도 아마 새로 판로를 만들기 위해 일부러 싸게 설정되어 있는 듯한 자색 양배추 등을 골라서 바구니에 넣는다.

전부 합쳐서 세금 포함 978엔. 간신히, 다. 1일 2식이라면, 일단 아슬아슬하게 ATM이 움직이기 시작하는 내년 4일까지 살아갈 수 있을 듯한 향기가 풍겨 왔다.

그리고 계산대의 젊은 부인(신칸센의 승무원풍)이 생글생글 웃으며 말했다.

"전부 해서 합계 1200엔입니다—."

"핫, 네?!"

갑자기 적자가 났다. 이쪽의 지갑에는 980엔밖에 없는 것이다.

설마 계산 미스? 아니 분명히 하나하나 가격표는 확인해 왔다. 확실히 978엔으로 끝냈을 텐데. 그런데 어째서? 머릿속이 혼란스러워진 카미조 토우마는, 그때 장바구니에서 꺼내 계산대에 늘어놓은 물건 중에 기억에 없는 과자 상자가 있는 것을 깨달았다.

"앨리스! 너 또 뭔가 과자를 장바구니에 몰래 넣은 거야?! 어쨌든 돌려놓고 와!"

"하아, 하지만 이거 벌써 상자를 열어 버렸고요 우물우물."

"반품 불가?! …잇, 이 녀석 쓸데없는 지혜만 익혀서…!!"

"헤헤—☆ 선생님도 자 아—앙."

앨리스는 작은 손끝으로 과자를 집으며 그렇게 웃지만 슈피를 성역으로 설정하고 있는 카미조 토우마로서는 가게 안에서 그런 매너 위반은 저지를 수 없다.

그러나 이렇게 되면 적자가 난 만큼, 다른 고기나 채소를 캔슬해야 하게 된다. 우선 닭고기는 절대 싫다, 거의 없는 녹황색 채소인 당근도 포기할 수 없다. 그렇게 되면, 이다. 카미조는 있으면 있는 만큼 곤란하지 않지만 없어도 죽지 않는 대파를 울면서 놓아주는 처지가. 두 개가 한 세트인 것이 뼈아팠다. 낱개로 팔아 준다면 또 달랐을지도 모르는데!

그리고 장보기를 마치고 나서 맹렬하게 후회가 밀려왔다.

"위, 위험해, 대파가 아니었는데 방금 그거…. 안녕 된장국, 안녕 전골. 무엇에든 이용할 수 있는 만능 채소는 역시 포기하지 말아야 했어—!!"

"이거 마음을 위로해 주는 GABA(주4)가 들어 있대요. 자 선생님, 소녀가 자 아—앙이라고 말하고 있는데."

"후후후 헤헤 1년 내내 느긋한 네놈한테 스트레스 케어 같은 건 필요 없잖아 앨리스…!"

"으—음…아움."

"? 갑자기 눈을 감고 무슨, 웃, 멍청이 그만둬 입으로 먹이는 건?!"

작은 양손을 벌리며 다가오는 자객을 어떻게든 피하는 카미조. 허를 찔려 출발이 늦은 것도 있어서, 이래 봬도 아슬아슬하다. 앨리스가 먼저 눈을 감고 있지 않았다면 호밍(주5)으로 직격했을지도 모른다.

"입에 하는 키스는 특별한 거래요, 이마나 뺨과는 이야기가 다른 거예요!"

"미안하지만, 나는 입으로 먹여 주는 것에 별로 좋은 추억이 없어."

그렇달까 혀 위에서 질척질척하게 녹아 버리는 초콜릿을 입으로 먹여 주는 것은 안 된다고 생각한다. 뭐랄까, 달콤한 로망보다 먼저

주4) GABA: 비단백 아미노산의 일종으로, 인간을 비롯한 포유류의 뇌와 척수에 많이 존재한다. 스트레스나 피로감을 완화시키고 수면의 질을 개선하며 혈압을 낮추는 데 효과적이라는 보고가 있어, 초콜릿이나 음료수, 건강기능식품 등에 첨가되고 있다.
주5) 호밍: homing. 미사일의 유도 방식. 비행기가 내는 열·빛·전파, 함선이 내는 음파나 항적파를 자동적으로 추미시켜 목표를 포착하는 것.

혹독한 현실이 밀려온달까.

그리고 장난을 치고 있을 때가 아니었다. 무엇을 어떻게 한탄해 봐야 돈은 늘어나지 않는다.

소지금 29엔. 여기에서 무엇을 어떻게 해도 대파를 손에 넣을 수는 없다.

하지만,

"앗, 있다. 우리한테는 아직 TATUYA의 포인트 카드가 남아 있어…?!"

"네?"

지갑의 카드홀더 쪽에 반짝 빛나는 한 장의 카드가 끼워져 있었다. 포인트는 1705P. 1포인트 1엔 환산이지만, 제휴하고 있는 가게에서만 물건을 살 수 있다. 여기에서 책이나 CD를 사도 배는 부르지 않는다. 드럭스토어에서는 과자나 컵라면 정도는 팔고 있을지도 모르지만, 그것으로는 가성비가 너무 나쁘다.

하지만 괜찮다.

카미조 토우마는 코로 숨을 내쉬며,

"지금은 일단 TATUYA의 포인트로 적낭한 DVD라도 사서!!"

"?"

"그걸 다른 가게에서 팔면 현금이 되니까!! 후하하 이걸로 지폐가 다시 수중에 들어온다 도쿄 연말 서바이벌은 간신히 오름세, 뭘 절약 따위를 하고 있었던 거야 바보 같아 슈퍼로 곧장 되돌아가면 대파 따위는 얼마든지 되찾을 수 있어―!!"

"감사합니다 합계 120엔입니다―."

계산대 앞에서 음식물 쓰레기가 된 카미조 토우마가 무릎에서부터 털썩 무너져 쓰러졌다. 앨리스는 그 앞에 몸을 굽히고는 즐거운 듯 손가락 끝으로 찔러 댄다.

전매 중독자에게 신의 벌이 직격했다.

6

『클론 기술이라는 건 꼭 특별한 마법이 아니라, 자연계에 있는 유전자의 자기 복제 기술에 사람 쪽에서 접근을 더했다는 것뿐이야. 그러니까 무서워하지 않아도 괜찮아!』

"너무 어려운 소리잖아, 누님!"

『막연하게 클론이 무섭다는 건, 인간을 통째로 만드는 이미지가 있기 때문이 아닐까? 예를 들어 지금은 이미 인공적으로 조정한 미생물을 이용한 바이오리액터로 아미노산이나 알코올을 양산하는 시대고, 단일 클론 항체를 이용한 미사일 요법 같은 것도 테스트되고 있지. …앗, 서브스크 군은 봉제 인형이니까 유전자 같은 건 없나?』

해 질 녘.

역 구내에 줄줄이 늘어선 샤워부스보다는 큰 정도의 네모난 공간, 공유 오피스에서 서류 작업을 하고 있던 시라이 쿠로코는 활기참을 위해 적당히 켜 둔 모바일의 디지털 TV에서 그런 대화가 흘러나오는 것을 새삼스럽게 떠올리고 있었다.

TV는 하나도 재미없지만, 뭔가 켜 두지 않으면 의외로 바깥이 시끄러워서 집중이 안 된다. 안전 대책인지 벽의 방음은 완벽하다고 는 말하기 어렵고, 특히 지금은 '대청소'인지 뭔지의 데모 활동으로 어느 학구에서나 역 앞은 소란스럽다고 한다.

『그럼 뉴스와 일기 예보입니다. 헤드라인은 이쪽. 미국에서는 일 정 이상의 자본을 보유한 대기업에 대한 감사나, 월반 레벨의 천재 소년이나 천재 소녀, 소위 말하는 인재 보호에 관한 법률의 수정안 이 하원에 제출된 모양인데요.』

『첫 번째 소식은 화제를 만들기 위한 허세겠죠, 이게 그대로 통과 된다면 가장 두려워할 사람은 발안자 본인일 것 같습니다. 하지만 이걸로 여론의 흐름이 기운다면 로베르토 캇체 대통령은 머리를 끌 어안게 되겠죠. 튀어나온 말뚝을 두드려서 모두의 소득을 균일하게 조정한다는 행위는, 애초에 자본주의의 근간을 부정하는 겁니다.』

『아이러니하게도, 인터넷 사업 대기업인 R&C 오컬틱스가 무기 한 활동 정지됨으로써 불편한 초조감이 기업 활동을 조이는 '대청 소'로 향하고 있다는 의견도 있습니다. 또 R&C 오컬틱스와 학원도 시 제1위의 클론 살해 사이에 인과 관계는 없겠지만, 이 둘이 같은 시기에 화제를 모음으로써 인식의 혼동이 일어나고 있는 모양입니 다. SNS에서는 엘리트 알레르기로도 볼 수 있는 사회 현상, 통칭 '대청소'나 관련 용어가 실검을 독점하고 있고….』

왠지 마음이 잘 정리되지 않는다.

늘 머무는 177지부가 아니라, 교통계 IC로도 사용할 수 있는 휴 대 전화를 들고 이런 곳에서 서류를 정리하고 있는 것도 그 때문이 다.

가만히 숨을 내쉰다. 요즘, 이런 종류의 화제가 갑자기 늘어난 기분이 든다. 간사스런 목소리의 클론 찬미나 엘리트를 비판하는 신랄한 코멘테이터뿐이다.

마치 누군가의 사정에 맞춰 인상을 덧칠하려는 것처럼.

복수(複數)의 꿍꿍이가 서로 부딪히고 있는 것처럼 보이는 것만은 다행일지도 모르지만.

(…언니.)

"아— 짜증 나 많은 사람들이 오가는 현대의 작은 사각지대에서 여러 가지로 해소해 줄까."

그때, 휴대 전화 쪽으로 연락이 왔다.

번호를 보고 시라이는 살짝 숨을 삼킨다. 드문 상대다. 평소에는 비교적 견원지간으로 지내는 어른들의 치안 유지 기관·안티스킬(경비원)의 초소에서 온 연락이다.

모바일의 디지털 TV를 끄고 통화에 응해 보니,

"하아. 죄수 호송 열차요?"

시라이 쿠로코는 의아한 얼굴로 그렇게만 되풀이했다.

확실히 말해서 (보통의) 저지먼트(선도위원)의 지무가 아니다. 안티스킬(경비원)이나 저지먼트(선도위원)가 담당하는 것은 '용의자' 확보까지이고, 재판을 거쳐 형이 확정된 '죄수'의 취급은 호송도 포함해서 형무관이 할 일이다. 그것도 보통의 호송차를 이용해서 일반 도로를 달리게 하면 바깥에서 습격·탈주의 리스크 등이 매우 높은 특수한 죄수를 옮기는 장갑 열차라니 존재 자체를 처음 듣는다.

공유 오피스의 이용 요금은 15분에 300엔. 이렇게 전화 때문에 일이 멈추면, 액수가 어떻다기보다 얼굴도 모르는 남한테 시간을 도둑맞는 기분이 들어서 시라이는 안정이 되지 않는다.

"'오퍼레이션 네임 · 핸드커프스'의 죄수들인가요? 말씀해 주신 건 감사하지만, 제 쪽에서 할 수 있는 일은 아무것도 없는데요?"

겉으로는 적당히 말하면서, 시라이 쿠로코는 12월 25일의 사건을 떠올리고 있었다.

최악의 결말로 끝난 '어두운 부분'의 일소 작전.

'분해자' 카이이와 '매개자' 요우엔이라는 쌍둥이 자매, 살인적인 파파라치인 베니조메 젤리피시.

그리고 함께 사건을 좇았던 안티스킬(경비원) · 라쿠오카 호우후.

당연하지만 아무 생각도 하지 않는 것은 아니다. 애초에 시라이 쿠로코는 정말로 그 사건의 '결말의 결말'까지 지켜볼 수 있었던 것인지도 자신이 없다. 그렇기 때문에 더더욱, 어른인 안티스킬(경비원) 쪽에서도 예외적으로 연락이 온 것일까.

그렇게 생각하고 있었다.

하지만 아니었다.

안티스킬(경비원)로부터는 당황한 듯한 통지가 있었다.

"네?"

7

잘 가, 대파 씨.

네가 없어도 전혀 먹고살 수 없는 건 아니지만, 하지만 이걸로 연말연시의 국과 전골 계열은 모조리 '이게 아니야'라는 느낌에 휩싸일 것이 확정이다.

카미조 토우마는 두 눈을 꽉 감고 이를 악물고 있었다.

갬블 계열 엔터테인먼트에서 애초에 최초의 방침부터 잘못되어 있었던 것을 간신히 깨달은 사람 같은 표정이 되어 땀에 흠뻑 젖은 삐죽삐죽 머리는 외친다.

"빌어먹을, 이렇게 닭고기를 샀는데 대파를 포기하다니 정말 나는 바보인가…?! 바보 바보 바보, 너무 멍청해! 이걸로 백숙이나 죽 계열에 질렸을 때의 귀중한 도피로, 꼬치구이의 길도 끊어졌어—!!"

최후의 희망을 스스로 부숴 버렸다.

라고 생각하고 있었지만, 미련이 넘치는 얼굴로 영수증을 바라보고 있던 카미조는 거기에서 깨닫는다.

슈퍼 영수증 말미가 그대로 숫자와 바코드가 달려 있는 티켓으로 되어 있다. 아무래도 뽑기를 한 번 할 수 있는 모양이다. 슈퍼 쪽으로 돌아가 보니, 성의 없는 긴 테이블 앞에 앞치마를 한 아저씨가 있었다. 파티 같은 데서 사용하는, 위에 둥근 구멍이 뚫린 네모난 상자가 준비되어 있다.

카미조 토우마는 어두운 얼굴이 되었다.

확실히 상품 리스트 중에는 고급스러운 쌀이나 소고기 같은 것도 있는 모양이지만,

"이봐 농담이지, 이 불행 체질 카미조 토우마에게 마지막의 마지막에서 운에 맡기는 뽑기라니…. 틀림없이 이건 안 되는 거야, 어떻게 해서라도 먹을 것이 필요한데 일회용 티슈 같은 게 나오는 결말일 게 뻔해."

"그럼 소녀가 해 볼게옷. 에잇☆"

작은 손을 상자의 구멍에 불쑥 집어넣고 기세 좋게 종잇조각을

뽑는 앨리스. 불행남과 달리 웃는 얼굴의 금발 소녀는 이럴 때 망설임이 없다.

카미조와 둘이서 반으로 접은 종이를 펴 보니,

"뭐야 뭐야? …『연속 절정↑(3회)』…?"

"???"

"부와악!! 잠 으악 대체 어디서 잘못 들어간 거야, 그, 그건 부부의 즐거움 박스입니다 손니임─???!!!"

전혀 필요 없는 작은 아저씨 정보(육식계 누님한테 질질 끌려간 사람)를 정면에서 얼굴 가득 받는 처지가 되었다.

대형 상업 열차 2층, 체인 찻집에서 아리스가 빙긋빙긋 웃고 있다.

"역시 홍차가 맛있어요."

"…그거 다행이네. 이쪽은 마지막 100엔짜리 동전이 날아갔어."

하지만 수수께끼의 아저씨 헛발질이 특상으로 취급되는 고급 캐비어 캔으로 둔갑했으니 헛되게 할 수도 없다. 어른의 세계에서는 입막음료라고 하는 것인지도 모르지만.

(그렇달까 캐비어라니 이런 건 오히려 어떻게 하는 거야? 섣불리 손을 댔다간 댄 만큼 망가뜨릴 것 같은 기분이 들어, 가난뱅이 밥을 극한까지 추구해 온 카미조 씨로서는 분명 이건 감당할 수 없어!! 좀 더 이렇게, 솔직히 우동이나 떡처럼 평범하게 와구와구 먹을 수 있고 배도 부르는 게 더 도쿄 연말 서바이벌적으로 도움이 되는데요…?!)

"그러고 보니 앨리스, 넌 홍차를 좋아하는 것치고는 브랜드 찻잎 같은 건 전혀 신경 쓰지 않고 인스턴트 계열을 벌컥벌컥 마시네.

아마 그거 평범하게 일본의 연수(軟水)를 끓인 걸 테고….”

“어라, 선생님은 어째서 맹물뿐인가요?”

가난이 극에 달했기 때문이다.

앨리스가 작은 양손으로 소중히 감싸고 있는 홍차도 덕지덕지 데코레이션해서 사진이 잘 나오도록 노린 것이 아니라, 있는 그대로의 스트레이트에 가장 작은 S 사이즈다. 다즐링이라고만 해도 별로 신용이 가지 않는 바로 그거다.

카미조는 2층 자리에서 창밖의 움직이지 않는 풍경, 기다란 플랫폼을 바라보며,

(…하지만 평소에는 도시 전체에 그렇게 많이 있는데, 이쪽에서 찾아보니 의외로 눈에 띄지 않네 어른 안티스킬(경비원). 겨울방학이라면 여기저기에서 순찰 같은 걸 하고 있을 거라고 생각했는데. 어라, 혹시 역이나 철도 주변은 관할이 다른가???)

앨리스가 어디에 살고 있는지는 모르겠지만, 보호자도 걱정할 것이다. 빨리 어른에게 맡겨 버리고 싶은데….

“으—음, 음—?”

그때, 유리에 무언가 비쳤다. 뭔가 정면의 앨리스가 작은 입술을 삐죽거리고 있는 것이 반사되어 비치고 있다. 위험한 무언가의 징후다. 하고 벌써 어린 앨리스의 손에 교육되어 가고 있는 카미조가 눈치챘을 때는 이미 금발 소녀가 움직이고 있었다.

“…이쪽에 있어도 재미없어요. 에잇!”

“잠 앨리스, 테이블 밑으로 들어가지 맛!!”

“불쑥. 우후후, 이제 선생님이랑 계속 같이 있는 거예요☆”

“무겁.”

"지 않아요."

살짝 찔렀더니 당장 반응이 돌아왔다. 그저 상대해 주기면 하면 무엇이든 즐거운 모양이다.

테이블 밑을 지나 삐죽삐죽 머리의 두 다리 사이에서 다시 떠오른 앨리스가 180도 빙글 반전, 그대로 카미조의 무릎 위에 몸을 올려놓고 있었다.

집고양이는 주인이 신문이나 태블릿 단말의 기사를 읽고 있으면 '무시당하고 있다'고 느끼고 화면 위로 털썩 올라와 시야를 방해할 때가 있다나 뭐라나.

아무래도 만족스러운지 앨리스는 그리 무겁지도 않은 체중을 전부 실어온다. 높은 체온이 이쪽으로 전해진다. 그림책의 성에 있는 왕좌에 걸터앉는 듯한 몸놀림이었다.

"우후후☆"

"아아 진짜, 이봐 앨리스. 그대로 홍차 컵 만지작거리지 마, 너 틀림없이 바닥에 손을 짚었겠지. 자, 수건으로 제대로 닦아."

"뭐—라—고—요—? 귀찮아요. 그럼 선생님이 해 주세요."

참고로 컵이라고 해도 섬세한 도자기가 아니라, 뚜껑에 마시는 구멍이 뚫려 있는 종이컵이다. 즉 내버려두었다간 이것도 저것도 마시는 구멍까지 치덕치덕 만질 것 같아서 시키는 대로 할 수밖에 없었다. 삐죽삐죽 머리는 둘이서 코트 하나를 같이 입은 스타일로 뒤에서 테이블에 있는 에탄올 계열의 젖은 물티슈를 움켜쥐고 앨리스의 작은 손바닥을 대충 닦아 준다. 카미조가 잘 아는 자신의 피부 감촉과는 전혀 달랐다. 푸딩이나 바바로아 같은 달콤한 과자를 연상시키는 손바닥이다. 종이 같은 것에 쉽게 베어 버릴 것 같을 정도로 부드럽다.

어린 앨리스는 당하는 대로 가만히 있다.

간지러운 듯 꺅꺅 소란을 피우며 테이블 밑에서 가느다란 다리를 파닥파닥 흔들고 있었다. 그때마다 결이 고운 금색 머리카락이 소년의 가슴을 만지작거린다. 카미조 쪽에서 보살펴 주니 만족했는지, 테이블 위에 둔 홍차도 거들떠보지도 않고 있다.

"그럼 선생님한테도 소녀의 홍차를 드릴게요. 보살펴 주신 답례예요!"

"앨리스, 넌 어째서 금방 그렇게 박력 있게 간접 키스 같은 걸 시키고 싶어하는 거야?"

"선생님을 좋아하니까요."

노골적인 한 마디에 어리석게도 잠깐 호흡이 막혔다. 조금만 피곤하면 누구든 좋으니까 어쨌든 등에 달려들어 어부바라도 요구할 것 같다고 생각하고 있었는데, 앨리스는 사람을 보고 좋아한다고 말하는 아이인가, 하며 카미조는 조금 놀란다.

잠시 후, 그러고 나서 깨닫았다.

"그렇군 빌어먹을 이게 세상의 아버지나 오빠가 모조리 당하는 '어른이 되면 결혼해 줄게'인가. 안 돼 안 돼, 이런 1초 만에 잊어버리는 공수표에 일일이 휘둘리면!"

"음ー. 선생님이 믿어 주지 않아요, 소녀는 정직한 사람인데."

작은 발을 파닥파닥 흔드는 앨리스는 불만스러운 듯 입술을 삐죽거리고 있었다.

의문이 있다.

어째서 앨리스는 이렇게 카미조를 잘 따르는 걸까? 애초에 아침에 일어나 보니 학생 기숙사에 있었다, 라는 것도 수수께끼다. 우연히 길가에서 마주치는 것과는 상황이 다르다. 생각 없이 랜덤으로 우연히 만난 것이 아니라 처음부터 카미조를 향해 다가왔다, 고나 할까.

(…혹시, 어디에선가 만났나?)

완전기억능력을 갖고 있는 인덱스가 처음 보는 것 같은 얼굴을 하고 있었으니, 가능성은 낮다. 다만 인덱스와 알게 되기 전의 이야기라면 이 조건은 해제된다.

즉,

(설마, 내가 기억을 잃기도 전, 이라거나…???)

"있지, 앨리스…."

저도 모르게 말하려고 했을 때였다.

비이―비이―, 하는 작은 모터 소리가 났다.

카미조 토우마의 전화다. 주머니에서 할아버지 스마트폰을 꺼내 화면을 보니, 패스 록을 해제하기 전부터 본 적도 없는 팝업이 표시되어 있었다.

『〈브레이크 경보〉가 발령되었습니다(탭해서 내용 보기)』

"?"

『이것은 위치 정보 서비스로부터 중요한 알림입니다. 이 통지를 받은 여러분은 해당 좌표에 겹쳐 있습니다. 당장 좌표를 떠나, 안전을 확보해 주십시오.』

이게 뭐야?

최근에 겨우 스마트폰을 쓰기 시작한 할아버지 카미조는 무슨 소리인지 전혀 알 수가 없다.

"이봐 앨리스, 읍 뾰족하게 만 머리카락을 먹어 버렸어. 이것 보라고. 이거 무슨 소린지 알아?"

"와아! 이거 스마트폰이라는 거야. 게임하고 싶어, 동영상도 보고 싶어욧!!"

그러고 보니 앨리스는 휴대 전화를 갖고 있지 않았던가.

그러나 스마트폰에 대해서는 알고 있는 모양이다. 아무래도 뒤죽박죽인 것은, 역시 갖고 있지 않은 쪽에서 적당히 지식을 조금씩 얻고 있기 때문일까. 예를 들어 TV의 CF나 역의 광고 같은 걸로.

의아한 얼굴을 하는 카미조였지만, 의미 불명의 메시지 자체보다도 강한 위화감은 따로 있었다. 주위다. 같은 카페에 있는 손님들의 스마트폰이 똑같이, 일제히 모터 소리나 착신 멜로디를 울린 것이다.

지직!! 하고.

전원이 한꺼번에, 었다. 모두가 덜컹거리며 자리에서 일어나 열차 밖으로 달려 나간다. 그중에는 휘핑크림이나 초콜릿 소스로 덕지덕지 장식한 아이스커피에 빨대를 꽂고 스마트폰으로 사진을 한 장 찍기도 전에 내팽개치는 여대생도 있었다. 그렇달까 아르바이트 점원도 금전 출납기에 자물쇠를 채우고 그대로 도망쳐 나간다.

"어라…?"

정신이 들어 보니 생글생글 웃고 있는 앨리스와 둘이서 오도카니 남겨진 채, 카미조 토우마는 주위를 둘러보았다. 갑자기 무릎 위에 올라온 앨리스 이외의 모든 것이 싸늘하게 식은 것 같은 기분이 든다.

그러니까 무슨 통지인 걸까.

뭔가, 뭔지는 모르겠지만 정말로 위험할 것 같은?

어떻게 해야 좋을지 알 수가 없어서 어리둥절하고 있자니 바로 바깥의 플랫폼을 누군가가 달리고 있는 것이 보였다. 밤색 머리카락을 트윈테일로 묶은, 완장을 보니 저것은,

"엇, 혹시 저지먼트(선도위원)? 어른은 아니지만, 뭐 마침 잘 됐나?"

"쳇─! 선생님, 제대로 소녀 쪽을 봐 주었으면 좋겠어욧!!"

무릎 위에서 토라진 앨리스에게는 적당히 머리를 쓰다듬어 줄 수밖에 없다. 플랫폼 쪽에서도 트윈테일이 이쪽을 눈치챈 모양이다. 깜짝 놀라 눈을 휘둥그렇게 뜨고, 그리고 당황한 듯이 외친다.

시라이 쿠로코는 이렇게 경고했다.

"엑, 언니를 따라다니는 유인원…. 잠깐, 거기 당신들!! 저는 저지먼트(선도위원) 시라이 쿠로코예요. 브레이크 경보라고 했잖아요. 어쨌든 빨리 거기서 내려와서 피난하세요!!"

"…, 피난?"

흘려들을 수 없는 재난의 울림.

다만 한편으로, 아직도 카미조에게는 실감이 나지 않는다. 피난이라니, 무엇으로부터? 가령 재해라고 해도, 고가선로 위에 있는 튼튼한 역의 플랫폼에 대체 어떤 재해가 덮쳐 온다는 것일까. 적어도 폭풍이나 수해를 당할 것 같은 입지라고는 생각되지 않는데.

양손을 입가에 대어 메가폰 같은 모양으로 만들며, 거기다 시라이 쿠로코는 이렇게 외친다.

결정적인 한 마디를.

"곧 열차가 돌진해 올 거예요!! 죄수 호송 열차와 정면 충돌한다고요!!!!!!"

역의 플랫폼에서 정차 중인 대형 상업 열차에, 같은 선로 위를 최고속도로 질주하는 죄수 호송 열차 '오버헌팅'이 그대로 돌진했다.

'딜리버리 고라운드' 선두의 차량은 빈 캔처럼 찌그러지고, 충격은 빠르게 최후미까지 전파되고, 그리고 그 자리에 머물러 있을 수 없게 된 도중의 몇 개 차량이 애벌레나 자벌레처럼 부자연스럽게 솟아올랐다.

제일(Jail) 브레이크가 시작되었다.

행간 2

죄수 호송 열차 '오버헌팅'으로 브레이크 경보 있음, 현상 발생.

발생 지점은 제7학구 남부, 역 구내.

사태를 신속하게 수습하기 위해, 현 시각부터 민간을 위한 협력 창구를 설치합니다. 안티스킬(경비원), 저지먼트(선도위원)는 자신의 역할을 이해하면서 민간의 프리랜서와 협력해 직무를 수행해 주십시오.

다음은 새로운 제도의 시험 운전도 겸한 현상금의 잠정 산출액입니다.

직접 체포하는 경우는 전액, 체포의 결정타가 되는 정보를 제공하는 경우는 제시액의 10퍼센트를 공비(公費)에서 비과세로 지불하는 것으로 합니다. 또한 액수에 대해서는 공식 홈페이지 등의 제1차 공시 액수이기는 하지만, 상황에 따라 보수를 더 얹어 주는 것도 검토하고 있으니 언짢게 생각하지 마시기를.

도망범은 모두 가혹하고 예측할 수 없는 사태를 일으킨 '오퍼레이션 네임 · 핸드커프스'의 몇 안 되는 생존자이며, 동시에 그 사건으로부터 생환한 것 자체가 흉악범의 지극히 위험한 성질을 증명하고 있다고 해도 과언이 아닙니다. 취급에는 충분히 유의해 주십시오.

'베니조메 젤리피시'

현상금 1억 5,000만 엔.

프리 파파라치이자 일류 저격수이며, 특별한 특종을 찍기 위해서라면 멀리서 촬영 대상을 총격해 혼란을 가하는 것 정도는 당연하다, 는 모럴 해저드를 일으킨 보도인입니다. 그 성질에 따라 스스로 죄를 저지르는 일은 없지만, 이미 있는 범죄 행위를 휘저어 피해를 배가시키는 것으로 알려져 있습니다.

카메라의 플래시나 적외선 투광기와 같은 촬영 기재와, 스나이퍼 라이플 등을 조합해 싸우는 독자적인 스타일을 구축하고 있습니다. 훈련대로의 총격전으로 제압하려고 하면 오감의 교란, 특수한 조준 보정 등에 의해 치명적인 반격을 받게 되니 주의하십시오.

'하나츠메 요우엔'

현상금 3억 엔.

통칭 '매개자'라고 불리는, 유해 물질이나 미생물을 곤충이나 작은 동물에 실어 지정한 대로 확신시키는 전문가. 현역 활동 때는 직접적인 전투나 습격 이외에도 다른 범죄사의 의뢰로 사체나 증거품의 은폐 행위도 돕고 있었던 모양입니다(흔적이 완전히 말소되어 입건하지 못함).

또한 쌍둥이 자매인 '분해자' 카아이 같은 경우는 '오퍼레이션 네임 · 핸드커프스' 기간 내에 실종되어, 그 후로는 소식 불명입니다. 일설에 따르면 자신의 육체를 질척질척하게 분해한 후 하수도로 도망쳐 들어가, 지금도 오수 속에서 계속 서식하고 있다는 미확인 정보도 있지만, 그것이 기술적 · 생물학적으로 가능한지도 포함해서 정확도가 부족합니다. 별도로 계속 수색해 주십시오.

주요 무기는 시험관의 액체.

내용물은 각종 생물을 컨트롤하기 위한 페로몬이나 꿀 등이고, 언뜻 보면 청결하지만 수많은 해충·해수(害獸)로 가득 찬 학원도시 안에서는 반영구적으로 전력(戰力)을 확보할 수 있다고 해도 과언이 아닙니다.

'라쿠오카 호우후'

현상금 8000만 엔.

현역 '안티스킬(경비원)'이면서 범죄 행위에 손을 물들인 특별 배임·독직죄로 유죄. 또 '안티스킬(경비원)'로서 활동하기 이전부터 살인 및 사체 은폐에 관여하고 있었을 의혹도 있습니다(이쪽에 대해서는 해당하는 사체가 완벽하게 처리되었기 때문에 입건하지 못함).

'안티스킬(경비원)' 중에서도 흉악범 측의 심리나 기술에 접근함으로써 전투 훈련의 질을 올리는, 안티스킬 어그레서에 소속. 소화효소를 이용해 자신의 근육량을 유사적으로 증폭시키는 근필라멘트 조작 기술을 전신에 적용하고 있기 때문에, 육체 자체가 강력한 무기로 기능합니다. 추정 근력은 중량치기로 70톤 이상. 장갑차의 측면 정도라면 찰흙처럼 쥐어뜯는 것이 가능합니다.

이상이 '딜리버리 고라운드'와의 충돌에 의해 죄수 호송 열차 '오버헌팅'에서 행방을 감춘 탈주범의 퍼스널 데이터입니다.

또한, 본래의 사고 원인도 포함해서 현장 주변에서는 불가해하고 아직 해석되지 않은 현상이 여럿 확인되었습니다. '오퍼레이션 네임·핸드커프스'는 키하라 일족, 인공 유령, 기계제품 안드로이드 등 보고나 목격 정보에 확실치 않은 점이 많고, 현장의 정보는 지극히 복잡하게 얽혀 있어, 공식 보고에 있는 해당자의 생사를 포함한 모든 것에 일정 이상의 의문이 있습니다. 따라서 이번 사건에는 그 외에도 간섭원(干涉源)이나 협력자가 존재할 가능성조차 부정할 수 없습니다.

　방심과 순직은 직결되어 있습니다. 선입관을 버리고 모든 위기에 대응해 주십시오.

　'오퍼레이션 네임·핸드커프스'는 이미 종결되었습니다. 지금부터 더 희생자가 발생하는 것을 우리는 인정하지 않습니다.

　이번에야말로, 학원도시의 악몽에 종지부를 찍읍시다.

　잘 부탁드립니다.

Alice's Adventures

카미조 토우마

소녀의 선생님이니까요.
여러 가지를 가르쳐 준답니다.

시라이 쿠로코

선도위원 언니.
공간이동을 할 수 있으니까요.

일방통행

학원도시의 높은 사람이에요.

in Wonderland

하나츠유 요우엔

탈주범.
약을 쓰니까요.

베니조메 젤리피시

탈주범.
카메라 언니고요.

라쿠오카 호우후

탈주범.
불끈불끈 바코드예요.

프릴샌드#G

학원도시에 나오는 유령이고요.

제2장 구제의 퍼즐은 눈앞에 있다 Travel

1

그 순간, 카미조 토우마는 호흡을 잊고 있었다.

순간적으로, 였다.

눈을 깜박인 순간 갑자기 눈앞에 트윈테일의 여중생, 시라이 쿠로코가 서 있는 것을 보고 '텔레포트(공간이동)'라는 말이 머리에 떠오른 것만으로도 요행. 그러나 카미조가 매달리면 역효과가 된다.

오른손에 깃든 힘, '이매진 브레이커(환상을 부수는 자)'가 있으면 '텔레포트(공간이동)'를 저해하고 말기 때문이다.

그래서 양손으로 등을 떠밀치다시피 하여 무릎 위에 올라와 있던 자그마한 앨리스만 밀어붙이며, 카미조 토우마는 외치고 있었다.

"가!! 앨리스를 부탁해!"

상대의 대답을 기다리고 있을 시간도 없었다.

이쪽의 움직임이 예상외였는지, 약간 뒤로 몸을 젖힌 시라이 쿠로코와 앨리스 두 사람이 허공으로 사라진 순간이었다. 무시무시한 굉음과 충격이 작렬했다. 카미조가 있던 곳은 대형 상업 열차 '딜리버리 고라운드', 제9차량 2층석의 찻집. 그럼에도 불구하고 순식간에 뭉개진 선두 차량에서 열차의 최후미까지 충격이 단숨에 뚫고 지나가고, 두 다리의 신발 밑바닥이 바닥에서 둥실 떠올랐다. 농담이 아니라 삐죽삐죽 머리의 소년은 바운드 없이 옆의 제8차량까지 날아간다.

"가아아아아아아아아아아아아아아아아아아아아아아아 아아아아아아아아아아아아아아앗?!"

아무도 남아 있지 않은 탁아소 같은 공간을 몇 번이나 굴러, 플라스틱으로 만들어진 정글짐이나 미끄럼틀을 차례차례로 부수고 흩트리며, 간신히 카미조 토우마의 몸이 움직임을 멈춘다.

호흡이 막힌다.

자신의 눈으로 보고 있는 것을 믿을 수가 없다.

다만 그것은 이유도 없이 온몸이 고통을 당했기 때문…이 아니다.

"다, 닭고기가…."

일어서는 것도 잊고 카미조 토우마는 바닥에 뭉개진 채 신음하고 있었다.

자신의 에코백이 멀리 내동댕이쳐지고, 마지막 재산으로 산 특별 판매품이 바닥에 흩뿌려져 있었다.

투명한 랩은 찢어지고 부드러운 트레이 용기는 부서져, 모든 것이 무참하게 달라붙어 있다. 바닥에 가득한 오트밀은 벌써 수분을 빨아들여 붇기 시작했다.

"엣엣, 무가 부러졌어? 뭔가 깨진 유리로 지금거리고, 어째서 쥐가 있는 거야아 이 열차!! 저쪽 벽에 달라붙어 있는 건… 자색 양배추? 구오오오!! 핫, 대합보다 싸고 큰 백합조개는 멋지게 부서지고,

기적의 1팩 90엔짜리 달걀도 전며얼?! 아, 아아아. 구오와아아???!!!"

머리를 끌어안고 절규해도 현실은 달라지지 않는다.

카미조 토우마의 눈초리에서 투명한 물방울이 뚝뚝 흘러 떨어지고 있었다.

무리다. 이건 도저히 무리. 도쿄 연말 서바이벌은 완전히 패배다. 너무나도 무자비한 사실을 받아들일 만한 마음의 준비가 되지 않는다. 내 지갑의 내용물은 총 49엔, 지금부터 무엇을 어떻게 다시 산단 말인가? 1월 4일까지 ATM은 움직이지 않는다고 몇 번이나 말했잖아! 앞으로, 연말연시는 어떻게 되지? 설마 오늘 29일부터 빈곤 상태에 돌입하는 건가…?!

바깥에서 소란이 들려왔다.

『에에이!! 고액 현상금을 노리는 일반인은 방해가 될 뿐이에요. 구석에라도 치워 두세요! 어쨌든 우리끼리 도망범을 쫓겠어요. 우이하루는 카메라 기록을 조사해서 죄수들의 발자취를 가능한 범위에서 서치해 주세요!!』

"……."

카미조 토우마는 아무도 없는 공간에서 느릿느릿 몸을 일으켰다.

격돌 직전, 트윈테일의 소녀는 '죄수 호송 열차가 돌진해 온다'고 말했었다.

그리고 저 당황한 모습을 보건대, 안에 태워져 있던 죄수는 밖으로 도망쳐 버린 모양이다.

그런 걸 노린, 그런 사건.

카미조 토우마는 쥐 죽은 듯 조용한 차량 안에서 창밖을 멍하니 바라보고, 그리고 조용히 고개를 끄덕였다.

어디의 누군지 모르겠지만 이제 반드시 죽인다.

그리고 고액 현상금이라고? 그렇다면 닭고기와 대파로 통째로 집을 지어 주마…!!

까악!! 하고.

표면이 약간 찌그러졌지만 가까스로 무사했던 캐비어 캔만 손바닥 전체로 움켜쥐다시피 쥐고, 악귀처럼 카미조 토우마가 다시 일어선다.

이곳은 열차의 2층석이지만, 아무래도 1층으로 이어지는 금속 계단은 부서진 것 같다. 그리고 삐죽삐죽 머리는 신경 쓰지 않았다. 어쨌든 플랫폼이다. 창이 전부 깨진 창문 쪽으로 기세 좋게 향한다.

"중얼중얼중얼중얼…. 바, 반드시 주먹을 한 방 먹여서 반성하게 해 주겠어. 먹을 걸 함부로 대하는 아이에게 행복 따위는 오지 않는다고오오오오옷—!!!!!!"

분노와 슬픔이 극에 달해 고함이 폭발하고, 그리고 망설이지 않고 상처 입은 카미조는 2층석의 창문에서 역의 플랫폼을 향해 뛰어내렸다.

애초에 플랫폼이 없었다.

"엇?"

갑작스러운 예상외.

머리가 공백으로 메워지지만, 한 번 그리고 만 포물선은 번복되지 않는다.

"저기, 아니 저기—?!"

발치의 바닥은 무너져 있고, 작은 트럭 정도라면 그대로 떨어져 버릴 것 같은 거대한 구멍이. 실수로 착지할 곳을 놓친 카미조가 뭔가 하기 전에, 중력 낙하로 카미조가 지옥의 구멍으로 추락해 간다.

위장이 들려 올라가는 감각에 절규한다.

"갸아아아앗!!"

아마 2층 높이 정도 떨어졌을 것이다.

약간 허들을 뛰어넘는 정도의 기분이었는데 점프한 곳은 베란다의 난간이었습니다. 그 정도의 감각으로 낙하 거리가 갑자기 급증한 것이다.

뼈라든지 부러질지도 모른다.

오싹한 직후, 철벅 하고 질척거리는 소리를 내며 카미조 토우마가 어딘가에 내동댕이쳐졌다.

"???"

살아…, 버렸다???

하지만 이건 대체 뭐지? 바닥이 무너져 있어서 그 아래는 날카로운 잔해투성이일 거라고만 생각하고 있었는데, 실제로는 뭔가 거무죽죽한 오니(汚泥) 같은 것이 산처럼 쌓여 있다. 이것이 쿠션이 되어 목숨을 건진 모양이지만, 정체불명이라면 그다지 기뻐할 수 없다.

(…이거, 혹시 플랫폼이 녹은 건가? 거짓말이지 이봐, 콘크리트나 철근의 덩어리잖아. 맨살에 닿아도 괜찮은 거야?!)

그제야 카미조는 허둥지둥 거무죽죽한 오니의 산에서 몸을 빼내어 굴러서 거리를 둔다.

그리고 새삼스럽게 후회가 밀려왔다.

등산에서의 조난 등, 극한 상황에 내몰린 인간은 피로나 긴장 때문에 극단적으로 시야가 좁아져, 자신에게 유리한 예측만 머리에 늘어놓고 마는 듯하다. 가령 '이제 곧 해가 지겠지만 캄캄한 어둠 속에서 오도가도 못 하는 건 싫어. 산의 경사면이라고 해도 완전히 수직은 아니고, 계속 근처의 나무줄기를 손으로 더듬으면서 주의 깊게 걸어가면 괜찮겠지' 등이다. 당연히 안이한 예측에 따라 실행하면 발을 헛디뎌 심각한 추락 사고가 완성된다.

…냉정하게 생각하면 눈앞의 계단이 막혀 있었다고 해서 '딜리버리 고라운드'의 2층석 창문에서 플랫폼 쪽으로 뛰어내리다니 평범한 움직임은 아니다. 옆 차량으로 이동해서 무사한 계단을 찾는다거나, 좀 더 건실한 선택지는 얼마든지 있었을 텐데….

역 플랫폼은 고가선로에 맞추어 높은 위치에 있기 때문에, 아래층은 연결 통로나 가게가 늘어서 있는 청결한 역의 넓은 통로다.

그러나 그에 반해, 부자연스러울 정도로 오가는 손님도 역무원도 없다.

브레이크 경보인지 뭔지의 통지 덕분일까. 역에서밖에 볼 수 없는 신기한 편의점도, 서서 먹는 메밀국수 가게도, 특산물 코너나 도시락 등이 합체한 작은 몰 같은 매장도 전부 내팽개쳐져 있다. 지나칠 정도로 많은 조명은 묘하게 하얗고, 멋대로 반응하는 유리 자동문이나 아무도 없는 카페 쪽에서 반복해서 흘러나오는 공식 앱 등록을 권유하는 알림 안내 방송이 묘하게 서글픔을 전해 온다.

열차 안뿐만이 아니다.

이렇게까지 광범위하게 큰 영향을 주는 무언가가⋯ 지금도 진행되고 있다?

"⋯⋯."

꿀꺽 목을 울린다.

왠지 천장의 방범 카메라에 손을 흔들어 보지만, 어른들이 달려와 줄 기색도 없다.

특별 사양의 열차가 충돌하고 안에 갇혀 있던 여러 명의 흉악범이 밖으로 탈주했다. 이것만으로도 고등학생인 카미조에게는 이미 가볍게 판타지지만, 만일 이것이 우연이 아니었다면? 실제로 역의 플랫폼은 녹아 있었다. 그것이 능력인지 테크놀로지인지는 모르겠지만, 제대로 무사히 도망치고 싶다면 그것만 의지할 수 있을까.

(⋯뭔가, 곤란해. 얌전히 앨리스나 저지먼트(선도위원)를 기다리고 있으면 좋았을, 지도?)

여기서 사고가 일어날 줄 미리 알고 있었다면, 처음부터 역 구내에 도구를 장치해 두는 것도 가능하지 않나? 아니면 그것보다 더 이전의 이야기로, 23개의 학구 전체에 여기저기 부지런히 비상용 키트를 숨겨둘 수도 있지 않을까.

그것은 돈이나, 갈아입을 옷이나, 위조한 신분증이나⋯ 아니면, 더 흉악한 무기?

달칵 하는 소리가 났다.

심장에 불쾌한 부하가 걸리는 것을 카미조는 스스로 알 수 있었다.

무섭다. 하지만 방치해 두어도 가슴 속에서 불안이 부풀어 갈 뿐이다. 삐죽삐죽 머리는 소리를 내지 않도록 조심하며 천천히 몸을 돌려, 소리가 난 듯한 장소로 슬슬 걸어간다. 고급 슈퍼 같은 구조의 특산품 매장을 넘어, 통로 모퉁이. 소리는 그쪽에서 들린 것 같다. 살짝 입술을 깨물며, 카미조 토우마는 머뭇머뭇 모퉁이 맞은편을 들여다본다.

벽 가에 코인 로커가 늘어서 있었다.

그곳을 향해, 길고 검은 머리카락을 나부끼는 열 살 정도의 여자아이가 서 있다. 아까 난 소리의 정체는 얇은 금속 문이 여닫히는 소리…가 아니다. 책장 같은 덩어리의 로커와 로커 사이에서, 얇은 비즈니스 백을 끄집어내고 있는 것이 보인다.

저 애는 뭘 하고 있지? 어째서 혼자만 도망치지 않지?

길고 검은 머리카락의 소녀는 바닥에 내려놓은 비즈니스 백의 내용물을 확인하고 나서 자신의 옷에 손을 댔다. 두꺼운 작업복 같지만, 하지만 그렇지 않다. 죄수복이라는 것을 카미조가 깨달은 순간, 이쪽을 눈치채지 못한 여자아이는 역 통로에서 망설임 없이 벗어던져 간다.

미처 대비하지 못한 부드러운 맨살에 저도 모르게 눈을 피하고 나서, 지금은 그럴 때가 아니라고 생각을 고친다.

이질적인 무언가가 있었다.

(뭐야, 저거…? 가스 마스크에, 페인트투성이의 하얀 가운…???)

하얀 가운을 걸치고, 자그마한 키에 맞지 않는 언밸런스한 가슴을 덮듯이 옷깃을 여미자, 이상하게도 유카타 같은 인상으로 바뀐다. 가스 마스크도 머리 옆에 거니 축제날의 가면 같아진다.

그리고 나서, 컬러풀한 액체가 들어 있는 시험관이 몇 개나 나온다.

저것이 무엇이든, 돼먹지 못한 약품인 것은 분명하다.

철골이나 콘크리트로 만들어진 역의 플랫폼이 거무죽죽한 질척질척으로 녹은 것도, 어쩌면 저것의 동료일지도 모른다. 원래의 죄수복. 저 인물이 무엇을 특기로 하고 있고, 어떤 죄로 죄수 호송 열차에 태워져 있었는지는 모른다. 하지만 아마, 저것은 인간이 직접 코로 맡아도 괜찮은 것은 아닐 것이다. 그리고 순수한 약품 계열이었을 경우, 오른손의 이매진 브레이커(환상을 부수는 자)는 아무런 도움도 되지 않는다.

상대는 열 살 정도의 여자아이다, 라고 만만하게 보지 않는 게 좋다. 유모차에 탄 아기가 움켜쥐어도 권총은 권총이고, 지팡이를 짚은 할아버지가 던져 넣어도 수류탄은 수류탄이다. 도구의 위력은 일률적. 따라서 아마 여기에서의 정답은, 장소를 외워 두고 한 발 뒤로 물러나는 것. 그리고 주머니에서 스마트폰을 꺼내 지금 본 모든 것을 안티스킬(경비원)이나 저지먼트(선도위원)에게 정확하게 전하는 것이다.

긴장되지만, 마른침을 삼키는 것도 무섭다.

어쨌든 카미조는 숨을 멈추고, 애써 냉정하게 뒤로 한 발짝 물러났다.

퉁, 하고 아무도 없는 세계에서 엉덩이에 무언가 부딪혔다.

"선생님☆"
"꺄아아아앗―???!!!"

비명을 지르고 나서 후회했다.

작은 양손을 앞으로 내밀며 웃는 얼굴의 앨리스가 바로 뒤에서 달라붙어 온 직후, 코인 로커 쪽에서도 당황한 듯이 수수께끼의 약품 소녀가 이쪽을 휙!! 하고 돌아보았다.

장소가 크게 움직인다.

치명적으로.

2

잠깐 눈을 뗀 틈에. 였다.

(에에잇, 그 금발의 여자아이는 대체 어디로 사라진 거죠?!)

역 플랫폼에서 시라이 쿠로코는 초조함에 쫓기고 있었다.

얄밉지만 유인원이 맡긴 민간인인 것은 사실이다.

파우파우!! 하는 특수 차량의 사이렌이 새삼스럽게 멀리서 울려온다. 우연히 역 구내에서 서류 작업을 하고 있던 시라이와 달리, 다른 곳에서 오는 안티스킬(경비원)들이 본격적으로 현장을 보존하려면 아직 시간이 조금 더 걸릴 것 같다. 큰 역이라면 구내에 초소 정도는 있을 것 같지만, 아마 일반 손님의 피난을 유도하느라 죽도록 바쁠 것이다.

죄수 호송 열차 '오버헌팅'과 대형 상업 열차 '딜리버리 고라운드'가 충돌한 처참한 사고 현장이다. 특히 대형 상업 열차 쪽은 몇 개의 차량이 압박을 견디지 못하고 자벌레처럼 부러진 채 구부러지고, 플랫폼 도어를 부수며 이쪽까지 크게 튀어나와 있는 것도 있다.

유일하게 차내에 남아 있던 유인원도 언제까지나 방치해 둘 수는 없지만…,

"우이하루, 우선 업무를 새로 설정해서 안티스킬(경비원)과 저지 먼트(선도위원)에게 공유! 내용은 앨리스라는 이름의 소녀의 수색 요청!! 나이는 열두 살 정도, 긴 금발과 푸른 눈, 그리고 가장(假裝) 냄새가 나는 원피스가 특징이에요. 이 연말에 반소매예요. 이건 '현장의 혼란 때문에 잊고 있었습니다'가 되면 곤란해요!!"

『네에—? 사진 한 장 정도는 준비해 주지 않으실래요 시라이 씨이???』

"필요하다면 역에서든 전철에서든 살아남은 카메라 영상을 따서 조달하세요! 이런 현장에서 방치하는 건 너무나도 위험해요!!"

상황적으로는 특이한 죄수 호송 열차인 '오버헌팅'만 주목되기 쉽지만, 카페나 레스토랑, 나아가서는 송수(送水) 호스로 온천을 부은 온수 스파까지 갖춘 '딜리버리 고라운드'도 불에 잘 타는 물질의 덩어리다. 이쪽도 이쪽대로 사고 차량을 버려둘 수는 없다.

(설마, 아는 사람을 찾으려고 원래의 차량 쪽으로 돌아간 건 아니겠죠…?)

가능성은 낮지만, 확증도 없다. 나중으로 돌렸다가 가스 폭발에라도 휘말리게 한다면 큰일이다. 시라이 쿠로코는 플랫폼을 신중하게 걸으며, 유리가 깨진 창문 너머로 사람이 없는지 확인해 나간다.

노력의 결과도 허무하게 아무것도 발견되지 않았다.

앨리스는 물론이고 그 유인원도 없다.

소리나 열원도 없다.

플랫폼을 잠시 걷다 보니 '딜리버리 고라운드' 쪽의 차량에서, 그곳으로 기세 좋게 돌진한 '오버헌팅' 쪽으로 옮겨 가고 만다. 저도 모르게 고개를 갸웃거리지만, 실제로 그 두 사람이 대형 상업 열차

쪽에 없으니 다른 곳으로 이동했을 가능성이 있다.

"우이하루, '오버헌팅'의 정보에 대해서는?"

『명칭만 있고 상세 내용은 없음. 우헤에, 어디에서 나온 걸까요 이런 열차가….』

선두 차량은 구깃구깃하게 밟혀 뭉개진 빈 캔 같지만, 트윈테일의 소녀는 운전석에서 신음 소리를 들었다. 이 경우, 플랫폼 도어가 부서진 것은 오히려 편하다. 안이 얼마나 뭉개져 있는지는 확실하지 않기 때문에, 안이하게 '텔레포트(공간이동)'로 돌격할 수도 없다. 문 주위를 이것저것 조사하다가, 비상용 개방 레버를 발견했다.

돌려도 반응이 없었지만, 무거운 금속음으로 경첩의 위치는 확인할 수 있었다. 허벅지의 벨트에서 금속 화살을 두 대 꺼내 '텔레포트(공간이동)'로 날려서 굵은 잠금쇠를 끊는다. 그대로 일그러져서 움직이지 않는 두꺼운 금속 문을 플랫폼 쪽으로 쓰러뜨린다.

안의 운전사 두 명을 끌어내자, 그들의 허리 옆에 검은 합성피혁의 홀스터가 달려 있는 것을 알 수 있다. 내용물은 수갑과 리볼버식 권총이다.

(허가증을 소지한 안티스킬(경비원), 이라는 분위기도 아닌 것 같은데요….)

"…우이하루."

『정보 없음이라니까요.』

젊은 남자가 신음하면서도 이렇게 보고해 왔다.

"우…. 이, 이 열차는 특별한 죄수 호송 열차로 기능하고 있…."

"알고 있어요. 호송 중이던 것은 라쿠오카 호우후, 하나츠유 요우엔, 베니조메 젤리피시 세 명. 모두 '오퍼레이션 네임·핸드커프스'에서 사망하지 않고 살아남은 수완가들이죠? 저는 응원 요청을 받고 현장에 도착한 저지먼트(선도위원)예요."

"…, 혼자 설 수 있습니다. 부디 제게도 정보 정리를 돕게 해 주세요. 웃."

"무슨 일이 있었던 거예요?"

"그게 저희도…. 갑자기 차량의 컨트롤이 상실되어 버려서요. 확실히 이 '오버헌팅'은 통상의 ATS 관리보다도 수동 조작을 우선하는 특수한 열차이기는 하지만, 그만큼 공기 브레이크나 전자 브레이크 등 여러 개의 안전장치를 독자적으로 도입하고 있었는데…."

(전자 브레이크가?)

연상의 여성 운전사는 아직 기절해 있다. 맥박과 호흡만 확인하고는 플랫폼 쪽의 벤치에 눕히고, 손목에 합성 소재의 굵은 결속 밴드를 손목시계처럼 감았다. GPS 정보를 소방서와 공유할 수 있는 구조 태그다. 권총의 존재가 걱정이지만, 일단 몸에 특수한 끈으로 고정되어 있는 모양이다. 그래서 총알을 빼고, 청년이 소지하고 있던 공구를 빌려 권총 본체에서 제거한 공이치기와 함께 젊은 운전사 쪽에 떠맡긴다. 스스로 생각해도 한심한 일이지만, 시라이 쪽은 훈련이나 강습 정도를 받았을 뿐 권총 및 실탄 휴대 허가는 없다.

"이, 익숙하시네요…."

"더 위험한 무기를 다루고 있어서요."

'오버헌팅'은 그래도 특별 사양인지, 선두의 운전실 이외에는 상태가 양호했다. 도중에 플랫폼 쪽으로 느릿느릿 나오는 형무관들을 발견했다. 이상하게 무장된 차량은 폭발할 것 같아서 무서웠지만, 특별히 그런 위기도 발생하지 않는다.

(…앨리스, 였나요. 이쪽의 죄수 호송 열차 쪽에 숨어들었을 가능성은 역시 낮을 것 같은데요. 하지만 어린아이의 호기심이니 '반드시 이렇다'는 단언도 할 수 없고….)

한 손으로 자신의 머리를 누르면서, 운전사 청년은 신음했다.

"죄수를 태운 건 4, 5량째의 두 개뿐입니다."

"큰일이네요…. 문이 열려 있는 것처럼 보이는데요."

안을 들여다보니, 어둑어둑한 차내에는 대형 동물용 케이지와 비슷한, 작은 바퀴가 달린 네모난 우리가 몇 개 구르고 있었다. 역시 이쪽도 잠겨 있던 문이 활짝 열리고, 주위의 바닥에는 수갑과 족쇄 등의 사슬이 꿈틀거리고 있을 뿐이다.

전원 도망친 모양이다.

선두의 차량이 뭉개진 덕분에 충격이 약해져, 그들에게는 도망칠 힘이 남았던 것 같다.

시라이 쿠로코는 우리에 붙어 있는 '꼬리표'의 이름을 하나하나 확인해 나간다.

라쿠오카 호우후, 하나츠유 요우엔, 베니조메 젤리피시.

'오버헌팅'에 태워져 있던 흉악범들을 떠올리며, 시라이 쿠로코는 가만히 눈을 가늘게 떴다. 모두 '오퍼레이션 네임 · 핸드커프스'에서는 깊이 관련되었던 범죄자들이다.

(…라쿠오카.)

작게 입술을 깨문다.

전직 안티스킬(경비원)이자, 최종적으로는 혐보성의 '어두운 부분'으로서 체포된 남자. '오퍼레이션 네임·핸드커프스' 당시, 그와는 함께 범죄자를 쫓고 있었던 만큼 가슴에 씁쓸한 감정이 쌓인다.

그도 이 죄수 호송 열차에서 도망쳤다.

기회, 라고 생각하기라도 한 걸까.

그러나 시라이는 냉정하게 판단을 내렸다.

"아뇨, 지금 가장 위험한 건 이 녀석이죠. 하나츠유 요우엔. 다른 생물을 이용해서 유해 물질을 정확하게 운반하는 '매개자'."

"사, 삼억? 확실히 현상금은 훨씬 높네요…."

업무용의 충격 방지 케이스에 들어 있던 태블릿 단말을 노려보면서, 젊은 운전사가 그렇게 중얼거렸다. 약간 믿을 수 없는 듯한 말투로. 아마 '핸드커프스'를 모르는 것이리라. 시라이라면 설령 100배를 더 준다 해도 자기 쪽에서 관여하고 싶지 않지만.

그는 이상하다는 듯한 표정으로 얼굴을 들었다.

"하지만 정체는 아직 열 살짜리 여자애고, 특별한 능력을 쓸 수 있는 것도 아니잖아요?"

"못 들었어요? 녀석의 전문은 '다른 생물을 이용해서'예요."

시라이 쿠로코는 말하면서, 조금 떨어진 곳에 있는 플랫폼의 커다란 구멍을 가리킨다. 검게 녹은 구조물은 눈에 익었다. '매개자'는 이쪽의 초동(初動) 따위는 일일이 기다려 주지 않는다.

"모기, 벼룩, 진드기, 파리, 벌, 뱀, 쥐, 까마귀, 들개, 블랙배스, 늑대거북…. 대체로 도시형 해충이나 해수라면 무엇이든 다루는 괴물이에요. 즉 무기는 도시 전체에 얼마든지 있고, 반영구적으로 보급을 받을 수 있는 상태에 있죠. 놈에 한해서 말한다면, 품에서 도구를 빼앗은 정도로 무력화할 수 있다고 생각하는 게 애초의 잘못이에요. 더 큰 의미에서, 학원도시 자체를 자신의 무기로 삼고 있으니까요."

"……."

"동물을 조작하기 위한 유인 물질과, 동물에 실어서 사용하는 독성이 높은 화학 약품이나 미생물. 이것들이 갖추어지면 감당할 수 없게 돼요. 게다가 이것들도, 도시 전체에 넘쳐나는 배기가스나 폐수에서 합성할 수 있을지도 몰라요. 생물화학전의 전문가를 완성시켜서 도시 전체에서 조약 위반의 더러운 전쟁을 하고 싶지 않다면 당장 일대의 봉쇄를…."

시라이 쿠로코의 말은 거기에서 끊어졌다.

지징!!!!!! 하고.

플랫폼뿐만 아니라, 거대한 역사(驛舍) 전체가 크게 흔들렸기 때문이다.

허둥지둥 일그러진 플랫폼 도어의 벽에 매달린다. 벽의 배선이 끊어진 건지 파직파직 하는 전기가 튀는 듯한 소리가 여기저기에서 이어지고, 그리고 일대가 급격하게 어둑어둑한 어둠에 감싸였다. 아무래도 플랫폼 전체의 조명이 갑자기 꺼진 것 같다.

시각은 오후 5시 20분.

연말쯤 되면 이미 주위도 어두워졌을 것이다.

(웃? 우이하루와의 통신이. 휴대폰의 지상 기지국이 죽은 건 아닌 것 같은데요….)

육지의 외딴섬. 시라이 쿠로코의 긴장이 한 단계 더 상승한다.

폭발…은 '매개자' 하나츠유 요우엔이 특기로 하는 독이나 세균과는 거리가 먼 이미지가 있지만, 시라이는 '핸드커프스' 때도 보았다. 미생물을 이용해서 만들어 낸 메탄 계열의 폭발을.

마찬가지로 통신 기능을 빼앗겨 도움이 되지 않게 된 태블릿 단말의 백라이트가 아래에서 얼굴이 비추고 있는 젊은 운전사가 소리쳤다.

"뭣, 뭐가?! 이번에는 대체 무슨 일이 일어난 겁니까!!"

"…보고 싶지도 않은 거라면 어차피 눈앞에 가득 펼쳐질 거예요, 이쪽이 거부해도."

3

불안정하게 흔들리는 천장의 불빛이 아슬아슬하게 버틴다. 그래서 모든 것의 중심점에 우뚝 서 있던 카미조 토우마는, 마침내 학원도시의 가장 밑바닥에 도사리고 있는 화려한 색채를 목격한다.

시작은 빛이었다.

유아등보다 훨씬 흉포한 공기가 터지는 소리와, 용접 이상으로 흉악한 하얀 빛.

"…어?"

정면, 멀리 있는 하얀 가운의 소녀에게서…가 아니었다.

악의는 바로 옆에서 깜박였다.

정체불명의 것에 대해, 저도 모르게 반사적으로 카미조가 오른손의 손바닥을 쳐들려고 했을 때였다.

"선생님, '그것'은 안 돼요."

그 손을 꽉 붙잡혀 옆으로 떠밀쳐졌다.

앨리스다.

직후.

콰광!!!!!! 하고.

수평. 삐죽삐죽 머리의 가슴 정도의 높이를, 무언가 흉악한 것이 단숨에 뚫고 지나갔다. 그것은 통로에 줄줄이 늘어선 장식용의 굵은 기둥을 네다섯 개 한꺼번에 기역 자로 부러뜨리며 뚫고 지나간다. 정체를 알 수 없는 레이저 무기나 빔포(砲)와는 또 달랐다. 직선적이면서도, 그러나 동시에 지그재그로 굴절하고 있었던 것이다. 저건 비틀거리는 사람 그림자 같은 게, 쏜 건가?

"컥."

작은 몸째 부딪쳐 온 앨리스에게 떠밀쳐진 카미조는, 둘이서 한꺼번에 강화 유리로 둘러싸인 엘리베이터 뒤로 굴러 들어가 있었다. 앨리스는 반소매라서 상박의 부드러움이 다이렉트로 전해져 온다. 엘리베이터 자체는 투명하기 때문에 공짜 여행 책자를 모아 놓은 매거진 랙이 없으면 숨어 있을 수 없다. 카미조는 엉덩방아를 찧은 채, 믿을 수 없는 것을 보는 눈으로 잔상이 새겨진 무(無)의 공간에 시선을 던진다.

지끈지끈, 카미조의 새끼손가락 부근에 찌르는 듯한 아픔이 있었다.

직격은, 하지 않았다. 하지만 무언가의 여파를 뒤집어쓴 것만으로도 손가락 안쪽이 붉은색으로 변색되어 가는 것을 알 수 있다. 아마 화상이나 무언가.

　겉으로 보이는 화려함이나 수수함이 문제가 아니다. 만일 앨리스가 감싸 주지 않았다면 어떻게 되었을지, 그것을 깨닫는다.

　작은 아픔이지만 중대한 의미가 있었다.

　(오른손의 이매진 브레이커(환상을 부수는 자)가, 통용되지 않아…?!)

　"번, 개…?"

　순간.

　피투성이 청년이 콘크리트 지면에 앉은 채 그래도 웃고 있었다.

　『…이유가———까 지키는…가. ———지…마———….』

　파싯!! 하고. 사진이라도 찍는 것처럼 뇌리에 무언가가 인화된다.

　하지만 의미불명이다. 한때의 꿈과는 달리 그것은 언제까지나 선명하게 카미조의 머릿속에 계속해서 남는다.

　"읏?"

　지금 그건 뭐지???

　사라지지 않는 뇌리의 잔상도 포함해서, 오른손의 방어가 전혀 듣지 않았다. 그렇다면 저것도 뇌로 이어지는 전기 신호라든가, 어디까지나 일반 과학으로 설명되어 버리는 무언가…인 것일까?

　카미조는 머리를 흔들며 주머니에서 할아버지 스마트폰을 꺼내 가로로 들었다.

　이제 자신의 눈을 믿을 수가 없다. 그래서 카메라 어플 너머로 기계적인 풍경을 바라본다.

멀리 있는 사람 그림자 같은 것의 전체가 S자로 크게 비틀려 있었다. 그리고 왠지 얼굴 인식의 네모난 타깃이 일곱 개나 표시되어 있다.

한자 쓰는 법마저 잊은 이 시대에, 스마트폰이 내린 결론이 신용을 잃다니 드문 일이다.

"…겨, 결국 저건 대체 뭐야…?"

타닥 파직파직, 하는 번갯불의 으르렁거림을 스마트폰이 포착한다. 그것들이 기계를 통해 평탄한 염불처럼 변환되어 가는 것을 듣고, 카미조는 당황해서 화면을 껐다. 억지로 바지 주머니에 밀어 넣자 이상한 열이 허벅지에 전해진다. 절단된 타인의 손목이라도 들어 있는 것처럼 기분이 나쁘다.

앨리스의 가냘픈 몸을 이쪽에서 옆구리에 고쳐 안는다. 뭔가 즐거운 듯이 작은 비명을 지르고 있었지만.

이상한 일은 일어나고 있지만, 뇌격의 파괴력은 우선 진짜다. 번갯불 자체는 물론이고, 튕겨 날아간 콘크리트나 철근만으로도 이쪽의 살을 몽땅 빼앗아 갈지도 모른다.

"선생님, 어떻게 할 거예요?"

작은 어린아이 특유의 묘한 육감을 갖고 있는 것치고는 위기감이 조금 부족한 앨리스는, 이런 때에도 천진하게 웃고 있었다. 이러고 있는 지금도 심연의 이론을 꿰뚫어 보고 있을 가능성도 있고, 카미조에게 안겨서 기쁠 뿐인지도 모른다.

"웃, 우선 앨리스 조용히 해. 이미 위치는 들켰지만, 호흡 같은 걸로 이쪽이 움직이는 타이밍을 들키고 싶지 않아."

"비밀 이야기라서요? 후아아…, 둘만의 비밀이라니 굉장해욧."

의미불명이지만 어쨌든 양손으로 자신의 얼굴을 감싸는 앨리스의 심금을 심하게 자극했을 때였다.

　무언가가 들렸다. 카미조는 어린 앨리스를 껴안은 채 엘리베이터의 벽 쪽, 매거진 랙에 달라붙어 숨을 멈춘다. 천천히 모퉁이 맞은편으로 얼굴을 내밀고 통로 안쪽을 바라본다.

　비틀거리고 있었다.

　오른쪽으로 왼쪽으로 흔들리는 그림자가, 분명히 하나.

　『……………, …일 프…샌———. …, 당신…에 있….』

　처음에는, 그것은 몹시 알아듣기 힘들었다.

　목소리라고 인식하기도 어려울 정도의, 잡음 덩어리였다.

　하지만 결코 무시해서는 안 된다는 본능적인 강제력을 느끼게 했다. 학원도시에서는, 그런 존재는 우선 코웃음을 치며 부정당해야 하는데.

　『여…요, 나…릴…드#G———. 지금, ———의 뒤———어요.』

　불가능하다.

　저것을 착각, 기분 탓, 잘못 본 것으로 끝내는 것은 누구에게도 불가능하다.

　보디라인에 딱 달라붙어, 발목 부근에서부터 거꾸로 바깥쪽으로 퍼지는 특수한 드레스를 입은 인형 같은 그림자였다.

　글래머러스한 몸에 금발의 트윈테일이 어울리지 않는, 어딘가 언밸런스한 조형.

완전히 눈알을 덮는 앞머리도 신경 쓰지 않고, 그 머리가 오른쪽으로 왼쪽으로 불규칙하게 흔들린다.

그 푸른 드레스 자락이, 파괴되고 남은 기둥의 밑부분에 빨려 들어갔다. 아니, 아니다. 좌우로 비틀비틀 흔들리던 여자의 발목이 그대로 파묻혀 있다. 통과한 거다, 라는 것을 뒤늦게 깨달았다.

분명, 그것을 본 사람이라면 누구나 직감적으로 이렇게 생각할 것이다.

아아.

강고한 물리 법칙에 지배되며, 인공물로 넘쳐 나는 이 세계에서 저런 존재가 허락되는 이치는 아무도 모른다. 하지만 저것은 틀림없이, 이 세상의 것이 아닌 무언가.

…단적으로 말하자면, 유령이라고.

『여보세요, 나는 프릴샌드#G. 지금, 당신 뒤에 있어요.』

위험하다, 하고 카미조는 순간적으로 생각했다.

지금 그 한마디는 무언가의 트리거다. 뒷골목의 불량배가 입버릇처럼 말하는 '죽어라, 죽인다'와는 전혀 다른 차원의. 그리고 동시에, 총알보다도 똑바로 쏘아진 그 살의가 자신의 바로 옆을 그대로 지나쳐 가는 것을 카미조는 느끼고 있었다.

노리는 것은 다른 사람. 카미조나 앨리스 이외.

그렇다면,

(코인 로커 앞. 그 하얀 가운을 입은 애인가?!)

어떡할 거예요, 하고 팔 안에서 생글생글 웃고 있는 체온 높은 앨리스가 질문했다.

장식용이라고는 하지만 콘크리트 기둥을 연달아 몇 개나 부러뜨릴 정도의 위력을 가진 고압 전류에, 눈앞에서 이루어진 벽의 투과. 게다가 향해 오는 공격에는 오른손의 이매진 브레이커(환상을 부수는 자)는 듣지 않는다. …역설적으로 말하면 저 유령은 오컬트적인 존재가 아니라는 증명이기도 하지만, 그런 부분에서 일일이 안도하고 있을 때가 아니다.

"우후후, 귀신을 봐 버렸어요. 바쁜 연말연시에 유령이라면 칼리칸자로스(주6)니까요?"

"이봐, 거짓말이지…. 앨리스가 봐도 역시 '그런', 거야?"

칼리가 어쩌고 하는 것은 모르지만, 귀신이나 유령이라는 말은 흘려들을 수 없었다. 환각, 입체영상, 망막 입사광, 어쨌거나 그런 다른 말로 치환할 수는 없다. 본 순간 알 수 있다, 라는 거대한 부조리가, 자신만의 주관이 아니라 누구에게나 마찬가지라는 객관까지 동반하고 말았다.

하지만 유령? 정의가 무엇인지는 아마 아무도 모를 것이다. 다만 학원도시를 활보하고 있는 이상, 이치도 확실하지 않은 것이 과학의 힘으로 인공적으로 만들어지기라도 했다는 건가?!

"말도 안 된다고…. 유령을 전부 과학적으로 설명해도 위기감 같은 게 없어지는 건 아닌 건가. 이러면, 오히려 무서운 상대가 되었을 뿐이잖아!"

"으으음, 옷 갈아입히기 인형인데 가슴이 커…. 드레스를 찾는 게 힘들 것 같고요."

주6) 칼리칸자로스: 기독교권에서 크리스마스부터 공현절(1월 6일) 사이의 시기에 나타난다고 믿었던 괴물.

앨리스가 전혀 상관없는 부분에서 경계하기 시작했다.

과학적으로, 물리 현상으로서 눈앞에 존재하고 마는 유령. 객관성이 동반되는 만큼 더욱 위험하다. 실은 플라시보 효과였다, 물리적으로는 존재하지 않는 착각이나 환각으로 쇼크사를 노리는 것이었다, 라는 속임수가 아니라, 놈이 가져오는 것은 명확한 외상이다.

싸워서 배제한다, 라는 생각에 의미는 없다.

지면 확실하게 목숨을 잃는데, 이겨도 얻을 수 있는 것이 아무것도 없다. 게다가 최악의 경우, 이겼다고 해도 자신 쪽에서 물건을 부수거나 사람을 죽이거나 한다면 이쪽은 평범하게 범죄자 취급이다. 유령을 상대로 이런 말을 하는 것은 난센스지만, 진짜 사건이란 그런 것. 그렇다면 함께 어울려 봐야 소용없다. 장애물을 방패로 삼아, 얼른 역 바깥으로 달려 도망치는 것이 최선이다.

따라서, 오른손이 듣지 않는 시점에서 카미조의 머릿속에는 한 가지 선택밖에 없었다.

"앨리스."

"네."

"어쨌든 역에서 나가서 유령한테서 도망치자. 북쪽 출구의 안내판은 보이지? 신호를 하면 통로를 똑바로 달려가서, 1초라도 빨리 역 밖으로 도망치는 거야. …다만 그건, 저 애도 같이 데리고서야!!"

카미조는 가까이에 있는 매거진 랙에서 공짜 여행 책자를 움켜쥐고 반대쪽으로 던졌다.

파지지익!!!!!! 하고 흉악한 방전음과 함께 엉뚱한 방향으로 고압전류가 쏘아져, 빵집의 투명한 윈도를 산산이 부순다. 벌써 폐를 끼치고 있고?! 하며 카미조의 몸이 움츠러든다. 서서히 연기를 피워

올리는 연락용 슬림 액정 화면에서 썩은 냄새와 비슷한 자극적인 냄새가 풍기고, 뭔가 깔깔 웃는가 싶더니 천장의 스피커가 좌우로 흔들렸다. 분명히 이상한 일이 일어나고 있다. 하지만 여기에서 어안이 벙벙한다면 끝장이다.

겁먹지 마라. 따돌려라. 이 폭음을 신호로 삼지 못한다면, 아마 두 번 다시 달려 나갈 수 없을 거다.

"앨리스!! 고!!"

이럴 때, 앨리스의 부자연스러울 정도의 친절함이 플러스로 작용한다. 몸짓으로 앨리스를 재촉한다. 작은 소녀는 앞치마 뒤의 하얗고 동그랗고 폭신폭신한 것을 흔들며, 어딘가 즐거운 듯이 달리기 시작한다. 탓!! 하고 카미조도 엘리베이터 벽에서 몸을 떼고 통로를 달린다. 평범한 풍경이 이제 무섭다, 무엇을 타고 고압 전류가 덮쳐 올지 알 수 없다. 기둥이 몇 개나 부러졌으니, 갑자기 천장 전체가 무너져 내릴 가능성도 부정할 수는 없다. 철근 콘크리트를 믿을 수가 없다. 이미 정체를 알 수 없는 이세계에 삼켜져 가고 있다.

노리는 것은 똑바로 50미터 정도 나아간 곳에 있는 북쪽 출구의 자동 개찰구지만, 카미조는 최단 직선이 아니라 벽 가로 달려간다. 노리는 것은 코인 로커 앞. 거기에 있는 것은 컬러풀한 염료로 물든 하얀 가운을 걸친 열 살 정도의 여자아이이다. 옆구리에 안고 있던 앨리스를 내려놓은 것도 이 때문이었다.

머리부터 그대로 돌진한다.

시야 가득, 하얀 가운을 입은 소녀의 깜짝 놀란 듯한 얼굴이 펼쳐져 간다.

몸을 부딪친다기보다는, 반쯤 헤드슬라이딩이라도 하듯이 카미조는 양팔을 벌리고 코인 로커 앞에 있는 소녀에게 달려들었다.

그 직후.

푸욱!! 하고 그대로 카미조의 몸이 통과했다.

하얀 가운을 입은 소녀의 실루엣이 크게 무너진다.

세게 껴안으면 그대로 부러져 버릴 것 같은 가냘픈 어깨도, 나이에 어울리지 않는 커다란 가슴도, 그 이상으로 언밸런스하고 냉혹한 웃음이 잘 어울리는 어린 얼굴도.

눈이나 모래 덩어리에 돌진하기라도 한 것처럼 카미조의 몸은 지탱해 줄 것을 잃고, 무슨 일이 일어난 건지 사태를 쫓아가지 못한 채 바닥 위에서 무너지고 만다.

"엇?"

사고(思考)가 공백으로 메워진다.

애초에 열 살 정도 되는 작은 여자아이 같은 것은 없었다. 액정 같은 커다란 한 장의 판, 도 아니다. 후드득 풀려 카미조의 머리카락이며 피부를 기어다니고, 경우에 따라서는 입 안까지 굼실굼실 들어오는 작은 알갱이의 정체는,

"우엑?! 퉷 퉷. 이건 뭐야, 벌레에???!!!"

4

하나츠유 요우엔은 경계하고 있었다.

두꺼운 작업복과는 비슷하지만 다른, 죄수복에 감싸인 열 살 정

도의 소녀는 코인 로커 바로 근처, 역의 편의점 출입구에 바싹 붙은 채, 당연한 것처럼 경계하고 있었다.

따라서 여차할 때의 긴급 물자도 대뜸 자신의 손으로 주우러 갈 정도로 부주의하지는 않다. 합성한 꿀이나 화학물질로 컨트롤한 해충이나 해수를 이용해 입체 영상을 만들고, 조금 떨어진 곳에서 추격자가 없는지 전체를 관찰하느라 여념이 없었다.

(…잠자리에 유리나방. 투명한 날개를 가진 벌레 정도는 드물지도 않아. 인간의 시각은 빛의 굴절로 간단히 속일 수 있고. 비치는 성질까지 이용하면, 지금 여기에 있는 나를 엉뚱한 장소에 표시하는 건 어렵지 않지. 작은 동물의 털이나 깃털도 조합하면, AR 피팅처럼 본래 존재하지 않는 옷을 겹쳐서 표시할 수도 있고.)

즉 죄수복을 벗은 것은 사실이지만, 코인 로커 앞에서는 아니다. 그 후의 하얀 가운이나 가스마스크는 빛의 반사가 만들어 낸 입체 영상 위에 쓸데없는 색채를 더 겹쳤을 뿐인 추가 데이터다. 구조색(構造色)을 다루는 비단벌레나 모르포 나비의 예를 꺼낼 것까지도 없이, CD의 홈 같은 미세한 굴곡을 이용해 빛을 조종하는 생물 정도는 얼마든지 있다. 하나츠유 요우엔은, 마음만 먹으면 자기 자신을 어른 모드로 바꾸어 표시하거나, 고층 빌딩보다도 커다란 거인으로 보이게 할 수도 있다.

다만, 이다.

상황은 하나츠유 요우엔의 추측을 크게 뛰어넘고 있었다.

우선, 저 유령은 대체 뭐지?

죄수 호송 열차 '오버헌팅'은 우발이 아니라 누군가의 꿍꿍이에 의해 사고를 일으켰다는 것 정도는 요우엔도 이해하고 있다. 즉 지금 이대로 노력을 하지 않고 떠밀려 가기만 하면 열차에 머무르든 밖으로 탈주하든 누군가의 손바닥 위에서 도망칠 수 없다, 는 것을.

하지만 저것은 뭘까?

학원도시의 상층부라든가 도시의 치안을 지키는 안티스킬(경비원)이라든가, 그런 결벽증적인 선(善)이니 정의니 하는 것의 쓰고 버리는 말이나 득점을 얻기 위한 표적이라도 되려나 하는 생각만 하고 있었는데, 꽤 예상 밖의 것이 나왔다.

굳이 말하자면, 요우엔과 마찬가지로 그들의 냄새가 강한 초현상 존재.

(…우선 영상인 것 같지는 않고. 설마, 우리와 같은 '핸드커프스'의 관계자?)

하나츠유 요우엔은 12월 25일에 일어난 '어두운 부분'의 일소와 관련된 혼란스러운 소란에는 끝까지 함께하지 않았다. 도중에 쌍둥이 카나이와 함께 제18학구에서 리타이어했기 때문이다. 그래서 전모는 모른다. 요우엔이 모른다는 것은, 놈은 더 깊고 어두운 '어둠'에까지 닿은 존재일지도 모른다.

그리고 무엇보다, 저 의미불명의 삐죽삐죽 머리는 대체 뭐지?!

설마.

양달 중 양달, 섣불리 가까이 가면 온몸의 피부에 찌르는 듯한 아픔이라도 느낄 것 같을 정도의 건실한 누군가. 그 녀석은 지금, 코인 로커 앞에 배치한 '허상'에 힘껏 몸을 부딪쳐, 인공적인 유령의 공격으로부터 새빨간 남을 감싸려고 하지 않았나???

공기가 바뀐다.

끈적거리는 '어둠'이 씻긴다.

"구에에?! 밖에서 갑자기 여자애의 알몸이 나와서 조금 두근했는데, 환상이었던 데다 벌레가 가득하다니 어떻게 된 거야아?! …무슨 천벌인가…? 퉷 퉷, 입은 그만둬 비늘 가루만은 그만둬 부탁이야 잠깐 푸엣푸엣투엣—!!"

"우후후, 소녀도 꽉— 껴안을 거고요☆"

조금 떨어진 곳에서는 아직도 믿기 힘든 광경이 펼쳐지고 있었다.

수수께끼의 남고생은 바닥 위에서 몸부림치고 있고, 앨리스라고 불린 그림책의 금발 소녀는 만면에 웃음을 띤 채 망설임 없이 벌레 투성이의 삐죽삐죽 머리에게 양팔을 벌리고 달려들고 있다.

그때, 남자 쪽과 눈이 마주쳤다.

어안이 벙벙해 있었다고는 하지만, 방심했다.

그리고, 다. 어쨌거나 투명한 날개를 가진 생물과 그림책의 소녀 투성이가 된 채, 바닥에 엎어진 삐죽삐죽 머리는 망설이지 않고 이렇게 외쳤던 것이다.

매도도 비명도 아니고,

"콜록, 콜록!! 거, 거기 너. 유령에 해충에 뭐가 뭔지 모르겠는 상황이지만, 어쨌든 여기는 위험해!! 북쪽 출구 개찰구는 바로 저기니까 혼자 힘으로 달릴 수 있다면 빨리 밖으로 나가—!!"

일순, 대응을 망설였다.

진심이다.

진짜 바보는 생판 알지도 못하는 죄수에게 빨리 밖으로 나가라고 말하고 있다. 이 녀석, 도시형 해충이나 해수를 과학적으로 긁어모아 '허상'을 만든 게 요우엔이라는 것조차 눈치채지 못한 것 같다.

이것이 쌍둥이 카아이라면 망설이지 않고 추가 명령을 내려서 온몸을 흐물흐물하게 부패시켰을 것이다. 열혈에 결벽적이고 정의를 강매하는 남성원리의 화신은, 이 도시의 부패를 받아들이고 더럽혀지고 싶은 모드에 사로잡힌 카아이가 가장 싫어하는 인종이기 때문이다.

하지만 요우엔은 카아이가 아니다.

…계속 둘이서 녹아 있고 싶었는데, 이미 카아이는 그녀의 곁에서 떠났다. 제삼자에 의해 찢긴 것이 아니다. 그녀가, 자신의 의지로 떠나갔다.

(……,)

요우엔은 작은 입술을 꽉 깨물고.

어째서 쌍둥이의 반쪽이 자신의 곁에서 떠났는지를 잠시 생각하고 나서,

"에에잇!!"

근처의 폐수로 만든 화학물질을 흩뿌려 분해자들에게 새로운 명령을 보낸다. 자르륵!! 하고. 네모난 상자를 기울여 대량의 팥을 흔드는 것 같은 소리와 함께, 수수께끼의 삐죽삐죽 머리에게 몰려든 수많은 해충을 방전(放電)투성이의 인공 유령 쪽으로 일제히 때려 박고 죄수복을 다시 입으면서, 요우엔은 외친다.

"이리 와, 일반인. 죽고 싶지 않다면 거기 있는 비즈니스 백과 하얀 가운을 회수해서 이쪽으로!!"

그런 사소한 무언가로, 사람의 운명은 아주 조금 바뀌어 간다.

5

상황이 움직였다.

굼실굼실 카미조의 온몸에 달라붙은 투명한 날개의 벌레가, 자석에 이끌리는 사철처럼 맥없이 벗겨져 나간다. 등뼈를 꿰뚫는 듯한 불쾌감이 단숨에 끊겼다.

"기다려 보라고, 벌레벌레—."

왠지, 이쪽의 허리에 달라붙어 있던 앨리스가 어딘가 아쉬운 듯이 작은 양손을 벌리고 있었다. 그러나 금발 소녀의 코끝에서 팔랑팔랑 춤추고 있는 것은 냉정하게 보니 나방의 일종이다. …믿을 수 없지만, 어디로든 뛰어 들어가는 동화 같은 여자아이라면 벌레 같은 것은 무섭지 않은 걸까? 어쨌든 섣불리 움켜잡지 않으려고, 카미조는 소녀의 가느다란 손목만 붙잡아 둔다.

이쪽, 이라는 말을 들었다.

들은 대로 짐을 손에 들고, 카미조는 좌우간 그 지시를 따른다.

"간다 앨리스!!"

"넷."

생글생글 웃는 얼굴의 앨리스는 손을 잡고 달린다기보다 옆구리에 껴안아 버리는 편이 빠르다. 두 팔과 두 다리를 전부 사용해 버둥거리는 소녀는 즐거워 보인다. 역 편의점의 출입구로 가서, 컬러풀한 죄수복? 을 입은 다른 검은 머리의 어린 소녀에게 몸째 부딪친다. 모두 한 덩어리가 되어 가게 안으로 뛰어든 순간이었다.

쿵!!!!!! 하고.

일종의 광학 무기처럼, 수평발사된 고압 전류가 역 편의점 앞에 있던 자판기와 캡슐 토이 기계를 한꺼번에 날려 보내고, 유리로 된 윈도를 산산이 부쉈다. 머리 뒤가 멍해질 듯한 죽음의 흥분 상태에 빠지면 오히려 다리는 움츠러들지 않는 모양이다. 정체를 알 수 없는 심령 현상으로 에어컨이 오작동하고 있는 것인지, 사람의 입 속처럼 미지근한 공기도 신경 쓰이지 않는다. 몸을 낮춘 채 카미조 일행은 그대로 가게 안을 가로질러, 스태프 온리라고 적혀 있는 문을 어깨로 밀어 열고 뒤쪽에 있는 종업원용 공간까지 도망쳐 들어간다. 어쨌거나 무섭다, 낯선 소녀의 의견이라도 들어 두고 싶었다.

"아까부터 신경 쓰였는데 저거 전체적으로 뭐라고 생각해?! 저 유령 여자, 스마트폰을 향하면 얼굴 인식 같은 게 오작동투성이가 되는데!!"

"하아, 여기는 학원도시야. 전기 계통 같은데 바이러스나 사이버 공격 같은 걸 의심해 보지 그래?"

…오히려, 정말로 그런 걸로 전부 설명할 수 있는 것일까?

카미조에게는 좀 더, 초고압 번갯불로 보이는 것이 정체를 알 수 없는 정보 덩어리처럼 여겨지는데. 감전되면 이상한 영상이 머리에 떠오른다거나, 기계가 영향을 받으면 오작동을 일으킨다거나 하는 것은 그 일부분에 지나지 않는달까.

『…이유가───까 지키는…가. ───지…마───….』

　머리 안쪽에 인화된 그것은 무엇일까? 피투성이 청년은 결국 어디 사는 누구일까???

　이쪽을 쫓아다니며 공격을 되풀이하는 유령 자신도 '메시지'가 바깥까지 새어 나오고 있는 것은 눈치채지 못하고 있다는 걸까.

　프릴샌드#G의 뇌격을 뒤집어쓰면 무언가의 광경이 뇌리에 인화되는, 것 같다. 제대로 대화를 할 수 없는 인공 유령을 생각하면, 그것이 얼마 안 되는 정보를 가져다주는 것인지도 모른다. 하지만 그것은 어디까지나 '것 같다'나 '지도 모른다'일 뿐이다. 제대로 맞으면 몸이 폭발할 것 같은 고압 전류를 스스로 뒤집어쓰자니, 그다지 얻을 수 있는 것의 가치가 보이지 않는다.

　이곳도 안전지대는 아니다. 아르바이트 경험이 없는 카미조에게 뒤쪽에서 보는 편의점은 불가사의 덩어리였지만, 아무래도 유리문으로 보호되는 주스 매장의 선반은 뒤쪽과 그대로 이어져 있는 것 같다. 이쪽에서 캔이나 페트병을 완만한 내리막 형태의 선반에 흘려보내서 보충하는 구조인 것이다.

　그곳을, 유리문이나 페트병들째로 고압 전류가 관통해 왔다. 직격 코스다.

　"웃?!"

　카미조는 저도 모르게 신음하고, 심장에 아픔까지 느끼고 나서, 아무 일도 일어나지 않은 것을 뒤늦게 깨닫는다.

　좁은 공간에 무언가가 춤추고 있었다. 옆구리에 낀 앨리스를 지키듯이 허공에 떠 있는 것은, 무기? 배의 노? 어쨌든 핑크색으로 칠해진 길고 납작한 막대였다.

"크리켓 배트….."

요우엔이 의아한 목소리로 중얼거리고 있었다.

"당신, 앞치마 속에 그런 걸 숨기고 있었어?"

두 발, 세 발 연달아 쏟아지는 흉포한 번갯불을, 종횡무진으로 뒤집히는 배트? 가 받아 내며 불꽃에 휩싸였다. 그때마다 핑크색 깃털이 흩날리고, 갸갸갸아 하는 새 같은 울음소리가 들린다. 가끔, 배의 노와 비슷한 배트의 윤곽 전체가 흐물하게 일그러질 때도 있었다.

튀어나온 순간을 카미조는 보지 못했다. 다만 요우엔의 말이 옳다면,

"저기, 이거."

"뭔가요 선생님!"

"앨리스… 네가 하고 있는, 거야?"

"?"

반대로 안고 있는 앨리스 쪽에서 웃는 얼굴로 고개를 갸웃거렸다.

애초에 앞치마 속에 저런 커다란 판자를 숨기고 있으면 몸을 굽히기도 힘들 것 같은데, 지금까지 그런 기색은 전혀 없었다. 무엇이든 꺼내는 마술사의 손수건처럼 실제로는 꺼내고 넣는 타이밍이 다른 것일까, 아니면 시라이 쿠로코처럼 공간에 간섭하고 있는 것일까. 앨리스 자체의 정체도 포함해서 수수께끼투성이다.

어쨌거나 가만히 있을 수는 없다. 공격을 튕겨 낼 수는 있어도, 근본적으로 수도꼭지를 잠글 수는 없는 것이다. 귀를 찢는 폭음과

함께 다시 섬광이 바로 가까이를 뚫고 지나가 벽을 태웠다.

"무서워!!"

"전기…. 그렇다면 침수된 곳은 걷고 싶지 않네. 이쪽으로 와, 이쪽."

이렇게 되면 바닥에 흩뿌려진 물방울이나 꼬부라진 철사 같은 것도 평범하게 무섭다. 전기 이외라면, 깨진 유리 같은 것도 함부로 밟고 싶지 않다. 신발 밑창의 강도(強度) 같은 것은 평소부터 의식하고 있지 않고.

다만 그것보다도, 카미조에게는 근본적인 의문이 있었다.

"당신은…? 그거, 확정을 받기가 엄청 무섭지만 혹시 죄수복이라는 건…."

"하나츠유 요우엔. 이 얼굴을 보고도 직감적으로 와닿는 게 없는 것 같아서 다행이네, 평화로운 멍청이 일반인. 다만 말해 두겠는데 검색 엔진에 쳐 봐도 그쪽이 후회할 뿐이야. 뉴스 기사 정도라면 몰라도, 그 이상 깊이 파고들어가면 검색 이력이 더러워져서 위험인물로 마크될지도?"

냉혹한 웃음이 이상하게 어울리는 요우엔은 허리를 낮춘 채 다른 철문으로 향한다. 그 너머는 업자의 반입용 통로인 것 같다. 창문이 없는, 콘크리트투성이의 좁은 통로는 이곳이 몇 층인지 잊어버릴 것 같을 정도로 살풍경하다. 가만히 있으면 지하 깊은 곳의 터널에 있는 듯한 착각을 느끼고 만다.

일단 내려놓자, 옆을 걷는 앨리스가 웃으면서 말을 걸어왔다.

"선생님 익숙한 것 같아요. 뇌격 어택."

…그야 뭐 비교적 가까운 곳에 끓는점이 낮은 찌릿찌릿 아가씨가

있으니까 정답이기는 하지만. 그 부조리한 커뮤니케이션이 설마 유령이라는 엉뚱한 존재로부터 자신의 목숨을 구해 주는 날이 올 거라고는 생각도 하지 않았다.

"이대로 안내도에 없는 반입 출구를 통해서 역 바깥까지 도망칠 수 있다면 베스트지만, 그렇게는 안 되겠지. 결판을 내고 내지 않고는 제쳐 두고, 프릴샌드#G? 한 번쯤은 저 유령과 정면충돌할 준비와 각오 정도는 해 두어야…."

성의 없는 기색으로 하나츠유 요우엔이 제안해 왔다.

슈루룩 하는 소리가 들렸다.

보니, 뭔가 두꺼운 죄수복? 의 지퍼를 내린 열 살 정도의 검은 머리 소녀가 통로 한가운데에서 망설임 없이 옷을 벗어 던지고 맨살을 드러내고 있다.

너무 자연스러워서 순간 지켜보고 나서 카미조는 펄쩍 뛰어올랐다.

"우와아?! 뭐, 뭐야?!"

"됐으니까 그쪽의 하얀 가운이랑 가스마스크를 돌려줘. 그리고 가방도."

"…바깥에서 알몸인 여자애. 벌레의 날개가 만든 이상한 입체 영상이 아니었던 건가, 그거?"

"그런 악몽이라면 그쪽도 비참하겠지. 기억을 덮어쓰는 것 정도는 하게 해 주지."

어디까지가 진심인지 읽을 수 없는 태도로 악녀 요우엔은 말하면서, 비즈니스 백 안에서 굵은 벨트 같은 것을 꺼냈다. 액션 영화에 나오는 기관총의 총알처럼 보였지만, 그 정체는 컬러풀한 액체를 봉해 넣은 수많은 시험관이다.

카미조 뒤에서 달려들어 두 눈을 막는(하지만 여러 가지로 달콤한) 앨리스는 뭔가 오들오들 떨면서,

"소, 소녀보다 키가 작은데, 가슴이 엄청나게 크다고요?!"

"흐흥, 섹시하지?"

요우엔은 벨트를 (이 나이의 여자애치고는 부자연스러울 정도로 굴곡진) 몸에 감고 나서 하얀 가운의 옷깃을 유카타처럼 여미고, 역시 굵은 띠 같은 모양새로 의료용 코르셋을 조여 나간다.

"이걸로 됐어, 전투 준비 완료. 시약 색깔을 보면 각종 약품도 성분에 변질 없음, 그리고."

"아아, 그래. 그래?"

"돈은 없어도 괜찮아. 현금화에 대해서는 워싱턴 조약에 걸릴 엄청나게 레어한 곤충 정도는 얼마든지 긁어모을 수 있고, 뭣하면 환각성 곤충독을 적당한 잡초에라도 배게 해서 뒷골목에서 매매하면 말단 가격 1그램에 10만 엔은 넘을 거고. 후후, 이걸로 도주용 연금술도 완벽하군. 실수 없음."

"…어째서 일일이 불온한 설명이 기나길게 덧붙여지는 거야…???"

검은 레이스의 안대, 고딕 롤리타 의상, 검은 장미로 장식된 마검, 그 외에는 극한 영구 결번식 흉악 최강 마법을 세끼 밥보다 좋아하는 나이 정도라면 귀엽지만, 아무래도 그런 평온무사한 향기가 나지 않는다. 요우엔의 말투는 연상의 카미조를 향해 주장하며 억지로 주도권을 쥐려고 하는 것이 아니라, 스스로 자신에게 들려주고 이미 있는 기술을 하나하나 손가락으로 가리키며 안전을 확인하

고 있는 것처럼 들릴 뿐이다.

"하아, 이제 와서 미련 같은 건 없다고 생각하고 있었는데, 거리로 나오니까 제대로 된 걸 먹고 싶어지네. '레드타운'의 키위프루츠 만두라든가."

"로스앤젤레스 사양이 내 현실을 침식해 오고 있어…. 뭔가 좋은 추억이 없다고, 그 도시."

어쨌든 목표로 해야 할 곳은 바깥이다.

뒤쪽 통로는 창이 없고, 도중에 몇 번인가 직각으로 구부러져 있었다. 아마 앞쪽의 통로에 면해 있는 네모난 가게의 빈틈을 이리저리 통과하듯이 배치되어 있는 것이리라. 덕분에 충분한 시야를 확보하지 못하고 모퉁이에 다다를 때마다 움찔움찔하면서 안쪽을 들여다보는 처지가 되었지만, 다행히 누군가가 잠복하고 있는 기척은 없었다.

몇 번인가 모퉁이를 돌자 지금까지와 다른 것이 기다리고 있었다. 금속제 셔터와, 그 옆에 따로 마련된 종업원용의 작은 철문이다.

카미조는 밝아진 얼굴로 그쪽으로 다가갔다.

"있다, 저거야! 밖으로 연결되는 뒷문!!"

"?"

하지만 요우엔은 눈썹 한쪽을 움찔 치켜올렸다. 가슴께에서 스마트폰이 떨리고 있는 것을 깨달은 것 같은 얼굴. 그리고 하얀 가운 안쪽에서 컬러풀한 시험관을 골라 하나 뽑는다. 형광노랑으로 빛나는 액체의 수면을 바라본다.

옆에서 앨리스가 즐거운 듯이 말했다.

"와아, 부글부글 파도치고 있어요."

"…마이크로파? 아니, 시약 부분의 착색 콜로이드 입자에 반응하고 있다는 건 테라헤르츠파인가. 큰일이다, 잠깐 거기 당신! 지금 당장 셔터에서 물러나!!"

"?"

요우엔은 왠지 금속제 셔터 자체가 아니라, 바로 옆에 있는 콘크리트 벽을 강하게 노려보고 있다. 한 발 앞서 가던 카미조가 의아한 얼굴로 요우엔 쪽을 돌아보았다. 직후였다.

두캉두캉!!!!!! 하고.

두꺼운 방범 셔터를 도려내는 굉음이 두 번 작렬했다.

쏘아진 것은, 아마 금속 화살.

파괴는 셔터 상부에 집중되었다. 오른쪽과 왼쪽 상단. 그곳을 파괴해서 말아 올리는 용의 기계나 잠금쇠라도 부순 것인지, 지지를 잃은 금속 셔터가 성대한 제막식처럼 단숨에 아래로 떨어졌다.

바깥.

바로 정면에, 기괴한 고글로 눈가를 덮은 트윈테일의 소녀가 서 있었다.

앨리스가 반사적으로 외치고 있었다.

"대체 뭔가요 이 애? 변태 같은 분위기인데!!"

"적어도 아무리 생각해도 이 연말에 반소매인 당신보다는 정상이에요!!"

끼리끼리끼릭!! 하고 짧은 금속 화살이 손가락과 손가락 사이에서 고속으로 돌며 이동을 반복하고 있다.

"그 운전사는 플랫폼에 남겨 둔 게 정답이었군요…."

그 중학생은.

선도위원 시라이 쿠로코는, 공간조차 이동해 모든 물체를 그 경도나 질긴 정도에 상관없이 일률적으로 파괴하는 금속 화살을 몇 개나 동시에 들고 망설임 없이 외친다.

"하나츠유 요우엔!! 특별 도주 및 역사(驛舍)에 대한 기물 파손 혐의로 즉각 구속합니다!!"

테라헤르츠파는 공항 등에 있는 자기 계열의 금속 탐지기나 건강 피해가 우려되는 X선 검사를 대신하는, 물질 투과 계열의 검사 방식에 사용되는 특수한 전자파다. 지극히 높은 주파수로 빛과 전파의 중간적인 성질을 보이는 이 특수한 전자파를 이용하면, 벽 너머로 인간의 수나 위치를 찾는 것은 식은 죽 먹기다.

그리고 당연한 일이지만, 삼차원적인 제약을 무시하고 모든 점에 직접 공격을 가하는 텔레포터(공간이동 능력자)와 조합하면 이만큼 성가신 장난감은 없다. 현재, 이미 시라이 쿠로코에게는 그늘이나 사각지대 등의 약점은 없는 셈이다.

절체절명의 상황에 대해, 그러나 오히려 요우엔은 야만적으로 웃고는 작은 손으로 우두커니 서 있는 카미조를 옆으로 힘껏 밀쳐 냈다. 반대쪽 손에는 컬러풀한 액체가 든 시험관이 몇 개나 쥐어져 있다.

아직 엄지로 고무 캡을 튕기기 전부터, 이미 천장의 덕트나 바닥 구석에 있는 배수구 등, 도시의 어둠이 술렁술렁 꿈틀거리기 시작하고 있었다.

"어머나, 어머나. 그 12월 25일을 살아남아 놓고, 어둠에서 아무 것도 배우지 않은 거야?"

"쓸데없는 저항은 그만두세요. 제 금속 화살은, 방호 수단에 상관없이 일률 평등한 파괴를 실현합니다."

"어머나 그래, 위력이 너무 높으면 칼등으로 칠 수가 없어서 정의 노출 마니아는 여러 가지로 힘들 것 같네. 그 고글, 항상 사용하는 건 아닐 테니까 배터리는 몇 분 정도일까? 하지만 나는 악인이라서 그런 망설임은 일절 하지 않아. 도시형 해충·해수를 똑같이 모두 지배하에 두는 이 '매개자'에게 저항하는 게 뭘 의미하는지를 이해하도록 해. 아아 그렇군, 당신도 도중에 상황을 내던진 리타이어조였던가? 자신의 동료를 내팽개치고."

"하나츠유 요우엔!!"

"당신이, 내 카아이를 빼앗았어. 그것에 대해서 아무 생각도 하지 않을 것 같아? 아무리 강력해도 '점'의 파괴로는 죽음의 탁류를 쳐낼 수 없어. '면(面)'으로 당신을 쓸어 내 주지☆"

쏴!! 하고.

서로가 서로에게 필살의 무기를 들고, 오히려 도전하듯이 각각 앞으로 나섰다.

안 돼, 하고 카미조는 생각한다. 이것은 검과 방패의 격돌이 아니다. 검과 검. 절대적인 살상력으로 몸을 지키는 자들끼리 부딪쳐 버렸을 경우, 게다가 대립하는 한쪽이 겁을 먹고 무기를 집어넣지 않았을 경우에는 어느 한쪽이 다른 한쪽을 피바다에 가라앉힐 때까지 싸움이 멈추지 않게 된다.

설령 몸을 지키기 위한 호신용이고, 상대를 죽일 마음은 없어도.

모든 것이 끝난 후, 피투성이의 양손을 바라보며 죽음보다 격렬한 통곡을 흩뿌리게 되어도.

그것은 분명 안 된다. 어떻게 해서라도 막아야 한다.

(…아.)

그때.

어째서 그런 판단을 할 수 있었을까.

어쨌든 이렇게 되었다.

쿵!! 하고.

순간적으로 요우엔을 옆으로 떠밀친 직후, 허공으로 사라진 금속 화살이 카미조의 몸에 꽂혔다.

6

작열이 한 점에서 온몸 구석구석으로 단숨에 타올랐다.

카미조는 지면에 쓰러진다. 이를 악물지만, 절규를 멈출 수가 없다. 온몸이 격통의 소용돌이에 있고, 어디에 상처가 있는 건지 스스로도 보이지 않는 듯한 상태였다.

"악, 아아아. 아아???!!!"

일어서지도 못한 채 거의 반사적으로 비어 있던 손으로 어깨를 누른다. 그제야 겨우 카미조는 자신이 어깨를 금속 화살에 꿰뚫린 것임을 깨달았다.

단순한 아픔보다도, 몸 속에 금속의 이물이 파묻힌 혐오감이 더 강하다.

의미도 없이 눈물을 뚝뚝 흘리며 절규하는 삐죽삐죽 머리를 보고, 하나츠유 요우엔은 멍하니 있었다. 시라이 쿠로코는 테라헤르츠파를 다루는 특수한 투과 고글을 이마까지 올리고, 당황해서 달려온다.

상황을 조금도 이해하지 못하는 건지, 앨리스만이 악의도 없이 즐거운 듯한 얼굴로 꺄아꺄아 난리를 치며 카미조의 목소리를 흉내 내고 있었다.

"대, 대체 뭘 하는 거예요? 이 유인원!!"

"내가 어떻게 알아…. 조금이라도 이 피를 보고 후회하고 있다면, 이런 걸 가볍게 사람한테 팡팡 쏘지 맛. 양쪽 다 살상력이 너무 높다고! 어째서 학원도시는 꼭대기로 갈수록 죽음이 가까워지는 거지?! 바보냐 이럴 바에는 평범한 레벨 0(무능력자)이 제일 평온하고 안전하잖아!!"

한편, 이다.

간신히 기세를 되찾은 듯한 요우엔은 양손을 머리 뒤에 대고 휘파람을 불고 있었다.

"아—아, 나는 몰라. 학교 선생님한테 일러바쳐야지—."

"악인!!"

"그러니까 정의 노출 마니아, 거기 있는 그 녀석을 죽게 하고 싶지 않다면 지금 당장 장소를 바꿔 줘. 당신의 극한으로 멍청한 실수는 이 내가 메우지."

요우엔은 부자연스럽게 큰 자신의 가슴 한가운데에 손바닥을 대고 한쪽 눈을 찡긋했다.

"살균·소독에 필요하다면 에탄올이든 비피더스균이든 생산할 거고, 진통 계열 약품이라면 모기나 진드기 같은 데서 추출할 수 있어. 지혈을 위해서는 혈액 응고를 제어하는 게 손쉽고, 더 말하자면 혈관 봉합이 필요하다면 동물성의 튼튼한 실이 필요하지. 그것도 누에의 비단에서부터 거미줄까지 얼마든지 있어. 세계에서 가장 많이 번식하고 있는 익충은 인기가 높지만, 실크를 만드는 누에는 어차피 그로테스크한 나방의 유충이고, 이런 건 내 범주라도 상관없겠지?"

"당신…?"

그 시라이 쿠로코가, 어안이 벙벙해 있었다.

아무래도 뭔가 옛날부터 아는 사이인 듯한 시라이에게는, 요우엔 쪽에서 우연히 같은 장소에 있던 부상자의 목숨을 구한다는 당연한 선택지가 나오는 것이 어지간히 의외의 제안이었던 모양이다.

하지만,

"앗, 아뇨!! 애초에 무허가 의료 행위는 적법의 범주를 뛰어넘는 거잖아요?! 하물며 도시형 해충이니 해수니 하는 것을 사용한 비위생적이기 그지없는 수술이라니!!"

"하아, 역시 가장 사람을 죽이고 있는 건 악당이 아니라 정의의 편이야. …이 극한으로 사람 좋은 바보가 무슨 생각으로 나 같은 걸 감쌌는지는 모르겠지만, 지금 그걸로 빚이 두 개로 늘어난 건 사실. 미안하지만, 확실하게 이자를 붙여서 갚을 때까지 그를 죽게 할 생각은 없어, 나."

"……,"

"빚을 지고 갚는 것. 이건 선악의 성질과는 상관없는 곳에 있는 법칙성이라고 생각하는데?"

쓰러져서 널브러진 카미조를 사이에 두고, 몸을 구부린 채 두 소녀가 조용히 시선을 부딪친다.

하지만 시간은 기다리지 않았다.

팡팡, 하고. 빈손으로 몸을 굽힌 요우엔의 허리 옆을 때려 주의를 촉구한 것은, 지금도 깊은 상처와 금속의 이물감 때문에 고통에 신음하는 카미조였다.

어깨를 찔렸을 텐데, 목에서 목소리가 나오지 않는다.

하지만 천장을 향해 눕혀져 있는 그가 누구보다도 빠르게 눈치챘다.

슥… 하고.

갑자기, 가까운 콘크리트 벽을 빠져나와 인공 유령이 얼굴을 내민 사실을.

그것은.

천연인지 인공인지는 제쳐 두고, 상대는 진짜 유령이다. 그렇다면 물리 법칙 따위는 아무런 담보도 되지 않을 것이다. 하지만 가능할까? 저런 건 반칙이다. '텔레포트(공간이동)'와는 또 다른 벽 빠져나가기. 아무런 전조도 없이 갑자기 그런 걸 당하면, 아무리 경험을 쌓은 전투의 프로라 해도 틀림없이 놓칠 것이 뻔하지 않은가!!

파직, 하는 유아등 같은 울림을, 과연 시라이나 요우엔은 눈치챌 수 있었을까.

열차 사고 때와 달리, 이번에는 앨리스와 요우엔을 '텔레포트(공간이동)' 사용자에게 맡길 시간도 없었다.

직후에 프릴샌드#G를 중심으로 전방위를 향해, 막대한 고압 전류가 쏟아졌다.

가까운 거리에서 용접보다도 강하고 하얀 섬광이 작렬하고, 콘크리트 벽이며 천장이 한꺼번에 파괴되는 굉음이 소년의 고막을 흔들었다.

"시라, 이이!!"

이제 고함치며, 억지로라도 떠밀칠 수밖에 없었다.

직후에 뭔가가 흔들렸다. 풍경이 겹친다. 대체 어떤 부하가 걸리고 있는 건지, 바지 주머니에 찔러 넣은 스마트폰이 화상을 입을 것 같을 정도로 뜨거워졌다.

착각하고 있었다. 고압 전류를 뒤집어쓰고 감전되면 이상한 환각을 보는 것이 아니다. 그렇다, 스마트폰이나 역의 기재는 고압 전류의 굵은 번갯불이 직격하지 않아도 오작동을 일으키지 않았을까.

인공 유령을 중심으로 해서, 주변 지역 전역이 희미하게 전기를 띠고 있는 것이다.

(머리카, 락? 그런가. 이거, 머리 표면 전체에 정전기 같은 걸로 바깥에서 감싸면….)

지옥의 슬로모션은 계속되고 있고, 놈의 뇌격은 어떻게 생각해도 피할 수 없다. 이매진 브레이커(환상을 부수는 자)로도 없앨 수 없다. 그렇다면 차라리 저기 있는 환영에게 몸을 맡기는 편이 격통의 쇼크로 죽을 위험을 줄일 수 있을지도 모른다. 조금이라도 다시 일어설 확률을 올리고, 다음에 대한 반격으로 연결하기 위해서도.

직후에 쏟아진 치명적인 고압 전류 덩어리가, 제대로 카미조 토우마의 중심을 꿰뚫었다.

7

넓다, 넓다.

그러면서도 숨이 막힐 정도로 밀폐된 콘크리트 공간에, 노인의 말이 울렸다.

『카키키에 터널 따위, 어디에도 존재하지 않아.』

응대하고 있는 것은 한 청년이다. 아니, 아슬아슬한 가장자리까지 몰아붙여져 있고, 반쯤 협박당하고 있는 듯한 상태일지도 모른다.

『…프릴샌드#G 군의 연구 노트, 입니까?』

이것은 누구의 기억일까.

적어도 노인이나 청년은 아니다. 그들은 완전히 시선의 주인의 존재를 고려하지 않고 있는 것 같았다. 먼 옛날에 퇴장한 존재로 인식하고 있다고 할까.

그것은 틀린 것이 아닐지도 모른다.

감각으로는 꿈에 가까웠다. 즉, 광경을 볼 수는 있어도 자력으로 개입할 수 없다.

『그걸 빼앗을 정도로 촌스럽지는 않아.』

그래서, 일까.
그 존재는 그저 방관을 계속하는 정도밖에 할 수 없었다. 이대로 최악의 상황이 진행되면, 무슨 일이 일어날지 알고 있으면서도.

『누구냐.』

노인이 손가락으로 가리킨 방향에는 체조복을 입은 작은 아이들이 많이 있었다. '어두운 부분'이라고 불리는 영역에서는, 전투용이나 연구용 등의 명목으로 허망하게 소비되어 가는 목숨이다.

『적당히 골라서 준비해 주면 상관없어.』

그걸 지키기 위해, 청년은 이 도시의 어둠에 도전해 왔다.
부족한 힘을 메우기 위해, 자신을 '키하라'라고 위장하면서라도.
'인공 유령'이라는 공허한 것에 구체성을 주고 전력(戰力)을 갖춘 것도, 그런 생각이 근저에 있었던 것인지도 모른다.
그래서.
아무리 궁지에 몰리고 죽음의 가장자리에 세워져도, 그에 대한 대답은 정해져 있었다.

『거절이다 멍청한 놈.』

처음부터 전부 알고 있었다.
그리고 관찰자의 눈앞에서 건조한 총성이 작렬했다.
아무것도 할 수 없었다.
무엇 하나.

8

의식을 메우는 이명이 급속하게 멀어지고, 현실감이 돌아왔다.
아니, 어쩌면 시간 감각조차 애매해진 이 몇 초 동안, 고압 전류
에 꿰뚫린 카미조 토우마는 정말로 심정지 상태였을지도 몰랐다.
"악!!"
빛이 색을 뭉갰다.
소리가 압력의 영역에까지 침식해 왔다.
팔다리가 떨린다. 이를 악물고 견디지 않으면, 오히려 멋대로 경
련하는 자신의 턱 때문에 혀를 깨물어 끊어 버릴 것 같아서 무서웠
다.
머릿속이 휘저어진다. 이것은, 안 된다. 생각이 너무 안이했다.
너무 되풀이하면 자신의 기억인지 무익한 망상인지 바깥에서 입력
된 정보인지, 구별이 가지 않게 될 것 같다.
작렬의 순간, 지나친 오감의 현혹에 의해 카미조 토우마는 자신
이 서 있는지 눕혀져 있는지도 잊어버리고 있었다. 기묘한 액체 속

을 헤엄치고 있는 것 같은 비현실감. 하지만 그런 가운데에서도, 희미하게나마 카미조의 머리는 현실의 움직임을 좇고 있었다.

콘크리트 벽이 맥없이 부서진 것은 사실.

하지만 그것은 프릴샌드#G가 온몸에서 내뿜은 고압 전류의 폭풍, 만이 아니다.

"고오오오아아아앗!!!!!!"

대지를 흔드는 듯한 굵은 포효가 있었다.

그리고 유령이 나온 벽과는 반대쪽 콘크리트 벽이, 맞은편에서 힘으로 억지로 부서졌다. 아마 주먹이라기보다는 어깨를 사용해서 몸으로 부딪쳤을 것이다. 그리고 뭔가 거대한 근육 덩어리가 프릴샌드#G를 붙잡고, 그대로 반대쪽 벽까지 부수며 시야에서 사라져 갔다. 이곳이 직선 통로라는 것을 잊어버릴 것 같은 공방이다. 마치 사거리에서 일어난 교통사고 같았다.

그렇달까, 어?

카미조 토우마는 쓰러진 채, 잠시 어깨의 아픔을 잊고 있었다.

진심으로 어안이 벙벙해 있었다.

근육.

오직 순수한 근육만으로, 수치이론화된 '과학적인 유령'을 강제로 쓰러뜨렸다…???

　…전체적으로 방금 그건 뭐지? 그림책에 나오는 도깨비 보디에 얼굴 부분만 궁상맞은 바코드 안경 아저씨 헤드를 단 것 같은 괴물은. 가령 어린 시절에 소녀만화를 읽으면서 반짝반짝하는 16등신 미남을 동경하는 아이 정도는 있을 거라고 생각한다. 하지만 그것은 절대로 저런 울룩불룩 소두 아저씨가 아니다.

　그러나 그런 다른 차원의 비주얼에 짐작 가는 사람이 있는 모양이다.

　양손으로 눈을 비비면서도, 얼굴을 찌푸리며 시라이 쿠로코가 벽의 커다란 구멍을 향해 외친 것이다.

　"라쿠오카 호우후!! 당신 거기에서 뭘 하고 있는 거예욧?!"

　쿵, 쿵!! 파지익!! 하고 커다란 구멍에서는 연달아 용접 작업보다 흉악한 빛과 낮은 방전음이 돌아왔다. 아무래도 일방적인 전개는 아닌 모양이다.

　어떤 오작동을 일으켰는지, AI와 카메라를 탑재한 자판기가 생글생글 웃는 여성의 안내 방송으로 『얼굴을 인식할 수 없습니다, 조금 더 떨어져 주세요.』를 되풀이하고는 토사물처럼 페트병을 덜컹덜컹 떨어뜨리고 있었다.

　망연자실한 카미조의 곁으로 앨리스가 웃는 얼굴로 다가왔다. 허리를 굽히더니, 작은 금발 머리의 꼭대기로 남의 배 한가운데를 둥글둥글 누른다. 동물의 귀처럼 뾰족하게 말아 올린 두 뭉치의 머리카락이 수수하게 아프다.

　"선생님."

　"응, 그러네, 지금은 거기 있는 애의 직감이 정답. 가장 위험한 건 저 유령이고, 몸을 지키려면 역에서 도망쳐 나가는 게 최우선일까."

요우엔도 성의 없는 느낌으로 앨리스를 따라가며,

"바보 성분은 그쪽에 있는 정의 노출 마니아한테 맡기고 똑똑한 우리는 얼른 도망치자. 설 수 있어? 무리라면 당신의 몸을 나무에 기생하는 개미나 양봉용 상자의 벌로 빽빽하게 감싸서 바깥에서 억지로 일으켜 세워 줄 건데. 벌레벌레 파워드 슈츠☆"

제 힘으로 열심히 하겠습니다!! 하며 카미조는 갑자기 벌떡 몸을 일으켰다.

몇만 마리나 되는 개미나 벌이 피부호흡도 할 수 없을 정도로 온몸에 몰려들어 바깥에서 팔다리가 잡아당겨지는 꼭두각시 인형 모드라니 최악 중의 최악이다. 그러나 아무래도, 더 강한 공포는 하위의 아픔이나 고통을 제거해 주는 특효약이 될 수 있는 듯하다. 이러면 마음 쪽이 버틸 것 같지 않지만.

"앗, 잠깐 당신들?!"

"칫, 선한 변태가 눈치챘어. 하지만 지금은 긴급 피난이 먼저!!"

재촉해 오지만, 열 살 정도의 요우엔이나 앨리스는 어깨를 빌리기에도 너무 작다. 결국 카미조에게는 이를 악물고 자력으로 앞으로 나아가는 것밖에 길이 없었다.

어쨌든 부서진 셔터를 지나 역 밖으로.

그러면 이 죽음으로 넘치는 악몽 같은 공간에서 벗어날 수 있다.

그렇게 생각하고 있을 때였다.

파칭!! 하는 날카로운 울림에 카미조 일행은 움츠러들어, 역사(驛

숨)로 도로 밀려들어갔다.

"뭐…?"

발치. 카미조 바로 가까운 곳의 아스팔트가 오렌지색 불꽃과 함께 얕게 파였다.

먼 곳으로부터의 저격이었다.

9

깜짝 놀란 것은 저격을 당한 카미조 측만이 아니었다.

(저게 뭐야, 플라밍고 배트? 저 동물 귀 머리, 배트라고 해도 일부러 이 나라에서 야구 이외의 것을 고르다니 마니악한.)

카우보이모자에 새빨간 차이나드레스. 보통의 가게에는 놓여 있지 않은 그런 옷은, 당연하지만 '오버헌팅'의 압수물 보관고에서 훔쳐낸 것이리라. 그런 저격수가 숨을 삼킨다. 저건 그림책 같은 드레스의 소녀? 가 한 짓일까. 갑자기 나타난 핑크색의 노 같은 납작한 판이 허공을 춤추고, 날아가는 총알을 정면에서 막아낸 것이다.

(능력자일까, 차세대 무기일까…. 에에잇, 정의할 수 없는 건 우선 보류! 또 '니콜라우스의 금화' 같은 정말로 의미불명인 물건이 아니면 좋겠는데.)

제7학구 남역에서 큰길을 사이에 두고 맞은편에 있는, 상업 빌딩의 옥상이었다. 엎드려 있는 여자의 어깨에는 반자동식 저격총의 탄창이 닿아 있고, 가까운 곳에는 안티스킬(경비원)의 표시가 되어 있는 합성수지 케이스가 아무렇게나 구르고 있었다.

(아—아. 그렇다고 해도 안티스킬(경비원)은 의외로 박봉이구나아…. 어라? 애초에 모체인 교사 이외에 추가 보너스가 나왔던가?)

부웅, 하는 모터 소리가 머리 위에서 활공하고 있었다.

"으—음, 생각했던 것보다 드론이라는 건 편리하네. 솔직히, 카메라 렌즈가 달려 있고 사진을 저장할 수 있으면 뭐든 오케이 정도의 감각이었는데…."

공기 중의 수분이나 전자파까지 겹쳐서 표시하는 미러리스식 다기능 스코프 너머로 지상, 파괴된 금속 셔터 주위를 체크하면서, 같은 시야 속에 다른 틀의 창을 표시시킨다. 거대한 밀실이 된 역사 안이라도, 인간보다 작은 드론이 있으면 결정적 순간을 놓치지 않을 수 있다.

"특종 정키인 내 앞에서, 이—런 맛있는 사건을 어른거리게 하지 마. 이런 건 어떻게 해도 자극적인 한 장을 마구 찍어 댈 수밖에 없어지잖아☆"

그렇다. 목적을 위해서라면 살인조차 마다하지 않는다는 소문의 파파라치, 베니조메 젤리피시는 철두철미하고 흔들리지 않는 사람이었다. 입술까지 핥아 가며 묘령의 미녀는 속삭인다.

"그만두라고. 안전하게 도망쳐 주면 곤란하거든, 병아리. 이 내가 일부러 현장에 숨어서 카메라를 들고 있으니까. 이쪽에서 혼란은 일으켜 줄 테니까, 제대—로 많은 사망자가 발생하는 큰 사건으로 키워 줘☆"

10

파칭!! 하는 오렌지색 불꽃이 다시 아스팔트에서 튀었다. 카미조의 신발에서 30센티미터도 떨어져 있지 않다. 베니조메, 하고 시라이가 누군가의 이름을 외치고 있다.

수수께끼의 저격으로 역 바깥으로는 나갈 수 없게 되었다. 카미조는 완전히 새파래진 얼굴로,

"위, 위험해…. 이 일본에서 진짜 저격총 같은 게 얼굴을 내밀어도 의문으로 생각하지 않게 된 나 자신이 제일 위험하다고…."

"꽹장해…. 바깥은 벌써 밤이야. 소녀는 선생님이랑 밤을 새우고 싶어욧, 다른 사람들한테는 비밀인 토크가 하고 싶은데요!!"

전혀 상관없는 부분에서 한껏 신나 있는 앨리스의 뒷덜미를 한 손으로 누르고, 어쨌든 원래 있던 역사로 되돌아간다. 앨리스는 내버려두면 상황을 무시하고 웃는 얼굴을 한 채 밖으로 달려 나갈 것 같아서 무섭다.

벽의 커다란 구멍은 두 개. 한쪽은 파직파직 빛나고 있으니 지금도 유령과 근육이 충돌을 계속하고 있는 것이리라. 그렇게 생각하면, 역시 비교적 안전한 것은 반대쪽——라쿠오카 호우후인가 하는 근육이 처음 나온 쪽——의 커다란 구멍일까.

하지만 요우엔에게는 아직 냉정하게 생각할 만한 여유가 남아 있는 것 같다. 믿을 수가 없다.

"저걸 보면 보통의 시야 외에 수분이나 전기라도 표시하고 있을지도 모르지만… '오퍼레이션 네임·핸드커프스'라면 납탄 정도는 드물지도 않았어. 위협도라면 중간보다 낮은 정도? 위는 더 별난 것들뿐이었지."

"그런 건 환상이에요. 오늘은 12월 29일, 그 악몽 같던 25일은 지

났습니다!!"

"이런 식으로 말하는 정의 노출 마니아의 '공간이동' 같은 것? … 하지만 나도, 그런 유령은 보지 못했어….'"

요우엔의 입체 영상? 으로 저격수를 교란하는 것은… 안 되나. 결국, 아무리 허상을 늘려도 실제로 저격수가 누구를 쏠지는 운에 맡기게 되어 버린다. 소녀들이 총에 맞을 확률은 0퍼센트로 만들 수는 없다.

커다란 구멍 맞은편은 샤워실로 이어져 있었다. 역의 이미지와 꽤 거리가 멀지만, 직원용 설비인 걸까? 뭐, 역무원도 그 제복을 입은 채로 집에서 나오는 것은 아니니까, 옷을 갈아입고 땀을 씻기 위한 방은 필요할지도 모르지만. 벽을 뚫어 버려서 일반 손님에게 보이는 장소인지 보이지 않는 장소인지의 구별도 되지 않는다.

타일 바닥을 밟으며 안까지 들어가자, 로커가 줄줄이 늘어선 탈의실이 기다리고 있었다. 등받이가 없는 벤치를 발견했기 때문에 카미조는 저도 모르게 거기에 걸터앉고 말았다.

징!! 지징…!! 하는 낮은 진동은, 이러고 있는 지금도 바닥을 흔들고 있다.

하나츠유 요우엔은 카미조의 어깨에 주목하고 있는 것 같다.

"그 어깨의 상처, 슬슬 케어해 둘까?"

"엣, 아?"

"…우선은 금속 화살, 뽑을게."

시야 가득 별이 난무할 정도로 격통이 덮쳐 왔다.

농담이 아니라 상처가 크게 부푼 기분이 들 정도의 아픔.

다루파루가루배우!! 하고 카미조는 의미불명의 고함을 지르고 있었다. 실제로 입에서 튀어나온 목소리와 귀로 듣는 소리가 일치하는지 어떤지도 자신이 없다.

화살에 '갈고리'가 없었던 것은 불행 중 다행이라고 말할 수밖에 없다. 관통한 상처에 마개를 하고 있던 금속 화살을 뽑자 분명히 출혈량은 는 것 같지만, 열 살의 악녀는 신경 쓰지 않았다.

"그럼 지혈하기 전에 우선은 소독을 해야지. 자자, 구더기야 나오렴―."

"뭐? 지금 태연하게 뭐라고 말했어 뱃속 검은 계집애야아!!"

"구더기 세라피 정도도 몰라? 무지하고 화를 잘 내다니 열혈 군이란 엄청 곤란하네."

벌침에 거미줄을 꼬아 굵은 혈관을 억지로 봉합하고, 상처 자체에는 응고 작용이 있는 뱀독을 조합해 거꾸로 막아 버렸다. 독과 약은 다루는 방법에 따라 결정되고, 근본적인 정의의 영역은 존재하지 않는다는 것일까. 물론 초보가 했다간 평범하게 죽을 것 같지만.

…뒤집어 보면, 즉 작은 악녀 '매개자'는 기술이 부족해서 못 한다, 발상이 없어서 선택지를 머리에 떠올리지 못한다, 라는 것이 아니다.

할 수 있는데, 하지 않는다.

눈앞에 늘어놓아져도 고르지 않는다. 그것은 하나츠유 요우엔의 단순한 취미나 기호의 문제일까. 아니면 상황적으로 그런 선택지가 허락되지 않는 세계에서 살아온 것일까.

당사자는 특별히 기를 쓰는 기색도 없이, 막힌 상처를 작은 손바닥으로 가볍게 두드려 왔다.

"자, 끝. 나는 고치기로 결심하면 흉터도 남기지 않아, 흐느껴 울면서 감사하도록 해."

　요우엔은 엉성하게 손키스를 던지고는, 그 손의 작은 엄지로 로커 덩어리와 덩어리 사이에 쏙 들어가 있는 길쭉한 기계를 가리키며,

　"지혈에 대해서는 완료된 걸로 하고, 그 외에 비타민C나 엽산 같은 게 있으면 좋겠지. 자, 저기 있는 자판기에서 적당히 야채주스를 살 테니까 동전 좀 내놔."

　"비타민…?"

　"조혈제의 재료야. 상처를 막은 것만으로는 이미 잃은 혈액은 돌아오지 않잖아."

　과연 매우 좋은 의견이다.

　혈액이라면 간이나 시금치 등의 철분 계열인가 하고 생각하지만, 그쪽 길(…무슨 길?)의 프로가 하는 말에 틀림은 없을 것이다. 한마디로 피라고 해도 여러 가지 성분이 있으니, 철분을 직접 섭취하는 것 이외의 방법도 있을지도 모른다.

　하지만,

　"사, 사십구 엔밖에 없어요."

　"쓰레기. 인간쓰레기."

　데이트 식사에서 여자에게 전액을 내게 하는 형편없는 남자를 보는 눈으로 하얀 가운을 입은 어린 소녀가 내뱉었다. 도쿄 연말 서바이벌에 진 카미조가 풀이 죽어 어깨를 움츠리자, 발밑에서 뭔가 바스락 하는 감촉이 났다.

　둥글게 뭉친 만 엔짜리 지폐였다.

　"행운은 있었어!!"

"동전 교환기 근처에 떨어져 있는 그거 슬쩍 가져가면 현행범으로 수갑을 채우겠어요."

"네네, 그럼 뒷일은 도망 중인 흉악범이 맡도록 하지."

요우엔이 움츠러든 카미조의 손에서 지폐를 뽑아 들고는, 태연하게 자판기에 넣어 버린다. 앗! 하고 시라이가 소리치는 것도 아랑곳하지 않고 요우엔은 줄줄이 늘어선 상품 견본 중에서 야채주스와 과일 계열의 음료를 한꺼번에 구입해 버렸다.

"벌레벌레 합성—☆"

"잠깐 그대로 마시게 해 주는 게 아니야?!"

"조혈제의 '재료'라고 했잖아. 자, 입 아앙 해—♪"

"싫어 잠깐 마실게요 마실게요 모처럼 직접 만들어 주신 음식은 헛되이 하지 않을 테니까 적어도 내 타이밍으로 가게 해 줘!"

"시끄럽군 이 녀석. 음!"

"읏? 이봐 그만둬 요우엔 정체를 알 수 없는 약을 입으로 옮겨서 먹이는 건 그거 정말로 좋은 추억 없단 말이야 갸아악 우물우물 흐윽—???!!!"

카미조 토우마, 남자의 꿈 '빈사의 순간, 귀여운 여자애가 약을 입으로 먹여 준다'를 질척한 수수께끼 액체로 달성. 안나 때와 달리 독도 아니다. 그리고 왠지 앨리스가 입을 작은 삼각형 모양으로 만들고 부러운 얼굴을 하고 있었다.

피의 약일 텐데 카미조의 입 안이 잡초즙 같은 맛으로 가득 찼다.

푸핫, 하고 입술을 뗀 요우엔은 무언가를 깨닫고 자신의 입술에 손가락을 대고 있었다. 다우너(downer) 계열이라 감정을 읽기 어려운 아이는 낮게 말했다.

"…이런, 기세로 해 버렸지만 이거 처음이야."

남자의 꿈에 가점이 얹어져 버렸다. 이제 설산 조난 때에 알몸으로 서로 따뜻하게 해 주는 것(문제 1, 어떤 미라클이 발생하면 평소에는 말도 걸지 못하는 미소녀와 단둘이 설산에 들어가는 걸까?)과 엇비슷한 전설에 돌입했다. …이렇게 되면, 오히려 어딘가 심각한 함정이 있을 것 같아서 무섭다.

"(그리고 거스름돈은 반띵이야.)"

"(어째서 내가 5,000엔 지폐 한 장이고 악녀인 네가 1,000엔 지폐 4장에 520엔이야…? 뭐든지 합성해 버리는 너한테 몇 종류의 금속을 들려주면 그것만으로도 무서운데.)"

태연하게 손 안에 쥐여 주는 돈을 보고, 삐죽삐죽 머리는 어두운 얼굴을 하고 중얼거린다. 빨리 저걸 다시 뺏지 않으면 질척질척하게 녹여져 정체를 알 수 없는 약의 재료가 될지도 모른다. 그렇게 되었을 경우, 이쪽은 잘못하지 않았는데 왠지 대략적인 판단으로 빚이 떠넘겨질 것 같아서 무섭다.

"…뭔가 이렇게, 정말로 괜찮은 거야? 벌레니 뱀이니. 상처 주변이 전체적으로 지끈지끈 뜨거운데. 감각적으로 두 번 정도 부풀었다고 할까."

"그냥 착각이야. 그렇게 아픔을 없애고 싶다면 의료 거머리의 마취 성분이라도 환부에 주입해 볼래? 거머리의 톱날 같은 이빨로 피부가 날카롭게 찢겨서 가득 피를 빨려도 전혀 눈치채지 못한다고 할 정도니까, 효능적으로는 군 관계 기관에서 지급되고 있는 모르핀보다 효과가 좋아. 다만 히루딘은 혈액이 굳지 않게 되니까 상처가 전부 벌어지지만."

"됐습니다!! 약 계열은 너무 지나치게 의존하는 게 무서우니까요!!!!!!"

고함치자 어깨가 지끈지끈 뜨겁게 자기주장을 하기 시작했다. 얼굴을 찌푸리며 신음하자, 그것만으로 분위기가 무거워지고 만다.

주의해야 해, 하고 카미조는 마음속으로 강하게 생각했다. 안 그래도 궁지 속에 있다. 가장 큰 대미지를 입은 사람이 어떤 텐션이냐에 따라 전체의 분위기는 크게 달라진다.

"정리하자….."

안이한 구원을 가져다주는 마취는 스스로 거부했다.

어깨의 아픔은 받아들일 수밖에 없다. 극력 얼굴에는 드러내지 않은 채, 카미조는 이렇게 말을 꺼냈다.

"역 안에는 아무도 없고, 이상한 유령이 배회하고, 근육 덩어리와 멋대로 충돌하고 있어. 여기는 위험하다는 건 우선 정답. 하지만 역 밖으로 나가려고 하면, 왠지 저격총의 위협을 받아서 안으로 도로 밀려들어오게 돼. 아마 무리해서 강행하면 정말로 총에 맞을 거야."

시라이 쿠로코는 한숨을 쉬었다.

"…오늘 17시 20분, 죄수 호송 열차 '오버헌팅'이 제7학구 남역 구내에서 브레이크 경보, 현상을 확인. 즉 이 역을 중심으로, '오퍼레이션 네임 · 핸드커프스'의 흉악범들이 해방된 상태에 있어. 근육과, 저격과, 그리고 거기 있는 해충은 우선 브레이크 경보에 얽힌 탈주범이에요. 다만 유령에 대해서는 상세 내용 불명. '오버헌팅'은 전자 브레이크를 포함한 몇 가지 안전장치가 작동 불량을 일으킨 거니까, 아마 그 유령인지 뭔지가 사고 자체에 관련되어 있을 것 같지는 않지만요."

"전자 브레이크?"

앨리스가 생글생글 웃으면서 고개를 갸웃거리고 있었다. 지금은 그쪽에 흥미가 있으니 다행이지만, 방심하고 있으면 응급 처치한 상처를 손끝으로 꾹꾹 찌를 것 같아서 조금 무섭다.

"글자 그대로, 전자석을 이용해서 열차의 바퀴를 끼우는 긴급 브레이크예요. …다만 이건, 말의 이미지와 달리 장치에 전기를 흘려서 자력을 발생시켜 움직임을 멈추는 브레이크는 아니에요. 평소에는 자력을 이용해서 브레이크 패드를 열어 두고, 예측하지 못한 사태가 발생하면 전기를 끊음으로써 움츠러들어 있던 용수철의 힘을 해방해 브레이크 패드를 조이는 방식의 안전장치죠."

"그거, 하지만 그럼 고장이 날 리가 없는 거 아니야…?"

전자석의 힘으로 무거운 바퀴의 움직임을 막는다면, 전기가 통하지 않는 등의 이유로 오작동은 발생한다. 하지만 전자석의 힘을 끊음으로써 용수철이 원래대로 돌아가는 형태라면, 전기 계통의 트러블과 동시에 브레이크가 걸리지 않으면 이상하다. 트러블에 의해 최고속도로 열차가 돌진한다, 라는 사태는 되지 않을 것이다.

"그러니까, 그 유령인지 뭔지는 거기에 손을 댄 거겠죠. 정말이지, 언니 이외의 누군가가 치명상 레벨의 고압 전류를 자유자재로 다루다니 오싹해요. …다만 애초에 저게 어디 사는 누구고, 어째서 '오버헌팅'을 공격한 건지는 전혀 모르겠지만…."

"어떻게 생각해도 '오퍼레이션 네임 · 핸드커프스'에 얽혀 있는 거겠지. 게다가 저 유령, 사용하는 테크놀로지만 보면 안티스킬(경비원)이나 저지먼트(선도위원)의 지급 장비로는 보이지 않는데."

"…우리도 모르는 흉악범인가요?"

"그 정신 나간 피의 제물 이벤트의 최종 보스라든가, 그런 거 아니야? '핸드커프스'를 끝까지 건너갔다면 우리도 마주칠 수 있었을지도."

그거야, 하고 카미조는 중얼거렸다.

선한 시라이 쿠로코와 악한 하나츠유 요우엔이 동시에 이쪽을 돌아보고, 무구한 앨리스는 사정을 전부 내던진 채 좌우간 따라 한 모양이다.

전원의 주목을 받으면서, 카미조는 이렇게 중얼거렸다.

"아까부터 드문드문 말이 나오고 있는데 말이지. 애초에 오퍼레이션 어쩌고라는 건 대체 뭐야?"

질문을 듣고, 선과 악의 두 사람에게서 동시에 한숨이 나왔다. 한참 늦된 평화로운 바보를 보는 듯한, 그러면서도 그 말을 모르는 것을 몹시 부러워하듯이 눈을 가늘게 뜨고.

그리고 어느 쪽이랄 것도 없이 입을 열었다.

오퍼레이션 네임 · 핸드커프스.

본래는 새 총괄이사장이 시작한 학원도시의 '어두운 부분' 일소 캠페인일 터였다.

처음에는 어디까지나 일제 적발이 주된 목적이었고, 체포한 범죄자의 갱생 교육이나 사회 복귀를 후원하는 것까지 포함한 장기적인 계획이었던 모양이다.

하지만 그것이 어딘가에서 망가졌다.

정보가 뒤섞였고, 이 부분은 지금도 조사 대상이 되고 있다. 일설에 따르면 너무나도 부자연스럽게 포위망을 빠져나가는 흉악범들에 의한 피해가 확대되어, 부아가 치민 안티스킬(경비원)들이 과잉 위력의 살상 무기를 꺼냄으로써 큰 혼란이 발생. 쌍방 모두 막대한 희생이 나왔다, 라는 이야기인데….

특필해야 할 점으로, '니콜라우스의 금화'라는 키 아이템도 있다.

충전 기간은 대략 한 시간. 움켜쥐고 기도함으로써, 잠겨 있는 문을 연다, 제비뽑기에서 반드시 노리던 제비를 뽑는다, 등 대체로 기적에 가까운 현상을 일으킬 수 있는 물건인 모양이다. 아까의 스마트한 포위망을 무너뜨린 흉악범들이 '부자연스러운 러키 펀치'를 연속시킨 원인인 듯한데.

"잠깐 기다려…."

거기에서 카미조가 끼어들었다.

얼굴은 새파래져 있었다.

"'니콜라우스의 금화'? 즉 그건 영적 장치잖아, 어떻게 생각해도 거기만 분명히 과학 측의 연구 성과가 아니야. 어째서 마술 측의 장난감이 태연한 얼굴을 하고 학원도시의 어둠에 흩뿌려져 있는 거야?! 어떤 의미로 가장 불가침의 성역이었을 텐데!!"

""?""

이것에 대해서는 시라이와 요우엔이 동시에 고개를 갸웃거렸다. 뭔가 은닉하고 싶은 정보가 있어서 모른 체하는 것이 아니라, 애초에 '마술 측의 영적 장치'라는 프레이즈 자체가 기억에 없는 것 같다.

다만, 그것은 그것대로 큰 문제다. 만일 원리도 모르는 많은 사람에게 맡겨져, 그들이 리스크나 디메리트를 상상도 하지 못한 채 계속 매달리고 있었다면….

(…설마, 이 도시에서 마술에 얽힌 '무언가'가 있었나? 내가 모르는 곳에서.)

급속하게 불안이 퍼진다.

'니콜라우스의 금화' 자체의 규격 외의 효능도 으스스함 덩어리지만, 그런 것을 무상으로 대량으로 푸는 인간은 없다. 어디의 누구인지 모르겠지만, 그놈에게는 그놈의 메리트가 있었을 터.

(새 총괄이사장의 계획, 인가. 설마 그 녀석, R&C 오컬틱스쯤한테 제대로 휘둘리거나 하지는 않았겠지. 서로의 영역이 어쩌니저쩌니 하기 이전에, 마술 측과 과학 측은 기본적으로 사이가 나쁘다, 는 대전제 정도는 기억하고 있을 거라고 믿고 싶은데.)

"으음, 후아—아."

하고, 이상하게 김빠지는 하품이 카미조의 사고를 끊어 냈다.

벤치에 걸터앉은 카미조에게 어리광을 부리듯이 몸을 내밀고, 무릎베개를 멋대로 즐기고 있는 체온 높은 앨리스였다. 카미조는 오히려 경악하고 만다.

"너… 누군가가 목숨을 노리고 있는 이 상황에서 설마 평범하게 졸린 거야…?"

"아뇨! 소녀는 자지 않았어욧, 왜냐하면 한창 밤을 새우는 중이니까!!"

본인은 말짱하다고 생각하는지도 모르겠지만, 몸 쪽은 카미조의 무릎베개를 벤 채 축 늘어져 있다. 이미 벤치에 드러누운 채 작은 손을 움찔움찔 흔드는 것이 고작인 모양이다. 여전히 앨리스의 천

진함은 상황을 초월하고 있다. 그녀는 음냐음냐 중얼거리고 눈가를 문지르면서,

"구구구. '오퍼레이션 네임·핸드커프스'에서 유일한 진짜 오컬트는 그 '니콜라우스의 금화'뿐이었고요. 하지만 유령은 뭔지 모르겠지만 오컬트 계열이에요. 그럼 결국, 그 이상한 유령은 '니콜라우스의 금화'에 얽힌 무언가라는 뜻일까요?"

"아닐, 걸? 앨리스, 넌 알고 있을 거야."

카미조는 자신의 오른손을 바라보며 말했다.

몸 한가운데를 꿰뚫는 감전만이 아니다. 새끼손가락은 지금도 화상 같은 아픔을 발하고 있다. 즉 오른손의 이매진 브레이커(환상을 부수는 자)는, 그 유령에게 통하지 않는다. 이치는 알 수 없지만, 그 유령 자체는 과학적인 무언가다. 순수하게 마술적인 '니콜라우스의 금화'와는 또 다른 존재일 것이다.

그것을 일찍감치 눈치챘기 때문에 더더욱, 첫눈에 앨리스는 카미조를 떠밀쳐 구해 준 것이니까.

"으응, 눈이 말똥말똥해졌어요. 그럼 취급상으로는 평범한 도둑이니까, 그렇다면 어딘가에 기록 같은 게 남아 있지 않을까욧?"

"그러니까 나도 거기 있는 정의 노출 마니아도 '핸드커프스'는 끝까지 함께하지 못했다니까. 도중에 리타이어했기 때문에 마지막 쪽이 어떻게 돼서 결말이 났는지 몰라."

"……"

뭔가, 치명적인 것을 틀린 것은 아닐까?

갑자기 카미조의 가슴에 그런 불안이 스쳤다. 처음에 선택지를 틀린, 것이 아니라. 애초에 예를 들어, 지금 이곳에서 머리를 싸안

아야 할 인물은 사실은 더 따로 있었던 게 아닐까, 라든가. 근본적인 배역이 잘못되어 버렸기 때문에 정답에 이르는 순서의 시점, 본래 같으면 과거의 시점에서 획득했어야 할 기본 전제 정보가 영원히 손에 들어오지 않는다. 그런 터무니없는 망상조차 머리에 떠오른다.

그러나 똑같이 아무 말도 하지 않고 있던 시라이가, 이윽고 휴대전화를 꺼냈다.

"우이하루. 들리나요, 우이하루!! 네, 네. 어차피 프릴샌드#G가 무질서하게 흩뿌리고 있는 고압 전류 때문에 사방이 노이즈투성이잖아요. 하지만 정보 관련으로 제일선을 자처한다면 반칙 기술을 써서라도 회선을 연결해 보세요, 지금 당장!!"

『진짜. 지지지, 문외한은 해커를 마녀 할머니나 뭔가로 착각하는 구석이 있다니까―.』

불평을 하면서도 갑자기 연결되었다.

당황하는 카미조 일행과는 달리, 시라이는 이어서 이렇게 말했다.

"12월 25일의 기록을 당장 알아보세요."

『어디를 얼마나? 죽은 사람의 수가 너무 많아서 검색 불능이에요. 그렇달까 안티스킬(경비원)도 반수 가까이 사망이나 정신 착란으로 리타이어, 솔직히 말해서 표면적인 평정과 달리 실제로는 조직으로서 제대로 기능하고 있는지 어떤지도 의심스러운 상태고요. '대청소' 같은 것도 방치하고 있잖아요….』

좋은 얘기를 들었다, 라는 얼굴이 된 요우엔의 뒷덜미는 일단 카미조가 눌러 두었다. 그것을 곁눈질로 보면서 시라이 쿠로코는 이렇게 재촉했다.

"그렇다면, 그 안티스킬(경비원)의 지부를 괴멸시킨 레벨의 유력 흉악범의 정보를."

흠흠흠, 하고 휴대 전화 너머의 소녀는 몇 번인가 맞장구를 친 후, 이렇게 연결했다.

『제7학구 남부 방면 종합 초소에서, 자칭 '분해자' 및 '매개자'라고 칭하는 쌍둥이인 듯한 소녀들이 정면에서 습격. 내부에 있던 인원의 99.9퍼센트 이상이 사상, 그 대다수를 차지하는 사망자에 대해서는 질척질척하게 분해되어 있고 유전자 정보가 파괴되어 있어서, 확인 작업에 애를 먹고 있습니다. 이쪽은 시라이 씨도 피해를 당했던 장소죠.』

"아아, 그거 나야. '매개자' 쪽이지만."

풋?! 하고 카미조는 저도 모르게 뿜었다.

요우엔은 특별히 자랑하지도 않고, 식료품 구입을 보고하는 정도의 가벼움으로 이렇게 말을 이었다.

"제18학구의 트윈타워, 안티스킬(경비원) 화학 분석 센터도 카아이랑 함께 부쉈는데. 하지만 그건 통째로 미끼였으니까 서로 손해를 보고 비긴 걸까?"

어쩐지 시라이 쿠로코의 시선이 날카롭다 했다.

게다가 휴대 전화로부터의 보고는 거기에서 끝나지 않는다. 이런 것은 아직 시작에 불과한 모양이다.

『제1학구 종합 초소에서, 키하라 하스 및 자칭 레이디버드라고 칭하는 소녀가 호송차를 탈취해 정면에서 기습. 통상 안티스킬(경비원) 외에 안티스킬 어그레서라고 불리는 특수부대를 섬멸한 데다, 시설 내 서버에 손을 대서 정보 분석을 촉구한 모양이에요. … 이 소녀에 대해서는 믿기 어렵게도 전자동 사격 총탄을 중금속제 산도(山刀) 한 자루로 전부 튕겨 내고, 던져진 수류탄을 몸으로 덮어 주위에 대한 피해를 경감시키는 모습이 목격된 것 외에, 안티스킬 어그레서의 무선 기록에 이런 말이 남아 있어요. '이 녀석, 기계인 주제에 텔레키네시스(염동능력)까지 쓰는 건가'라고. 진짜인지 트릭인지는 약간 정보 부족이네요.』

『미확인, 제8학구 노상에서 여러 명의 안티스킬(경비원)이 서로를 공격해서 사망. 상세한 기록은 남아 있지 않지만, 현장 주변의 탐문에 의해 비바나 오니구마라고 불리는 소녀가 깊이 관여되어 있다는 추측이 가능해요.』

『제17학구, 무인 공업 지대에서 '어두운 부분'의 이동식 트레일러 기지를 습격하려고 한 안티스킬(경비원) 240명이 사망 또는 정신 착란. 자칭·인공 유령 프릴샌드#G가 선두에 서 있지만, 이건 연구자 드렌처 키하라 리패트리 및 피험자라고 불리는 호적 불명의 아이들을 안전하게 도망치게 하기 위한, 초공격적인 미끼 역할이었던 모양이에요.』

단순히 정보가 많다.

지금 이 역에 없는 인물의 이름도 있다. 또, 저격범이나 근육 덩어리 등, 역과 주변에 있는 인물의 설명이 없는 케이스도 있다.

이미 사망해 버린 인물도 있겠지, 하고 카미조는 나오지 않은 이야기를 추측한다.

이것만 해도 복잡하고, 하물며 '니콜라우스의 금화'를 흩뿌린 마술 측의 꿍꿍이까지 관련된다면 25일 밤의 전체상은 얼마나 복잡하게 얽혀 있었던 것일까?

다만 당장 신경 쓰이는 프레이즈는 여기였다.

"프릴샌드#G. …처음부터 맹위를 떨치고 있는 유령은, 그 녀석이지."

하지만… 하고 카미조는 말하려고 했다.

시라이 쿠로코가 그 뒤를 받았다.

"우이하루. 프릴샌드#G의 주변 인물에 대해서 자세한 내용을 부탁해요. 예를 들어 드렌처 키하라 리패트리라는 인물은? '핸드커프스' 관계자인 것 같은데, 적어도 '오버헌팅'에는 탑승하고 있지 않았고, 이 역에도 없어요."

『하아. 즉 그런 거 아닐까요?』

짧은 침묵이 있었다.

아무도 확정하고 싶지는 않았을 것이다.

『드렌처 키하라 리패트리에 대해서는 유체는 발견되지 않았어요. '핸드커프스' 종반에 흉악범들의 움직임에는 '학원도시 바깥까지 도망친다'는 방향성이 있었던 모양이지만, 성공자는 아마 제로. '오버헌팅' 또는 병원의 집중치료실 중 어느 한쪽에 없다는 건, 살아남지 못했다고 봐야겠죠. 아직 발견되지 않았다는 것뿐이고.』

"……"

유체가 발견되지 않은 청년. 더 말하자면 프릴샌드G와 얽혀 있는.

설마, 뇌격에 관련될 때마다 뇌리에서 터지는 정경의 정체는⋯?

『저어, 시라이 씨? 어―이, 또 멀어졌네. 지지지직, 시라, 지지지지직!!』

갑자기 통화가 끊겼다.

뭔가, 통신 전파를 크게 가로막는 불온한 무언가가 서서히 다가오고 있다. 대형 태풍이나 두터운 비구름의 도래와 함께 TV 영상이나 라디오의 음성이 흐트러져 가는 것과 마찬가지로.

⋯드렌처와 아이들을 안전하게 도망치게 하기 위해 안티스킬(경비원) 대부대에 미끼로 몸을 내미는 것도 마다하지 않았던 인공 유령. 그러나 현재 드렌처는 어디에도 없고, 그런 프릴샌드#G는 폭주하여 무질서하게 '핸드커프스' 생존자에게 이를 드러내고 있다. 왠지 모르게, 그걸로 저 유령이 싸우는 이유가 보이게 된 것 같은 기분이 들었다.

복수.

유령은, 본래 슬픈 이유에 사로잡혀 현세에서 맹위를 떨치는 존재인지도 모르지만.

폭음이 있었다.

가까운 콘크리트 벽을 파괴하고, 몇 개나 되는 금속 로커를 짓뭉개다시피 하며 굴러온 것은 거대한 근육 덩어리였다.

"라쿠오카!"

시라이 쿠로코가 눈을 부릅뜨며 외친다. 카미조 일행과는 달리, 어딘가 그 음색에는 친한 사람을 걱정하는 것 같은 이상한 색이 섞여 있었다.

그리고 카미조 일행으로서는, 그럴 때가 아니다.

『여보세요… 나는 프릴샌드#G….』

흔들, 하고. 벽의 커다란 구멍에서 이쪽을 향해, 머리를 불규칙하게 좌우로 흔들며.

『…다음은 직화구이, 다음은 직화구이입니다.』

뭔가가 천천히, 그러면서도 명확하게.

『포. 포포포포포, 포포 포　포　포포포　　　　포　　　포 』

이쪽을 향해 흔들리며 다가온다.

『나 예뻐?』

파직파직 파륵…하는 번갯불 소리가 응축되어 감과 함께, 왠지 부서진 샤워실의 노즐이 일제히 튕겨 날아가 오작동을 일으킨다.

프릴샌드#G.

피할 여유 따위는 없었다. 하지만 물에 잠긴 바닥과 벽은 유령 측에 있어서도 예상 밖이었던 것일까. 무시무시한 번개 불빛이 카미조 바로 옆으로 비껴 뚫고 나간다.

글씨가 깨진 샤워의 온도 표시가, 잠시 후 전부 새빨간 색으로 42도를 가리켰다. 아마, 열병에서 생사를 가르는 마지막 라인이었던가.

이제 와서 정전기가 모인 자신의 머리에 오른손을 대도, 이건 이매진 브레이커(환상을 부수는 자)로는 없앨 수 없다. 보이지 않는 힘에 머리가 덮이고, 카미조의 뇌가 두개골 바깥에서부터 서서히 정보 입력되어 간다.

'그것'이 시작된다.

『고작해야 어린애잖나. 그것도 전부 내놓으라는 게 아니야. 두세 명만 있으면 상관없었는데.』

『…그런 쓰레기 같은 '어두운 부분'의 사고방식에서 저 애들을 지키고 싶었어.』

세계의 아무도 모르는 장소에서 한 청년이 목숨을 잃었다.

어찌 된 일인지, '그녀'는 그것을 보고 있을 수밖에 없었다.

그것은 마음이나 배짱의 문제가 아니라, 인공 유령의 성질의 근본에 뿌리를 둔 문제다. 그래서 '그녀'는 어떻게 할 수도 없었다. 그것을 받아들일 수 있는지 어떤지는 전혀 다른 이야기지만.

작은 아이들을 지키기 위해 목숨을 완전히 다 태우고, 같은 '어두운 부분'에 있으면서도 뒤에 남겨질 그들을 맡기기에 충분한 인물과 만날 수 있어서, 그 청년은 웃으며 숨을 거두었다.

'그녀'는 계속 바라보고 있었다.

『자신의 목숨을 내던지면서까지 철저할 수 있었지?! 꼬맹이들은 어디까지나 새빨간 남이잖아, 구하고 싶어서 구했다는 이유로 이렇게까지 할 수는 없어!! 빌어먹을 혐보성이. 말해, 왜지?!』

『…이유가 있어서 지키는 겁니까? 그게 아니잖아요….』

그래서 목숨이 흩어졌다.

아무것도 하지 못한 '그녀'는, 거기에서 망가졌다.

파식!! 하고.

무시무시한 섬광과 함께, 카미조 토우마의 의식이 현실로 부상한다.

"커, 헉…!!"

평형감각을 잃고 옆으로 쓰러질 것 같은 몸을, 가까스로 버틴다.

왠지 모르게 전기와 뇌가 관련은 있을 것 같지만, 그러나 구체적으로 자신의 머리에서 무슨 일이 일어나고 있는지 누구에게도 설명할 수 없다. 이것은 이미, 원한이나 저주가 가져오는 원인 불명의 고열이나 사람의 얼굴로 보이는 상처와 똑같은 공포라고 생각한다. 눈앞에서 의사가 머리를 끌어안고 약숟가락을 내던져 버리는, 그런 무서움.

하지만 그런 근본적인 공포를 씻고 떨쳐 낼 정도의 열정이 소년 안에 소용돌이치고 있었다.

뭘까, 지금 그건.

프릴샌드#G는 카미조 일행이 밉다거나 죄수에게 걸려 있는 현상금을 노린다거나, 그런 목적으로 움직이고 있는 것이 아니다. 하지만 그렇기 때문에 더더욱, 그녀는 현실을 보고 있지 않다. 폭주는 더 심각해서, 이치를 늘어놓은 정상적인 대화 따위는 통하지 않는다.

결국은 사람 좋은 선인(善人)이 죽임을 당하고, 지키지 못한 누군가가 자기 자신을 잃고, 영원히 폭주를 계속하며 피해를 확대시켜

간다. 그런 구제할 길 없는 이야기밖에 남아 있지 않은 건가?!

대화를 하고 싶다, 말을 나누고 싶다.

하지만 아마, 그것은 이미 허락되지 않는다. 그런 단계는, 카미조가 그녀와 만나기 전부터 지나 있다. 열쇠 구멍은 눈앞에 있어도 처음부터 열쇠는 부러진 채 버려져 있는 것이다.

금발의 트윈테일에 하얀 피부, 인형 같은 파란 드레스. 겉모습은 서양풍이지만, 프릴샌드#G는 몹시 일본적인 유령이다. 즉 하느님 관련의 십자가를 쳐들고 성수를 뿌리면 즉시 소멸시킬 수 있는 것이 아니고, 설령 온몸에 빽빽하게 부처님 관련의 거룩한 불경을 쓴다 해도 귀를 잡아뜯기는 것을 피할 수 없다. 그런 사람이 알 수 없는 무언가로 둔갑해 있다.

만일 그녀를 막을 수 있다면, 그것은 세상에서 한 사람밖에 없다.

드렌처 키하라 리패트리.

누구나 쉽게 알 수 있는 답이고, 하지만 절대로 누구도 달성할 수 없는 선택지.

'유체 이탈한 누군가가 실수로 화장된 자신의 몸을 쫓고 있다', '스토커 유령이 이미 자살한 여성을 끊임없이 쫓아다니고 있다', '연쇄 살인범에게 살해된 피해자의 영혼이 이미 범인이 사형 집행된 걸 모른 채 자신을 죽인 범인을 계속 쫓고 있다' 등등, 수상쩍은 괴담에 등장하는 원령의 대부분이 해결 수단을 잃은 상태로 영원히 헤매고 있는 것과 마찬가지다. 프릴샌드#G는 엄청난 기세로 공회전을 하고 있고, 지금 살아 있는 인간은 누구도 그것을 가르쳐 줄수가 없다.

(어라…?)

하지만, 이다.

카미조 토우마는 여기에서 근본적인 의문을 품었다.

'오퍼레이션 네임 · 핸드커프스'. 학원도시의 어두운 부분이 심각하게 난무하고, 아마 그가 보고 들은 간소한 보고 이상의 비극이 몇 번이나 몇 번이나 두텁게 칠해졌을, 과학사에 이름이 남을 레벨의 최악의 참사.

누구에게나 눈을 덮고 싶어질 정도의 사태지만, 하지만 잠깐.

그것과는 별개로, '핸드커프스'에서는 그저 평범하게 학원도시에서 생활하는 것만으로는 절대로 볼 일도 들을 일도 없는, 정체를 알 수 없는 테크놀로지가 대량으로 얼굴을 내민 것도 사실이 아닐까.

가령, 인공 유령 프릴샌드#G는 물론.

요우엔과 쌍둥이인 카아이? 인가 하는 자매가 짊어지고 있던 '분해자'와 '매개자'.

완전한 기계제품이면서 능력까지 사용하는 듯한 안드로이드 레이디버드.

전신 근육 덩어리인 라쿠오카 호우후에, 바깥에서 저격총을 다루는 누군가.

서류에 이름밖에 나오지 않는 비바나 오니구마도, 아마 그녀만의 이형의 테크놀로지를 갖고 있었을 것이다.

뭔가, 다른 퍼즐이 있다.

비극만으로 메워진 최악의 참사라는 선입관을 버려라. 지금은 적과 아군의 진영을 무시하고 바둑판 위에 늘어놓아진 테크놀로지를 전부 둘러보아야 한다. 12월 25일 밤은 이미 지났다. 카미조 토우마는 그곳으로는 돌아갈 수 없다. 하지만 29일의 학원도시는 거기에서 이어진 장소에 있고, 같은 테크놀로지나 그 흔적은 아직 이 도시에 남겨져 있을 것이다.

수수께끼로 가득 찬 '어두운 부분'은 죽음과 파괴밖에 흩뿌리지 않는다. 정말로 그럴까?

결과에 현혹되지 마라.

기술은 평등.

사람을 죽이기 위해 극한까지 추구한 군대식 격투기의 지식은, 여차할 때의 응급 처치로 바뀔 수 있다. 본래는 건강한 식생활을 지탱하는 영양학이나 조리사 면허도, 거꾸로 이용하면 사람의 수명을 줄이는 염분이나 당분을 설정하거나 혀로 건드리기만 해도 우울해지는 맛없기 짝이 없는 고문 요리의 설계에 악용되고 만다.

그것과 마찬가지.

문제는, 눈앞 가득 펼쳐진 화려한 색채의 테크놀로지를 '어떻게' 사용하느냐다.

최악의 퍼즐을 다시 맞춰라. '오퍼레이션 네임 · 핸드커프스'의 전경(全景)을 처음부터 다시 봐라. 그 사건, 정말로 구원은 한 개도 없었던 걸까? 지금부터라도 주울 수 있는 건 아무것도 없는 건가?

정말로???

(아니.)

인공적으로 만들어진 유령의 원념이라면.

어쩌면 인공적인 방법으로.

그건 혹시.

설마.

"혹시… 할 수 있을지도?"

11

『…여보세요, 나는 프릴샌드#G. 지금, 당신 뒤에 있어요.』

　역사(驛舍)의 벽과 강관(鋼管)이 파괴되고, 물에 잠긴 샤워실에 낮고 낮은, 불안정하게 흔들리는 여성의 목소리가 울리고 있었다.

　금색의 긴 트윈테일에, 인형 같은 드레스.

　한 발짝, 또 한 발짝. 아무리 걸음을 내디뎌도 물웅덩이를 밟는 소리 하나도 발생시키지 않고, 벽과 기둥도 어려움 없이 그냥 통과해 간다.

　하이볼티지 커팅법.

　이온 차폐든 마하 디스크든, 일종의 강력한 에너지를 항상 계속해서 방출하면 그 안에 이상한 간섭이나 중복이 생긴다. 이것을 의도적으로 만들어 내 조작하는 것이 '존재하지 않는 누군가를 물리 세계에 떠오르게 하는' 인공 유령의 골자이기는 하지만, 그중에서도 프릴샌드#G는 인간 사회가 항상 계속해서 흩뿌리는 이산화탄소나 질소 탄화물이 만들어 내는 산성비와, 사람이 사는 도시라면 어디에서나 당연하게 존재하는 구리나 아연 같은 금속을 조합해 구축하는 거대한 문명 전지(電池)를 이용하고 있다.

궁극적으로 말하면 하나의 도시, 하나의 국가, 하나의 세계를 통째로 사용한 에너지원. 인간이 그 문명을 남김없이 버리지 않는 한 영구히 사라지지 않는 인공 유령.

악령 퇴치라니 바보 같다.

설령 장엄한 신사를 세우고 신으로서 필사적으로 모셔도 맹위가 가라앉을지는 기분에 달려 있다.

그런 레벨의, 화학이나 물리로 지탱되는 천재지변이다.

『…, 당신.』

'오퍼레이션 네임·핸드커프스'는 이미 끝났다고, 누군가가 말했다.

'어두운 부분' 따위는 이미 어디에도 없다고.

하지만, 그렇다면.

『그보다 25일을 위한 비밀 무기를 준비해 두었고요.』

『짠―!! 푸아그라입니다, 이걸 프라이팬에 소테로 해 드리죠.』

결코, 다.

금전적으로 풍족했던 것은 아니었다. 설령 남들 이상으로 돈을 벌었다고 해도, 많은 아이들을 보살피노라면 누구나 돈을 마련하기가 곤란해지는 처지가 될 것이다.

그래도 약한 웃음을 무너뜨리지 않고.

1년에 한 번인 크리스마스에는 특별한 추억을 주자는 생각에, 부족한 가운데에서도 변통해 맛있는 음식을 준비하곤 했던 바보 같은 사람을, 인공 유령은 알고 있었다.

『아아, 당신….』

드렌처 키하라 리패트리.

악명 높은 '키하라' 일족…의, 새빨간 거짓말.

당연한 정의나 자선으로는 '어두운 부분'에 삼켜질 아이들은 구할 수 없다. 그래서 악 중의 악을 극한까지 추구해 큰 지위를 차지하고, 어두운 부분 쪽에서 어린 목숨을 구해 온 궁극의 착한 사람.

인공 유령은 생물적으로는 존재하지 않는 자신의 입술을 가만히 깨문다.

그는 이제 없다.

막대한 희생에 의해 '어두운 부분'이 조금씩 공중분해되었다면, 그가 남긴 작은 거처도 사라져 없어질 것이다.

그래도 되는 걸까?

물론 알고 있다. 드렌처 키하라 리패트리. 누구보다도 이 도시의 어둠을 미워하고, 거기에서 하나라도 많은 목숨을 구해 내려고 했던 그의 입장에서는, '어두운 부분'의 소멸이야말로 진심으로 바라고 있던 꿈이었다는 것 정도는.

그래도.

하지만.

어떻게 해도, 프릴샌드#G는 받아들일 수 없다. 그렇게 어리석고, 그렇게 상냥하고, 자신의 목숨을 버려서라도 아이들의 목숨을 지키려고 발버둥친 그 남자가. 아무것도 남기지 않고 그저 기록의 바다에 삼켜져 풍화되고, 존재째 사라져 간다는 이 흐름 자체를.

뭐가, 두 번 다시 떠올리고 싶지 않아, 란 말인가.

어디가, 그런 건 모르는 게 좋아, 란 말인가.

설령 지배자가 교묘하게 뚜껑을 덮어도, 대다수의 민중이 일제히 우향우하고 눈을 돌린다고 해도. 그래도 거기에 당사자의 납득이 없으면 얼마든지 지옥의 뚜껑은 열린다는 걸 알아 둬라. 누군가의 사정으로 사람이 힘껏 살았던 증거를 메우는 행위 자체가, 변명의 여지 없는 증오의 원천이 된다는 걸 깨달아라.

죄인들은, 아직 남아 있다.

'오퍼레이션 네임·핸드커프스'는 아직 계속된다.

그들과 싸우면, 사투를 연기하면.

분명 그 순간만은, 사라져 없어진 사람과 같은 세계의 공기를 마시고 있을 수 있다.

그럴 것이다.

그렇게 말해 주세요, 누군가.

모든 게 잘못되어 있어도 상관없어요. 그러니까, 부정하지 않는다고 말해 주세요.

『아, 아아아.』

신이여, 부디 그 어리석고 상냥한 인간을 구해 주세요.

아니면. 부디 이 가슴의 괴로움을 제 손으로 없애는 걸, 허락해 주세요.

『카악, 아아아아아아아아아아아아아아아아아아아아아아
아아아아아아아아아아아아아아아아아아아아아아아아아
아아아아아아아아아아아아아아아아아아아아아아아아아
아아아아아아아아아아아아아아아아아아아아아아아아아
아아아아아아아아!!!!!!』

12

무시무시한 번갯불이 사방팔방으로 흩뿌려졌다.

어떤 사람 그림자를 중심으로, 모든 방위에.

무언가를 방패로 하면 살 수 있다는 차원이 아니다. 두꺼운 철근 콘크리트를 생선 트레이처럼 가볍게 부수고, 탈의실의 금속 로커들을 한꺼번에 폭발시켜 날려 보낸다. 거대한 역과 거기에 딸려 있는 역 빌딩이 무너지지 않는 것이 이상할 정도의 파괴의 소용돌이였다.

오른손의 이매진 브레이커(환상을 부수는 자)는 듣지 않는다.

앞치마 속에서 튀어나와 앨리스 주위를 날아다니는 핑크색의 길고 평평한 판자? 크리켓 배트가 없었으면, 카미조 따위는 번갯불이 직격해 그대로 죽었을 것이다. 그렇달까 뭔가 늘었다. 소녀의 앞치마 속에서 바로 아래로 몇 개나 되는 공이 투둑투둑 떨어지는가 싶더니, 덜커커컹!! 하고 360도 전방위로 날카로운 바늘이 튀어나왔다.

효과는 불명(不明). 그렇달까 효과가 나타날 때까지 이 눈으로 보고 확인할 만한 시간도 없다.

이제 굴러서라도 샤워실과 직결되어 있는 탈의실에서 밖으로 도망쳐 나갈 수밖에 없다.

"우와아아?!"

요우엔이 지혈·봉합해 준 상처도 신경 쓰고 있을 수 없다. 카미조는 어쨌거나 (상황을 이해하지 못하고 도망치려고도 하지 않는) 생글생글 웃는 얼굴의 앨리스만 끌어안고 반대쪽에 있는 철문을 밀어 열었다. 직원실에 있는 듯한 사무용 책상이 몇 개 늘어서 있었다. 벽 쪽에는 액정 모니터가 가득 늘어서 있다. 아마 본래는 역사나 플랫폼 내의 방범 카메라 영상 관련일 것이다. 다른 벽에는 가로로 한 줄로 본 적도 없는 기계가 늘어서 있었다. 고개를 갸웃거리는 카미조지만, 이윽고 깨닫는다. 저것은 표 발매기다. 그러고 보니 동전이나 IC 카드가 먹혔을 때, 금속으로 된 슬릿이 열리고 벽 뒤쪽에서 역무원이 말을 거는 일이 있었던 것 같은?

벽 너머로 폭음을 들으면서, 요우엔은 자신의 시험관을 몇 개 바라보고는 컬러풀한 색들 사이에서 갈색으로 흐려진 시험관을 뽑아낸다. 선뜻 내던지며,

"칫, 인공 페로몬 계열이 몇 개 망가졌어……. 밀폐 용기로 보호해도 상관없이 전기분해된다는 건가? 아니, 전기적 성질과는 상관없이 단순히 막대한 빛을 뒤집어씌워서 광화학분해시키는 것뿐일까. 이대로는 그냥 도망쳐 다니기만 해도 재고를 빼앗기겠는데."

시라이 쿠로코는 복잡한 얼굴을 하고 있었다. 범죄자의 흉기가 없어지는 것은 고맙지만, 단순히 살아남기 위한 무기가 줄어들면 곤란하다는 심경일까.

트윈테일의 저지먼트(선도위원)는, 그러고 나서 카미조 쪽을 돌

아보며,

"그보다 당신. 할 수 있을지도, 라뇨?"

"선생님이 그런 말을 했어요."

앨리스가 쓸데없이 몇 번이나 고개를 끄덕이고 있었다. 카미조에 관한 일이라면 무엇에든 달려드는 건지도 모른다.

"…프릴샌드#G였나. 저 녀석은 아무도 쓰러뜨릴 수 없어."

카미조는 해상도가 낮은 방범 카메라의 영상에 시선을 던지면서,

"하지만 폭주하고 있는 이유는 분명해. 드렌처 키하라 리패트리. 이 녀석만 있으면 지금 당장 저 인공 유령을 설득시킬 수 있겠지."

"하지만!"

"아아, '오버헌팅'의 기록에는 없어. 어딘가의 병원에 실려간 기록도 없어. 자세한 이야기는 모르지만, '핸드커프스'인가 하는 것에 휘말려서 죽었을 가능성은 아주 높아. 그런 건 알고 있어."

카미조는 최악의 발생을 부정하지 않는다.

그러고서, 다.

"하지만 실제로 저기에는 인공 유령이 있다고. 내 오른손이 듣지 않는 순수한 테크놀로지만으로 유령을 만들 수 있다는 이야기라면, 죽은 인간을 끌어내는 것도 가능하지 않을까?"

"……."

"……."

한동안, 누구로부터도 대답은 돌아오지 않았다. 선인(善人)인 시라이 쿠로코는 물론이고, 자신을 악인이라고 딱 잘라 말하며 가능

성을 내버리고 있는 하나츠유 요우엔까지.

즉시 찬동하기 어려운 것은 이해가 간다.

분명히 뭔가, 터무니없는 것에 저촉되어 있다. 설정설정한 터부의 감촉은 카미조도 움켜쥐고 있다. 알고 있으면서도, 소년은 눈앞에 있는 가능성을 아무래도 버릴 수가 없었다.

"…하지만, 너무 심하잖아."

정신이 들어 보니 입에서 불쑥 그런 말이 새어 나가고 있었다.

"이렇게 많은 사람이 죽고, 그래도 아무것도 남기지 못한 '핸드커프스'도 그래. 없어진 누군가를 생각하며 통곡하고 있는 것만으로 나쁜 놈 취급되고 모두에게 두려움의 대상이 되어 가는 프릴샌드 #G도 그래."

카미조 토우마는 12월 25일 밤에는 관여하지 않았다. 24, 25일에는 다른 사투에 몸을 던지고 있었고, 병원 침대에서 신음하고 있을 수밖에 없었다.

하지만 그게 어쨌다는 건가.

"뒤집어 주고 싶다고 생각하지 않아? 이런 최악."

말해라.

이런 건 자격이 있고 없고가 아니다.

누구든 좋다. 최악의 사건에 대해서 정면에서 이의를 제기해라!! 이제 이런 건 보고 싶지 않아, 가 아니다. 지금부터 뭘 해 줄 수 있는 건지까지 제대로 생각해라!!!!!!

"있잖아. 어떤 반칙 기술이든 좋아. '핸드커프스'로 모인 뭔가를 이용해서, 지금부터 제대로 구하고, 모든 걸 보고 있는 하늘의 신에게 어떠냐 이 자식, 이라고 말해 주고 싶지 않아…?"

모든 기술에는 재현성이 있다.

전쟁터에 전차, 지뢰, 로켓포 등의 신무기가 나타난 직후, 적국에서도 즉시 완전히 똑같은 무기가 투입되어 가는 것과 마찬가지로.

"하아…."

잠시 후, 다.

한숨을 쉰 것은, 한 소녀였다.

"뭐, 윤리니 선의니 하는 걸 일일이 묻지는 않겠어. 우선 나는, 여기서 고압 전류에 휘말려서 몸 안쪽에서부터 폭발하고 싶지 않아. 그걸 회피할 수 있는 방법이 있다면 뭐든 따르겠지만."

어이없어하면서도 대답해 준 것은 '매개자'인 요우엔이었다.

"다만, 유령끼리 꽁냥꽁냥하게 만드는 건 좋은데, 저 괴물을 분석해서 만든 세컨드 유령이 오래간다는 보증은? 모처럼 준비해도 10의 마이너스 몇 승 초밖에 존재하지 못합니다로는 감동의 대면이 되지 않을 것 같은데. 게다가, 거대한 전기적 에너지와 에너지가 눈물바람으로 서로 껴안은 순간에 대폭발 같은 게 일어나지 않았으면 좋겠네."

"확실히, 유령인 채로는 좀 둥실둥실하고 막연할지도 몰라…."

카미조는 작게 고개를 끄덕였다.

이것은 퍼즐이다, 피스 하나만으로 문제가 전부 해결된다고는 하지 않는다.

"…하지만 '핸드커프스'에 나온 색다른 놈이라는 건 인공 유령만이 아니잖아. 기계제품이면서 능력까지 사용하는 안드로이드 레이디버드. 이런 게 정말로 있다면 불안정한 유령에게 몸을 줄 수도 있지 않을까?"

"……,"

"정착의 방식은 미지수야. 하지만 그것도, 이형의 기술로 보충할 수 있을지도 몰라. 예를 들어 요우엔, 네가 사용하는 약품이나 미생물. 예를 들어 시라이, 네가 당연하게 파악하고 있는 양자역학의 11차원의 인식 이야기라든가!"

'오퍼레이션 네임 · 핸드커프스'는 죽음과 파괴만 흩뿌리는 것만이 아니다.

적과 아군의 진영을 구별하지 않고 모든 기술을 조합하면, 그것들은 결정적인 비극을 부정할 정도의 힘도 될 수 있다.

편견을 버려라.

선입관이나 첫인상에 현혹되지 마라.

애초에 '핸드커프스'는 '어두운 부분'을 해체하고 사람을 돕기 위해서 다듬어진 계획이었다는 걸 떠올려라. 죽음과 파괴의 수만큼, 한 쌍이 되는 삶과 구제의 패도 갖추어져 있다고 생각해라.

뭐가 '어두운 부분'이야.

그러니까 어쩔 수 없다? 그만 포기해라?

웃기지 마, 불행. 25일 밤에는 늦었을지도 모르지만.

카미조 토우마라면 지금부터 어떻게 할지를 보여 주마.

"프릴샌드#G를 바깥에서 바라보는 것만으로 설계도를 알 수 있는 건 아니야. 레이디버드에 대해서는 이름뿐이고 실물도 발견되지 않았지. 부탁이야, 다들, 뭔가 방법은? 실제로 '핸드커프스'에 관여했던 너희들이라면 뭔가 짐작 가는 건 없어? 그런 놈들의 은신처라든가, 연구소라든가! 어쨌든 신기술의 자료나 설비가 잠들어 있을 것 같은 장소 말이야!!"

"네, 네, 네."

성의 없는 말투로 손을 든 것은 역시 요우엔이었다.

"레이디버드…랄까, 그 녀석을 만든 키하라 하스인지 뭔지하고는 흐릿하지만 관계가 있어. 그 영감, 제10학구의 쓰레기장에서 꿈틀거리고 있는 사체 처리 '업자'와 연결되어 있었던 것 같더라고. 키하라 계열로부터 정기적으로 사체를 받는 '업자'는 여러 가지로 부품을 빼내는데, 그쪽 '업자'가 지폐 다발을 쌓아 놓고 쓸 일이 없어진 잔해의 용해 처분을 도와 달라고 한 적이 있어. 사체가 흘러가는 순서를 역으로 더듬어 가면 키하라 하스… 안드로이드 제조 연구소를 특정할 수 있을 거야."

또 불온한 말이 마구 나와서 카미조와 시라이는 깜짝 놀랐지만, 당사자인 요우엔은 작은 어깨를 으쓱하고 있을 뿐이었다. 뭘 이제 와서, 라는 얼굴이다.

그런데 전부 기계인 안드로이드를 움직이는 데에, 어째서 인간의 사체가 필요해지는 것일까?

"다만 인공 유령 프릴샌드#G인가 하는 건 완전히 미지수지…. 저지먼트(선도위원), 당신 쪽은 어때. 그래도 공식 안내로는 '오퍼레이션 네임 · 핸드커프스'를 종결시켰잖아. 가택 수색 같은 거 안 했어?"

"알 리가 없잖아요…. 드렌처 및 프릴샌드#G에 대해서는 기술(記述) 없음. 즉 '핸드커프스'에서 움직이고 있던 한 세력을 통째로 놓치고 있었다, 고 봐야겠죠."

시라이 쿠로코는 지긋지긋하다는 듯이 한숨을 쉬었다.

그러고는,

"…다만, 우리가 모르는 '어두운 부분'의 정보에 대해서는, 거기에 서식하고 있던 다른 '어두운 부분'에게 묻는 게 더 낫지 않을까요?"

카미조는 허공으로 시선을 옮겼다.

아니, 벽 너머에 있는 방향으로 시선을 보내고 있었던 것이다.

짐작 가는 데는 하나밖에 없다.

"…저 저격수. 확실히 놈도 '핸드커프스'의 생존자였지?"

"베니조메 젤리피시. 살인도 마다하지 않는 최악의 파파라치예요. …다만 뭐, 직업적인 엿보기가 삶의 보람인 악녀라면, 확실히 타인의 비밀은 잘 알 것 같기는 하네요."

13

제7학구의 남쪽에 있는 역 바로 근처. 빌딩 옥상에서 저격총을 겨누면서, 여기저기 경량화한 차이나드레스에 카우보이모자를 쓴 미녀는 소리도 없이 눈썹을 찌푸리고 있었다.

베니조메 젤리피시.

끼이, 하고 직원용 철문이 열리는 소리는 공중 촬영 드론에 장착한 지향성 마이크가 전부 수집하고 있었다.

"……?"

(질리지도 않고…. 그만둬, 그만큼 총을 맞고도 아직 밖으로 도망치고 싶어하는 거야?)

아무리 공중 촬영 드론으로 모든 출입구를 감시해도, 한 번에 저격할 수 있는 것은 한 명이다. 이 경우, 전원이 뿔뿔이 흩어져서 광대한 역의 각각 다른 출입구로 도망쳐 나와 버리는 전개가 가장 곤란하지만, 거기까지 생각할 머리는 없는 것 같다. 우연히 함께 있게 되었다고는 해도, 일단 한 덩어리가 되어 동료 의식이 싹터 버리면 '산제물 확정'의 선택지는 고르기 어려워지는 법이다.

베니조메의 목적은 살인이 아니다.

'핸드커프스' 관계자나 우연히 함께 있게 된 일반인(?)에게 원한이 있는 것도 아니다.

사람이 죽는 순간을 마구 찍고 싶다. 그것도 가능한 한 참혹하고 쇼킹한 장면이 좋다. 그것을 위해서라면, 사자에게 쫓기는 인간의 다리를 쏘아 도주 수단을 빼앗는 것도 마다하지 않는다.

흠, 하고 일본풍과 서양풍을 전부 갖춘 미녀는 조용히 한숨을 쉬며,

"…위협으로 안 된다면 누군가 쏠까? 뭐 관찰 대상은 집단이니까, 한 명이 줄어든 정도로는 특종 기회는 없어지지 않고."

철문은 이미 열려 있다.

그것이 누구든, 선두를 쏘아 뒤따라오는 사람을 겁먹게 한다. 베니조메라면 그렇게 할 수 있다. 아무래도 크리켓 녀석은 평범하게 납탄을 막아내는 것 같지만, 움츠러들어 발을 멈추는 효과는 똑같다.

뭔가 검은 그림자가 나왔다.

카메라의 셔터는 공중 촬영 드론에 맡긴다. 파파라치는 호흡을 멈추고, 방아쇠에 살며시 검지를 건다.

그때였다.

번쩍!! 하고 엄청난 섬광이 베니조메 젤리피시의 망막을 꿰뚫었다.

시야가 전부 새하얗게 메워진다.

좌우의 관자놀이에 날카로운 아픔이 스치는 것을 느끼고, 순간 카우보이모자를 쓴 여자는 전자파나 전기 노이즈까지 표시해 주는 미러리스의 다기능 스코프에서 얼굴을 떼고 만다.

"칫?! …지하철 작업용의, 유아등…???!!!"

저격은 무섭다.

하지만 주목되고 있는 것을 알고 있으면 100퍼센트 반격도 할 수 있다.

얼굴을 찌푸리며 한 손을 흔들어 공중 촬영 드론에 지시만 내려 둔다. 망막에 새겨진 잔상이 사라지기까지 대략 5초. 그 사이에 사냥감이 밖으로 뛰쳐나와 안전한 엄폐물 뒤로 도망쳐 들어가 버리는 전개만은 피하고 싶다. 음속을 가볍게 넘는 7.62밀리탄은 절대적이다. 다소 출발이 늦어도, 장소만 파악해 두면 다시 총격으로 도로 밀어 넣을 수는 있다.

그렇게 생각하고 있었다.

아직도 베니조메는, 자신이 저격하는 쪽의 인간이라고 믿고 있었다.

횡, 하는 바람을 가르는 소리가 귀에 울렸다.

"웃?!"

두가두가두가!! 하고 둔한 소리가 연속되고 기다란 스나이퍼 라이플이 부서졌다. 잔해와 함께 옥상에 흩어진 것은 금속 화살. 본 적이 있는 무기였다. '핸드커프스' 때도, 베니조메에게 심각한 타격을 준 것은 저지먼트(선도위원)나 안티스킬(경비원) 같은 치안 유지 조직이었을 것이다.

경계는 무의미했다.

직후에 삼차원적인 제약을 무시하고 50킬로그램 미만의 중량이 머리 위에서 베니조메에게 덮쳐들었다. 텔레포트(공간이동). 갑자기 옥상에서 3미터 상공에 나타난 여중생이, 그대로 몸을 비틀려고 한 저격수의 몸통 위에 엉덩방아라도 찧듯이 떨어진 것이다.

"가악?!"

"잠깐, 무거운 것 같은 반응은 그만둬 줄래요? 적어도 당신보다 훨씬 슬림할 거예요."

"커헉, 다, 당신은…?!"

"헬로, '어두운 부분'. 갑작스럽지만, 당신이 갖고 있는 정보를 전부 내놔예요!!"

14

옥상의 저격수는 배제했다.

이 순간부터 카미조 일행은 제7학구의 역사에 묶여 있을 필요도 없어졌다.

"에에이!! 그런데 계단에서 지하철로 숨어드는 건가요?!"

"프릴샌드#G. 저런 걸 이끌고 사람이나 물건으로 넘쳐나는 바깥 거리를 도망쳐 다녀 봐, 유탄으로 얼마나 피해가 넓어질지 예측할 수 없어!!"

카미조 일행이 열차 사고에 휘말린 것은 2층 정도 높이의 고가식 플랫폼이지만, 큰 역이면 노선은 하나에 그치지 않는다. 카미조는 위기감이 부족한 앨리스를 옆구리에, 시라이는 밧줄로 묶은 베니조메를 어깨에 각각 안고, 내려가는 계단을 뛰어 내려가면 지하철 환승 구획과 부딪힌다.

성실하게 휴대 전화를 개찰구에 대면서, 시라이 쿠로코가 눈을 부릅뜨고 절규했다.

"잠깐 당신들! 왜 허들 감각으로 자동 개찰구를 뛰어넘는 거예요?! 지하철 교통카드를 갖고 있지 않다면 제대로 표를 사서 갈아타세요!!"

"뭔가 말하고 있는데!!"

"정의 노출 마니아는 빨간불을 확실하게 지키다가 밀려드는 용암에 그대로 삼켜져 가는 가엾은 인간이니까 어쩔 수 없어. 어쨌든 살아남고 싶다면 내버려둬."

"꺄하하☆ 선생님이랑 술래잡기예요!"

카미조의 팔에서 슬쩍 빠져나가, 긴 치마도 신경 쓰지 않고 앨리스가 계속 아래로 이어지는 계단을 단숨에 뛰어 내려간다. 게다가 있을 수 없게도, 두 다리를 한꺼번에 앞으로 내민 엉덩방아 전제의 자세다. 깜짝 놀라는 카미조의 눈앞에서, 앞치마 속에서 고슴도치형 공이 몇 개나 데굴데굴 굴러나갔다. 그것들이 뭉친 거대한 덩어리를 쿠션으로 삼아 앨리스는 폴짝 뛰고 있다. 늪힌 가시를 반대로 침대 스프링처럼 삼고 있는 것 같은데, 그렇다고 해도 아프지는 않은 건가 저거?!

바직!! 하는 공기가 터지는 기분 나쁜 소리가 어딘가에서 울렸다. 열차의 도착을 알리는 스피커가 안쪽에서 파열되어, 긴 혀처럼 띠 형태의 케이블이 튀어나와 있다.

인공 유령.

약점이 없고, 살상력의 덩어리. 농담이 아니라 단독으로 전인류를 멸망시킬지도 모르는 원념 덩어리는, 있다. 따라잡혀 어깨가 두들겨지면 막대한 에너지를 뒤집어쓰고 즉사하는 것은 물론, 벽이나 기둥을 파괴하고 무질서하게 흩뿌려지는 번갯불의 폭풍이 한 번 직격한 것만으로도 무사할 수는 없다.

하지만 사정을 알아 버린 지금은, 그 의미는 완전히 달라진다.

이것은 이제 그냥 흉기가 아니다. 스스로도 제어할 수 없는 거대한 감정의 소용돌이인 것이다.

(구할 거야…….)

카미조는 어금니를 꽉 깨물고, 그래도 지금은 앞을 보고 달린다.

이런 곳에서 죽을 수는 없다. 갑자기 비극에 휘말려 가장 사랑하는 사람을 잃고, 지금 이렇게 울부짖는 한 여성을 위해서도.

(이건 이제 우리만의 이야기가 아니야. 반드시 너도 구해 줄 테니까, 유령!!)

요우엔은 부자연스러울 정도로 호흡도 흐트러지지 않았다. 어쩌면 산소나 화학물질이라도 이용해서 자신을 부스트하고 있는 것인지도 모른다. 플랫폼에 있는 작은 악녀가 태연한 얼굴로 물었다.

"제10학구까지는? 터널을 쭉 달리는 거야?"

"누군가, 이중에 철도를 운전할 수 있는 진짜 철도 오타쿠인 분은 안 계시나욧—?!"

"말도 안 되는 소리 하지 마."

둥실, 하고 카미조의 좌우 신발 밑바닥이 갑자기 바닥에서 떴다.

깜짝 놀란 삐죽삐죽 머리는 순간적으로 가까운 곳에 있던 어린 앨리스에게 전력을 다해 매달리고 만다.

중력을 무시하고 플랫폼에서 둥실 떠오른 카미조 일행은 거기에서 갑자기 총알 같은 속도로 지하철 터널로 돌진해 간다.

벽에 비치는 자신의 그림자를 보자니, 갑자기 요정처럼 카미조의 등에서 거대한 날개가 돋았다? 아니, 아니다. 무언가. 절대로 뒤를 확실하게 돌아보고 확인하고 싶지 않지만, 뭔가 1미터를 넘는 날개를 가진 거대한 벌레가 인형 뽑기 게임처럼 남의 등에 매달려 있다?!

"뭣, 어, 거대화?! 전체적으로 무슨 일이 일어나고 있는 거야 지금?!"

"기생 비대야. 즉 내 장난감."

요우엔의 태연한 목소리가 의외일 정도로 가까이에서 울렸다. 놈도 같은 속도의 세계에 있다.

삐죽삐죽 머리에게 공주님처럼 안긴 채, 어린 앨리스가 꺅꺅 소란을 피우며 작은 양손을 뻗으려고 하고 있었다. 어디로? 라고 하면 카미조의 어깨 너머로,

"와앗. 검고 딱딱하고 빛나고 있어서 멋있어요! 이 바퀴b

"그만해 앨리스 부탁이야 그거 확정시키지 맛!! 하늘을 나는 벌레라고 해도 여러 가지가 있잖아요?! …옷, 옷, 나는 절대 뒤는 돌아보지 않을 거야…. 지금 등에 달라붙어 있는 하나츠유 요우엔 셀렉션 거대화 벌레의 정체만은 무슨 일이 있어도 내 눈으로 확인하거나 하지 않을 거라고오!!"

"알고 있어? 곤충계, 특히 갑충 관련이면 수컷이 뒤에서 덮치는

건 생명의 행위를 상징하는 그 의식의 포즈지. 우후후, 교미교미."

"그만둿—!!!!!!"

푸른 반짝임이 있었다. 즐거운 듯이 속삭이며 나란히 달리는 요우엔은 거대한 모르포 나비를 배낭처럼 등에 장착하고 있다. 자신만 반짝반짝 빛나고 있고 세계에서 가장 아름답다니 과연 다우너 계열 미니 악녀. 자기 편애가 너무 심하다.

앨리스는 뭔가 만족해하고 있다. 두꺼운 하얀 타이츠에 감싸인 두 다리를 파닥파닥 흔들고 있다.

"흠흠♪ 역시 선생님이 좋아요."

"뭐, 갑자기?!"

"이 안는 감촉이 제일이에옷. 안긴다면 선생님으로 결정이에요, 흐흐—응☆"

뭔가 저반발(低反撥) 베개 같은 취급을 당하고 있다. 짧게 깎은 머리의 까끌까끌한 느낌이나 가로폭이 넓은 남자의 가슴(?)이 순간적으로 여자한테 인기가 있었다가 마하의 속도로 버려지는 그 느낌에 가까울지도.

말이 난 김에 말하자면 시라이 쿠로코는 애초에 곤충 장비 자체를 거부한 모양이다. 아가씨는 벌레 로망에 이해를 보이지 않는 여자애인 모양이다. 밧줄로 묶은 베니조메 젤리피시를 쌀자루처럼 안고, 일정한 간격으로 '텔레포트(공간이동)'를 되풀이해 스포츠카 이상의 속도로 지하철 터널을 질주하고 있다.

번쩍!! 하고 바로 뒤에서 깜박인 하얀 섬광이 단숨에 카미조 일행을 앞질렀다.

인공 유령도, 역의 플랫폼에서 지하철 터널로 내려온 모양이다.

직격을 피했다고 해서 안심할 수는 없다.

프릴샌드#G의 뇌격은 강철이나 콘크리트를 어렵지 않게 파괴한다. 전방에서 지하철의 금속 레일이나 콘크리트 기둥이 튕겨 날아가고 파편이 몇 개나 날아 올라가자, 그것들은 고속 비행을 계속하는 카미조 일행에게 명확한 장애물로 변한다. 상대 속도를 생각하면, 직격 이퀄 팔이 어깨에서 끊어지는 정도는 평범하게 있을 수 있다.

원한에, 슬픔에, 분노에, 후회에, 다음은 뭘까?

어쩌면 인간의 감정은 이름을 붙여 대충 관리하는 것이 아닐지도 모른다.

나사나 볼트 하나도 무섭다.

"우와앗?!"

카미조는 반사적으로 고함치고 있었다.

양손으로 앨리스를 안은 채로는 얼굴을 감쌀 수도 없다.

터널은 이미지와 달리 외길의 직선이 아니라 여기저기 구부러져 있었지만, 솔직히 이동에 대해서는 등의 날개가 멋대로 커브를 선회해 나가기 때문에 카미조에게는 스스로 조종하는 감각은 없다. 안전 기준이 몹시 무른, 해외의 정체를 알 수 없는 절규 머신을 타면 이런 기분이 들까.

자신의 목숨을 자신 이외의 존재에게 쥐어 잡혀, 진짜 눈물이 고인 눈으로 카미조는 소리친다.

"시라잇!! 거기 있는 차이나드레스한테 뭔가 정보는 들었어?! 어쨌든 목적지가 필요해. 레이디버드인가 하는 것을 연구하고 있던 키하라 어쩌고의 연구소와는 별개로, 인공 유령이 얽힌 연구를 하고 있던 놈의 은거지 정도는 알아 두고 싶어!!"

"그렇대요. 짐작 가는 곳은?"

"……"

기절해 있는 것이 아니다.

베니조메 젤리피시는 의도적으로 침묵을 선택했다. 뒤에서 파직파직 섬광이 깜박이는 것을 보면, 프릴샌드#G도 이쪽의 움직임을 눈치채고 터널 안을 이동하고 있는 것이리라. 지금 시라이가 정나미가 떨어져서 부근에 내던지면 무슨 일이 일어날지는 명백한데도, 꽤나 배짱이 있다.

아마 이 녀석은 아픔으로는 입을 열지 않을 것이다.

그때,

"…경량화한 개조 차이나드레스. 말이 난 김에 말하자면 그런 모습을 하고 있다는 건, 당신 '여자'를 무기로 사용하는 인종이지? 자신은 평균보다는 인기 있다는(웃음) 자각이 있나 봐."

적당히 말하며, 파랗게 빛나는 모르포 나비 날개의 힘을 빌려 바로 옆을 나란히 달리는 하나츠유 요우엔이 꺼낸 것은 한 개의 시험관이었다.

가볍게 흔들자, 컬러풀한 형광 녹색의 액체가 질척한 수면을 흔든다.

"거미는 사냥감의 체조직, 즉 단백질을 녹여서 펌프 기능을 가진 위를 사용해 흡수한다는 이야기는 알고 있어? 캐릭터 메이킹(얼굴의 성형이나 체격 변경) 정도는 비교적 자유자재인데. 괜찮아, 잃어버린 가슴은 다섯 개는 열 개든 포도알처럼 늘려 줄 테니까 걱정할 필요 없어. 몇 개가 좋다거나 하는 리퀘스트는 있어?"

"앗, 알았어 알았어! 그만둬!!"

팔다리를 묶인 채 베니조메는 당황한 듯이 말했다.

누구보다도 빠르게 정보를 흩뿌리는 일에는 집요한 파파라치는, 반대로 정보를 숨겨두는 것에 대해서는 별로 집착을 갖고 있지 않은 모양이다.

"제10학구의 폐기 레저 스파!! 지금은 모여든 주민들에게 완전히 점거되어 있고, 뜨거운 물이 없는 풀 밑바닥에서부터 푸드코트까지 전부 골판지, 베니어판, 프리패브 같은 걸로 만들어진 위법 하우스의 집합 주택으로 가득 차 있는, 리틀 구룡 성채 상태의 마굴이야!! 뭐든지 있는 범죄 거리에 내 은거지도 하나 묻혀 있어!"

"제10학구의 슬럼 지구라고요…?"

"미묘하게 비유가 낡았네, 그 고층 주택 지역은 이미 무너졌잖아. 요하네스부르크 정도는 말하지 그래? 뭐 러시아나 멕시코나, 경찰이 신용을 잃고 수면 아래에서 미등록 총기가 유통되는 나라의 대도시는 대체로 위험하지만. 그 은거지가 뭐?"

"바깥에서는 눈에 띄지 않는 옛 업자용 주차장에 부자연스러운 대형 트레일러가 몇 개 방치되어 있어. 소유주는 불명(不明), 다만 섣불리 가까이 갔던 폐품업자 몇 팀이 변사체로 발견되었어. 상황적으로 생각해서 아마 유령과 동일범!!"

"…그럼, 그 트레일러들이 인공 유령의 연구소인 건가…?"

무리한 비행을 하면서, 카미조 일행은 얼굴을 마주 보았다.

운이 좋다. '핸드커프스'에 관련된 이형의 기술에 대해서는 있으면 있는 만큼 회수해 두고 싶지만, 광대한 학원도시를 동서로 몇 번이나 왔다 갔다 하고 있을 여유는 없을 것 같은 것도 사실. 프릴샌드#G는 그렇게까지 만만하지 않다. 하지만 인공 유령이든 안드로이드든, 주요 테크놀로지가 제10학구에 집중되어 있다면 수고를 덜 수 있다.

"차이나드레스를 태연하게 소화하다니 너무 굉장해요….."

상황을 완전히 무시하고 왠지 풀이 죽은 앨리스는 우선 내버려두기로 하고.

여기에서 늦지 않게 움직일 수 있다면.

영원히 계속되는 폭주로부터, 인공 유령 프릴샌드#G를 구할 수 있다!!

15

제10학구.

카미조 일행은 지하철역 계단에서 단숨에 지상으로 달려 올라갔다. 바지직!! 하고 엄청나게 굵은 번갯불이 뚫고 지나가고, 아무것도 없는 아스팔트 도로를 한꺼번에 개미지옥처럼 함몰시켜 간다.

"빌어먹을, 무서워!!"

"저거 아닐까? 베니조메가 말했던 폐기 레저 스파."

요우엔이 가리킨 곳에 거대한 그림자가 솟아 있었다.

역시 당초에는 랜드마크였던 것일까. 역 계단 바로 옆에, 목욕탕답지 않은 워터 슬라이드의 거대한 그림자가 솟아 있었다. 스파라고 해도 실질적으로 실외형 온수 풀이라고 하는 편에 가까웠을 것이다. 쓰레기 소각 시설이 인접해 있는 것은, 그쪽에서 배출되는 열도 재이용하고 있었기 때문일까. 건물은 크게 무너지거나 하지는 않았지만, 청소 등의 유지보수는 게을리하고 있어서 녹이나 더러움이 눈에 띈다. 뭔가 전체적으로 질척하게 더러워져 있고, 공기가 무거웠다.

오히려 스프레이 낙서의 먹이가 되지 않은 것이 이상하다.

이곳에는 섣불리 가까이 가지 마라.

불량소년들 사이에서, 그런 로컬 룰이라도 있는 것인지도 모른다.

안은 리틀 구룡 성채니 요하네스부르크니 하는 이야기가 오갔지만, 카미조 일행으로서는 위법 하우스 덩어리가 된 풀 사이드나 물이 없는 바닥에는 볼일이 없다.

번갯불의 폭풍에 쫓기면서, 카미조 일행은 뒤쪽으로 돌아 들어가 업자용 트럭이나 작업 차량을 유도하기 위한 눈에 띄지 않는 뒷문으로 향한다.

분명히.

업무용 주차 공간에 몇 개의 대형 트레일러가 늘어서 있었다. 그것 자체는 드문 것이 아니지만, 폐자재를 모아 놓은 듯한 이 풍경 속에서는 묘하게 반짝반짝해서, '보통'이 눈에 띈다.

"찾았어! 인공 유령의 연구소!!"

"괜찮을까? 참견하려던 폐품업자가 몇 팀 변사체로 발견되었다고 했는데."

그렇게 말하며, 요우엔은 시험관의 고무 캡을 엄지로 튕겼다.

쏴아!! 하고. 주위에서 검은 융단이 파도쳤다. 정체는 몇만 마리나 되는 개미다. 풍경 전체가 움직인다고 할까. 보고 있으면 우두커니 서 있는 카미조 쪽이 뒤로 물러나고 있는 것 같은 착각을 느끼고 말 정도의 물량이었다. '매개자'의 지시에 따라 트레일러 쪽으로 이동해 가지만, 특별히 변화는 없다. 고압 전류 등으로 날려갈 것 같지는 않았다.

"트랩은 없네."

"프릴샌드#G에게 추월당하기 전에 결판을 내자!!"

카미조, 앨리스, 요우엔 세 사람은 가까운 트레일러의 뒤쪽으로 돌아간다. 네모난 금속 컨테이너의 문은 아마 나중에 단 듯한 열쇠 구멍이 달려 있었지만, 이것에 대해서는 역시 요우엔이 불러낸 엄지손가락 정도 되는 엄청나게 커다란 개미가 안의 금속을 녹여 버렸다.

"그래도 자물쇠의 내부 구조는 알루미늄이나 놋쇠 계열의 합금이 잖아. 내 개미라도 이용하면 충분히 파괴 가능해."

"…저런 독에 습격을 당하면 인간은 어떻게 돼 버리는 거지…?"

꽤 진심으로 오싹해지면서, 카미조는 레버를 풀고 양쪽으로 열리는 문을 활짝 연다.

대뜸 처음부터 가장 중요한 걸 맞닥뜨리지는 않았다. 2단 침대가 많이 늘어서 있고, 바닥에 장난감이 흩어진 공간이 기다리고 있었다. 다른 문도 열어 보지만, 부엌이나 욕실에 특화된 컨테이너도 있었다. 그러고 보니 드렌처나 프릴샌드#G 관련으로는 피험자 아이들, 이라는 말도 나왔던가.

뭔가 정체를 알 수 없는 연구 시설로는 보이지 않았다.

이쪽의 흔한 생활공간 쪽이 메인, 이라고나 할까. 취급상으로는 폐허라는 것이 되겠지만, 그런 으스스함도 없다. 뭐랄까, 오랜만에 안심이 되었다.

이 공간을 만든 사람의 무언가가 깃들어 있는 것일까.

따뜻하면 따뜻할수록, 잃었을 때의 통곡도 커지고 마는 것일까.

"읏."

그래도 카미조는 머지않아 찾아낸다. 몇 개인가 있는 트레일러 중, 하나의 컨테이너만 분명히 색깔이 달랐다. 이곳만 연 순간에 소독용 에탄올 냄새가 강하게 밀려온다. 삐죽삐죽 머리는 저도 모르게 중얼거리고 있었다.

"이건가…."

컨테이너 바닥은 높은 위치에 있다. 어린 양손을 짚고 몸을 밀어 올리려다가, 그러나 키가 작아서 우물쭈물하고 있는 앨리스의 앞치마 속에서 핑크색 배트와 바늘투성이 공이 줄줄이 넘쳐 나왔다. 이것도 이것대로 꽤 수수께끼지만, 가끔 이상한 울음소리를 내는지라 에나멜 같은 구두의 발판이 되는 것은 왠지 모르게 보고 있을 수가 없었다.

앞치마 뒤의 동그랗고 폭신폭신한 것을 좌우로 흔들 뿐, 아무리 기다려도 한 단 위로 발을 올리지 못하는 그림책 소녀의 작은 엉덩이를 카미조는 뒤에서 양손을 써서 밀어 올려 준다.

고압 전류의 화신이라는 것치고, 변전소에 있는 쇳덩어리 같은 기재는 특별히 없다.

컨테이너 중앙에는 길쭉하고 투명한 상자 같은 것이 놓여 있을 뿐이다. 고무 계열의 두꺼운 수지로 덮인 둥근 구멍이 같은 간격으로 준비되어 있어, 아무래도 내용물과 접촉하지 않고 만질 수 있는 구조로 되어 있는 것 같다.

미생물이나 약품을 전문적으로 다루기 때문인지, 요우엔은 대충 둘러보고 '여기가 무슨 관련 연구소인지'를 품평하고 있는 것 같았다.

"무균 상자, 네. …벽 쪽의 덕트에는 불순물의 출입을 막는 장치가 있고, 물을 쓸 수 있는 곳도 꽤 잘 만들어져 있어. 유령 연구라는 건 의외로 생물 계열인 걸까?"

왠지 모르게, 다.

카미조에게는 그것이 투명한 관으로 보였다.

"이과 계열 중에서 TV 괴담 방송의 먹잇감이 될 것 같은 곳이라면 역시 그쪽 계열 아닐까? 그 왜, 밤중에 뛰어다니는 해골 모형이라든가, 시체를 씻는 데 사용하는 포르말린 수영장이라든가."

"진부한 이미지네."

이것에 대해서는 일도양단되었다. 입술을 깨물며 고개를 숙였더니 연상이 운다고 착각했는지, 작은 악녀가 조금 갈팡질팡하고 있었지만.

앨리스는 앨리스대로, 투명한 상자가 아니라 그것을 둘러싼 기재에 흥미가 있는 모양이다.

삼각대로 지지되고 있는 것은 비디오카메라다. 렌즈의 정면에 서서 웃으며 브이사인을 하고 있다.

"예—이☆"

"…그리고, 저 카메라 뭐야? 실험 기록을 찍는 것치고는 수가 너무 많은 것 같은 기분이 드는데. 뭐라 해도 컨테이너 한 개 분의 공간이라고, 저렇게 늘어놓으면 오히려 연구하는 쪽도 방해가 되잖아."

"기록용이라면 방해가 되지 않도록 손 부근을 비추면 되니까, 그러게, 천장에 하나 매달면 될 일이야. 일부러 열두 방향에서 둘러쌀 필요는 없어."

"즉?"

"무균 상자뿐만 아니라 주위의 카메라도 포함해서 거대한 실험 장치야. '관측'에 축이 되는 다리를 두었다는 건, 양자역학도 얽혀 있는 걸까?"

카미조가 벽 쪽의 스위치를 조작하자 방의 조명이 완전히 바뀌었다. 옛날 영상에 나오는 암실처럼, 저녁놀과 비슷한 오렌지색 빛으로 컨테이너가 가득 찬다. 그러자 밀폐된 투명한 관 속에서도 변화가 있었다.

사건 현장처럼 사람의 윤곽을 따라 라인이 빛나고 있었던 것이다. 또 압정 같은 전극이 무수히 놓여 있는 것을 알 수 있다. 침이나 뜸 같은 것에 나오는 경혈, 같은 걸까? 왠지 알 수 없는 이미지의 이야기뿐이라서 근거는 없다. 어쩌면 드렌처가 직접 만든 독자 규격일 뿐인지도 모른다. 아무래도 수백 개나 되는 전극은 작은 블록 형태로 되어 있고, 끼워 넣기에 따라 자유롭게 수나 위치를 바꿀 수 있는 것 같다.

인체의, 배선도.

이것이 인공 유령의 개성을 관장하는 것인지도 모른다.

타인의 연구소는 평소에는 좀처럼 볼 기회가 없는지, 요우엔도 흥미롭다는 듯이 몸을 내밀며,

"프릴샌드#G였나? 유령 측으로서는, 연구소에서는 정확한 '불씨' 를 디자인할 수 있으면 그걸로 되는 거야. 아무리 작아도 완성만 시키면, 그 후에는 바깥 세계로 쏘아 보내기만 해도 무진장으로 사이

즈가 비대해지지. 마치 생물 무기 같아. …아니, 그것도 아니야. 생물, 양자역학, 무기화 연구, 이런 건 12색의 물감 세트와 마찬가지로 그냥 끌어내는 것에 지나지 않아. 본래 제대로 된 윤곽도 없는 유령을 사람의 머리로 존재의 카테고리에 억지로 할당하고, 인식하기 쉬운 형태로 치환하고 있는 거지."

"…어쨌든, 이걸 움직이면 유령은 만들 수 있어."

"드렌처 키하라 리패트리. 타깃에 대해서, 근원이 되는 인격 데이터가 필요한데. 우선 유지(油脂)를 먹는 검은 곰팡이 계열이면 될까? 눈에는 보이지 않는 지문이나 발자국의 분포에서도 얼마나 꼼꼼한지, 신경질적인지, 심리 패턴은 계측할 수 있어."

"그, 그런 걸로 사람의 마음을 알 수 있는 거야?"

"어머나. 세상에는 물품에 찰싹 달라붙은 전기나 수분 같은 걸 잔류 사념이라고 부르면서 읽어 내는 능력자도 있는 것 같던데."

캉, 쿵! 하는 둔한 소리가 울렸다. '텔레포트(공간이동)'로 허공에서 출현한 시라이 쿠로코가, 자신의 몸보다 커다란 두랄루민 케이스를 두세 개 바닥에 떨어뜨린 소리다.

"쓰레기의 산에 묻혀 있던 연구소에서 '소체(素體)'는 주워 왔어요! 솔직히, 이 얼굴 없는 마네킹이 인간과 꼭 닮은 걸로 둔갑할 거라고는 믿을 수 없지만요…."

"어쨌든 케이스를 열어, 그리고 뭔지는 알았지만 어떤 구조로 움직이는 건지도! 뭔가 텍스트나 매뉴얼 같은 건 없나?!"

이 컨테이너 자체의 레버보다 투박한 잠금장치를 풀고 내용물을 바닥에 덜그럭덜그럭 늘어놓아 간다.

시라이 쿠로코의 말대로였다. 왠지 모르게 원피스형 경기용 수영복 같은 것에 감싸여 있어서 여성형으로 보이지만, 실제로는 남녀의 성별 차이는 없는 것 같았다. 두발은 물론이고 이목구비도 없는, 매끈한 구체관절인형이다.

"…그렇달까 베니조메인가 하는 건 대체 어디에 뒀어?"

"300만 톤 이상의 쓰레기 밑에 파묻힌 저쪽 연구소에 묶은 채로 방치. 무슨 일이 있어도 특종을 원하는 것 같고, 불타 죽은 시체와 함께 생매장된다면 기분도 만족하겠죠."

그때, 왠지 앨리스가 혼자서 멋대로 부들부들 떨었다.

"사, 삼백만 톤…."

"숫자만 보면 과장스럽지만, 유명한 돔 구장 한 개 분이 37만 톤은 돼요. 100만, 이라는 단위에 엄청나게 민감한 건 연령에서 오는 걸까?"

그러나 무겁다.

아직 과학의 범주에 들어가는 건지 약간 수수께끼인 인공 유령과 달리, 이쪽의 안드로이드는 철저하게 물리적이다. 아마 중금속의 골격 프레임을 인공의 근육과 실리콘 소재로 감싼 기계제품일 것이다.

카미조가 시험 삼아 바깥에서 어깨와 무릎을 움직여 보니, 뽀각거리는 둔한 감촉이 돌아왔다. 혹시 이 골격, 목표가 되는 체형에 맞춰 어느 정도 조정할 수 있는 건지도 모른다. 과학의 힘은 어린아이와 어른의 몸을 나누어 쓰는 신축식 마법 소녀를 실현하는 단계까지 와 있었던 것이다.

요우엔은 몇 개의 시험관을 꺼내면서,

"겉이 실리콘 계열이라면 유기 용매로 세부는 조정할 수 있지. 드렌처인가 하는 놈의 얼굴 사진이 필요해. 그리고 몸의 사이즈를 알기 위해서 사복 같은 것도. 그 근처의 서랍은? 주거도 겸하는 시설이라면 사진 한 장 정도 없을까?"

"찾아보겠지만. 하지만 이건 완전히 기계잖아?! 말하자면 사람의 모습을 한 자동 운전 차량이라는 느낌이야, 인공 유령이라는 모호한 걸 만들어도 제대로 정착할까?"

"아무리 전기적인 성질을 가진 인공 유령이라고 해도, 그 고압 전류 덩어리를 억지로 밀어 넣으면 그야말로 전자 기반 계열은 전부 타 버릴 것 같은데요."

"그렇다면 출력을 완화하는 기술로 중개하면 돼. 예를 들어서……."

파직, 하고 뭔가 터지는 듯한 낮은 소리가 들렸다.

앨리스를 제외한 전원의 깜박임이 멈춘다.

"(…왔다!)"

"(오히려 너무 늦었을 정도야. 단순한 속도만이라면 벌써 습격을 받았어도 이상하지 않을 텐데. 프릴샌드#G, 어쩌면 옛집인 연구소를 보고 망설이고 있는 걸까?)"

그렇다면, 몹시 벌 받을 짓을 하고 있는 기분이 들었다.

그러나 한 번 시작해 버리고 나니 빠르다.

요우엔이 사진과 사복을 끄집어내는 가운데, 유리가 깨지는 요란한 소리가 울렸다. 단순한 창이 아니라 가로등의 전구 같은 것이 터져 날아간 것이리라.

파괴의 소리는 하나에 그치지 않고, 덜컹 하고 컨테이너 연구소 자체가 비스듬하게 기운다. 아마 트레일러의 타이어가 고압 전류를 뒤집어쓰고 파열한 것이리라.

프릴샌드#G에게, 그 결단에는 어떤 의미가 있었을까.

과거의 보물을 짓밟는 자를, 추억의 장소와 함께 분쇄하려는 그녀의 가슴에는 대체 무엇이.

카미조는 위기감이 부족한 앨리스를 감싸고 바닥에 엎드리면서도, 입술을 깨물고 있었다. 이런 폭주는 보고 있으면 괴롭다. 그렇게 생각하면서, 순간적으로 쓰러지려고 한 카메라의 삼각대를 눌렀다. 무엇이 소중한 것인지, 전문 지식이 없는 그로서는 판단이 되지 않는다. 어쩌면 인공 유령은 세계에서 단 한 명, 드렌처 이외에는 이해할 수 없는 존재인지도 모른다.

파쇄음은 그치지 않는다.

여기서 연구소의 내용물까지 부서져 버린다면 전부 끝장이다. 문제는 카미조 일행의 생존뿐, 이라는 것도 아니다. 영원히 현세를 떠도는 프릴샌드#G는, 드렌처 키하라 리패트리와 다시 한번 만날 기회를 스스로 없애 버린다.

그것은.

이 도시의 어둠에 몹시 잘 어울리고, 하지만 절대로 그런 결말로 흘러가는 것은 싫었다.

순간적으로, 였다. 조작도 하지 않았는데 멋대로 렌즈가 수축하는 비디오카메라를 노려보면서, 카미조 토우마는 자신의 위험도 돌아보지 않고 마주 외치고 있었다.

"웃기지 마 프릴샌드#G!! 네가 진짜 바라는 건 뭐얏. 다시 한번, 한 번이라도 좋아! 세상에서 가장 만나고 싶은 인간의 얼굴을 떠올려 봐앗!!!!!!"

목소리는 상대에게 닿았을까, 아니면 아닐까.

바지익!! 하고, 무시무시한 하얀 섬광이 폭력적으로 날뛰었다. 마침내 번갯불 덩어리가 컨테이너 안에까지 날아 들어온 것이다. '유령'의 통곡이 직격하고, 여기저기에서 오렌지색 불꽃이 튄다. 선반 서랍이 부서져 서류며 사진이 허공을 춤추었다. 하나츠유 요우엔은 기재에 달려들어, 불꽃을 튀기는 스위치를 연달아 튕긴다. 낮은 소리를 내며 투명한 관이 서서히 빛을 뿜는다.

시라이 쿠로코가 눈을 부릅뜨며 외치고 있었다.

"역시 전기적인 에너지가 너무 커요. 우리가 인공 유령을 만들었다고 해도, 기계제품에 집어넣으면 폭발할 뿐이에요!!"

그리고 드렌처 키하라 리패트리를 분노한 원령에게 보여 주지 못하면, 분명히 공격의 손길은 멈출 수 없을 것이다. 이곳에 있는 전원은 트레일러째 폭발해 날아가 버리고 만다.

구원이 없는 건물 잔해 속에서.

프릴샌드#G는 그저 영원히 울부짖을 뿐이다.

"그러니까."

격렬한 번갯불 속에서, 쉰 듯한 목소리가 났다.

섬광과 섬광의 틈새에서, 작은 소녀가 시험관의 고무마개를 엄지로 튕기는 것이 똑똑히 보였다.

하나츠유 요우엔은 확실히 악녀.

하지만 그녀가 지금까지 몇 번이나 목숨을 구하는 행위를 취해 온 것은, 카미조 자신이 가장 잘 이해하고 있다.

"이렇게 할 거야!!!!!!"

직후에 번갯불이 폭발했다.

플라스틱이 타는 듯한 냄새가 카미조의 콧속까지 뚫고 지나갔다.

16

물론, 이다.

프릴샌드#G는 '그곳'을 올바르게 인식하고 있었다.

드렌처 키하라 리패트리가 많은 아이들과 함께 지낸 대형 트레일러들. 이동식 연구소. ···그런 체재를 갖춤으로써 '어두운 부분'으로 사라져 간 피험자 아이들을 건져 올리는, 거대한 탁아소.

과거, 거기에 참견을 하려고 한 폐품업자는 사정없이 분쇄해 왔다. 비유 표현이 아니라, 정말로 안쪽에서부터 체조직을 폭발시켰다.

무조건적으로 원한이나 저주를 흩뿌려서라도, 지키고 싶은 장소이기는 했다.

『……,』

하지만 이미 '핸드커프스'의 범죄자들은 안까지 들어왔다. 이제 와서 프릴샌드#G도 일일이 망설이거나 하지는 않는다. 전력을 다해 공격하면, 아마 연구소 쪽도 무사하지는 못할 것이다.

추억의 핵이 되는 것도 날려 보내고 말 위험도 있다.

전부 끝나고 나서 격렬한 후회가 덮쳐 올 것이다. 하지만 이걸로 무언가를 끊어 낼 수 있을지도 모른다.

그렇게 생각하고, 프릴샌드#G는 가느다란 팔을 트레일러 무리로 향했다. 전방위 경계 없이는 아니다. 명확한 지향성을 주어 '오퍼레이션 네임 · 핸드커프스'의 생존자를 폭발시켜 부수려고 한다.

어쩌면 추억보다 파괴를 우선함으로써, 프릴샌드#G는 진정한 의미에서의 원령으로 페이즈가 하나 올라갈지도 모르지만.

그 일보 직전이었다.

『이런, 이런. 눈을 뜬 순간에 이런 장면을 맞닥뜨리다니, 정말이지 인과라는 건 무서운 거로군요.』

『뭐…?』

튕겼다.

휘어졌다.

마음만 먹으면 일격으로 고층 빌딩을 쓰러뜨릴 정도의 위력을 가진 고압 전류의 거센 흐름을, 한 손만으로 어렵지 않게 걷어 낸 것이다.

'오퍼레이션 네임 · 핸드커프스'에서도, 의미불명의 경합으로 기능이 정지되었을 때 이외에는 단 한 번도 사냥감을 놓치지 않았던 인공 유령의 원한과 저주가.

깨끗이.

그는, 여전히 이 어둠에 떨어진 아이들을 감싸고 있다.

『어째, 서? 당신은, 대체…?!』

프릴샌드#G의 표정에, 처음으로 경악이 깃든다. 또는 두 눈의 초점이 현실에 맞춰진다. 악몽 속을 떠도는 것만으로는 끝낼 수 없는, 눈앞의 적에게는 그만한 무언가가 있다.

있어서는 안 되는 누군가.

그래도 있어 주었으면 좋겠다고 바라고 마는 누군가.

『알고 있잖아요, 프릴샌드#G 군. 나는 '어두운 부분'에 삼켜져 사라져 가는 목숨이 있다면, 이걸 잠자코 있을 수는 없어. 설령 결과적으로 이 목숨을 잃게 되더라도, 말입니다.』

『그렇지 않아. 그런 레벨의 이야기가 아니야?! 어째서 당신이 여기에 있는 거야? 모든 걸 잃었을 터인 이 세계에서, 어째서 비극에 늦지 않을 수가 있어?!』

스스로 내뿜은 섬광이 사라진다.

소리도 없이 유령의 얼굴이 일그러진다.

베일에 싸여 있던 무언가가, 프릴샌드#G 앞에서 드러난다.

그것은.

그 어리석고 상냥한 그림자의 정체는…….

『이유가 있어서 지키는 겁니까? 그게 아니잖아요.』

그 말이.

별것 아닌 그 속삭임만으로.

『아.』

멈추어 있었다.

프릴샌드#G가 그 움직임을 멈추고 있었다.

사고가 굳어서 제대로 돌아가지 않는다.

악령 퇴치라니 농담이 아니다. 장엄한 신사를 짓고 신으로 모셔도 피해가 멈출지 어떨지는 기분에 달려 있다. 천연인지 인공인지 따위는 이미 상관없다. 사실로서 압도적인 힘을 가진 유령이, 말이다.

두 눈이 휘둥그렇게 뜨인 채, 그저 중얼거리고 있었다.

『…당, 신?』

저도 모르게 매달릴 뻔하다가, 그러나 프릴샌드#G는 입술을 깨물었다.

고개를 크게 가로젓고, 자신의 머리를 끌어안으며 외친다.

『속지 않아!! 나는 그런 것에 속지 않아!!』

바라지도 않은 행복이었기 때문에 더더욱, 그런 가능성을 받아들일 수 없는 것인지도 모른다. 뭔가 터무니없는 악의가 섞여 있는 것은 아닐지 경계하고 마는 것인지도 모른다. 25일, '핸드커프스'는 유령 상대로도, 그만한 상처를 마음에 새길 정도로는 잔혹하게 되어 있었을 테니까.

그래서, 떨리는 목소리로 프릴샌드#G가 중얼거린다.

그만큼 무적이었던 '인공 유령'이, 손끝으로 살짝 만진 순간 눈앞의 모든 것이 튕겨 버리는 것을 두려워하듯이.

『…당신은, 분명히 죽었어.』

『네.』

『이제 두 번 다시 만날 수 있을 리 없어!!』

『누가, 그런 걸 정했죠?』

한 발짝, 드렌처는 앞으로 걸음을 내디딘다. 고개를 가로저으면서도, 프릴샌드#G는 뒤로 물러나지 못한다.

원하는 것은 복수였다. 영원한 싸움이었다.

정말로?

어린애처럼 울고, 소리치고, 그러고 나서 '인공 유령'은 또 한 명의 사자(死者)의 가슴에 뛰어들었다.

단단하게, 그 청년은 프릴샌드#G를 받아 냈다.

　설령 만들어진 몸이라도, 거기에는 확실한 고동이 있었을 것이다.

　『괜찮아.』

　곤란한 듯이 웃으면서.

　청년은 어린애처럼 울부짖는 숙녀의 머리카락을 손가락으로 빗어 주고 있었다.

　『이제 괜찮아. 나는 어디에도 가지 않아요, 프릴샌드#G 군.』

　그렇다, 누가 어떻게 거절을 되풀이한다 해도, 이런 어중이떠중이를 기워 붙인 임시 대용품 같은 해피엔딩을 용납하지 않겠다고 말해 봐야.

　그래도.

　인간은, 행복해지려는 마음을 막을 수는 없는 것이다.

17

　"하."

　카미조 토우마의 입에서 한숨이라고도 웃음이라고도 말할 수 없는 무언가가 새어 나왔다.

　아슬아슬해도 너무 아슬아슬하게.

　하지만 전기적인 소손(燒損)은 주저앉은 소년의 바로 발치에 머물러 있었다. 두터운 뇌운에 머리부터 돌진한 것 같은 대참사로, 연구소 안의 기재도 모조리 안쪽에서부터 튕겨 날아가 있다. 하지만 어떻게든 카미조는 목숨을 잃지 않을 수 있었던 것 같다.

"어스(주7)."

같은 연구소 안에서는, 하나츠유 요우엔도 똑같이 주저앉아 있었다.

"…전기의 출력이 전자 기판에 맞지 않을 정도로 크면, 불필요한 전력을 대지로 흘려보내 주면 되는 거야. 그것만으로, 인공 유령은 안드로이드 안에 있으면서 내부 구조를 태우지 않을 수 있지."

그녀는 작은 손으로 텅 빈 시험관을 가볍게 흔들고, 고무마개도 없는데 작은 엄지를 세우며,

"뭐, 다소는 토양의 산성도가 변화할지도 모르지만, 주변 인물의 감전사는 걱정하지 않아도 돼. 전기는 저항이 약한 쪽으로 흐르지. 눈앞의 어스를 무시하면서까지 사람의 뇌나 심장으로 달려 올라갈 정도로 강하지는 않을 테고."

"뭔가 전기 제품 같아서 너한테는 안 어울리지만, 어차피 억지로 생물계로 처리했겠지. 이번에는 뭘 사용했어? 벌레, 아니면 곰팡이라든가…???"

"갈리오넬라속(屬)의 철 박테리아."

"……."

"그런 얼굴 하지 마. 이건 철이나 망간의 이온을 산화시키는 미생물이야. 가만히 있어도 스스로 금속을 거두어들여 주지. 안드로이드에게 보이지 않는 배선을 지면까지 항상 둘러치게 하기에는 딱 알맞아."

"그거 절대 저 두 사람한테는 비밀이야. 꿈꾸는 것 같은 공간이 한순간에 깨질 것 같아."

주7) 어스: earth. 도체를 땅(지구)과 연결하는 행위 또는 땅(지구)과 연결된 장비.

말하면서, 욕을 할 만한 기운이 돌아온 것을 소년은 깨닫고 있었다.

카미조 토우마는 엉덩방아를 찧은 채, 마주 안은 두 사람을 조용히 바라보고 있었다.

가만히 숨을 내쉬었다.

그리고 말했다.

"앨리스. 이건 뭐야?"

행간 3

"어랏, 눈치채 버렸나요???"

시간이 멈추었다.

비스듬히 기울어진 탄 자국투성이의 컨테이너 안에서, 정면으로 마주하고 있는 것은 카미조 토우마와 반소매 소녀 앨리스뿐이었다. 반짝거리는 금발의 반짝임에 고독을 부정해 주는 온기. 소녀의 존재 자체가 공기를 지배해 간다.

열두 살 정도의 금발 소녀는 평소처럼, 그림책의 소녀처럼 귀엽게 고개를 갸웃거리고 있었다.

그녀는 웃음을 띤 채 말했다.

"어디에서 이상하다고 생각한 거고요?"

"처음부터, 전부 이상해."

카미조는 내뱉는다. 전부란, 즉 이렇다.

"열차와 열차의 정면충돌이라는데, 내 몸에는 거의 상처가 없었던 건 왜지?"

"열차의 2층석에서 뛰어내려 그대로 녹은 플랫폼의 커다란 구멍으로 떨어져서… 착지를 상상하지도 못한 채 내팽개쳐졌는데, 뼈 하나 부러지지 않다니 이상하잖아."

"'핸드커프스'로 압도적인 희생의 산을 쌓아 올린 프릴샌드#G. 인공 유령의 공격 수단은, 고압 전류라는 눈에 보이는 알기 쉬운 것이었나?"

"가령 고압 전류였다고 쳐도, 한 발 스치면 몸째 폭발했을 거야. 전기가 얽히면 기억 정보를 공유하다니 이상해. 클론인 시스터즈 (여동생들)와 달리 뇌의 구조까지 똑같다는 것도 아니고."

"'저지먼트(선도위원)'인 시라이 쿠로코는, 사태의 해결에 필요하다면서 죄수 호송 열차에서 도망친 탈주범이 하는 일을 묵묵히 보고 있을 만한 인간이었나?"

"우이하루인가 하는 녀석의 실력은 몰라. 하지만 그 애는 좀 조사해 봐, 검색해 줘, 라는 부탁을 한 정도로 '어두운 부분'의 밑바닥의 밑바닥에 있다는 '핸드커프스'의 수수께끼를 파팟 하고 전부 조사할 수 있을 정도로 뒷세계의 사정에 정통한가? …랄까, 애초에 조사하니까 나와 버린 '어두운 부분'의 비극을 앞에 두고, 웃으며 받아들일 수 있을 만한 마음의 소유자였나?"

"베니조메 젤리피시. 그 파파라치가 프릴샌드#G의 연구소를 알고 있을 게 틀림없다, 고 생각하는 흐름은 너무 억지잖아. 아무런 근거도 없었을 텐데."

"인공 유령과 안드로이드를 접속하는 기술은 정말로 있었어? 죽은 사람의 부활이라니 그런 엄청난 일을, 학원도시의 테크놀로지를 긁어모은 것만으로 이룰 수 있는 걸까?"

"드렌처의 연구소를 뒤적뒤적 뒤지고 있을 때, 제대로 답이 발견될 때까지 프릴샌드#G가 기다리고 있었던 이유는 뭐지?"

"'매개자' 하나츠유 요우엔. '핸드커프스'의 흉악범은 처음 만나지만, 그 녀석은 이유만 합치하면 간단히 처음 만나는 인간을 잘 따르는, 다루기 쉬운 여자애인가? 옷을 갈아입는 것도 그래, 입으로 옮겨서 먹여 주는 것도. '어두운 부분'인가 하는 곳에 있는 악녀라고 해서 가드가 헐렁헐렁하다는 보장은 없겠지."

"…그렇달까 애초에 근본적으로, 이 내가 만 엔을 줍는다거나 상황적으로 운이 좋다거나, 그렇게 행운만 연발할 리가 없잖아."

앨리스는 가만히 한숨을 쉬었다.
그리고 말했다.
"그런 이치를 억지로라도 맞춰 가는 게 소녀의 마술인데요."
"마술…?"
"아하하. 능력이라고 생각하고 있었어요? 가령 눈으로 보았는데도 확실치 않은 제6위라든가."

뭔가 알고 있는 듯한 앨리스도 신경 쓰이지만, 그 이상으로다.

정말로 앨리스의 존재는 마술 측만으로 설명이 가능한 걸까?

"…확률을 조작한다거나, 예를 들어 복권이나 빙고 게임에서 반드시 이길 수 있는 것 같은? 아니, 아니야. 그렇다면 애초에 존재하지 않는 가능성까지 끼워 넣을 수는 없을 텐데."

"네 물론 아니에욧☆"

앨리스는 천천히 손가락으로 가리켰다.

카미조가 아닌, 더 뒤. 깨달은 소년은 비스듬히 기울어 있는 컨테이너 바깥으로 느릿느릿 나간다.

정지한 바깥 세계는, 카미조가 잘 아는 그것과는 전혀 달랐다.

하늘을 찌를 듯한 거인이 폐기 레저 스파를 크게 타넘고, 사람의 얼굴 모양을 한 거대한 호박은 사방의 아스팔트를 부수며 솟아오르고 있다. 밤하늘에서는 다섯 개의 정점을 가진 유성이 꼬리를 끌고, 여기저기에서는 의미불명의 고대 문자나 도형이 네온사인처럼 춤추고 있다.

그대로, 시간은 멈추어 있었다.

오히려 다행이다, 하고 카미조는 솔직하게 생각한다. 이것이 이대로 시간이 본래의 흐름을 되찾아 버리면 어떻게 될까. 시라이도, 요우엔도, 지금 여기에 없는 사람들이 모두 엉망진창이 된다.

"선생님."

뒤에서 그런 목소리가 났다. 어디까지나 천진난만. 그녀는 폴짝폴짝 뛰면서 카미조 앞으로 돌아 들어온다.

눈앞의 앨리스는 그것을 할 수 있다.

손가락을 한 번 튕기는 것만으로 지금 있는 세계 따위는 간단히 끝났다.

"현실에 내건 이론에 파탄이 없는지 어떤지는 상관없어욧. 설령 논리와 논리가 직접은 이어져 있지 않아도, 소녀가 모험해서 새로운 순리를 개척하면 얼마든지 브리지를 놓을 수 있죠."

"…브리지?"

"으──음. '희로애락과 화수풍토는 모두 4종이다. 따라서 롤 플레이나 역할 만들기에 의해 특정 감정을 마음속에서 의도적으로 끌어내면 특별한 힘을 바깥 세계에 출력할 수 있다'…거나?"

그것은 일반적으로는 견강부회나 강변이라고 하는 것이리라. 얼핏 보면 그럴듯하지만, 하지만 근저가 되는 무슨무슨 신화나 어쩌고 법칙 등이 아무것도 없으니까. 솔직히 말하자면 희로애락은 동양 같지만 화수풍토는 판타지 RPG적이랄까, 서양풍이다. 연결이 없다.

하지만 거기에 브리지를 놓아 100퍼센트 확실한 힘을 줄 수 있다면, 어엿한 기적이다.

신도(神道), 불교, 기독교를 융합시킨 '아마쿠사식'과는 비슷한 것 같지만 전혀 다르다. 앨리스의 경우, 이론과 이론의 공통항을 발견해 로직으로 연결할 필요가 없다. 근처에서 파는 물감은 12색 세트니까 시계와 비슷하고, 그러니까 시간을 전부 지배할 수 있다, 라는 말을 태연하게 성취한다. 그리고 앨리스 개인뿐만 아니라, 확정된 순간에 전세계의 물감이 그렇게 된다.

"물건을 태우는 데는 연소가 필요, 한 번 나누어진 입자는 한쪽을 관측하면 아무리 거리가 떨어져 있어도 같은 스핀이 확정된다,

뉴트리노는 빛을 추월한다. …파탄이 보일 것 같으면 주변의 이론과 연결해서 강도를 늘리고, 충분한 설득력을 확보해서, 문제없이 '굴러가는' 이론으로 변환해 버리면 돼욧. 그게 설령 잘못된 출발점에서 시작된 학설이라도, 계측 기기의 오작동에 의해 얻어진 수치라고 해도 말이죠?"

"그러니까."

"죽은 사람이 되살아나는 이론이라도, 평등하게. 왜냐하면 마술이란, 사람에게 즐거운 꿈과 희망을 주기 위한 거고요."

제각각의 이론을 억지로 연결해, 그런 하나의 길을 마련해 왔다.

스스로는 아무것도 만들어 내지 못하고, 타인의 가슴을 들여다보며 그 안을 여행하고 돌아다니더라도. 그대로 기분 좋은 세계에 의문을 갖지 않고 계속 헤엄치고 있으면, 분명 그것들이 그대로 서로 얽혀 현실로 완성되어 있었을 것이다.

네모난 틀을 한 바퀴 둘러 버리면, 그 안이 전부 덧칠되어 버리는 진 빼앗기 게임처럼.

끼익, 기익, 하는 둔한 소리가 났다.

앨리스 안에서다.

카미조가 그것을 깨달은 순간, 이었다. 파란색 계열의 원피스 위로 하얀 앞치마를 겹쳐 입은 듯한, 그림책의 드레스. 그것이 소재를 무시하고 얇은 스타킹이라도 찢듯이 몸의 중심에서부터 좌우로 크게 찢어져 갔다.

파르르, 하고. 어딘가 선정적으로도 들리는 소리를 내며.

"자."

안쪽에서 나온 것은, 배덕적일 정도로 눈부신 부드러운 피부.

마치 어린애 같은 박하사탕이, 맨살에 떨어뜨린 점도 높은 꿀로 변하는 것 같은 변모.

　그리고 그림책의 드레스 안쪽에 격납되어 있던 것이 펼쳐져 간다. 가냘픈 몸을 조이는 기름을 빨아들인 것 같은 요사스러운 광택을 띠는 붉은색과 검은색의 벨트와, 번들거리는 금속 버클.

　잔해 따위는 신경 쓰지 않고, 어디까지나 양손을 완만하게 벌린 채 앨리스는 말한다.

　"선생님, 안내해 주세요. 소녀는 당신 안을 모험하고 싶어요. 이 결말로는 불만이거든욧. 그렇다면 뭐가 어떻게 되면 납득이 가는 결말일까요? 말해 주시면 소녀가 이론을 연결하고, 메우고, 정착시켜서, 이 세계의 답으로 만들어 드릴게요."

　그런가, 하고 카미조는 중얼거렸다.

　어떤 형태든, 확실하게 죽어 버린 인간과 다시 한번 만날 수 있다면 이 정도의 해피엔딩은 없을 것이다. 그것이 자기 자신과 강하게 연결되어 있는 테크놀로지였다면, 프릴샌드#G도 구원될 것이다.

　'오퍼레이션 네임 · 핸드커프스'는 나쁜 것만은 아니었다.

　그것은 일면적인 견해일 뿐이고, 퍼즐을 바꾸어 끼우면 사람의 목숨을 구하기 위해서도 작동할 수 있다.

　그런 결론을 내릴 수 있다면 휘말린 사람들도 구할 수 있을 것이다.

　앨리스는 나쁘지 않다.

　그건 안다.

　그래서 카미조 토우마는 앨리스가 유혹하는 대로 그저 말했다.

"…그럼 전부 되돌려, 앨리스. 이렇게 네 힘을 빌리면, 진정한 의미로의 결말은 영원히 낼 수 없어."

깜짝 놀라고 있었다.

무시무시한 화려한 색채. 저절로 꿈틀거리는 벨트에 오른쪽과 왼쪽 다리가 길게 연결되어 이세계의 비주얼을 보이는 앨리스는, 자신의 부드러운 피부를 크게 드러낸 채 작게 고개를 갸웃거리고 있었다.

그대로 묻는다.

"어―음, 그러면 되나요?"

"응."

"본래 같으면 연결이 없는 것을 서로 연결하고, 있을 수 없는 가설이나 이론을 안정화시키고, 최적 이상의 현실을 만든다. 소녀의 가호가 끊기면 솔직히 선생님한테 구원은 없는데요?"

"그래도 좋아. 그 매립 때문에 오히려 해야 할 일이 보이지 않게 되고 있어."

"프릴샌드#G는 별로 거짓말을 해서 적당한 힘을 주고 있는 게 아니에요, 저건 인공 유령의 '일부분'만을 특별히 강조했다고 하는 게 정답이에욧. 힘의 전부를 끌어낸 풀 스펙 상태라면 선생님은 우선 이길 수 없어요."

"그렇겠지, 하지만 프릴샌드#G를 힘으로 굴복시키고 싶은 게 아니야."

"열차에서 도망친 하나츠유 요우엔, 라쿠오카 호우후, 베니조메 젤리피시. 설마, 죄인들은 귀신보다 한 단계 떨어지니까 괜찮다…

는 안이한 생각은 하고 있지 않겠죠? 다들, 진짜는 만난 것만으로 즉시 리타이어하게 될 것 같은 느낌의 난이도인데."

"알고 있어."

"죽을 건데요."

"그래도야."

흠, 하고 앨리스는 자신의 가느다란 턱에 검지 안쪽을 대며, 엉뚱한 방향을 보았다.

그대로 중얼거린다.

"신이 되고 싶다, 불로불사의 몸을 갖고 싶다, 자신을 바보 취급한 학회에 복수하고 싶다…. 소녀도 여러 가지로 화려한 색깔의 모험은 해 왔지만욧, 이건 역시 처음일지도예요."

"?"

"아하핫, 재미있어요. 소녀를 거부하지만, 결코 욕심이 없는 것도 아닌가요? 그런 종류의 욕심은 처음이에요. …그건 좀, 맛있을 것 같아."

앨리스는 웃고 있었다.

하지만 아주 약간, 지금까지와는 웃음의 질이 다른 것처럼 보였다.

또는, 쓸쓸한 것처럼.

"앨리스 어나더바이블로부터 통지. 현 시점을 기해, '라이브 어드벤처 인 원더랜드'의 변칙 카발라식 창작 브리지 연결 작업 정지를 명령합니다."

덜컹, 하는 낮게 윙윙거리는 소리가 났다. 마치 무거운 금속으로 만들어진 두꺼운 자물쇠를 여는 것 같은.

카미조 토우마는 하얀 빛에 감싸인다.

오감이 서서히 엷어져 가고, 현실의 인식조차 모호해져 가는 가운데. 그래도 소년은 확실히 들었다. 어딘가 슬픈 듯한, 하지만 기대에 찬 소녀의 목소리를.

"선생님. …부탁이니까, 쉽게 죽거나 하지 말아 주세요?"

제3장 여신의 가호가 없는 이세계에 오신 것을 환영합니다
Difficulty_the_ABYSS

1

그 순간, 카미조 토우마는 호흡을 잊고 있었다.

"큭…."

잠시, 삐죽삐죽 머리의 소년은 현실감을 놓치고 있었다.

시야는 옆으로 쓰러져 있고, 게다가 장소 자체도 대형 트레일러의 컨테이너 연구소가 아니다. 가까운 곳에는 앨리스도, 시라이 쿠로코도, 하나츠유 요우엔도 없었다. 바닥에 흩어져 있는 것은 깨진 창유리에, 컬러풀하고 깔쭉깔쭉한 플라스틱으로 만들어진 정글짐의 잔해일까. 아무래도 여기는, 대형 상업 열차 '딜리버리 고라운드'의 차내인 듯하다.

(…다행이다. '텔레포트(공간이동)'로 열차 안까지 온 시라이한테 앨리스를 맡기고 먼저 도망치게 하는 데까지는, 어떻게든 원더랜드의 편의주의가 아니었던 거야….)

그러나, 뭐가 어떻게 된 걸까?

우선 옆으로 쓰러진 상태에서 몸을 일으키려고 한 순간, 전신이 격통의 폭풍이 되었다.

"가바아?! 커헉, 젠장, 이게 뭐야……? 아파, 뭐가 꽂혀 있는 거야?!"

몸을 움직이려고 하자, 몸속에서 위화감이나 걸리는 것이 느껴진다. 처음에는 부러진 뼈가 근육 다발이나 관절의 움직임을 저해하고 있는 건가 싶었지만, 그런 것은 아닌 모양이다.

탁아소에 있던 플라스틱제 정글짐.

열차의 충돌과 동시에 카페에서 옆 차량까지 날아간 카미조 토우마는 정글짐에 처박히고, 뽀각뽀각 부서진 수지(樹脂)제 막대기에 온몸 각 부위를 꿰뚫린 것 같다.

아마, 그래도 불행 중 다행일 것이다.

무언가의 완충재를 부숴서 몸이 감속하지 않았다면, 아마 기세 좋게 벽에 내팽개쳐져 그대로 즉사했을 것이다.

(읍…. 여, 역시, 현실의 열차 사고는 참사로 이루어져 있구나…….)

충돌 사고에 휘말린 대형 상업 열차 '딜리버리 고라운드'의 탁아소에서, 카미조 토우마의 머리가 구웅 하고 현기증을 일으킨다. 그래도 뭐, 이곳에 미처 도망치지 못한 아이가 없었던 것만으로도 단연 나은가.

뽀각뽀각 부서진 플라스틱제 정글짐.

팝하고 컬러풀한 색채가 통째로 흉기의 산으로 변해 있었다.

몸 속의 위화감을 찾아, 죽창보다 둔한 깔쭉깔쭉을 손가락으로 잡고, 이를 악문다. 억지로 잡아당긴다. 의외로 뽑을 때 아픔은 느껴지지 않았다. 이상하게 생각하고 있을 때가 아니었다. 마개 역할을 대신하고 있던 이물이 없어지자 출혈량이 늘어난 것이다.

본래의 장소로 돌아온 것은 고마운 일이다.

하지만 이대로는 아무것도 하지 못하고 다량 출혈로 죽을 뿐이다.

"하아, 하아….."

있는 만큼 전부 정글짐 막대를 팔이나 배에서 뽑아내자, 몸부림칠 기운도 없는 카미조는 질금거리는 바닥을 기었다. 벽 가, 허리 정도 높이에 있는 작은 문이 달린 금속 박스가 원망스럽다. 자신의 피로 미끄러지면서, 그래도 손가락을 건다. 필사적으로 문을 열고 안에 있던 두꺼운 합성섬유 가방을 끄집어내고는, 찰박 하고 축축한 소리를 내며 바닥에 쓰러진다.

AED와 구급상자 세트였다.

어쨌든 소독약을 꺼내고는, 떨리는 손으로 캡을 열어 팔의 상처에 뿌린다. 순간 타는 듯한 아픔이 폭발했다. 한순간, 정전기인지 뭔지로 에탄올에 불이 붙은 건 아닌지 착각했을 정도였다. 하지만 망설이고 있을 수 없다. 계속해서 배와 허벅지의 상처도 소독해 나간다.

"으악!! 후우웃…?!"

땀이 심하다.

다만, 지옥의 소독을 뛰어넘어도 거기에서 끝이 아니다.

오히려 진짜는 지혈이다. 다만 이것은 이미 반창고나 붕대로 어떻게든 할 수 있는 레벨을 뛰어넘었다. 카미조는 깜박깜박 명멸하는 시야 속에서, 거의 손끝의 감각만을 의지해 비닐에 싸인 기재를 꺼낸다. 작은 서브머신건 비슷한 모양의 기기는 봉합용 핸드미싱이다. 출혈로 머리가 돌아가지 않는다. 작은 글씨를 눈으로 좇을 여유가 없다. 비닐에 붙어 있는 라벨의 일러스트 그림만이 의지가 되었다. 옆구리의 상처에 갖다 대고, 어쨌든 검지로 방아쇠를 당긴다.

두두두강강강!! 하고.

의료 행위라기보다는 토목 공사 같은 엉망진창의 소리와 함께, 겨우 몇 초 만에 튼튼한 비단실이 검붉은 상처를 봉쇄해 버렸다. 고압가스의 전자동을 완전히 제어하지 못하고, 기세가 남아돌아 상처가 없는 데까지 삐져 나가 꿰매어 버리는 꼴이다.

무섭다.

솔직히 무섭지만, 모든 상처를 막지 않으면 아무것도 하지 못하고 죽는다.

새삼스럽게 손수건을 입에 물고 쇼크로 혀를 깨물지 않도록 조심하면서, 카미조는 이어서 팔과 다리의 상처도 꿰매어 막아 나간다.

"…빌어먹을, 벌써 리타이어하고 싶어. 우엑. 이거 전부 받아들이긴 하겠지만, 우는 것 정도는 괜찮지, 앨리스…?"

철컹, 하고 대포 같은 봉합용 핸드미싱을 바닥에 던진다.

출혈은 억지로 막았지만, 머리의 무게가 돌아오지 않는다. 상처를 막아도 이미 잃은 혈액이 돌아오는 것은 아닌 것이다. 유일한 정답을 찾아내고, 최적의 행동을 취해도 생각대로 되지 않는다. 목숨의 위기에 빠졌다고 해서 고도의 전문적 지식을 가진 귀여운 여자애가 우연히 나타나 무상으로 도와주는 것도 아니다. 정말로 이곳은 현실이다, 하며 카미조는 작게 웃는다.

역시 응급용 구급상자에는, 혈액형별 수혈용 키트나 조혈제까지는 없을 것이다.

이대로 도전할 수밖에 없다.

(젠장, 잔금도 확실하게 49엔으로 돌아왔고…. 도쿄 연말 서바이벌은 계속 중인가, 역시 현실은 만만치 않나.)

앨리스는 어디에 있는 걸까? 아마, 이제 도와주지는 않을 거라고 생각하지만.

족히 1분 이상은 시간을 들여, 카미조는 신음하면서 천천히 일어섰다.

이마의 땀이 이상하게 차갑다. 잃은 피가 너무 많아서 자신의 체온을 유지할 수 없게 되어 가고 있다. 아픔이 둔한 것이 유일한 구원이지만, 시야가 명멸하며 안정되지 않는 것이 무섭다. 방심하면 의식이 통째로 어둠에 떨어질 것 같다.

이미 사태는 진행되고 있다.

앨리스에게 완전히 의존하는 이지 모드는 먼 옛날에 지나갔다.

아마 이번에는, 그렇게 쉽게 하나츠유 요우엔이나 시라이 쿠로코의 협력은 얻을 수 없을 것이다. 라쿠오카 호우후의 폭력성은 월등하고, 베니조메 젤리피시도 간단히 덫에 걸리지는 않을 것이다. 인공 유령 프릴샌드#G의 치사성도, 물론 전에 보았을 때만큼 만만하지는 않을 것이다.

그리고 무엇보다, 죽은 사람은 이제 되살아나지 않는다.

사람의 목숨에 컨티뉴는 없다.

"……."

카미조는 가만히 입술을 깨문다. 어떤 인간이든 목숨은 하나밖에 없다. 그래서 카미조는 안이하게 그 근처의 높은 창문에서 뛰어내리거나 하지 않고, 신중하게 사고 차량 안을 휘청휘청 걸었다. 아직 무사한 나선계단을 발견하고 발이 미끄러지지 않도록 1층으로 내려가, 찌그러져 날아간 자동문을 통해 확실하게 플랫폼이 무사한 것을 확인하고, 그러고 나서 그제야 한 발짝 밖으로. 열차를 빠져나간다.

무리는 하지 않는다. 당연하지만, 그러나 결코 소홀히 해서는 안 된다.

2

제7학구에 있는 커다란 병원의, 집중치료실이었다.

그 후로 벌써 4일이나 지났는데, 아직 수많은 튜브나 전극에 연결된 채, 한 소년이 천장을 향해 눕혀져 있었다. 입가에는 투명한 마스크가 채워져 있고, 혈액도 영양도 기계의 힘을 빌려 바깥에서 순환시키고 있다. 만일 지금 그를 둘러싼 수많은 기계를 한 개라도 제거한다면, 줄줄이 늘어선 스위치를 하나라도 튕긴다면, 겨우 그것만으로 연쇄적으로 온몸의 장기가 오작동을 일으켜 그는 절명하고 말 것이다.

"하마즈라…."

기계투성이 침대 옆에서, 둥근 의자에 걸터앉은 채 소녀는 중얼거렸다. 어깨에서 가지런히 자른 검은 머리카락에, 핑크색 체육복이 특징적인 소녀. 타키츠보 리코의 그런 목소리에, 그러나 눈을 감은 소년이 대답하는 일도 없었다.

무균 사양의 공기청정기와 자외선 조명에 의해 독살스러울 정도로 청결한 공기로 채워져 있는 새하얀 방은, 규칙적인 전자음과 펌프가 수축하는 소리에 지배되고 있었다.

아무도, 아무 말도 하지 않는다. 의사나 간호사는 무해한 웃음을 띠고 괜찮습니다, 라는 말을 되풀이하고 있다. 그러나 이 경우, 너무나도 일정하고 지나치게 안정된 신호는 오히려 위기를 의미하는 것 같다, 는 것은 타키츠보도 이해할 수 있었다.

"웃?"

문득, 무언가를 깨닫고 타키츠보는 얼굴을 들었다. 소리나 빛의 점멸 등이 있었던 것은 아니다. 하지만 분명히, 투명하고 두꺼운 유리문 맞은편에서 기척 같은 것이 다가오는 것을 그녀는 지각한 것이다.

능력자가 내뿜는 AIM 확산역장을 정확하게 파악하는 'AIM 스토커(능력추적)'.

…그래서, 라는 것만도 아닐까.

핑크색 체육복 차림의 소녀가 의자에서 몸을 일으켜 두꺼운 유리문 쪽으로 향한다. 발을 사용해 바닥의 패드를 밟자, 딱 한 번 평탄한 전자 부저 소리와 함께 문은 옆으로 슬라이드되었다.

문 바깥. 가까운 벤치 위에 꽃다발이 놓여 있었다.

집중치료실은 외래로 오가는 일반 환자나 문병객에게는 보이지 않도록 후미진 곳에 마련되어 있다. 즉 무언가의 용무로 검사겸사 지나갈 만한 구조로는 되어 있지 않다. 이곳에 꽃다발이 있다는 것은, 집중치료실에 볼일이 있는 것일 텐데.

여기까지 와서, 그러나 유리문을 열지 않고 살며시 떠나갔다.

침대에 연결되어 있는 하마즈라 시아게와 타키츠보 리코를 보고 크게 감정이 흔들린 누군가가 있었다.

그런 것일까.

타키츠보 리코는 고개를 갸웃거렸다.

꽃다발에는 카드가 끼워져 있었다. 얼굴도 보여 주지 않고 떠나간 것치고는 마무리가 느슨하다. 어쩌면 무의식중에 자신의 손톱자국을 남기려는 마음의 움직임이라도 있었던 것일까. 거기에는 이렇게 되어 있었다.

요미카와 아이호로부터.

"……?"

3

찌그러진 플랫폼 도어를 빠져나가, 고가식 역 플랫폼에 발을 올려놓자 카미조는 심호흡을 하며 강하게 생각한다. 자신의 목숨이 걸린 장면에서 죽으라느니 죽이겠다느니 하는 말을 외치며 쓸데없이 도박을 할 필요는 없다. 시선을 살짝 옆으로 던져 보니, 콘크리트나 철근으로 만들어진 플랫폼 바닥에 썩은 채소 같은 색깔의 커다란 구멍이 뚫려 있는 것을 알 수 있다. 그 근처에 몇 사람이 모여 있는 것은… 형무관일까?

(그럼….)

카미조 토우마는 숨을 들이쉬고 내쉬는 것만으로도 여기저기에서 둔한 아픔을 호소하는 몸에 얼굴을 찌푸리며,

(…'앨리스 때'와 달리, 대뜸 플랫폼에서 커다란 구멍으로 떨어지지 않았을 경우에는 여기에서 무슨 일이 일어나는 거지?)

그때, 머리 위를 삐걱거리는 둔한 소리가 추월해 갔다. 보니 플랫폼을 통째로 덮는 지붕 위를 몇 개의 발소리가 종단해 가는 것을

알 수 있다.

『열차에 문제는 없다는 건 무슨 뜻인가요?!』

『말 그대로예요. 단순한 브레이크 이상이 아닙니다. 열차 한 대의 컨트롤과 선로 측의 자동 브레이크가 경합이라도 일으키지 않는 한 최고속도로 돌진한다는 사태는 일어나지 않아요!』

『우후후, 와─이 여러분 선두의 소녀를 따라와 주세옷☆』

『앨리스!! 멋대로 전혀 상관없는 쪽으로 달려가지 말아 주세요, 이 반소매 동물 귀!!』

카미조가 소리가 나는 곳을 올려다보니, 투명한 채광창 너머로 속옷이 지나갔다.

"풋?!"

허벅지에 감은 가죽 벨트에 화려한 레이스의 조합과, 어쨌거나 두꺼운 하얀 타이츠의 페어. 뭔가 힐끗거린다기보다, 펼친 우산을 밑에서 보는 것 같은 비주얼이다.

(그, 그런가…. 바닥이 빠지는 건 한 군데로만 정해져 있지는 않은 거야. 원인이 특정되지 않은 쪽에서 보자면, 다른 곳도 빠질지도 모른다고 생각하고 안전한 경로를 나아가려고 하겠지. '텔레포트(공간이동)'를 사용하는 그 저지먼트(선도위원)라면 지붕 위로 올라가는 정도는 아무것도 아닐 테고.)

"어이 앨리…!!"

저도 모르게 외치다가, 카미조의 움직임이 얼어붙었다.

여기에서 앨리스를 불러세워 버리면, 또 그녀가 정체를 알 수 없는 방법으로 도울지도 모른다. 그것은 받아들이지 않겠다, 고 결심한 것은 카미조 자신일 것이다.

그러저러하고 있는 사이에, 몇 개의 그림자는 다른 곳으로 가 버렸다.

자신의 판단이 옳았는지 어떤지, 이것은 이것대로 고민이 된다.

지금 있는 곳은 역의 2층 부분, 고가식 플랫폼. 아래의 넓은 통로는 아마 '매개자' 하나츠유 요우엔과 '인공 유령' 프릴샌드#G, 그리고 벽을 갑자기 부수며 나타난 라쿠오카인가 하는 근육남의 데스매치 상태일 것이다. 그쪽으로 가도 새로운 발견은 없고, 게다가 수수께끼의 앨리스 보정이 없으니 난이도만 극단적으로 튀어오를 터. 카미조가 생각 없이 돌진해도 누구와도 손을 잡을 수 없고, 우선 틀림없이 즉사 코스를 곧장 달리게 될 것 같다.

인생은 한 번뿐, 위험하다는 것을 알고 있는 곳에는 일부러 가까이 가지 않는다. 그보다 '앨리스 때'는 가지 않았던 장소, 보지 않은 것, 시험해 보지 않은 일을 중점적으로 알아보아야 한다.

카미조는 이리저리 달리는 발소리를 무시하고 곧은 플랫폼을 달린다.

그렇게 하면서도, 어딘가 가슴에 위화감을 느끼고 있었지만.

(어라…? 하지만 뭔가….)

다행히, 시라이 일행이 두려워하고 있는 듯한 '역 플랫폼이 물을 빨아들인 골판지 상자처럼 갑자기 가라앉는' 전개는 없었다. 평범하게 달릴 수 있다. 충돌한 대형 상업 열차 '딜리버리 고라운드'에서 죄수 호송 열차 '오버헌팅' 쪽으로. 구깃구깃하게 찌그러진 선두에서 뒤쪽으로 가 본다. 이제 와서, 차량 안에 흉악범이 남아 있을 가능성에 대해서는 고려하지 않는다. 현실은 그렇게까지 낙관적으로 되어 있지는 않은 것이다.

열차에 문제가 없다, 는 이야기가 사실이라면 원인은 좀 더 후방에 있을 것이다.

심한 열차 사고가 일어난 직후라면 열차의 운행은 멈추었을 것…이라고는 생각하지만, 그래도 플랫폼 도어의 벽을 타넘어 한 단 낮은 레일 쪽으로 내려가는 것은 상당히 긴장된다.

외길이라 도망칠 곳은 없다.

고가형 선로에서 먼 곳을 바라보고, 삐죽삐죽 머리는 슬슬 걷기 시작하면서도,

(…하지만, 문외한인 고등학생이 보고 알 수 있을 만한 '이상'이겠지?)

그다지 사용하는 데 익숙하지 않은 할아버지 스마트폰의 LED 조명을 켜고, 머리 위의 전선이나 발치의 금속 레일을 교대로 비추면서 카미조는 천천히 선로 옆을 나아간다. 전원 공급용 레일이나 머리 위의 전선이 중복되어 있는 것은, 그만큼 많은 열차의 연구·실험을 하고 있기 때문일까.

레일의 흐름이 복잡해지는가 싶더니, 아무래도 연결이 전환되는 지점을 넘은 모양이다.

300미터, 는 안 되었을 거라고 생각한다. 도중의 역에서 멈추지 않는 고속 열차로 말하면 급브레이크를 걸어도 뚫고 지나가 버릴 정도의 거리.

"이거…?"

몸을 굽혀 발치에 있는 것을 바라본다.

카미조 토우마는 열차나 철도에 대해서 그렇게 잘 알지 못한다. 하지만 그런 고등학생이라도 한 번 보고 알 수 있는 이변이 있었다.

열차의 레일과 레일 사이에 있는 공간에는 일정 간격으로 하얗고 네모난 플라스틱 박스가 늘어놓아져 있는데, 그중 하나가 망치인지 뭔지로 부서져 있는 것이다.

카미조는 지붕 위를 통과해 가던 몇 개의 목소리를 떠올린다.

『열차에 문제는 없다는 건 무슨 뜻인가요?!』

『말 그대로예요. 단순한 브레이크 이상이 아닙니다, 열차 한 대의 컨트롤과 선로 측의 자동 브레이크가 경합이라도 일으키지 않는 한 최고속도로 돌진한다는 사태는 일어나지 않아요!』

(그럼 이게, 선로 측의 자동 브레이크… 인가 하는 그건가?)

ATS. 열차의 속도를 재서 필요하다면 자동으로 정지 명령을 보내는 거대한 시스템의 센서.

단순히 부순 것이 아니다.

안의 색이 이상하다. 깨진 커버 안쪽에서 몇 개의 코드가 바꾸어 연결되어 있는 것을 알 수 있다.

"하지만, 이거…."

이상하다.

(……어라? 어라??? 아니야, 이상하다고. 전기 덩어리 같은 프릴샌드#G라면 확실히 열차의 브레이크 정도는 부술 수 있겠지만, 그 녀석이 이런 기계적인 잔재주 같은 걸 부렸던가? 그렇달까 멀리서 뭐든지 태워서 끊을 수 있다면 열차를 직접 노려서 쏘면 될 텐데, 레일에 가까이 접근해서 꼼꼼한 작업을 할 필요 같은 게 있는 걸까?)

맹렬한 경보가 머릿속에서 울려 퍼져 가는 것을 알 수 있다. 잔재주는 이것 하나뿐일까? 그런 느낌은 들지 않는다.

직후였다.

쿵???!!! 하고.

　머리 옆에서, 금속 방망이로 얻어맞은 듯한 무거운 충격이 폭발했다. 흔들, 이라는 만만한 이야기가 아니다. 몸을 굽히고 있던 상태에서, 그대로 옆으로 몸이 날아간다. 큰일이다, 라고 생각했을 때는 중력을 잊고 있었다. 두 다리가 콘크리트 고가를 떠나 허공을 춤추고 있는 것을 알 수 있다. 일선을 넘는다. 즉, 고가 벽 맞은편으로, 그대로 몸을 내밀고 만다.
　그러나 아픔보다도 먼저, 우선 강렬한 의문이 있었다.
　"컥, 후?"
　(어째서, 어째서 고압 전류가 아니지? 이런, 무거운 금속으로 얻어맞는 것 같은 공격 수단은, 그 인공 유령에게는 있을 수 없었어…. 그럼, 그렇다면, 그럼 설마.)
　습격은 있었다.
　한 방에 목숨의 위기를 당할 정도로 흉악한 상대였다.
　다만,
　(사고를 일으킨 실행범은… 인공 유령 프릴샌드#G, 가 아니야?!)
　이것은, 같은 사건을 다른 각도에서 바라보고 있는 것이 아니다.
　애초에 앨리스 때와는 답이 다르다.
　깨달은 직후. 카미조 토우마의 몸이 고가의 경계를 뛰어넘어, 그대로 7미터 아래의 거리로 내동댕이쳐졌다.

4

떨어졌다.

카미조 토우마의 몸은 경트럭 위로 떨어졌다. 정차 중인 트럭의 짐칸에 대량의 폐자재가 쌓여 있는 건가 하고 생각했지만, 아무래도 트럭 자체도 폐차 취급이었던 모양이다. 모르는 사람의 자전거 바구니에 쓰레기를 쑤셔 넣는 그것의 심한 버전이다. 충격을 미처 흡수하지 못하고, 소년의 몸은 그대로 옆으로 데굴 굴러 떨어져 간다.

아스팔트에 내팽개쳐졌다.

"가악⋯."

온몸이 기묘하게 뜨겁다. 어떻게든 해서 억지로 막은 상처가 일제히 벌어진 건가 하는 데 생각이 미친 직후, 시야가 크게 일그러져 가는 것을 알 수 있다.

현실은 만만하지 않다.

인간은 몸 속에서 2리터만 피가 흘러 나가면 멋대로 죽어 가는 생물이다. 오히려 100년간이나 액체를 흘리지 않고 둘 수 있는 편이 이상할 정도로 허약하다. 그리고 조건이 망가지면, 언제든 어디서든 사정없이 죽음은 밀어닥친다. 수수께끼의 답을 알 수 있을 때까지라든가, 진정한 적과 싸워서 결판을 낼 때까지라든가, 그런 인간의 사정에 맞춘 '매듭' 따위는 존재하지 않는다.

죽을 때는 죽는다.

아무것도 하지 못하고, 아무것도 답을 알지 못하고, 아무것도 남기지 못하고, 그저 목숨을 잃는다.

아마 이번에는, 이 '핸드커프스'인가 하는 특수한 전제가 뻗어 있는 이 29일만은, 카미조가 지금까지 실컷 보고 들어 온 뒷골목 싸움과는 룰이 다르다.

또각, 하는 딱딱한 발소리가 울렸다.

"웃?!"

카미조의 흐려지고 확산되어 가던 의식이, 극도의 긴장에 의해 즉시 재응축되어 간다.

누구야, 뭐야?

고가 위에서 일부러 습격자가 숨통을 끊으러 내려왔나? 아니면, 아무런 의미도 없이 전혀 다른 위험인물이 우연히 빈사의 사냥감을 발견했나? 오늘에 한해서는 무엇이든 있을 수 있다. 사람의 죽음에 의미 같은 것은 없다. 단순한 소비물로서 손이 닿는 목숨부터 빼앗겨 가는 세계. 그것이 끝났을 터인 '핸드커프스'에 다시 침식되어 가고 있는 29일의 학원도시인 것이다.

도움을 청하는 목소리는 누구에게도 닿지 않았지만, 하지만 분명히 '핸드커프스' 때도 그랬던 것이다.

"여어, 여어."

일어나지도 못한 채, 카미조 토우마는 그저 어둠 안쪽을 노려본다.

역시, 도중의 가로등 밑으로 아무렇게나 걸음을 내디딘 그림자가 있었다. 옆에 대형견을 데리고 있는 그림자.

"여전히 심한 꼴이네. 텅스텐강 덩어리인가. 게다가 아까 그 유부녀, 몸의 구조도 평범하지 않군…. 누구보다도 평화와 안녕을 추구하는 것치고, 너는 그런 유형의 세계에 있는 편이 어울리는 것처럼

도 보이는데."

그 녀석은.

또다시, 이 도시는 카미조 토우마에게 예상외를 내던져 왔다.

물론, 전혀 닮지 않았다. 어깨 부근에서 자른 금발도, 이성적이지만 어딘가 장난을 좋아하는 고양이 같은 푸른 눈도, 본래 같으면 수수하게 보이도록 정돈되어 있을 터인 베이지색 수도복을 배덕적일 정도로 안쪽에서부터 밀어 올리는 굴곡진 여성다운 보디라인도. 오히려 저것은, 대악마라고 불리지 않았나? 하지만 카미조 토우마는 시야에 들어온 순간, 신음하듯이 중얼거리고 있었다.

"…아레이, 스타…?"

하핫, 하고. 비웃는 듯, 그러면서도 건조한 웃음이 돌아왔다. 얼굴도 모습도 다르다. 역사상으로 기록되어 있는 성별과도 다르다. 하지만 카미조는 그것만으로 확신하고 있었다.

죽은 사람은 두 번 다시 되살아나지 않는다.

그런 이야기였을 텐데.

"아, 아아…."

어떻게라든가, 어떤 이유로라든가.

그런 논리적인 마음의 움직임보다 우선 먼저, 소년 안에서 감정의 넘실거림이 있었다. 피투성이가 된 채 더러운 아스팔트에서 몸을 일으키고는, 비틀비틀 앞으로 걸어 나간다.

알아맞혀진 마술사는 엷게 웃음을 띠며,

"그런 장면에서 제대로 죽지 못하기 때문에 나는 세계로부터 미

움받는 거겠지. 뭐, 네 입장에서는 한 번은 내가 남녀로 성별을 바꾸는 모습을 보았고, 아레이스타 크로울리의 외견 변화 정도로는 이미 놀라지 않게 되었나. …라니, 이봐?"

"우우아우아!! 아아아아!! 오오오아아!!!!!!"

갑자기 껴안겨, 베이지색 수도복 차림의 여자(?)는 처음에는 놀라고, 그러고 나서 절반 이상 어이없다는 듯한 얼굴로 한숨을 내쉬고 있었다.

꽤 진심으로 당혹스러워하는 말투로, 대악당이 기본을 확인해 온다.

"…일부러 큰 소리를 내면서 울 것 같은 이야기인가? 영국 청교도는 로스앤젤레스에 남긴 '메시지'의 상세 내용을 너에게는 덮어 두었을지도 모르지만, 그렇다고 해도 나는 네 성질에 착안해서 그 인생을 엉망으로 만든 최악의 '인간'이라고."

"몰라. 알 바냐고, 나도 몰라!!!!!!"

가냘픈 몸이 부서져 버릴 것 같을 정도로 강하게, 소년은 팔에 힘을 주어 간다.

그 마술사 또한, 그만큼 말하면서도 결코 카미조를 밀쳐 내지 않았다. 떨리는 등을 톡톡 가볍게 두드리는 몸짓은 어린아이를 달래는 것과 비슷하다. 어드밴스드 위저드(근대 마술사)의 시조라는 '인간'은 당하는 대로, 자신의 가슴에 매달려 오열하는 소년에게 몸을 맡기고 있었다.

　굵은 눈물을 뚝뚝 흘리며 체면이고 뭐고 없이 생존을 기뻐해 주는, 누군가.

　어릴 때부터 학교 교사와는 대립하고, 악의적인 의견을 그대로 받아들인 부모님은 처음부터 아들을 믿으려고 하지 않았다. 그런 집과 그들이 믿는 신인지 뭔지에 진저리를 내면서도, 자신은 따뜻한 가정을 쌓을 운명에서 튕겨 나와 항상 고독 속에서 승리해 왔다. 이겨도 이겨도 채워지지 않아서, '인간'은 그것을 실패라고 평가했다. 차라리 불필요할 정도로 가혹하기 그지없는 '인간'의 인생에서, 분노도 굴욕도 아니고 기쁨의 눈물을 나눌 수 있는 사람이 몇 명이나 있었을까. 잠시 동안, 그런 생각을 했을지도 모른다.

　"이제, 나한테 맡길 거지?"

　"……."

　"골수에 사무쳤을 거야. 네 방법은, '어두운 부분'에는 통하지 않아. 아레이스타 크로울리한테 맡겨 버리는 것도 하나의 선택지이기는 하다고 생각하는데."

　"싫어."

　"죽을 거다. 네가, 또는 네가 잘 아는 누군가가."

　꽈악, 카미조는 매달려 있던 손에 힘을 주었다.

　앨리스 어나더바이블은 차가운 현실에서 카미조를 멀어지게 했다. 누구보다도 학원도시의 어둠을 아는 아레이스타 크로울리도 무리라고 단언했다. 분명, '그럴' 것이다. 그들 괴물들의 배려 바깥을 걸으면, 이번에야말로 카미조 토우마는 목숨을 잃는다.

　"그래도, 싫어."

"왜?"

"네가 가져오는 승리는….."

약하게, 내뱉으며.

1분 이상은 족히 걸려서, 카미조 토우마는 아레이스타의 온기에서 떨어져 나간다.

"다음 총괄이사장이 목표로 하는 무언가와는, 전혀 다른 길이야. '핸드커프스'는, 이미 25일 밤에 결과가 나온 이야기야. 그건 실패했을지도 몰라. …하지만, 그렇다고 해서 시체를 밟을 수는 없어. 주울 수 있는 게 있다면, 이제부터라도 주워 나가야 해. 당신은 아직 구원이 있는 길에, 그냥 시멘트를 두껍게 흘려 넣어서 땅바닥에 전부 뚜껑을 덮어 버리려고 하고 있을 뿐이야. 아직 숨이 붙어 있는, 그렇지만 움직이지 못하고 쓰러져 있는 사람들을, 같이."

"그렇다면?"

"거절하겠어. 내 피는, 내가 스스로 흘릴 거야. …당신이 살아 있었던 건, 솔직히 기뻐. 하지만 자신의 의사로 이 도시에서 나간 당신에게, 학원도시의 미래인지 뭔지를 바깥에서 이러쿵저러쿵 들을 이유는 없어."

"……."

"학원도시는 당신이 만들었어. 그건 확실해. 하지만 여기는, 이제 당신의 도시가 아니야. 어떤 변덕인지 장난인지는 모르겠지만, 당신이 스스로 내린 결정이잖아. 이제 와서 실실 웃으면서 학원도시의 비극을 긍정하지 마, 아레이스타. 당신이 마음대로 해도 되는 목숨은, 이 도시에는 이제 한 명도 없어. 도리를 무시하고 멋대로 저지른다면, 그걸로 자신만은 특별하게 피할 수 있다고 생각하고 있다면… 당신도 시시한 '어두운 부분'의 한 개야."

어쩌면, 안전하게 리타이어할 수 있을지도 모르는 유일한 길.

어중간해도, 이 이상의 출혈만은 피할 수 있는 어둠으로부터의 비상구.

그것을, 자신의 힘만으로는 몸을 지탱하지도 못하는 소년이 물리친다.

카미조 토우마는 하나츠유 요우엔 따위 모른다.

카미조 토우마는 라쿠오카 호우후 따위 모른다.

카미조 토우마는 베니조메 젤리피시 따위 모른다.

카미조 토우마는 프릴샌드#G 따위 모른다.

그 외에도 많은 사람들이 목숨을 걸고 싸웠을 '핸드커프스'에 대해서는 아무것도 모른다.

앨리스가 보여 준 그것을 참고로 하는 것은 너무나도 부적당하다. 아마 정말로 진짜 '핸드커프스'인지 뭔지는, 그런 사랑과 눈물에 웃음까지 들어갈 만한 여지 따위 없었을 것이다. 즉 실제로는, 카미조는 그들과 알고 있다고는 말할 수 없다.

하지만.

아무것도 모르는 것은, 그들을 도와서는 안 될 정도로 강고한 부정의 이유가 되는 것일까?

남에게는 말할 수 없는 고통과 굴욕 끝에 간신히 붙잡아 맨 목숨을, 다시 한번 빼앗으려고 하는 사람들이 있다. 그것은, 이미 그것만으로, 일어서서는 안 되는 것일까?

(이런 거, 자격이나 권리 같은 게 아니야….)

최초의 스타트에서부터, 이미 피투성이였다.

이를 악물어도 충격으로 벌어진 상처가 알아서 아물어 주는 것은 아니다.

그래도,

(실제로 사람의 목숨이 걸려 있어. 그렇다면, 우아하게 차례대로 줄을 서서 순서를 기다리고 있을 수는 없지. 할 수 있는 일을 생각해. 참견이든 부적당하든 지금 여기에 있는 나는 그걸 할 수 있을 거야!!)

"…비켜, 아레이스타. 25일 밤이 어떻든, 29일은 내 거야. '핸드커프스'의 패배 따위 이제 용납하지 않아. 이번에는 내 손으로 해피엔딩으로 만들어 주겠어…."

그것이 자신의 목숨까지 깎은 카미조 토우마의 최선이었다.

아레이스타의 가슴에 매달리지 않으면 서 있지도 못하는 너덜너덜한 소년. 그런 몰골을 차갑게 내려다보며, 베이지색 수도복을 입은 여자(?)는 남의 결의를 코웃음쳤다.

"흠. 꿈꾸는 것 같은 호언장담은 좋지만, 현실적으로 너덜너덜한 몸으로 뭘 할 수 있지? 이 '인간' 상대로 대체 뭘? 이래 봬도 나는 역사상 가장 가열한 마술 투쟁을 단독으로 제압하고 세계 최대의 마술 결사를 안쪽에서부터 완전히 파괴하고, 마술 외에 과학을 세계에서 잘라 내어 과학 측이라는 말을 명확하게 만들고, 종전 직후의 재개발의 혼란을 틈타서 학원도시를 세상에 내보내고, 개인의 마음대로 지금까지 세계를 엉망진창으로 휘저은 그 아레이스타 크로울리라고?"

쇠맛이 배어나는 거친 숨을 내쉬며, 카미조는 잠시 침묵하고 있었다.

흑막은 방치.

그러면서도 아레이스타는 선악호오의 구별 따위는 하지 않는다. '핸드커프스'에서 이어지는 29일의 사건에 조금이라도 관련된 존재는 전부 온통 펼쳐져 있는 지면째 시멘트를 흘려 넣어 두껍게 발라 굳혀 간다.

아마 실제로 브라이스로드의 싸움을 단독으로 제압한 '인간' 아레이스타 크로울리라면, 그럴 수 있을 것이다.

(…뭐가.)

정면 승부, 야습, 둘 다 쓰러지도록 유발. 이 녀석에 한해서 말하자면 '어두운 부분' 안에서 정점을 목표로 하는 것이 아니라, 현실적으로 이 도시의 '어두운 부분'을 디자인하고 통째로 관리한 존재다. 뭐랄까, 규모가 하나 다르다. 그런 힘을 사용해서 아레이스타는 자신에게 있어서의 방해꾼을 전부 죽인다.

시라이 쿠로코도, 하나츠유 요우엔도, 라쿠오카 호우후도, 베니조메 젤리피시도, 프릴샌드#G도, 어쩌면 카미조가 아직 보지 못한 누군가도.

이야기를 듣고 서로 부딪치기 전부터, 일률적으로 무자비하게 메워져 버린다.

(이만한 악몽을 꾸고, 내가 이 녀석한테 뭘 할 수 있느냐…고?)

의식의 핀트가, 순간적으로 세계의 한 점으로 응축되었다.

피투성이 소년은 천천히 얼굴을 든다.

가까운 거리에서, 무시무시한 괴물을 똑바로 응시한다.

몽롱한 채, 어디에나 있는 평범한 고등학생은 낮은 목소리로 말했다.

또렷하게.

"화낼 거야."

아레이스타 크로울리는 웃는 얼굴이었다.

웃는 얼굴을 한 채, 이번에는 '인간' 쪽이 카미조를 내버려두고 왠지 한 발짝 뒤로 물러났다.

"…불사(不死)라는 소문이 있던 윌리엄 윈 웨스트코트와 맨몸으로 서로를 깎아 대는 건 상관없어. 불손하게도 근대 마술의 조상이라고 멋대로 나선 어릿광대 새뮤얼 리델 맥그리거 메이더스를 때려죽이는 것도, 이 '인간' 아레이스타 크로울리는 조금도 두려워하지 않아."

말하면서, 다.

아레이스타는 가만히 양손을 들었다.

고개를 흔들지 않고, 그러면서도 어딘가 다른 쪽으로 시선을 피하며 놈은 이렇게 결론을 내린다.

마치 나쁜 짓을 들킨 어린아이처럼.

"그래도 너와 입으로 싸워서 서로 말을 부딪치는 것만은, 절대로 싫어."

"현실은 만만하지 않아, 그건 알아."

이 무서울 정도로 어두운 어둠 속에서, 카미조 토우마는 내뱉었다.

놈은 한 발짝 물러났다. 이제 손을 뻗어도 아레이스타의 지지는 기대할 수 없다.

그래도 자신의 다리만으로 서서, 도전하는 자 특유의 짐승의 눈을 빛내며.

　"하지만 그렇다면, 그렇기 때문에 더더욱 쓸데없이 몸을 내밀고 손을 뻗지 않으면 누구의 손가락도 움켜잡을 수 없잖아. 웃기지 마 아레이스타. 구제할 수 없는 악인. 누구의 눈에도 들지 않는 유해한 범죄자들. 그렇다면 어쨌다는 거야, 멋대로 남의 목숨을 포기하지 마. 그럴 땐 그렇기 때문에 더더욱이라고 생각해. 만일 그런 사람들을 이론을 무시하고 구할 수 있다면, 전세계의 모든 사람이 포기하고 눈을 덮은 '여기에서부터' 해피엔딩으로 뒤집을 수 있다면. 그건 그야말로 틀림없이 기분이 상쾌할 거고, 전지전능인지 뭔지인 척하면서 비극을 못 본 척하는 하늘의 신을 가리키며 배를 안고 바보처럼 웃을 수 있다고 생각해야 해. 아니야?"

　"……"

　"'핸드커프스'의 생존자가 전부 몇 명 있는지는 몰라. 어쩌면, 모두가 잊고 있는 누군가가 아직 어둠 깊은 곳에서 버둥거리고 있을지도 몰라. 우리 귀에는 닿지 않을 뿐이고, 필사적으로 외치고 있을지도 몰라… 구해 줘, 라고. 그렇다면, 그런 가능성이 조금이라도 있다면, 이 빌어먹게 재미없는 새까만 어둠을 전부 헤치고라도 찾아봐야 하잖아. 꽝이더라도 지나친 생각이라도 좋으니까 어쨌든 모조리 뒤져 봐야 해. 앨리스한테 의지해서 어중간한 형태로 끝낼 수는 없어. 아직 누군가가 남아 있을지도 모르는데, 거기를 메우고 돌아갈 수는 없어. 그렇기 때문에 더더욱, 나는 아플 걸 알면서도 그 구원을 거부하고 여기까지 돌아온 거야, 그걸 갑자기 나와서 다 안다는 얼굴로 모조리 덧칠하려고 하지 마."

구웅 하고 머리가 흔들렸다.

피를 너무 많이 흘렸다.

하지만 카미조 토우마는 이를 악물고 버티고 서서, 이것만은 단언했다.

"…전부 메워서 간단하게 해결하려고 하지 마. 전부 다 알고 있는 하늘의 신이라면 옳은 일만 바라보면서 납득해 버릴지도 몰라. 하지만 당신도 '인간'이라면, 차가운 예정조화를 부수는 미래라는 걸 보고 싶지 않아, 아레이스타…?"

"…죽겠군."

천천히, 였다.

한숨을 내쉰 아레이스타는, 뭐라고도 말할 수 없는 얼굴로 중얼거리고 있었다.

"한 번은 스스로 버린 폐가 안에서, 조금이기는 하지만 설마 21장째의 이온으로도 통하는 텔레마의 깜박임이 나올 줄이야. 이것만은 순수하게 아까워. 정말이지, 나는 늘 이래. 쫓으면 도망치고 버리면 거기에서 보물이 발견되고…."

"…?"

혼잣말이야, 하고 베이지색 수도복을 입은 여자(?)는 작게 중얼거리고 나서,

"그럼 단순한 질문이야. 지금부터 어떻게 뒤집을 거지?"

"우선 약속해, 너 같은 극대의 조커는 이번 사건에는 관여하지 않겠다고. …안 그러면 지금부터 그 얼굴을 힘껏 주먹으로 때리고 진심으로 엉엉 울게 해서 생각을 고치게 할 거야."

"…왜 이렇게, 말하는 내용은 이미 형법 레벨이고 폭군 기질을 다

드러내고 있는데 정의가 저쪽에 붙어 있는 거지…?"

아레이스타는 어딘가 어이없다는 듯이 말하고 있었다.

선이나 정의에서 실컷 외면당해 온 '인간'은, 이제 와서 다소의 부조리 정도로는 그다지 느껴지는 바도 없는 것 같았지만.

"하지만 이 내 손을 빌리지 않고 혼자 힘으로 마무리를 짓겠다고 해도, 구체적으로 어디서부터 손을 댈 생각이지? 넌 29일의 본건은 고사하고, 베이스가 된 '오퍼레이션 네임·핸드커프스'의 전말조차 이해하지 못하고 있을 텐데."

"…이미 '바깥'에 나가 있었을 네가 그렇게까지 사건에 대해서 상세히 알고 있는 게, 나한테는 더 부자연스럽기 짝이 없는데."

말하면서, 카미조는 자신의 관자놀이를 손가락으로 찔렀다. 정체를 알 수 없는 '앨리스 보정'과는 다르다. 거기에는 확실히 둔기로 얻어맞은 멍이 강하게 남아 있다.

(…그렇달까, 앨리스의 이상한 개입이 있었던 만큼 쓸데없이 상황이 복잡해졌지. 실제로는, 흑막은 프릴샌드#G가 아니었어. 앨리스의 입장에서는 나한테 있어서 쓰러뜨리기 쉬운 '적당한 강적'을 조달해 왔다는 것뿐이겠지만. 덕분에 쓸데없는 잔꾀가 전부 방해하고 있어.)

그런 이유로 '앨리스 때'는 참고는 되지만, 너무 지나치게 신용하지 마라. 인물의 수는 맞지 않고, 각각의 꿍꿍이나 품고 있는 사정도 제각각. 어쨌거나 애초에 요우엔이나 라쿠오카가 정말로 자신의 의지로 사고 차량에서 도망치고 싶어한 건지 어떤지조차 확실하지 않으니까.

적당히 숨을 내쉬고, 아픈 관자놀이를 의식하고, 그리고 나서 카미조는 이렇게 대답했다.

　몸에 난 상처만이 확실한 리얼이다.

　"우선은, '이것'을 한 게 누군가 하는 데서부터야. 아무리 난처해도, 진짜 적이 누구인지를 특정하지 않으면 해결의 실마리도 찾을 수 없으니까."

　"그럼 소녀도 선생님을 도울래요☆"

　"풋?!"

　갑자기 오감이 부드럽고 따뜻하고 달콤한 무언가에 빼앗겼다.

　아무래도 경계심 제로의 금발 소녀가 옆에서 카미조의 목덜미를 향해 달려든 모양이다. 충분히 도움닫기를 해서 힘껏 점프해 왔는지, 삐죽삐죽 머리의 얼굴이 전부 얇은 가슴으로 메워진다. 두 팔을 벌려 껴안는 정도가 아니라 작은 다리까지 사용해 매달려 오는 앨리스의 체온으로 의식이 메워진다. 두 손은 그의 어깨, 두 다리는 소년의 허리 부근을 홀드하는 여자아이는 역시,

　"앗, 앨리스?!"

　"네, 소녀는 앨리스인데요?"

　깜짝 놀라 두 손으로 떼어 내자, 카미조의 손에 좌우의 겨드랑이가 매달려 고양이처럼 안긴 채 앨리스는 어리둥절한 얼굴로 고개를 갸웃거리고 있었다. '앨리스 때'인지 어떤지에 상관없이, 현실과 동떨어진 이 동화 같은 부드러운 분위기는 여전하다.

　그리고 베이지색 수도복과 골든 리트리버는 어디에도 없었다.

　…일순, 아직 앨리스의 세계를 헤매고 있는 듯한 착각을 느끼는

카미조였지만, 하지만 아니다. 그 아레이스타라면 단독으로 그 정도의 기적은 일으킬 것이다.

"그렇달까 너, 대체 어디에서…?"

"저기에서욧☆"

그렇게 말하며 작은 손끝이 가리킨 것은 동서남북 어디도 아니었다.

머리 위.

삐죽삐죽 머리의 소년은 놀라고 있었다. 무모하게도 카미조와 똑같이 고가에서 지상으로 뛰어내린 건가, 라는 점이 우선 하나. 자유분방하기 짝이 없는 앨리스는 더 이상 정상적인 길 따위는 신경 쓰지 않는 걸까. 그리고 앨리스가 부푼 스커트도 신경 쓰지 않고 뛰어내려왔다는 것은, 서둘러 떨어져야 할 이유가 고가 위에 존재한다…?

(그래……. 맞아, 내 관자놀이를 갑자기 후려친 둔기 녀석은 대체 어떻게 됐지?! ATS 센서를 부순 진범이 있어. 나와 똑같이 선로의 이변을 조사하려는 놈이 있다면, 똑같이 충돌할 건 뻔히 보이잖아!!)

바킹, 하는 무거운 금속음이 났다.

역시 고가의 벽을 뛰어넘어 이쪽을 향해 낙하해 오는 것은,

"시라잇!!"

5

그보다 조금 전이었다.

시라이 쿠로코는 '텔레포트(공간이동)'를 이용해 플랫폼의 지붕에서 고가선로 위로 순간적으로 도약하고 있었다. 짧게 연속적으로 '텔레포트(공간이동)'를 사용하면 스포츠카급의 속도로 이동도 할 수 있지만, 왜 그때에 한해서 도보로… 즉 고속 이동을 하지 않고 천천히 선로 위를 걸으려고 한 것인지, 실은 시라이 자신에게도 근거가 없다.

안 그래도 선로 위라는, 도보 통행이 원칙적으로 금지되어 있는 위험지대. 그리고 앞이 보이지 않는, 도사리고 있는 듯한 어둠이 본능적인 위험을 불러일으킨 것인지도 모른다.

어쨌든, 시라이 쿠로코는 '오버헌팅' 운전사 청년 마츠리바와 보호를 떠맡은 소녀 앨리스와 함께 고가 위를 도보로 나아가고 있었다. 운전사를 끌어들이는 것은 마음이 괴롭지만 철도 지식이 제로인 시라이로서는 전문 지식을 가진 인간의 협력은 불가결하다. 그리고 앨리스는 왠지 따라오고 있었다. 이유는 알 수 없다.

(그렇달까, 플랫폼에서 지붕으로 '텔레포트(공간이동)'한 건 나와 운전사뿐일 텐데…. 어느새, 어떻게, 지붕 위나 고가선로까지 따라온 거죠???)

시라이도 시라이대로 지금부터 사건 해결을 위해, 즉 스스로 '중심'으로 향한다. 상황을 생각하면, 탈주범의 꿍꿍이는 어떻든 일단 도망친 죄수들이 일부러 열차로 돌아오는 전개는 있을 수 없는 이상, 앨리스는 사고 차량을 떠나 플랫폼 위에서 대기하는 게 가장 안전할 텐데.

이쪽을 올려다보며 생글생글 웃고 있는 앨리스는 무해해 보이고, 하지만 그렇기 때문에 더더욱 정체를 알 수 없는 느낌이 강하다.

게다가 그림책 같은 드레스도 신경 쓰인다. 반소매. 계절감을 무시한 복장은 장기 도망 중일 의혹이 있음, 이기도 한데….

잠시 후. 300미터도 나아가기 전이었을 것이다.

"네, 네."

갑자기 들린 육성에, 시라이 쿠로코는 순간적으로 마츠리바와 앨리스의 손을 잡고 '텔레포트(공간이동)'를 사용한다. 외길의 곧은 고가선로지만, 높이 1미터 정도의 콘크리트 벽 바깥쪽에 약간 튀어나온 부분이 존재했다. 아래까지는 7미터 정도지만, 벽을 따라 나아가면 아직 가까이 접근할 수 있다.

시라이는 자신의 입술에 검지를 대며, 두 명의 동행자에게 침묵을 요구한다.

"……."

선로 위는 눈에 띄는 엄폐물이 없고 앞뒤 모두 시야가 뚫려 있는 점, 벽 맞은편에 사람이 지나갈 수 있는 공간이 있다는 것을 모르고 있는 점 등도, 상대방의 맹점에 파고드는 데 있어 플러스로 작용했을 것이다.

두꺼운 벽을 사이에 두고 고가선로 쪽에서 들려오는 것은 어른 여성의 목소리였다.

"요미카와 선배, 깨달았어요. 저는 깨달았어요. '오퍼레이션 네임ㆍ핸드커프스'는 분명히 실패였어요. 결벽증인 체하면서 이 도시의 '어두운 부분'을 일률적으로 깨끗이 없애려고 했기 때문에, 반발이 강하게 나온 거예요. 그게 '핸드커프스'의 전말이었잖아요? 그러니까, 그렇게 되지 않도록 조정하겠어요. 도시의 치안을 지키는 안티스킬(경비원)은 본래, 도시의 사정에 맞춰 유연하게 대응해야 했어요.”

(……대체 누구와 이야기를. 어딘가와 연락을 취하고 있는 걸까요?)

『자신이 무슨 말을 하는지 알고 있는 거야?』

“물론. 선과 악을 가리지 않고 모두 받아들인다. 사법 거래든 증인 보호 프로그램이든, 부르는 방법은 뭐든지 상관없어요. 우리 안티스킬 네고시에이터는 범죄자와 적극적으로 거래할 거예요. 그 힘으로 ‘오퍼레이션 네임 · 핸드커프스’의 테크놀로지를 우리 쪽으로 흡수해서, 보다 강대한 흉악범을 격파하는 데 활용할 거고요. 그 후에는 그 반복으로 우리는 한없이 그 힘을 확장해 나가면 돼요. 그렇게 해서 ‘핸드커프스’에서 흩어진 힘은 ‘핸드커프스’에 의해 손에 넣고, 사태를 종결시킬 거예요. 이 29일에, 안티스킬(경비원)이 그 몸을 깎아 나갈 필요는 없어요.”

『우리 안티스킬(경비원)에게 있는 건 체포권뿐이야. 용의자의 죄를 확정할 권한도 그 죄를 줄일 결정권도 없어. 너한테는 스스로 말하고 있는 약속을 지킬 힘 따위 없잖아?!』

“네. 그래서요?”

『무엇보다, 미성년인 학생을 포함한 ‘핸드커프스’ 관계자도 다치지 않고 끝나지는 못해. 만일 그들이 상처를 입고 피바다에 가라앉으면 어쩔 셈이야?!』

“어떻든 저떻든, 소비형 흉악범을 배려할 필요가 어디에 있나요?”

『텟소…. 텟소 츠즈리이!!』

그 이름에 흠칫했다.

아는 사람이다.

(거짓말이죠? 너무 심하게 변모해서 흘려 버렸는데…. 늘 쭈뼛거리던 그 텟소 씨가…?)

살아남은 안티스킬(경비원), 이라는 것은 그녀도 '세례'를 받은 건지도 모른다.

12월 25일.

누구에게나 똑같이 악몽이 된, 피투성이의 밤. 오히려 살아남을 수 있는 게 부자연스럽다는 최악 중 최악. 그렇다면, 그것은 사람의 가치관을 일소할 만한 충격은 될 수 있을까.

"그만두세요, 요미카와 선배. 그 '핸드커프스'를 살아남아 놓고, 지옥이 된 제7학구 남부 방면 종합 초소에서 기어나와 놓고, 아무것도 배우지 못한 건가요?"

『웃.』

"매일, 악몽을 꿔요. 정상적인 잣대로는 잴 수도 없다, 이 세계에는 정말로 구제할 수 없는 인간이 있다는 걸. 흉악범은 이용할 수 있어요. 하지만 결코 방치할 수는 없어요. 이 정도의 해답도 끌어내지 못한다면, 당신은 끝까지 아이들을 지키는 선생으로 남으려다가 아무도 구하지 못하고 원통함과 함께 목숨을 잃어 간 그들의 죽음을 이미 우롱하고 있는 거예요."

그리고, 하고 자신의 입으로 누군가가 한 번 말을 끊었다.

(곤란해!)

시라이 쿠로코는 허공으로 손을 휘저어, 운전사 청년에게 닿은 순간 지상 어딘가로 날려 보냈다. 그리고 금발 소녀 앨리스는 어느새 어디론가 사라지고 없었다. 그것을 의아하게 생각하고 있을 여유도 없다.

벽 너머로 놈은 분명히 말했다.

"보이거든?"

"젠장!!"

쾅꽝!!!!!! 하고 높이 1미터 정도의 콘크리트 벽이 사정없이 쓸려 날아갔다. 조금 전에 '텔레포트(공간이동)'로 도약하지 않았다면, 수많은 산탄을 뒤집어쓰고 고가 아래까지 내동댕이쳐졌을 것이다.

고가선로의 한가운데로.

통화를 끊고 스마트폰을 벌어진 가슴에 집어넣은 것은 안경을 쓴, 곱슬거리는 검은 머리카락을 밤바람에 나부끼는 어른 여성이었다. 본래의 분위기는 쭈뼛거리는 작은 동물 계열이었다고 생각하고 있었는데.

흔적도 없었다.

검은 재킷과 타이트스커트의 조합이지만, 일반적인 사무실에는 전혀 어울리지 않는다. 허리와 어깨의 벨트도 포함해서, 굳이 말하자면 분위기는 군복 쪽에 가깝다. 어깨의 벨트에 있는 안티스킬(경비원)의 엠블렘은 왠지 거꾸로 꿰매어져 있었다. 그리고 총기 대신 허리 옆에 차고 있는 것은 대형의 채찍, 경봉(警棒) 형태의 스턴 건, 최루 스프레이, LED 스트로보, 구체 모양의 무선 스피커 등등. 얼핏 보면 변태 취미에서부터 방범 굿즈, 카메라 기재나 오디오 굿즈까지 제각각이지만, 시라이 쿠로코는 어떤 공통점을 눈치채고 있었다.

(…자연공원이나 서커스 등에서 대형 맹수를 굴복시키는 데 사용하는 도구…?)

손에 들고 있는 것은 맹수 조교용의 갈고리가 달린 막대.

그것으로 지면을 득득 문지르면서, 안티스킬 네고시에이터는 실실 웃는다.

직접적인 아픔은 물론, 격렬한 소리나 자극적인 냄새 등도 인간보다 훨씬 오감이 날카로운 동물을 겁먹게 하고 따르게 하기 위해 사용되고 있다는 이야기를 시라이는 들은 적이 있다. 하기야, 그런 현장에서는 최루 스프레이가 아니라 기피제라고 부를지도 모르겠지만.

옆에는 또 한 사람, 다른 그림자가 있었다.

안짱다리로 흠칫거리며 필사적으로 몸을 움츠리고 있는 것은 여대생일까, 아니, 좀 더 연상일 것이다. 긴 밤색 머리카락을 간소한 머리끈으로 묶어, 펼쳐지지 않도록 묶고 있다. 니트 상의 밑에 스키니진, 그 위로 앞치마를 입고 있는 것을 보면, 그것뿐이라면 가정적인 여성으로 보인다. 왼손 약지에는 작게 반짝이는 것이 있었다. 물론 그런 위장일 가능성도 있지만, 스트레이트하게 받아들인다면 결혼해서 가정이라도 갖고 있는 것인지도 모른다.

하지만 그런 것치고는 기묘한 것이 하나 있었다.

머리 위에 형광색 반짝임, 고양이 귀와 비슷한 삼각형의 기재가 두 개. 헤드폰처럼 달려 있는 그것은, 소유자의 의사에 따라 계속해서 작게 움직이고 있다.

명백한 차세대 무기.

그것도, 텟소 츠즈리라고 불리는 여자의 말이 옳다면,

(…안티스킬 네고시에이터인지 뭔지와 거래한 흉악범? 아뇨, '핸드커프스' 관련 중에서 저런 범죄자가 있었던가요…???)

시라이는 수상하게 생각하면서도, 즉시 부정할 만한 확신 또한 존재하지 않았다. 어쨌거나 '오퍼레이션 네임 · 핸드커프스'는 사망자의 수가 너무 많다.

그러나 눈썹을 찌푸리고 있을 때가 아니었다.

상대는 싸움을 바라는 성격은 아닐지도 모른다. 등을 웅크려 필사적으로 몸을 움츠리고, 앞치마를 입은 여자는 눈꼬리에 눈물마저 글썽거리면서 검은 군복 쪽에게 떨리는 목소리로 묻는다.

"저, 저기, 저렇게 말하고 있는데요, 저어."

"어라, 어라아? 어라어라아???"

그에 대해.

즐거운 듯했다. 가터벨트나 검은 스타킹으로 장식한 다리를 움직여, 날카로운 힐로 지면을 울리며. 앞치마 여자의 귓가에 입을 대고, 그러면서도 조금 떨어져 있는 시라이도 똑똑히 알아들을 수 있을 정도로 큰 목소리로 안티스킬 네고시에이터는 마음을 도려내기 시작했다.

즉,

"흉악범의 가족이 정상적인 생활 같은 걸 할 수 있을 리가 없잖아. 뭐야, 혹시 이웃 전체에 소문이라도 나서 지금의 생활이 전부 부서졌으면 좋겠어?"

"?!"

숨을 삼킨 것은, 당사자인 본인이 아니라 옆에서 듣고 있던 '저지먼트(선도위원)'인 시라이 쿠로코 쪽이었다.

그것은.

그 말은, 일반인보다 깊은 개인정보를 검색할 수 있는 입장의 인

간으로서, 이미 그것만으로도 절대로 허락되지 않는 터부를 밟고 넘었다는 것을 모르는 걸까, 이 여자는?!

"아하하!! 자택 벽에는 낙서, 창에는 투석, 현관 앞에는 음식물 쓰레기 봉투? 당신의 이름은 검색 상위에 파고들지도 모르지. 우선 자신과는 상관없는 악인의 인권 따위 세상의 누구도 신경 쓰지 않거든? 한가한 사람은 자신의 정의를 채우기 위해서라면 무엇이든 해요. 어두운 밤길은 조심하도록 해, 갑자기 왜건 차량이 옆에 바싹 대어지면 납치당해 버릴지도 몰라. 당신도, 당신의 가족도!!"

악의의 덩어리.

인간에게서 선택지란 선택지를 모조리 빼앗고, 절벽으로 향하는 길을 나아가는 것 이외에는 아무것도 할 수 없게 만드는 궁극의 악취미. 사람을 동물처럼 조교하는 빌어먹을 놈은, 채찍도 경봉 형태의 스턴 건도 사용하지 않고 그저 귓가에서 이렇게 속삭였다.

여봐란듯이.

가슴 깊은 곳에 있는 영혼에, 커다란 상처를 새기면서.

"안 그래, 라쿠오카 노도카?"

뚝, 하고.

겨우 그것만으로, 시라이 쿠로코는 머릿속에서 이상한 소리가 들리는 것을 확실하게 느꼈다.

확실히 선인이라고는 부를 수 없었을지도 모른다. '오퍼레이션 네임 · 핸드커프스'를 거치며 밝혀진 진정한 모습은, 혐보성의 악당이었을지도 모른다.

그래도.

"텟소오!!!!!!"

드르륵!! 하는 무거운 금속음의 작렬이 시라이의 외침을 밀어냈다.

검은 군복의 방패가 되듯이, 앞치마 차림의 여성이 앞으로 나선다.

'그것'은, 가냘픈 손의 바깥쪽을 보호하는 형광색 금속 덩어리. 라쿠오카 노도카는 그것들을 좌우의 손으로 움켜쥐고, 하나하나 손가락을 통과시켜 마치 너클이나 뭐 그런 것처럼 주먹을 강화하고는, 몸의 중심에서 맞비비듯이 하고 나서 좌우로 크게 해방한 것이다.

"이걸로 두 건째인가…. 노도카, 자, 자, 빨리 처리해애? 난 이런 걸로 손을 더럽히고 싶지 않고오, 판이 굳어질 때까지는 아직 이쪽의 관여는 널리 알려지고 싶지 않고요."

(설마 콘크리트 벽도 저걸로 부숴서…? 아뇨, 아무리 사람의 주먹을 강화했다고 해도 그렇게까지는 할 수 없어요. 보아하니 나이 상으로 능력자도 아닌 것 같고요.)

시라이 쿠로코는 허벅지의 벨트에서 금속 화살을 여러 개 뽑아 들지만, 라쿠오카 노도카가 가장 두려워하는 것은 눈앞의 적이 아닌 모양이다.

"어, 어떻게 하죠? 이 애는 평범한 저지먼트(선도위원)인 것 같고. 히, 히. 정말의 정말로 꺼림칙한 일이 없는 사람을 끌어들일 수 있는 건가, 요?"

"웃."

"노도카―, 지금 그건 실언이에요. 일부러 그러는 거야?"

(어쨌거나, 상대는 능력자 이외의 일반인. …이 금속 화살, 위력이 너무 높은 게 옥에 티란 말이죠. 게다가 이 녀석은 방어에는 쓸 수 없어요!!)

상대는 범죄자, 조차 아니다.

범죄자의 갱생이나 사회 복귀까지 포함해서 공무라면, 피해자뿐만 아니라 범죄 가해자의 가족도 본래 같으면 사회의 손에 구제되어야 할 대상일 것이다. 그것을 공적 기관의 네트워크를 구사해 부수고, 생활을 위협하고, 떨리는 손으로 악한 일에 가담하도록 강요하고 있는 것이다. 이것을 피해자라고 부르지 않고 뭐라고 할까.

아픔이나 고통으로 얼마나 얼이 빠진 상태에 있는지는 확실하지 않지만, 잘못하면 죄를 물을 수 있을 만한 상황이 아닐지도 모른다. 시라이로서도 그 편이 고마울 정도였다.

때려눕히는 것은 정의(경비원)의 가죽을 뒤집어쓴 악당만으로 충분하다.

괴뢰의 엉덩이라도 때리듯이, 흉악한 말이 차례차례 토해내어진다.

"자, 자!! 얼른 결과를 내지 않으면 SNS에 자택 사진을 붙여 버린다아? 앗핫핫 힛히. 더러운 흉악범의 여동생이 말이야, 착실하고 따뜻한 가정을 흙발에 사정없이 짓밟고 싶나요오???!!!"

"우우우. 아아아아아아아아아아아아아아아아아아아아아아아아아아아아아아!!"

"안 돼요 라쿠오카 노도카 씨. 젠장!!"

쿵!! 하고.

생각한 것보다도 힘차게, 자신의 주먹을 강화한 라쿠오카 노도카가 이쪽으로 다가온다.

　근력 트레이닝과는 인연이 없는 여성의 가느다란 팔이라도, 저런 금속 덩어리로 얻어맞으면 장소에 따라서는 치명상이 될지도 모른다.

　"웃!!"

　어쨌든, 주먹의 거리 밖으로.

　큰맘 먹고 공격할 수가 없는 시라이 쿠로코는 '텔레포트(공간이동)'로 도망쳐 다니면서, 라쿠오카 노도카의 발밑에 주목했다. 보다 정확하게는 굽이 짧은 저부하 펌프스를.

　(좌우 어느 쪽이든 좋아요. 우선은 구두 굽을 한쪽 부러뜨려서 균형을 무너뜨리고, 한순간이라도 좋으니까 대시의 선택지를 봉한다. 빈틈은 잠깐만 있으면 돼요. 그 1초 사이에, 뒤에서 실실 웃고 있는 안티스킬 네고시에이터를 꿰뚫고 이 전투를 끝내겠어!!)

　이미 시라이 쿠로코 안에서 라쿠오카 노도카는 적대자가 아니었다. 원래의 출신은 아무래도 좋다. 제삼자에게 명확하게 협박당하고 있는 시점에서 보호해야 할 범죄 피해자이고, 그리고 무엇보다 한때 함께 범죄자와 싸웠던 안티스킬(경비원)을 위해서도 절대로 질 수 없는 싸움으로 승화되어 있었다.

　절대로, 상처를 입혀서는 안 된다.

　목숨을 빼앗는 것은 당치도 않다.

　'오퍼레이션 네임 · 핸드커프스' 같은 악취미는, 이제 지긋지긋하다.

　…그러나, 그녀는 모른다.

　12월 25일. '니콜라우스의 금화'에 일그러진 '오퍼레이션 네임 ·

핸드커프스'를 끝까지 바라볼 수 없었던 시라이 쿠로코는, 원래의 발단을 모른다.

라쿠오카 호우후를 포함한 일가는 먼 과거에, 아무도 모르는 살인에 손을 담갔었다는 사실을. 여동생을 따라다니는 악질적인 스토커에게 저항한 결과, 불가항력으로 생겨나고 만 사체를 완전한 형태로 처분하기 위해 라쿠오카 호우후는 길을 벗어나고 말았다는 것을.

그럼 문제.

사체를 처리한 것은 라쿠오카 호우후였다고 치고, 애초에 죽인 것은 '누구'? 키하라 헤이킨. 어느 변두리에서는 유명한 일족의 일원이자 심리학 연구를 전문으로 하고, 공사 구별이 전혀 되지 않는 나쁜 버릇을 가진 최악의 몬스터를 풍경 속에서 정확하게 포착하고, 습격하고, 반격의 기회도 주지 않고 완전한 형태로 숨통을 끊은 것은 대체 누구일까?

여기에, 답이 있었다.

쿵???!!! 하고.

시라이 쿠로코의 얼굴에, 있을 수 없는 충격이 뚫고 지나갔다.

아무리 가냘픈 주먹을 바깥에서 억지로 강화해도, 애초에 주먹이 닿을 거리가 아니었을 터. 그럼에도 불구하고 시라이의 뇌는 확실하게 진동하고 있다.

공기를 찢는 소리와, 커다란 뱀의 환영이 흔들리는 시라이의 시야에 비쳤다.

그걸로 겨우 깨달았다.

(…그런, 가.)

깨달아 버리면, 뭐야 그런 거냐 하고 코웃음칠지도 모른다.

하지만 직격 제로 초까지 깨닫지 못한다면, 어떤 싸구려 마술도 필살로 둔갑한다.

레벨 4(대능력자), 그중에서도 '텔레포트(공간이동)'. 3차원적인 제약을 무시하고 임의의 좌표로 도약하는 괴물 상대로도, 자신의 기지가 있으면 앞치마가 어울리는 가정적인 여성은 고위 능력자와 호각 이상으로 싸운다.

결국은,

(리치(reach) 때문인지 위력 강화를 위해서인지는 알 수 없어. 하지만 라쿠오카 노도카, 이 사람, 너클에 가느다란 끈이라도 묶어서 휘두른 건가…?!)

끈은 싸구려. 마찰로부터 주먹을 지키기 위해, 랩의 심지에 끈을 뗀 것 같다.

긴 자루 끝에 관절이 달린 가동식의 딱딱한 것이 달린 서양의 플레일이나 모닝스타라기보다는, 긴 끈 끝에 사람의 손과 비슷한 갈고리를 묶어 휘두르는, 중국이 명이라고 불리던 시대에 개발된 페이차오[飛爪] 쪽에 가까울지도 모른다. 물론 라쿠오카 노도카 측에 그런 깊이 파고들어간 지식이 있었다고는 생각할 수 없지만.

라쿠오카 노도카는, 딱히 이것밖에 하지 못하는 것이 아니다.

현실적으로, 최초의 한 수로 무엇이 있었는지를 떠올려 보라. 라쿠오카 노도카는 발바닥 젤리와 비슷한 너클을 장착한 정도로는 뚫을 수 없을 터인 콘크리트 벽을 어렵지 않게 파괴하지 않았나.

즉, 필요에 쫓기면 얼마든지 파괴력을 조달할 수 있다. 그런 반짝임으로 가득 차 있다.

진정으로 두려운 것은, 부족을 느낀 그 순간에 기지를 살려 이만한 창의적 고안을 생각해 내고, 그 자리에 있는 것만으로 형태를 만들고, 제대로 결과까지 남긴 강한 악운.

이 흔한 가정적인 여성의 손에 걸리면, 100엔 숍이나 할인마트는 군의 무기고보다 더한 살상력의 산이 된다. 죽음의 크래프트 스킬이야말로 라쿠오카 노도카의 본질인 것이다.

"풋…?"

시라이에게는 비명을 지를 시간도 없었다.

머리가 격렬하게 흔들림으로써, 위기의 접근을 깨닫고 있어도 '텔레포트(공간이동)'도 제대로 되지 않는다.

끈이 달린 둔기를 한 손으로 당겨 회수하면서, 더욱 날카롭게 거리를 좁힌 앞치마 차림의 여성이 반대쪽 주먹을 떨쳐 낸다. 겨드랑이나 팔꿈치에 굵은 용수철이라도 끼워서 추가한 것인지, 로켓 같은 보디블로로 아래쪽에서 배 한가운데를 꿰뚫린 순간, 소녀의 두 다리가 허공에 떴다. 뿐만 아니라 그대로 몸이 공중에 내던져진다.

자신의 생활을 지키기 위해 협박자를 따르고, 얼마든지 살상력을 끌어내는 라쿠오카 노도카.

나아가서는 사건 관계자에게 거래를 권유하고는 죽을 때까지 조종하는 안티스킬 네고시에이터.

이 조합은 몹시 위험하다. 현재도 충분 이상의 전력(戰力)을 갖고 있고, 전력을 거두어들이는 방법에 따라서는 하나츠유 요우엔이나 베니조메 젤리피시 등, 더 흉악한 성질을 가진 탈주범을 복종시켜 위협의 레벨을 무진장으로 비대화시킬지도 모른다.

텟소 츠즈리.

놈 자신의 신체 능력은 확실하지 않지만, 그 이전에 인간의 욕망과 흉악성을 바짝 조린 '오퍼레이션 네임 · 핸드커프스' 자체를 악용할 수도 있을 정도로 위험한 성질을 갖고 있다. '매개자'나 '인공 유령' 등, 인간의 몸을 짜내어 이형의 테크놀로지를 이끌어내는 형태로.

그것을 알고 있어도, 시라이 쿠로코는 상황을 타개할 수 없다.

아무리 '텔레포트(공간이동)'로 철저하게 피탄률을 내린다 해도, 몸의 내구력 자체는 평범한 중학교 1학년 학생이다. 머리가 뒤흔들리고 호흡도 막혔다. 자신의 몸의 이변을 원래대로 돌이키지도 못하고, 그대로 시라이 쿠로코의 몸은 고가 바깥으로 내던져진다.

강렬하게 흔들리는 시야 속에서 구깃구깃한 웃음이 보였다.

그런가, 하고 시라이 쿠로코는 납득한다.

라쿠오카 노도카는 시라이 쿠로코가 고가 위에서 무너져 떨어졌을 경우, 안티스킬 네고시에이터에게 웃으며 구두 굽으로 머리를 짓밟힐 거라고 생각했을 것이다. 협박이 통하지 않는다면, 허이든 실이든 마음에 꺼림칙한 죄책감을 갖고 있지 않은 인간은 수중에 넣을 수 없다. 즉 빌어먹을 놈의 입장에서 보자면, 물리적으로 배제해서 안전을 확보하는 것 이외에 길은 없다. 그래서 그렇게 되지 않도록, 이 상냥하고 가정적인 여성은, 일부러 가련한 패배자를 고가에서 집어던져 준 것이다.

또, 라쿠오카라는 이름의 인간이 목숨을 구해 주었다.

흐려지는 시야를 되돌리지도 못한 채, 시라이 쿠로코는 입술을 깨문다.

……하지만 라쿠오카 노도카의 상냥함이나 배려는, 이 29일에는 치명상이 될지도 모른다.

6

이제 두 팔을 벌리고 기다려 받아 낼 수밖에 없었다.

"구와아!!"

자신이 선택한 행동일 텐데, 카미조 토우마는 어디에 서 있고 무엇을 하고 있는지, 갑자기 전부 보이지 않게 될 것 같아진다. 호흡이 막혔다. 쿠궁!! 하고 직격한 순간, 카미조의 상체가 위에서 아래로 크게 흔들린다. 두 다리가 허공으로 떠오를 것 같고, 그대로 허리가 90도 이상 요란하게 구부러진다. 충격을 받은 것은 두 팔일 텐데, 어깨라기보다 목이나 등의 뼈가 뽑히는 듯한 강렬한 아픔이 덮쳐 왔다.

중1 여자아이의 평균적인 체중은 40킬로그램? 아니면 50킬로그램? 감각적으로는 작은 운석이라도 직격한 것 같은 이미지였지만. 하늘에서 떨어지는 계열의 여주인공은 동경하지 말아야 한다, 실제로 당하면 살상력 만점의 흉기 그 자체다.

그래도 받아 냈다.

7미터 위에서 내려온 소녀를 아스팔트에 내동댕이치지 않고, 아슬아슬하게 이 팔로. 마비가 풀리기 시작하자, 뒤늦게 소녀의 온기가 이쪽으로 전해져 왔다. 아직 살아 있다.

"아얏…. 굉장해, 내가 해냈어. 이번만은 진짜로 쾌거. 조금쯤 나자신을 칭찬하고 기분 좋은 신경 전달 물질 같은 걸 내보내 두지 않으면 슬슬 피를 너무 흘려서 죽을 것 같아…."

"선생님☆"

천진한 앨리스가 두 팔을 벌리고, 체온이 약간 높은 몸으로 껴안아 왔다.

소년의 배에 착 달라붙은 채 얼굴을 좌우로 누르면서 돌리며, 동물의 귀처럼 뾰족하게 말아 올린 머리카락으로 찔러 온다. 생글생글, 엔돌핀을 그대로 드러낸 웃는 얼굴을 보이며 금발 소녀는 위를 가리키고는 말했다.

"아직 잔뜩 더 내려오고요."

"웃?! 히이이!!"

카미조는 허둥지둥 축 늘어진 시라이 쿠로코를 추스르고, 허리 옆에 웃는 얼굴의 앨리스를 붙인 채 낡아빠진 포장마차를 두는 곳으로 되어 있는 근처 가드 아래로 뛰어들었다.

쾅쿵챙그랑!! 하고 무거운 금속음을 울리며 차례차례 낙하해 온 것은 무언가의 방법으로 뜯긴 금속 레일이나, 아니면 고압 전선을 지탱하는 쇠기둥일까. 단순한 무게만이 아니라, 뭔가 파직파직 희푸른 불꽃까지 튀고 있다.

"저건 뭐야?! 위에서는 마운틴 고릴라나 공룡이라도 날뛰고 있는 건가!!"

정체불명의 괴물 자신이 직접 내려온다면 더욱더 최악이다. 카미조는 트윈테일의 중학교 1학년생을 공주님 안기처럼 추슬러 안고,

가드 아래를 지나 반대쪽에서 빠져나간다. 상대의 주목을 피하면서 조금이라도 떨어지지 않으면 진심으로 위험하다. 옆을 달리는 앨리스가 그림책처럼 안겨 있는 중 1 여자아이를 보고 리얼로 손가락을 물고 있었지만, 지금은 상대해 줄 수 없었다. 이상하게 기대를 갖게 했다간 만면에 띤 웃음과 함께 등으로 뛰어오를 것 같고. 집에서 키울 수 있는 가능성도 없는 버려진 개와 마찬가지로, 어중간하게 달콤한 얼굴을 하는 것은 오히려 잔혹하다.

관자놀이에 지끈하는 둔한 아픔이 있었다. 카미조 자신도 '위'에서는 누군가의 습격을 받았다.

"이봐 이봐 이봐. 결국 프릴샌드#G는 어떻게 된 거야…? '앨리스 때'와는 분명히 죽음의 벽의 밀도가 다르다고. 이렇게까지 거리를 둬도 평범하게 피부가 찌릿찌릿하잖아…."

"으―음."

앞치마 속에서 핑크색 방망이나 고슴도치 공이 튀어나오는, 것에 그치지 않았다.

끼익끼익, 하는 무언가가 삐걱거리는 소리.

보니 앨리스의 동화 같은 드레스가 저절로 좌우로 잡아당겨져 당장이라도 찢어질 것만 같다. 원래의 재료나 봉제를 무시하고 얇은 스타킹이나 무언가처럼. 내부에 고여 있는 짓무른 온기가, 안에서 밖으로 나가고 싶어 한다는 것을 질릴 정도로 알게 되고 만다.

저것이 찢어지면 세계가 부서진다.

"지금부터라도 소녀를 써 버릴래요?"

"웃, 앨리스 부탁이니까 그것만은 그만둬 줘!!"

부루퉁, 하고 꽤 진심으로 앨리스가 뺨을 부풀리며 작은 입술을 삐죽거리고 있었다. 친절한 마음으로 제안했는데 귀찮은 것 같은 말을 듣다니, 라는 얼굴. 악의가 없는 만큼 갑작스러운 폭발이 무섭다.

"그건 숨기고, 쉽게 풍풍 밖으로 내놓지 말아 줬으면 좋겠어. 부탁이야!!"

"…비밀, 인가요…? 선생님과 둘만의 비밀이에웃! 꺄아꺄아☆"

그리고 웃는 것은 잠깐이다. 랄까 왠지 작은 양손을 뺨에 대고 몹시 부끄러워한다. 우선 살았지만, 이게 이상하게 축적되어 나중에 자신의 목을 조르지 않았으면 좋겠는데. 적당한 말을 해서 잘못된 학습이라도 되었다간 차마 눈 뜨고 볼 수 없게 될 것이다.

그때였다. 팔 안에서 시라이 쿠로코가 신음했다.

"우…."

아무리 약해도, 상대가 갑자기 팔다리를 휘두르면 균형이 무너져 떨어뜨릴 것 같아서 무섭다. 카미조는 이동을 포기하고, 일단 아무도 없는 지붕 달린 버스 정류장에서 멈추었다.

고가 위에서 무슨 일이 있었던 건지, 조금 사정을 듣는 것만으로도 목숨을 거는 일이다. 주위에 주의하지 않으면, 언제 정체불명의 괴물에게 따라잡혀 몸이 두 조각 날지 알 수 없다.

하지만 시라이에게서 이야기를 듣고 있는 사이에 이상한 점이 떠올랐다.

"……하지만 잠깐만. 그 이야기에 따르면, 안티스킬 네고시에이터? 그 녀석은 '핸드커프스' 관련의 흉악범과 싸우기 위해, 그들을 차례차례 자신의 진영에 끌어들여 파워 업을 꾀하려는 인간이겠지?"

"네, 그런데요…?"

"하지만 그 여자는 '오버헌팅' 사고에 직접 관련되어 있어. 선로 위에 있는 ATS 브레이크 센서를 건드려서."

시라이 쿠로코가 엄청 싫어해서 카미조는 안고 있던 것을 해제하고, 신중하게 여중생을 팔걸이 없는 벤치에 내려놓는다.

"죄수 호송 열차였나? 거기에서 도망친 '핸드커프스'의 흉악범을 붙잡기 위해 비밀 특수부대가 움직이기 시작했다…는 것 치고는, 반대 아니야? 안티스킬 네고시에이터 자신이 사고를 일으켜서 흉악범을 도망시킨 장본인이라니 이상해. 그 녀석은 대체 언제 어느 타이밍에서 라쿠오카 노도카인가 하는 사람과 콘택트를 취해서 꼭 두각시 인형으로 만든 거지?"

물론, 이런 가능성도 생각할 수 있다.

텟소 츠즈리? 어쨌든 그 안티스킬 네고시에이터는 어디까지나 사건 해결을 위해서 온 추적자일 뿐이고, 열차 사고를 일으킨 흑막은 프릴샌드#G를 비롯한 다른 제삼자다, 라는 가능성.

설명해 두면서, 그러나 카미조 토우마는 고개를 가로저었다.

"…다만 이건 있을 수 없어."

"어째서요 선생님?"

"그렇다면 사고의 원인을 조사하러 온 나를 습격해서 진상을 숨기고 싶어할 이유가 없어. 한 번뿐이라면 헷갈렸거나 착각하는 것도 있을 수 있지. 하지만 안티스킬 네고시에이터는 연달아 나랑 시라이로 두 번 반복했어. 게다가 이번에는 제대로 된 완장을 찬 저지먼트(선도위원)라고? 출입 금지인 고가선로, 현장 근처를 어슬렁거리고 있다고 해서, 한 번 본 것만으로 수상한 인물로 착각하고 갑자기 덤벼드는 건 이상해. 그냥 실수로 그런 게 아니야. …놈은, 사고 원인을 조사하려는 사람이라면 누구든 무차별적으로 공격하고 있어. 꺼림칙한 이유가 있기 때문이야."

"그러니까."

"일부러 흉악범을 도망시키고 나서, 체포할 때의 혼잡을 틈타서 죽이는 데까지 포함해서 계획대로인 거야…. 형무소니 소년원이니 하는 곳에 처넣어도 조만간 바깥으로 나올 거다. 흉악범의 재범을 허락하지 않는 가장 좋은 방법은 뭘까. '핸드커프스' 관계자를 목숨을 걸고 붙잡은 건 자신들이니까, 자신들이 납득하는 방법으로 결판을 짓지 않으면 속이 시원하지 않다는 느낌일지도."

안티스킬(경비원)에게 있는 것은 체포권뿐이고, 죄를 확정하거나 형의 무게를 재조정할 권리는 없다. 동료인 듯한 여성으로부터 통화 너머로 그 말을 들었을 때, 텟소는 흉악범의 사정 따위는 고려하지 않겠다고 대답했던 모양이다.

그런 것이다.

재판소의 결정에 불복하고, 철저한 극형을 독단으로 내린다. 그 것을 위해서라면, 엄중하게 경비되는 죄수 호송 열차를 부숴도 상관없다.

형의 무게는 이쪽에서 정한다.

최소한 중에서도 최소한. 그 생사조차 안티스킬(경비원) 측의 재량에 의해 다시 결정한다.

(그렇게까지. 그렇게나 '핸드커프스'를 미워하지 않으면 자신을 유지할 수 없게 된 건가…?)

지옥이 된 25일 밤을 직접 알지 못하는 카미조로서는, 안이하게 판단할 수 없는 이야기였지만.

고가 위에서 금속 레일이나 지지 기둥이 차례차례 내려온 것에서도 알 수 있다시피, 위는 이미 엉망진창일 것이다. 이것은, 시시한 공작의 증거를 물리적으로 없앴다, 고도 할 수 있다. 텟소 일행은 다른 곳에서 왔기 때문에, 손쓴 곳이 여럿 있어도 순서대로 부숴 온 것인지도 모른다. 설령 전자 현미경 사이즈의 정밀한 과학 수사를 한다 해도, 어차피 나오는 것은 날뛸 것을 강요당한 라쿠오카 노도카인가 하는 실행범의 흔적뿐이다. 소비형이라고 단언한 텟소 측에서 보자면 하나도 아프지 않다.

모든 것을 조종하는 텟소 츠즈리만이 유유히 도망쳐 나가고, 또 다른 사건 관계자를 붙잡아 협박한다. 동료의식을 1밀리도 갖고 있지 않은 그 여자에게, 인간 따위는 쓰고 버리는 총알과 마찬가지다. 놈은 악명 높은 '핸드커프스' 관계자가 전멸할 때까지 계속 그것을 되풀이할 것이다. 그래서 사건 관계자를 솔선해서 끌어모으고, 자기들끼리 싸우게 하는 것을 노려 효율적으로 수를 줄이려고 하고 있다.

적과 아군의 진영에 상관없이 흉악범과 손을 잡고, 하나의 목적을 위해 '핸드커프스'에 나온 테크놀로지를 집결시킨다.

'앨리스 때'에, 카미조는 스스로 그런 길을 선택했을 것이다. 작은 손끝에 손을 잡혀 이끌리면서. 그러나 그것을 바깥에서 바라보면 이렇게나 일그러져 보이는 것일까….

"…상상 이상으로 감당할 수 없어, 텟소 츠즈리."

지금까지는 그저 흉악범을 잡아 어른 안티스킬(경비원)에게라도 맡기면 원만하게 수습될 거라고 생각하고 있었다. 하지만 아무래도 아닌 것 같다. 어른들 사이에 섞여 있는 검은 조직으로부터 죄수들을 지켜야 한다.

"그렇다면, 앞으로의 방침도 크게 달라져요."

아직 둔하게 아픈 것인지, 부어 있는 듯한 자신의 이마에 손을 대면서 시라이 쿠로코는 속삭인다.

"'오버헌팅'에서 도망쳐 나온 죄수들은, 안티스킬 네고시에이터에게는 자신의 세력 확대를 앞당기는 절호의 먹이일 뿐이에요. 휘둘리기만 할 뿐이었던 라쿠오카 노도카 씨는 그렇다 치고, 텟소 츠즈리가 처음부터 '핸드커프스'의 흉악범들을 상정하고 있다면…. 과연 말로 협박하는 애매한 것'만'으로, 정말로 맹수들을 따르게 할 수 있다고 생각할까요? 악인이 정말로 어디까지 할지를 알고 있는 악인이."

"그럼 그 외에도 뭔가 장치가…?"

"구체적으로는 뭐라고도 말할 수 없지만요. 어쨌든 더욱 강한 적과 싸우기 위해, 솔선해서 흉악범을 수중에 넣어 흡수하고, 최대 효율로 소비하고, 그리고 더 위의 먹잇감을 처치해서 수중에 넣어 가겠죠. 텟소 츠즈리의 손에 의해 그들이 포획되고, 쓰고 버리는 요원으로서 소비되기 전에 우리 손으로 보호하지 않으면, 얼마나 인적 피해가 커져 갈지 알 수 없어요."

그 말을 듣고 카미조는 조금 웃고 말았다.

시라이 쿠로코는 의아한 얼굴을 했다.

"…왜요? 웃을 일이 아니에요."

"아니, 알고 있어."

보호하지 않으면, 이라고 시라이 쿠로코는 말했다.

안티스킬(경비원)이라서, 저지먼트(선도위원)라서, 우향우로 흉악범을 미워하고 전면 대결하는 것이 아니다.

틀에 박힌 희로애락만이 아니라, 인간은 더 섬세하고 복잡하게 만들어져 있다. 때로 얼핏 보면 이율배반이나 지리멸렬하게 생각될 것 같은 선택지도 태연하게 선택해 간다.

그 예상외가, 기분 좋았다.

옳으면 무슨 짓을 해도 허락되는 세계가 아닌 것이.

확실히 여기는 앨리스가 다듬은 편의주의의 세계가 아니다. 이 29일에서는, 알기 쉬운 권선징악도 분명 통용되지 않을 것이다. 죄수들은 한 역에 언제까지나 뭉쳐 있지 않고, 머릿속의 리스트에 없는 예상 밖의 인물이 사정없이 덮쳐 오고, 무엇보다 한 번이라도 목숨을 잃은 사망자는 두 번 다시 되살아나지 않는다. 부조리하다, 고 한탄하며 걸음을 멈춘 사람부터 순서대로 사정없이 파멸해 가는, 지극히 혹독하고 구원이 없는 세계라고밖에 말할 수가 없다.

그래도 역시, 이 현실에서 이 말을 들을 수 있었던 것은 크다.

가혹한 길을 선택하길 잘했다고 생각할 수 있는 무언가를, 카미조 토우마는 간신히 하나 만날 수 있었다.

7

징!! 지징…!! 하는 낮은 진동이 띄엄띄엄 아스팔트를 흔들고 있었다.

다만, 반드시 텟소 츠즈리와 라쿠오카 노도카 콤비일 거라는 보장도 없다.

"우후후. 머─리 머─리 뜯기뜯기♪"

앨리스가 생글생글 웃으면서 뭔가 무서운 노래를 부르고 있었다. 앞치마 뒤의 하얗고 동그랗고 폭신폭신한 것이 리듬에 맞춰 흔들리고 있다. 어린아이 특유의 그걸까? 카미조는 지붕 달린 버스 정류장에서 먼 곳으로 시선을 주면서 물었다.

"소동을 막는다고 해도 지금부터 어떻게 할 거야?"

"지금부터 바보처럼 정직하게 역으로 돌아가도, 흉악범들이 남아 있을 가능성은 낮겠죠. 진심으로 도망칠 생각이라면 언제까지나 '오버헌팅' 옆에 있고 싶어할 거라고는 생각되지 않으니까요."

즉, 수색 구역은 학원도시 전역으로 넓어진 셈이다. 하나츠유 요우엔, 라쿠오카 호후후, 베니조메 젤리피시. 그리고 '오버헌팅'과는 별개로 존재하는 '인공 유령' 프릴샌드#G…. 아무리 여러 명이 있다고는 해도, 무턱대고 뛰어다녀서 찾을 수 있을 거라고도 생각되지 않는다.

그렇다면,

(…'앨리스 때'와는 상황이 전혀 다르니까, 반드시 들어맞을 거라는 보장은 없지만.)

"요우엔이야…."

"뭐라고요?"

의아한 얼굴을 하는 시라이 쿠로코에게, 카미조는 새삼 되풀이한다.

('앨리스 때', 요우엔 녀석은 나를 구해 주었지만… 하지만 이번에는 달라. 그럼 원래대로라면 그 녀석은 어디로 가서 무엇을 하고 싶어할까?)

"'매개자' 하나츠유 요우엔. 흉악범은 안티스킬 네고시에이터에게 붙잡히기 전에 전원 확보해야 하지만, 단서가 있어. 그 녀석이라면 아슬아슬하게 행동을 미리 읽을 수 있을지도 몰라."

미생물이나 화학물질을 지시대로 정확하게 보내기 위해, 도시형 해충·해수를 모조리 뜻대로 조종하는 테크놀로지의 소유자. 사람을 구하는 기술로 전용할 수 있지만, 하지 않는다. 변덕스럽게 일반인과 손을 잡는 일도, 상처를 치료하는 일도, 농담을 하며 어둡게 미소 짓는 일도, 전부 하지 않는다.

하지만 이것은 신경 쇠약과 마찬가지로, 빗나간 정보도 축적되면 힌트가 된다.

(…하나츠유 요우엔의 목적은, 뭘까. 그 작은 악녀, 애초에 어른들한테 몰아붙여졌다고 해서 생각 없이 그냥 도망치자고 생각할 인간인가?)

아닐 것 같다.

그런 성실하고 공감하기 쉬운 목적은 갖고 있지 않을 것 같은 기분이 든다.

학원도시 전역에서 대패닉을 일으키고 안티스킬(경비원) 측의 수색 능력을 빼앗아 도시 바깥으로 도망치든, 애초에 도망치지 않고 안티스킬(경비원)을 모두 죽이고 자신의 안전을 확보하든… '매개자'는 더 눈을 가리고 싶어질 정도로 파멸적인 생각을 해내어 그대로 실행할 것 같은 기분이 들어 견딜 수 없는 것이다.

학원도시는 넓다.

다만 그런 가운데서도 '매개자'의 성질을 최대 효율로 이용해서 누구보다도 크게 피해를 확산할 수 있는 시설이라면, 대체 어디일까?

"어차피 전원 보호해야 해요, 순서는 누구부터든 상관없어요. 하나츠유 요우엔, 당신이 말한다면 우선 거기서부터 시작하죠. 죄수를 회수해 나가다 보면, 조만간 그들의 힘을 원하는 안티스킬 네고시에이터와도 부딪칠 테고요. …라쿠오카 노도카. 진짜 빌어먹을 놈한테 붙잡힌 그녀도, 어떻게 해서라도 구해 내야 하는걸요."

시라이 쿠로코가 그렇게 말하며 벤치에서 일어서려고 했다.

그때였다.

『…저어──면…야.』

덜컹, 하고 카미조 토우마의 시야가 수직으로 떨어졌다. 아니다, 온몸의 힘이 빠지고 무릎에서부터 지면으로 무너져 간 것이다.

"컥…."

비명을 지를 새조차 없었다.

푸싯, 하고. 싫은 소리가 몸속에서 들렸다. 코피 정도인가 하고 생각하고 있었지만, 실제로는 눈꺼풀 안쪽에서 피가 배어 나오고 있는 것을 깜박임의 끈적거림으로 알 수 있다.

밤바람의 흐름을 무시하고 둥실 나부끼는 긴 금색의 트윈테일과, 인형 같은 파란 드레스. 눈앞에 있는데도 신기루처럼 실감이 부족한 사람의 그림자.

(프릴샌드#G…?! 최악이다, 여기에서 나오나!!)

손가락 하나 닿지 않았다.

무시무시한 광선으로 가슴 한가운데가 꿰뚫린 것도, 거대한 폭발에 휘말린 것도 아니다.

다만, 나타났다.

그것만으로 카미조 토우마의 눈가나 귓속에서 끈적거리는 감촉이 주르륵 흘러넘친다. 무릎에서부터 지면에 떨어져, 아무것도 하지 못한 채 천천히 앞으로 고꾸라진 자세로 쓰러져 간다.

의미불명의 출혈에 두통, 그리고 오한이나 발열.

죽음이 가까워져 온다. 발소리도 없이, 착실하게, 한 발짝 한 발짝.

"뭣, …보, 앗…???!!!"

(빌어, 먹을. 오른손이 안 올라가……. 이런, 영문을 알 수 없는 공격, 커헉, 이매진 브레이커(환상을 부수는 자)로 뭘 때리라는 거야?!)

『…번…, 아직——니까…야.』

안 된다.

저 억양 없는 여자의 목소리는, 절대로 안 된다.

서서히 끝 쪽에서부터 붉게 물들기 시작한 옆으로 쓰러진 시야 속에서, 마찬가지로 시라이 쿠로코가 벤치에서 지면으로 굴러가는 것이 보인다. 끼익삐걱삐걱, 하고 뇌가 환청을 발하고 있었다. 마치 보이지 않는 손이 머리를 천천히 움켜쥐어 뭉개 가는 듯한, 단순한 아픔을 뛰어넘은 오감 전체의 현혹이 덮쳐 온다.

'인공 유령' 프릴샌드#G.

고압 전류의 방사나, 과학적인 것이라서 이매진 브레이커(환상을 부수는 자)가 듣지 않는다거나.

'앨리스 때'와는 다르다. 이것은 그런 물리적으로 위협이 눈에 보이는 안이한 차원의 이야기가 아니다. 뭐가 뭔지 의미불명이지만, 같은 공간에 있으면 안 된다거나, 말을 걸었을 때 무심코 그쪽을 본 것만으로 죽임을 당한다거나, 이것은 더 치명적으로 위험한 존재다 …?!

그런 가운데,

"후와―아?"

이상한 목소리가 났다.

느긋하고 밝고, 귀엽고 달콤한. …이쪽의 현실에서도 역시 늦게까지 안 자는 것은 안 되는 쪽인 것 같다. 이 극한의 상황에서 평범하게 졸음기가 덮쳐 와 작은 그림자는 꾸벅꾸벅 졸고 있다.

앨리스 어나더바이블. 그림책 속에서 튀어나온 듯한 금발 소녀는, 이런 때에도 오직 혼자서 멍―하니 우두커니 서 있었다. 작은 손바닥으로 입가를 가리며 하품이라도 하는가 싶더니, 이번에는 가냘픈 턱에 검지 안쪽을 대며 익숙한 의문에 고개를 갸웃거리고 있다.

그렇다.

어째서 이 정도로 사람들이 툭툭 쓰러지는 걸까? 라는 근본적인 의문.

『리…는, 아――금…중에――어….』

"소녀한테는, 무효거든요?"

어딘가 졸린 듯하고 분위기를 읽지 못하는 웃는 얼굴과 함께, 앨리스가 태연하게 가로막았다.

이번에는 앞치마 속에서 튀어나오는 크리켓 배트나 고슴도치 공으로는 튕겨 낼 수 없을 것이다. 어쨌거나 형태가 없는 저주니까.

그런데도 현실적으로, 제대로 보이지 않는 공격을 뒤집어쓴 앨리스는 태연하다.

이미 몸 속이 근본적으로 다른 걸까?

인간의 천적인 일산화탄소는 혈색 조성이 다른 곤충에게는 전혀 통하지 않는다, 고나 할까. 단순히 남들보다 체력이 있다거나 아픔을 느끼지 않는다거나 하는 것이 아니라, 애초에 공격을 받는 조건부터가 어긋나 버리는 것 같은. 원래부터 상한 고기를 좋아하는 대머리독수리에게 동물의 시체를 주어 식중독을 일으키려고 하다가 끊임없이 헛발질을 하고 있는, 그런 쓸모없는 망상마저 카미조의 뇌리에 스친다.

이 경우, 손가락 하나 대지 않고 그 자리의 전원에게 치명상을 주는 프릴샌드#G와, 그것을 뒤집어써도 정말로 평소대로 웃고 있는 앨리스는, 어느 쪽이 부자연스러운 것일까?

"소녀가 안고 있는 '불가사의'는, 귀신 정도의 레벨이 아니고욧☆"

『……,』

쿵킹!! 하는 둔한 소리가 났다.

앨리스가 아니라, 프릴샌드#G에게서다. 정신이 들어 보니 그녀의 고개가 오른쪽으로 왼쪽으로 부자연스럽게 꺾여 구부러져 있다. 때로는 90도 이상.

작은 구두 밑바닥. 어린 앨리스의 그림자가 부자연스럽게 길게 뻗어 있었다.

미끄러지듯이 움직이는가 싶더니, 프릴샌드#G를 추월했을 때는 뭔가 이상한 그림자가 우뚝 서 있다. 플라밍고나 고슴도치와는 전혀 다른, 바짝 야윈 뼈밖에 없는 것 같은 기분 나쁜 무언가다. 그것은 하얀 뼈가 아니라 수정처럼 투명했다.

손에 든 것은 외날 도끼. 다만 반대쪽, 자루 밑바닥에서 긴 날이 뻗어 있는 예리한 도검도 겸하는 것.

과자나 봉제 인형과는 대극점에 있는 동화의 한 측면, 즉 무시무시한 메르헨.

(뭐야, 저거…?)

사전지식이나 누군가가 가르쳐 준 것은 아무것도 없다. 하지만 카미조는 너덜너덜한 검은 옷을 걸친 뼈뿐인 존재를 보고, 왠지 이렇게 생각했다. 그런 이미지를 바깥에서 주입당했다.

(처형인…?)

오히려 일격에 표적의 목을 떨어뜨리지 못한 것에 불길한 실루엣은 의문을 가진 모양이다.

해골 그 자체와도 같은 목을 위태로울 정도로 기울임과 동시에, 빙글!! 하고 손 안에서 자루가 크게 돈다. 검으로 역할을 바꾼 날이 날카롭게 공기를 찢는다. 그리고 배턴처럼 회전해 끝을 향할 때마다 인공 유령의 머리가 부자연스럽게 튕겨 날아가고, 가로로 부러져 휘어진다.

확실하게 말해서 카미조에게는 도끼도 검도, 날의 잔상조차 보이지 않는다.

그렇다기보다 아마 무언가, 애초의 '절단의 조건'이 다른 것이다.

무기를 움켜쥘 때의 손가락 모양이라든가, 사냥감 쪽이 순간적으로 지킨 급소부터 자동으로 베인다거나, 저 배턴 형태의 무기는 사람의 운명이나 수명을 감는 죽음의 실패여서 몇 번 회전할 때까지 쓰러뜨리지 않으면 실이 끊어져 즉사한다거나.

상대는 인공 유령이니 아직 건재하지만, 이것이 카미조였다면 손가락 하나 움직일 새도 없이 목이 베였을 것이다. 오른쪽 주먹을 맞출 타이밍 따위, 예측도 되지 않는다.

"엇차차."

앨리스가 무언가를 깨닫고, 당황하며 작은 발로 지면을 밟아 구두 밑바닥을 앞에 문지르는 몸짓을 했다.

"실수로 죽여 버리면 선생님한테 혼나곳. 어—이 돌아와 주세요 '처형인', 어차피 허공으로 사라지는 체셔 고양이는 벨 수 없어요."

부휘익!! 하고. 그것만으로 최대 위력의 실루엣이 무너져 공기에 녹아 간다.

그것으로 카미조는 겨우 깨닫는다.

'앨리스 때'도 이 현실에서도, 앨리스는 피할 수 없는 공격이 오면 핑크색 배트나 고슴도치 공을 불러내 일격을 받아 내는 시늉 정도는 일단 보이고 있었다.

하지만 그것은 자신의 몸을 지키기 위해서가 아니다.

상처가 나는 것이 무서운 것이 아니다.

섣불리 공격을 뒤집어쓰면 끝장, 자신의 움직임을 방해받았다는 사실에 저도 모르게 짜증이 나면 그것만으로 상대를 죽이고 만다. 그래서 앨리스는 그렇게 되지 않도록 공격을 막아 주고 있었다.

'처형인'? 저것도 '앨리스의 힘'은 아니다. 크리켓의 방어를 뚫고 '처형인'의 칼날을 피한 곳에, 아마 있는 그대로의 모습을 드러낸 앨리스가 기다리고 있을 것이다.

『……,』

그러나 몇 번 경부에 치명적인 타격을 뒤집어써도, 인공 유령의 활동 또한 멈추지 않는다.

몸이 없는 고양이에게서 목을 베어 낼 수는 없다, 라고 오래된 동화 속에서는 말하고 있었던가.

목을 부자연스럽게 꺾은 채, 프릴샌드#G는 소리도 없이 가느다란 손가락을 위로 향한다.

푸방!! 하고 머리 위에서 굵고 낮은 파열음이 덮쳐 왔다.

오늘날에는 그리 드물지도 않게 된 공중 촬영이나 택배용의 드론. 아마 대형 배터리에 간섭이라도 있었는지, 그런 기재가 일제히 앨리스의 머리 위에서 폭발한 것이다. 높은 곳에서 낙하하면 나사 하나라도 훌륭한 흉기가 된다. 그것이 파편의 비로 가시 달린 천장이라도 만들듯이.

인공 유령의 형태조차 없는 공격은 멈추지 않는다.

원인 불명의 고열이나 출혈에 시달리면서, 카미조는 어떻게든 지면 위에서 데굴 굴렀다.

"가, 앗…?!"

(저 녀석, 저 유령 여자. 무심코 마주친 인간을 괴롭히는 것만이 아닌, 기계까지 오작동시키는 힘을 갖고 있는 건가…?! 사, 사각지대가 없는 데에도 정도가 있지!!)

"흐—음…."

그에 대해 앨리스 측에 움직임이 있었다.

턱에 대고 있던 검지를 떼고, 그 작은 손바닥을 허공으로 향한 것이다.

마치.

학교로 향하는 도중, 길에서 걷어차고 있던 작은 돌이 하수구에 떨어져 버린 것을 본 것 같은 얼굴. 근거 없는 자기 속박을 포기하고, 지금부터 정체를 알 수 없는 무언가를 해방하려는 듯한.

아마 이것은, 전기 덩어리 같은 인공 유령이 가까이 접근했기 때문이 아닐 것이다. 좀 더 다른 이유로, 소리도 없이 앨리스의 긴 금발이 좌우로 둥실 펼쳐져 간다.

전제가 갑자기 무너진다.

크리켓의 방어를 뚫고 '처형인'의 공격을 견뎌 냈다.

따라서, 그 너머에 있는 그대로의 모습을 드러낸 앨리스가 얼굴을 내밀려고 한다. 소리도 없이.

"그렇다면, 어쩔 수 없네요?"

"웃, 앨리스!!!!!!"

피를 토하는 듯한 마음으로 이를 악물고, 카미조는 자신의 다리에 남아 있던 힘을 준다.

(시라이는, 안 되나. 버스 정류장의 지붕이 튼튼하기를 기도할 수밖에 없어!!)

옆에서 돌진해 앨리스의 지나치게 가느다란 허리를 껴안고, 그대로 몸째 부딪쳐 둘이 한꺼번에 가까운 골목길까지 굴러 들어간다.

쏴아!! 하는 딱딱한 것이 수백 개 이상 일제히 부딪치는 소리가 바깥쪽에서 울려 퍼졌다. 거의 갑작스러운 소나기 같은 이상한 소리의 덩어리다.

작은 소녀를 지면에 밀어붙인 채, 이마와 이마를 맞대고 카미조는 외쳤다.

"말했을 텐데. '그것'은 없는 걸로 부탁해…!!"

"으음! 뭐, 선생님한테 미움받는 건 싫으니까요."

결 고운 금발을 좌우로 흩뿌리는 앨리스는 여전히 무구했다.

그 웃는 얼굴을 보고, 보인다는 것을 깨닫고, 카미조는 붉게 일그러져 있던 시야가 급속대로 원래대로 돌아가는 것을 느끼고 있었다.

프릴샌드#G와 다만 몇 미터라도 거리를 두었기 때문에?

아니면,

(아니, 골목길에 들어왔다고 해서 그렇게 멀리 떨어진 건 아니야. 그렇다면, 저 '인공 유령'을 보거나 듣거나 하는 게 안 좋은 건가……?)

그야말로 찍힌 것만으로 촬영자나 피사체에 재앙을 가져오는 심령사진 같은 취급이다.

횡, 하고 바람을 가르는 소리와 함께, 축 늘어진 시라이 쿠로코가 뒷골목에 나타났다. 더러운 벽에 옆에서 기대어, 고급스러워 보이는 레이스 손수건으로 코피를 닦고 있다.

"용케 그 상황에서 '텔레포트(공간이동)'라는 어려울 것 같은 걸 쓸 수 있었네…."

"…피차일반이에요. 그리고 그거, 한 번 토하는 편이 편해질 수 있어요."

바깥에서 지적당한 순간 갑자기 한계가 왔다.

밀어 누르고 있던 앨리스를 시라이 쿠로코에게 맡기고 얼굴을 돌리는 것이 고작이었다. 위장 안쪽에서 뜨거운 것이 역류해 왔다. 토사물, 과는 다르다. 새빨간 혈액이 골목길의 벽에 달라붙는다. 대체 전신의 내장에서는 무슨 일이 일어나고 있었던 걸까. 인공 유령. 놈의 살상력은 차원이 다르다.

프릴샌드#G. 무슨 일을 당한 건지 당하고도 분석할 수 없는 것도 무섭지만, 어째서 그 타이밍에 갑자기 나타나 카미조 일행을 습격해 온 것인지 전혀 읽을 수 없는 것도 으스스했다.

그렇다,

(…잠깐만. 빌어먹을, 맞아. '오버헌팅' 사고의 진범이 따로 있다면, 저 인공 유령은 어떤 의도로 현실의 사건에 얼굴을 내민 거지……?)

"공격 조건은 미지수지만, 저게 벽이라도 뚫고 이 골목길을 들여다본다면 그것만으로 끝장일 거라고 생각해요. 빨리 떠나죠."

"아아…."

손등으로 입가를 닦으면서 카미조도 고개를 끄덕였다.

"가장 움직임을 읽기 쉬운 건, 분명히 하나츠유 요우엔이야. 그 작은 악녀부터 시작하자고."

"…네. 다른 죄수들도 무사하면 좋겠는데요."

8

캉, 캉, 킹!! 하고.

밤거리에 둔한 금속음 몇 개와 오렌지색 불꽃이 튀었다. 그리고 줄줄이 늘어선 고층 빌딩의 옥상 중 하나에서, 새빨간 차이나드레스에 카우보이모자를 쓴 미녀가 엎드린 채 쓰러진다.

오른손을 잡아 뒤로 돌리고, 그 등에 무릎을 한쪽 올려놓아 적확하게 중심을 봉하고 있는 것은 고양이의 발바닥 젤리 같은 두꺼운 너클을 두 개 찬 앞치마 차림의 여성이었다.

단순히 거리의 궁합만의 문제도 아닐 것이다. 애초에 카메라맨과 스나이퍼를 양립시키는 그 여자는, 원거리 저격밖에 하지 못하는 것은 아니다.

밤색의 긴 머리카락을 간소한 머리끈으로 묶은 주부는 이미 한 개의 괴물로 보인다.

명백하게 라쿠오카 노도카의 살상력이 막대한 것이다. 이러고도 '어두운 부분'에 떨어지지도 않고 지금까지 태평하게 일반인의 틀에 들어가 있었던 쪽이, 오히려 위험하게 생각된다.

"악…?!"

100엔짜리 싸구려 결속 밴드로 양손을 묶인 파파라치의 눈앞에서 부츠를 신은 다리가 스나이퍼 라이플을 옆으로 가볍게 걷어차고, 그리고 안경을 쓴 검은 군복 차림의 여성이 슬쩍 몸을 굽혔다. 무릎을 굽혀도, 내려다보는 위치 관계는 달라지지 않았지만.

텟소 츠즈리는 엄지와 검지 사이에 무언가 가늘고 긴 것을 끼우고 있었다.

"자 베니조메, 입을 크게 품위 없이 벌릴까요—?"

"우우우욱?!"

딱딱한 금속적인 이물감이 혓바닥에 달라붙었다. 사이즈는 대충 TV나 에어컨의 리모컨 같은 데 사용하는 AAA 건전지 정도일까. 입 안 가득 고무 비슷한 맛이 퍼진다.

"'피싱 텅(설화발취. 舌禍拔取)'. 무선 신호에 의해 당신의 혀를 모터로 단단히 감아, 거짓말을 하는 혀를 통째로 뽑는 디바이스예요. 어머나, 귀여워라, 노도카랑 세트—☆"

쭈뼛거리던 주부가 혀를 내밀어 천천히 움직이자, 베니조메는 그제야 장치 본체를 자신의 눈으로 보게 되었다. 흡반이나 접착제로 무언가 붙어 있다.

"…읏?!"

"아아, 무리해서 떼어 내려고 하지 않는 게 좋을 거예요? 리튬이 온 전지를 날려서 아래턱이 없어져도 상관없다면 말리지 않겠지만요."

그것으로 차이나드레스 차림의 여자의 움직임이 완전히 얼어붙었다. 때로, 일순간에 죽지 못하는 편이 구속 효과는 강하게 나타날 때도 있다.

텟소 츠즈리 쪽은, 여기까지 와서도 검은 스타킹에 올 하나 나가지 않았다. 웃는 얼굴로 말을 꺼냈다.

"자, 네고할까요?"

"그만둬…. 나한테는 선악 어느 쪽으로 갈지 선택할 자격도 없다는 거야?"

"넌 처음부터 그런 위치잖아."

(…원근 각각 한 명씩. 뭐, 스탠더드한 장기말은 이런 걸까요. 다만, 이러면 아직 장기판을 지배하기에는 약해. 완봉 승리를 얻기 위해서는 좀 더 이형의 테크놀로지가 필요하죠. 한 명만 더하면, 이 승부는 완전히 제압할 수 있어.)

거기까지 냉정하게 생각했을 때였다.

무엇이 계기였는지는, 안티스킬 네고시에이터 자신도 분석할 수 없었다.

질척질척한 검은 오물이 되어 녹아 가는 안티스킬(경비원).

본래 같으면 이 손으로 지켜야 할 아이들에게 망설임 없이 살육당해 가는 부조리.

자신의 관자놀이에 권총을 들이대고, 울면서 방아쇠를 당겨 가는 선배들.

"…읏."

늘 겪는 플래시백에, 텟소 츠즈리는 입술을 깨문다.

12월 25일, '핸드커프스'라는 악몽 그 자체.

침(鍼)이라는 단어의 유혹을, 고개를 흔들어 떨쳐 낸다. 긴장 상태와 강하게 연결된 아드레날린이나 노르아드레날린은 부신에서 생성되기 때문에, 이곳의 신호를 차단하면 강제적으로 해방된다. 하지만 지금 여기에서 자신의 사고를 무의미한 낙관으로 메울 수는 없다.

쭈뼛쭈뼛하면서, 라쿠오카 노도카가 말을 걸었다.

"저, 저어, 저어어. …다, '다음'은 어떻게 할, 까요…?"

"글쎄요."

안티스킬 네고시에이터 여자는 즐거운 듯이 생각에 잠긴다.

벌써 '다음'을 재촉하다니 성질이 급하다. 라쿠오카 노도카. 혀 밑에 살인 롤러를 물려, 알지도 못하는 인간을 자신과 같은 지옥에 끌어내리는 데 진심이다. 사람은, 자신 쪽에 피해자 의식만 있으면 얼마든지 죄책감을 상쇄할 수 있는 생물인 것일까.

쿡쿡 웃고, 그리고 텟소 츠즈리는 다른 쪽으로 시선을 던졌다.

"…'매개자' 하나츠유 요우엔. 뭐, 그 정도를 네고(입수)할 수 있다면 반석일까요—?"

9

카미조 일행은 밤의 도시를 걸어, 옆 학구로 장소를 옮기고 있었다.

안티스킬 네고시에이터 텟소 츠즈리보다 먼저 요우엔을 구해 내지 않으면 수습할 수가 없게 된다.

제10학구. 다만 목적지는 '앨리스 때'와는 달리, 폐기 레저 스파가 아니다.

"쓰레기 소각 시설? 옆쪽인가…. 하지만 어째서?!"

"'매개자'는 도시 전체에 쫓긴 정도로 쭈뼛거리면서 도망칠 만한 성격이 아니죠. 저도 당신의 의견에 찬성이에요. 어쨌거나 실제로, '핸드커프스' 때도 안티스킬(경비원)의 종합 초소나 과학 수사의 전문 시설을 차례차례 뭉개서 이쪽의 수사 능력을 빼앗아 왔고요."

이치는 확실하지 않지만 어쨌든 '텔레포트(공간이동)'로 카미조 토우마는 옮길 수 없다. 실제로 시험해 보고 통감했기 때문인지, 시라이 쿠로코 또한 자신의 다리로 달리고 있었다.

"그렇다면 역산하면 돼요. 쓰레기 소각 시설에 큰 위험성은 없어요. 하지만 시설에는 많은 수집차가 보이고, 수집차는 도시 전체의 쓰레기장과 접촉하고, 그 쓰레기장에는 그야말로 무수하게 많은 청소 로봇이 접속하죠. 즉 중앙의 쓰레기 소각 시설 한 지점만 고농도로 오염시키면, 거기에서부터 미생물이나 화학 약품은 학원도시 구석구석까지 단숨에 확산될 거예요."

"이렇게 늦은 시간에? 쓰레기 회수는 아침에 하는 법인 것 같은데."

"겨울방학, 그것도 연말연시잖아요? 음식점을 중심으로 소비가 늘어나고, 그만큼 쓰레기가 넘쳐나는 거예요. 그러니 특별 스케줄을 짜두는 거지요."

"젠장. 어째서 악당이란 이런 계산은 스마트하고 퍼펙트한 거야…."

무엇보다, 하고 시라이 쿠로코는 일단 말을 끊었다가,

"……'매개자'는 도시형 해충이나 해수를 전문으로 다루는 스페셜리스트예요. 하나츠유 요우엔에게 있어서, 쓰레기 수집 인프라 이상의 홈이 있을까요?"

"그럼 요우엔이 노리는 건 어느 쪽일 거라고 생각해? 적당히 대패닉을 일으켜서 안전하게 도망칠까, 어디까지나 철저하게 적대자를 배제할까."

"…쌍둥이 중 한쪽을 잃은 지금의 '매개자'에게, 목적다운 목적이 남아 있을까요?"

"?"

몇 개나 되는 굴뚝이 늘어선, 네모난 콘크리트 건물이 보이기 시작했다.

눈에 들어온 순간, 밤거리를 나아가는 카미조의 발이 멈추는가 싶었다.

"큰일이군…."

"뭐가욧?"

알고 있는 건지 모르는 건지, 옆의 앨리스가 앞치마 뒤의 동그랗고 폭신폭신한 것을 흔들고 천진하게 웃으면서 묻는다. 그림책처럼 속세를 떠나 있는 소녀의 경우, 전부 파악하고 있어도 태연하게 웃고 있을 것 같아서 믿을 수가 없다.

큰 시설인지, 네모난 덩어리는 하나만이 아니다. 쓰레기 처리의 종류에 따라 섹션이 나뉘어 있을 뿐⋯인 것은 아닌 것 같다. 분명히 콘크리트 담을 넘어 옆 시설과 연결되어 있다.

"⋯망가진 레저 스파. 분명히, 그쪽은 통째로 불법 하우스 덩어리라고 했지? 생각하고 있던 것보다 실루엣이 부풀어 있어. 그만큼 사람이 많다는 뜻이겠지."

"? 이런 언더그라운드 지구의 사정까지 잘 알고 계셨네요. 소스는 담력 시험 동영상일까요? 우선 미집계 인구 밀집 지역인 건 확실해요."

"'매개자'의 입장에서 보자면, 인간은 전염 폭탄으로 바꿔서 이용할 수 있는 해수 취급, 인가⋯."

"물이냐 공기냐. 어디에서 어떻게 오염시킬지는 읽을 수 없지만, 최악의 경우 덕트나 배수관 너머로 레저 시설 터 쪽에까지 희생이 퍼질 위험이 있겠네요. 지금은 이미 망가져서 폐기된 것 같지만, 관의 연결 자체는 그대로예요. ⋯그녀 정도로 몸이 작으면, 해충이나 미생물뿐만 아니라 본인도 직접 오갈 수 있을지도 모르고요."

정문은 열려 있지만 가드맨인 듯한 인물은 없다.

아니, 아니다. 시설을 에워싼 콘크리트 담이 묘하게 부풀어 있다 싶었더니, 희고 가느다란 실 같은 것이 대량으로 달라붙어 있었다. 그것은 인간의 형태로 부풀어 올라 있다.

"헉?!"

"'매개자'는 아주 컨디션이 좋네요…. 우이하루, 제10학구의 쓰레기 소각 시설에 지원과 구급차 요청을. 우이하루?!"

시라이 쿠로코는 몇 번인가 부르고, 그리고 나서 자신의 휴대 전화에 의아한 눈길을 향하고 있었다. 아무래도 갑자기 전화가 불통이 된 모양이다. 이것도 요우엔이 뭔가 한 걸까.

(아니면, 다른 쪽…? 지금 무서운 건 요우엔만이라는 보장도 없고.)

주위의 검은 가로수가 술렁거리며 부자연스럽게 소리를 낸 기분이 들었다. 누가 몇 명 있는지도 확실하지 않다. 근거도 없는데, 저도 모르게 카미조는 생글생글 웃고 있는 앨리스의 작은 손을 잡고 앞으로 끌어당기고 있었다. 금발 소녀는 하는 대로 가만히 있을 뿐만 아니라 자기 쪽에서 천진하게 허리 옆에 달라붙어 온다.

"…어떻게 할래? 우리끼리 갈까?"

"네."

시라이 쿠로코는 불만스러운 듯이 연결되지 않는 휴대 전화를 가볍게 흔들면서,

"본래 같으면 지원을 기다려야겠지만, 하나츠유 요우엔의 산포 계획 실행에 1초만 늦어도, 과장이 아니라 학원도시는 괴멸합니다. 아니면 안티스킬 네고시에이터, 놈들이 '매개자'를 손에 넣어 버리면 그건 그것대로 손쓸 방법이 없어져요."

담에 달라붙은 '하얀 실의 덩어리'는 섣불리 건드리기도 무섭지만, 그렇다고 해서 안에 사람이 들어 있다면 그대로 둘 수 없다. 어디까지 효과가 있는 것인지 뭐라고도 말할 수 없지만, 카미조는 상의 옷깃으로 입과 코를 막고는 가까이에 떨어져 있던 나무 막대를

실 덩어리에 찌르고 돌리듯이 슬슬 벗겨 나간다. 감촉적으로는 거미줄을 찢는다기보다 침낭 크기의 커다란 누에고치를 가르는 편에 가까울지도 모른다.

우선 부푼 실루엣의 얼굴만이라도 바깥에 내놓아 본다. 두세 명의 가드맨은 모두 축 늘어져 있고 꼼짝도 하지 않았지만, 일단 어떻게든 호흡 소리는 들린다.

"다행이다, 살아 있어…."

"…이건 나방의 인분(鱗粉), 일까요…?"

"독나방은 소녀도 알고 있어욧! 실은 유충 때부터 갖고 있는 가시들을 계속 갖고 있어서 만지면 안 된다고 모두가 말하는 벌레예요. 소녀는 전혀 괜찮은데."

인분이 아니잖아… 라는 카미조의 시선을 받고 저지먼트(선도위원) 소녀는 어깨를 으쓱한다.

"언뜻 보아서 이해할 수 없다면, 오히려 그 편이 위험할 것 같아요. 그 전문가가 뭘 사용하고 있는지는 알 수 없지만, 병원에 혈청이나 해독제가 있으면 좋겠네요…."

시라이 쿠로코는 손수건으로 입가를 누르고 한 발짝 떨어진 장소에서 주의 깊게 관찰하면서,

"다만, 섣불리 눕혀서 맨손으로 간호하는 것도 위험해요. 지금 이대로는 무엇에 오염되어 있는지도 판단할 수 없어요. 위협은 눈에 보이는 인분뿐이라는 보장도 없고요. 의식이 없는 걸 보면, 우선 '매개자'의 손에 의식을 빼앗을 만한 무언가를 뒤집어쓴 건 틀림없어요. 전문 쓰레기 소각 시설이라면 완전 밀폐 방호복도 있겠죠. 충분한 장비를 갖추고 나서 다시 보호하는 편이 좋겠네요."

"…진짜야…?"

"그 '매개자'에 한해서 말하자면, 방해되는 인간을 죽이지 않고 방치한다는 쪽이 오히려 기묘해요. 저는, 이분들은 설치식 전염 지뢰일 가능성이 높다고 판단하겠어요."

'앨리스 때'는 의지할 수 없다. 실제의 악인, 하나츠유 요우엔의 마음을 여는 것은 쉽지 않다.

알고 있다고 생각했지만, 하지만 피해를 목격하니 충격이 다르다.

"젠장, 그럼 더더욱 이대로는 죽을 수 없다고…."

"…네. 하나츠유 요우엔을 막고 방호복을 손에 넣고, 그들을 치료할 때까지는. 우리가 도중에 쓰러져 버리면 그런 일들도 할 수 없어요."

어쨌든 활짝 열려 있는 정문을 지나 부지 안으로.

면적이 꽤 넓은 것은, 역시 많은 수집차가 오가기 때문일 것이다. 네모나고 커다란 건물의 출입구로 다가가 보니 문손잡이 부근이 부자연스럽게 녹아 있었다. '매개자' 하나츠유 요우엔이다. 카미조와 시라이는 고개를 끄덕이고, 녹은 부위는 건드리지 않도록 조심스럽게 발로 스테인리스 문을 밀어 연다.

아무도 없다.

하지만 문을 지나 건물 안으로 들어가자, 공기가 굳어 있는 것 같은 착각을 받았다.

무언가, 일선을 넘었다.

단 한 발짝으로, 근거도 없이 그렇게 생각한다.

"…쓰레기 소각 시설이라고 해도 넓다고. 요우엔 녀석은 어디를 목표로 하고 있는 걸까.”

“코어 중의 코어, 소각로 자체가 아닐까요? ‘매개자’가 노리는 건 쓰레기 수집의 과정을 역산하고, 시설, 수집차, 쓰레기장, 청소 로봇으로 감염을 퍼뜨려서 학원도시 전역을 더럽히는 데 있어요. 미생물인지 화학 약품인지, 구체적으로 대체 무엇을 해충이나 해수에 실어서 옮기게 할 생각인지는 미지수지만, 굳이 섭씨 1200도 이상의 고온에 일부러 장시간 노출할 필요는 없고요.”

“그렇다면?”

“많은 쓰레기 수집차가 모이는 곳. 모은 쓰레기를 차 바깥으로 내리는 투기 수갱(竪坑)을 오염시키면 충분해요. 그곳에 들른 수집차는 전부 오염 취급이 될 테니까요.”

시라이의 이야기로는 쓰레기의 대부분은 재활용으로 돌려지는 모양이라, 실제로는 말하는 것만큼 ‘연료’는 많지 않은 모양이다. 즉, 도시 전체에서 모은 쓰레기를 분류하는 설비 쪽이 대다수인 것이다.

부자연스러울 정도로 사람이 없는 것은 대부분 오토메이션으로 작업하고 있기 때문일까. 아니면 바깥의 가드맨처럼 ‘매개자’가 무력화라도 한 것일까.

“그렇다고 해도, 방호복은 어디에 있는 걸까요. 미생물인지 화학물질인지, ‘매개자’가 뭘 사용하고 있는지 눈에는 보이지 않는 이상은 1초라도 빨리 온몸을 덮어 버리고 싶기는 한데요….”

도중에 활짝 열려 있는 문을 발견한 카미조는 안을 들여다보고 의아한 얼굴을 했다.

요우엔은 없었다.

"이봐, 시라이. 이건 뭐야?"

"?"

의아한 얼굴을 하는 트윈테일의 소녀에게, 카미조는 작은 방에서 발견한 무언가를 가볍게 집어던진다. 그것은 판 초콜릿의 절반 정도 크기의 종이 상자다.

시라이 쿠로코는 받아 든 상자를 앞으로 뒤로 뒤집으며,

"에탄올아민형(型)의 작용 대항 약품이네요."

"…그게 뭐야?"

이것만은 낙제점 바보의 노력 부족이 아니다. 고등학교 교과서에는 나오지 않는 말일 거라고 생각한다. 일순 능력 개발에라도 사용하는 약품인가 하고 생각한 카미조였지만, 그런 것은 아닌 모양이다.

시라이는 오히려 반대로 놀란 듯이,

"어머나, 꽃가루 알레르기와는 인연이 없는 행복한 생활을 보내고 있는 건가요? 그러니까 단순한 알레르기 대책 약이에요. 꽃가루 이외에도 일부 염증이나 벌레 물린 데에도 효과가 있어서, 쓰레기 처리 현장에서는 보통보다 강력한 법인 사양의 것이 대량으로 비축되어 있어도 이상하지 않죠. 하지만 알레르기에 관한 히스타민 자체는 사람의 몸에 있는 거고, 무리해서 지나치게 억제하면 강한 졸음이 나타나 버리는 게 옥에 티이기는 하지만요. 그게 왜요?"

카미조는 작은 방의 한 모퉁이를 가리켰다.

명백한 공백이 있다.

"…산더미처럼 쌓인 골판지 상자가 최소 두 개나 세 개분은 부자연스럽게 사라졌어. 자칫하면 그 이상."

"그렇다면 확정이네요, 젠장!! 시판약 정도라면 대단치 않지만, 여기에 있는 건 사양이 달라요!!"

혀를 차며 다시 시라이 쿠로코가 통로를 걷기 시작했다. 상당히 빠른 걸음으로.

쫓아가며 말을 걸지 않으면 그대로 '텔레포트(공간이동)'로 어딘 가로 날아가 버릴 것 같다.

"있잖아! 실제의 '매개자'는 감당할 수 없을 정도의 악인이잖아. 그런데 어째서 도시 사람들의 의식을 빼앗는다는 어중간한 효과에 그치려고 하는 것 같아? 칼등으로 치는 것과 마찬가지로, 말하자면 안전하게 기절시키는 편이 죽이는 것보다 어려울 텐데!"

"실제의…? 효율로 생각하자면, 작용 대항 약품 자체는 알레르기 대책 약에 지나지 않아요. 이쪽에 있는 건 업자용이라서 상당히 센 것 같지만요. 즉 다이옥신이나 PCB 등과 달리, 청소 로봇 등의 독 물 센서에 걸리지 않죠. 지금 이 쓰레기 소각 시설에 있는 것 중에 서, 단순하게 흩뿌리는 데 있어서는 효율이 좋은 선택이기는 할 거 예요."

"…혹시, 그 이외의 효율적이지 않은 이유도 머리에 떠올라?"

"애초에 변칙적인 부작용이니까 백발백중은 안 되지만, 일정한 수가 쓰러지는 것만으로도 문제예요. 어떤 약이든 필요도 없는데 먹으면 안 돼요. 게다가 '매개자'는 도시형 해충·해수를 전문으로 취급하는 엑스퍼트. 자기 방이나 길 위에 쓰러져서 움직이지 못하 는 희생자들이 어떤 말로를 걷게 될지는 상상이 갈 것 같죠. 그들은 자신이 평소에 의식도 하지 않고 밟아 죽이는 것들이 대량으로 몰 려들어도 손가락 하나 움직이지 못하는 거거든요?"

"……"

'매개자' 하나츠유 요우엔, 본래는 그 정도의 성질인 걸까…?

"엇, 시라이! 이거!!"

"?"

벽에 플라스틱 같은 보드가 있었다. 시설의 간단한 겨냥도다. 시라이가 말하는 '투기 수갱'은 건물의 서쪽, 바깥에 면한 한쪽 모퉁이인 듯하다. 벽 전체에 빼곡하게 금속 셔터 표시가 있다. 많은 수집차를 늘어놓고 직접 쓰레기를 떨어뜨리는 것이니, 뭐 타당하다면 타당할까.

"서쪽 외벽 쪽, 다음 사거리에서 좌회전하면 그 후에는 헤매지 않겠네요. …즉 앞서 가는 요우엔도 헤매지 않고 목적지에 도달할 가능성이 높을 것 같지만요."

"그렇게 멀지는 않지만, 일단…."

카미조는 주머니에서 꺼낸 할아버지 스마트폰을 벽의 겨냥도에 향하고, 흔들릴 경우를 대비해 몇 장 사진을 찍어 둔다. 내버려두면 옆에서 앨리스가 웃으며 끼어들 것 같아서 힘들었다.

그때였다.

툭, 하고 천장에서 무언가가 떨어져 벽의 겨냥도가 검게 번졌다. 일순, 비가 새거나 뭐 그런 건가 하고 생각한 카미조지만 무언가가 다르다. 플라스틱 보드이니, 액체가 떨어져도 번지거나 하지는 않을 터.

검은 얼룩은 꿈틀꿈틀 움직이고 있었다.

애초에 액체가 아니었다.

"귀."

카미조는 건조해져서 달라붙는 목구멍을 억지로 움직이려다가, 실패했다.

대신 앨리스가 밝은 목소리로 말했다.

"귀뚜라미!"

다함께 시선을 위로 보낸다. 통로의 천장이 미끈거리는 빛을 웨이브시켰다. 깨달은 순간, 수만 마리나 되는 귀뚜라미들이 일제히 얇은 날개를 진동시켜 두꺼운 폭음을 흩뿌렸다.

10

무거운 금속음이 몇 개나 겹쳐지고 있었다. 소각 시설이라고 해도, 있는 것은 벨트 컨베이어와 소각로만이 아니다. 애초에 가연성 쓰레기와 불연성 쓰레기를 구분하기 위해 커다란 덩어리를 분해해서 두꺼운 종이 속에서 금속 핀을 꺼내거나, 나무판자 표면에서 합성수지 염료를 분리하기 위한 약품과 시설도 부족하지 않다. 그것들이 아직 재이용 가능한지 이미 불가능한지를 판정하는 기계도. 그리고 그 전부가 '매개자' 하나츠유 요우엔에게는 보물의 산이다.

그런 요란한 시설 안에서도, 그 폭음은 요우엔의 귀까지 희미하게 들려왔다.

(…누군가 걸렸군. 뭐, 들리면 늘리는 대로 나도 곤란하지만….)

어느 나라의 대사관에서 이런 이야기가 있었다. 직원이 심한 현기증과 이명 등 심각한 컨디션 불량을 호소해, 머리의 심각한 대미지가 의심되었다. 아마 특수한 음파 공격. 대사관에서는 이것이 작위적인 공격이라면 외교 문제가 될 거라는 소문까지 퍼졌지만… 후에, 그 나라에 서식하고 있는 귀뚜라미의 합창이 원인이라는 설이 나왔다.

귀뚜라미는 얇은 날개를 서로 문질러 울음소리를 낸다. 즉 위험한 주파수만 알고 있으면, 약품 등으로 바깥에서 날개를 약간 일그러뜨리는 것만으로 같은 현상은 재현할 수 있다. 여러모로 열이 고이는 쓰레기 소각 시설은 본래 같으면 월동하지 못하는 생물의 보고이기도 했다, 라는 것도 크다.

(⋯인접한 비위생적인 슬럼 쪽과는 굵은 강관으로 연결된 채고.)

"그럼."

요우엔는 몇 개나 겹쳐서 들고 있던 골판지 상자를 바닥에 살며시 내려놓는다.

(철저 항전은 25일에 아픈 꼴을 당했지만, 그렇다고 해서 이 '매개자'의 성질은 학원도시 '바깥'에서 받아들여 줄 거라는 보장도 없지.)

카아이와 나란히 걷고 있었을 때는 이런 의문은 품지 않았다. 세계의 누구에게 미움을 받아도, 둘이서 손을 잡고 있으면 아무것도 무섭지 않았다. 설령 자매의 배에 발신기를 묻더라도.

하지만 지금은 다르다.

요우엔는 조금 토라진 듯한 얼굴로, 작은 발로 겹친 골판지 상자의 옆면을 가볍게 걷어차면서,

(⋯그렇게 되면, 세 번째. 죽은 척 작전이 나오려나. 대도시 전역을 패닉으로 감싸서 수사 능력이 상실된 사이에 외벽을 넘어 '바깥'으로 도망쳤다⋯고 생각하게 해 두고, 사체의 산 속에 숨는다. 그 후에는 얼굴이나 ID라도 바꿔서 추적을 피하면 돼. 그렇게 되면, 사

체 조회 능력의 캐파를 펑크시키고 싶으니까 대충 30만 명 이상의 사망자를 내면 충분하려나.)

거기까지 생각하다가, 문득 하나츠유 요우엔의 움직임이 멈춘다.

아마 이게 정답일 것이다. 이 방법이라면 요우엔 혼자서 이 29일을 제압할 수 있다. 하지만 자신은 대체 무엇을 하고 싶은 걸까? 하고.

세상의 움직임 따위 아무래도 상관없었다. 쌍둥이의 반쪽과 마주하고 타임어택을 그냥 끝까지 추구하고 있으면 만족할 수 있었다. 똑같은 옷을 입고 똑같은 것을 먹는 것도 대등하게 조건을 맞추기 위해. 하지만 쌍둥이 카아이는 질려서 스스로 사라지고, 방해꾼 취급을 당한 요우엔은 외톨이가 되었다.

죽는 것은 무섭다, 하물며 타인의 손으로 부조리하게 빼앗기는 건 질색이다. 그것은 사실. 하지만 그럼 자신은 살아남아서 무엇을 하고 싶은 걸까? 다른 사람을 걷어차 떨어뜨리고 목숨을 빼앗으면서까지, 대체 무엇을.

하나츠유 요우엔은 카아이와는 다르다. 요우엔은 목숨과 목숨의 거래에 놀이나 변덕은 끼워 넣지 않는다. 공포나 분노로 상대를 속박하는 등의 목적이 있으면 퍼포먼스는 되풀이하지만, 본질적으로 요우엔은 기능과 효율로 해충이나 해수를 조종하고 있다.

하지만 숫자 계산으로 옳은 답을 끌어내도, 만인에게 인정받을 수 있느냐는 이야기가 다르다.

소녀는 언제나 최단의 길을 생각해 내고, 가장 빠르게 목적을 이루는 방법을 생각하고, 쓸데없는 순서를 생략하는 지름길을 실행하고, 그리고 한 발짝 한 발짝 계단을 올라가는 자들에게 눈썹을 찌푸리게 한다.

어떻게, 그런 기분 나쁜 일에 몰두할 수 있는 거냐고.

그런 말을 들을 때마다, 요우엔은 격렬하게 혼란에 빠진다. 기분 좋고 나쁘고라는 게 무슨 이야기일까, 애초에 험한 산을 올라 정상까지 도달하는 것이 목적이 아니었나? 하나같이 산 정상에 도달할 체력도 장비도 계획성도 없는 주제에, 어째서 제대로 준비를 갖추고 누구보다도 빠르고 안전하게 정상까지 올라간 이쪽만 산 밑에서 일제히 규탄당해야 하지?

이상하다, 이상하다, 이해가 안 된다.

하나츠유 요우엔은 그저 1등상을 받고 싶었는데, 성공하고 싶었는데, 칭찬받고 싶었는데, 안전하고 편리한 등산 루트는 이쪽에 있습니다 하고 가르쳐 주고 싶을 뿐인데.

그걸 위해 시간 단축과 효율을 추구하고 있을 뿐인데.

그래서, 같은 조건에서 타임 어택을 경쟁해 주는 카아이만이 자신을 연마해 주었는데.

"……,"

고개를 살며시 가로젓는다.

그런 철학은, 살아남아서 안전권까지 도망친 후에 해야 한다.

마이너스의 영재는 다시 골판지 상자를 열고 안에 빼곡하게 차 있는 작은 약상자를 바라본다.

에탄올아민형 작용 대항 약품. 그것도 업무용.

알레르기 대책 약이지만, 필요 없는 건강한 인간이 대량으로 사용하면 몸의 오작동을 촉진한다. 이 세상에 절대 안전한 약 따위는 존재하지 않고, 독과 약의 경계란 즉 용량과 용법일 뿐이다.

(소각 시설에서 수집차, 쓰레기장, 청소 로봇까지 역류시켜 가는 거니까, 귀뚜라미와는 달리 어느 정도 추위에 강한 터프한 생물에 싣는 편이 바람직하겠지. 추위에 대한 내구성이 있고, 사람을 보고도 무서워하지 않고, 무엇보다 몸 표면에 약품을 실어도 다운되지 않는. 꽃가루를 옮기는 데도 사용할 수 있는 거라면 베스트. 그렇다면….)

붕! 하는 낮은 울림이 작은 소녀의 귀를 간질였다.

하나츠유 요우엔은 특별히 혐오감도 없이, 가느다란 검지를 세워 그 끝에 은색으로 둔하게 빛나는 날벌레를 앉히고는 한쪽 눈을 찡긋하며 이렇게 중얼거렸다.

"…약제에 내성이 있는 파리, 일까?"

11

기이이이이이이이이이이이이이이이이이이이이이이이이이이이이이이이이이이이이기기기이이이이이이이이이이이이이이이이이이이기기기이기기기이이기기기기기기기기기이이기기기이이이이이이이이이이이이이이이이이!!!!!!

자신이 지른 소리가 들리지 않을 정도의 고음의 소용돌이 속, 카미조는 눈앞에서 시라이 쿠로코가 힘없이 옆으로 기우는 것을 똑똑히 보았다. '텔레포트(공간이동)'를 쓸 수 없게 된 것이다. 인공 유령 프릴샌드#G의 공격에 노출되어 있는 동안에도 아슬아슬하게 도약했을 터인, 그 시라이 쿠로코가.

수만 마리의 귀뚜라미의 합창. 단순한 대미지만이라면 유령 이상의 무게인 듯하다.

"악…."

카미조의 몸이 아래쪽으로 주르륵 무너져 떨어진다. 어떻게도 되지 않는다. 투둑투둑 하고 천장에서 귀뚜라미가 내려오는가 싶더니, 마치 검은 폭포처럼 덮쳐 왔다. 문다거나 할퀸다거나 하는 게 아니라, 평소에는 결코 느끼는 일이 없는 '벌레의 무게'에 짓눌려 가는 자신을 느낀다.

그런 가운데, 다.

"영차."

기묘할 정도로 선명하게, 작은 소녀의 목소리를 소년의 고막이 받아들였다.

그림책의 소녀, 앨리스다.

이 의식을 뒤흔드는 폭음 속에서, 온몸에 검은 벌레가 몰려드는 상황에, 그녀는 평소와 완전히 똑같은 웃는 얼굴로 이쪽에 부드러운 두 손을 쳐넣어 왔다. 마치 눈사태에 휩쓸린 희생자를 구해 내듯이 카미조의 상반신을 쑥 뽑아내고는, 그대로 질질 끌고 간다.

크리켓의 방어도 처형인도 나오지 않았다.

앨리스에게는, 만 단위로 몰려들어도 일일이 반감이나 혐오를 느끼지 않을 정도의 일인 모양이다. 지금까지는 배트나 공을 제대로 사용하고 있었다. 독가스나 저주와 같은 (아가미 호흡을 하는 물고기의 머리를 물에 짓눌러 익사시키려고 발버둥치는 듯한 부적절한 느낌으로) 효과가 나타날 기미가 전혀 없는 내부 대미지와 달리, 매크로한 외부 대미지인 귀뚜라미 그 자체는 부드러운 피부로는 튕겨 낼 수 없다. 허리 부근은 치마고, 두 팔은 반소매인데.

"영차, 영차. 으—응, 선생님 무겁고요. 아하핫, 역시 남자는 등이 커욧☆"

"…리스, 잠… 기다──. 시라이…지 맛…?!"

"한 번에 두 사람은 무리라서요."

10미터일까, 20미터일까.

앨리스는 검게 빛나는 벌레 떼를 전혀 신경 쓰지 않고 통로 뒤쪽으로 헤쳐 나가더니, 다른 작업실에 발을 들여놓았다. 그 일선을 경계로 귀뚜라미가 완전히 사라진다. 아무리 생각해도 자연스러운 움직임으로는 생각되지 않는다. 역시 눈에는 보이지 않는 화학 약품이나 천적의 체액 등으로 미로라도 만들어 두었던 것이리라.

징징 하고, 지금도 고주파는 머리를 뒤흔들어 온다. 하지만 라이브하우스의 폭음을 벽 너머로 듣고 있는 듯한, 약간 웅얼거리는 것으로 치환되어 있었다.

"커헉! 아우앗…!!"

"꺄하핫. 선생님 입 속에 귀뚜라미가 길을 잃고 들어가 있어요. 자, 움직이면 안 되고요, 에잇, 꺼냈어요!"

일어서지도 못한 채 데굴데굴 구르는 카미조 토우마의 입에 작은 손가락을 비틀어 넣고, 생각한 것보다도 큰 벌레를 주르륵 끄집어내는 앨리스의 가느다란 손목을 반대로 다시 움켜쥔다.

"부탁이야, 시라이 녀석도 구해 줘…. 한시라도 빨리!"

"선생님은 어떻게 할 거예요?"

초인적인 데에도 정도가 있는 앨리스가 웃는 얼굴로 하는 말에, 카미조는 시설 안쪽으로 시선을 던졌다.

"나는, 여기서는 기다리고 있을 뿐 아무것도 도울 수 없을 것 같아. 그러니까 이런 게 도시 전체에 흩뿌려지는 걸 막는 쪽으로 향하겠어…."

"그쪽이 난이도가 더 높은데요?"

"그래도야. 그렇다면 더더욱 너나 시라이한테 떠맡길 수는 없지."

앨리스는 끄덕 하고 고개를 끄덕이고는, 부탁한 카미조가 걱정이 될 정도로 망설임 없이 되돌아간다. 그렇달까, 정말로 작은 두 손을 펼치고 앞으로 고꾸라질 듯이, 웃는 얼굴로 검은 벌레의 탁류로 배부터 뛰어들어 버렸다. 더러워, 라는 말에 대한 반응 자체가 카미조와는 어긋나 있는 것일까. 뭔가 진흙놀이라도 하면서 실컷 더러워지는 것을 즐기는 듯한, 꺄꺄 소란을 피우는 목소리가 두꺼운 검은색 너머에서 들려온다. 아무래도 앨리스는 정말로 적의도, 악의도 없는 모양이다.

카미조도 카미조대로 시설 안쪽을 향해 기어간다.

떨리는 다리를 움직여 몸을 일으키고, 천천히라도 두 다리로 걷기 시작한다.

삐죽삐죽 머리의 소년은 눈에는 보이지 않는 것을 믿었다. 싫은 느낌이나 정체를 알 수 없는 압력을 받으면, 멀리 돌더라도 순순히 그 방은 우회하며 앞으로 나아간다. 실제로 얼마나 의미가 있었는지는 알 수 없지만, 벌레 떼에 습격을 받는 일은 없었다. 어쩌면 무색투명한 화학 약품 냄새나 실온·기압의 변화 등, 약간의 현기증이나 두통의 '원인'이라도 피하고 있었던 것인지도 모른다.

어쨌거나 카미조는, 할아버지 스마트폰으로 찍은 겨냥도의 최단 코스에서 S자를 그리며 대폭으로 빙 돌아서, 미로를 지나 그곳에 다다랐다.

시설 서쪽 끝, 투기 수갱.

가로 일렬로 줄줄이 늘어선 바깥의 수집차에서 모은 쓰레기를 던져 넣기 위한 커다란 구멍이다. 가로세로는 학교 수영장 이상, 깊이는 여기에서 보이는 쓰레기 산의 표면만 해도 10미터 이상 된다.

강철로 만들어진 절벽의 가장자리에 작은 그림자가 보였다.

하얀 가운의 허리를 의료용 코르셋으로 조이고, 머리 옆에 가스마스크를 걸친 검은 머리카락의 소녀.

주위에는 뚜껑이 열린 골판지 상자가 몇 개나 있고, 몸을 굽힌 소녀는 무언가 어려운 얼굴을 하고 시험관의 액체를 가볍게 흔들고 있었다.

벌써 준비 단계에 들어가 있다.

"요우엔!! 부탁이야 기다려 줘!!"

"웃?! …누구?"

몸을 굽힌 채 깜짝 놀라 이쪽을 돌아보는 작은 악녀의 목소리에, 카미조는 묘한 부조리를 느끼고 있었다. 그야 뭐 당연할까. '앨리스 때'는 카운트되지 않으니, 상대방의 입장에서 보자면 이것이 첫 대면일 것이다. 갑자기 성도 아닌 이름으로 불리면 깜짝 놀랄지도 모른다.

그리고 반칙이든 부조리든, 이쪽은 이미 놈의 정보를 갖고 있다.

(…하나츠유 요우엔은 '매개자'. 위험한 미생물이나 화학 약품을 도시형 해충·해수에 실어서 산포함으로써 노리던 개인이나 지역을 정확하게 공격하는 명수야.)

한 번 시작되어 버리면, 아마 카미조는 요우엔을 막을 수 없을 것이다.

'매개자'는 능력이 아니다. 즉 이매진 브레이커(환상을 부수는 자)가 통하지 않기 때문에, 인공 페로몬이나 합성 꿀에 이끌려 만 단위로 대량의 그로테스크한 생물이 집합하면 삐죽삐죽 머리 따위는 탁류에 짓눌리고 만다.

다만,

(그러니까 아무리 위험해도, 놈은 직접 독을 흩뿌리거나 하지는 않아! 시험관의 꿀을 흩뿌리고, 생물을 모으고, 독물을 싣고, 표적을 설정하고, 공격시킬 때까지가 한 세트. 의외로 할 일이 많지. 하나쯔유 요우엔은 무섭지만, 하지만 권총 같은 순발력은 없어! 그렇다면 저 애가 움직이기 전에 가까이 파고들면 충분히 이길 수 있어!!)

"읏!!"

탕!! 하고 카미조 토우마는 정면에서 크게 뛰어든다.

반복한다. '매개자'는 능력이 아니다. 즉 이형의 테크놀로지를 갖고 있을 뿐이고, 요우엔 자신은 체중이 가벼운 열 살 전후의 여자아이일 뿐이다. 실제로 두 눈을 크게 부릅뜨고 원시적인 폭력 앞에 발이 움츠러들어 있는 것을 알 수 있다. 카미조 측에서 보자면, 무리해서 때릴 필요조차 없다. 요우엔의 공격 수단은 전부 시험관에 의존하고 있기 때문에, 예를 들어 몸으로 부딪쳐서 밀어 쓰러뜨리거나, 두 팔과 함께 바깥에서 몸통을 강하게 조여 올려 두 손의 움직임을 저해시키는 것만으로 충분히 무력화할 수 있다. 해충이니 유해 물질이니 하는 것만 없으면 요우엔 자체는 평범한 열 살짜리 여자아이이다.

반대로, 이 경악이 풀리면 카미조 측의 승산은 사라져 없어진다.

그렇게 되면 학원도시는 엉망진창이 된다. 가장 효율적으로 업무용 약품이 흩뿌려졌을 경우, 얼마나 많은 사람이 쓰러져 쥬나 바퀴벌레에 갉아먹힐지 알 수 없다.

(그러니까, 그러니까 이 유일하고 절대적인 기회를 손에 넣겠어….)

하나츠유 요우엔. 확실히 현실의 그녀는 규격 외의 악녀일지도 모르지만, 하지만 선택지에 따라서는 '앨리스 때'처럼 된다는 것도 분명 진짜다.

그녀는 최저도 최악도 아니다. 본인의 취향 문제로 자연스럽게 흉악한 쪽으로 기우는 경향이 있을 뿐이고, 무언가의 잘못으로 약간 레일이 바뀌면, 그것만으로 그렇게 웃어 주는 미래도 가능할지도 모르는 것이다.

그렇다면, 포기하지 않는다.

남의 인생을 카미조 토우마는 멋대로 포기하지 않는다. 설령, 하나츠유 요우엔 자신이 그런 길이 있다는 것을 전혀 깨닫지 못하고 있었다고 해도!!

(나는, 네가 갖고 있는 그 힘이 사람의 목숨을 구할 수 있다는 걸 알고 있어…. 그것만 알면, 목숨 하나 정도는 걸어 볼 이유가 되어 줄 거야!!)

두 팔의 거리까지 뛰어든다. 극단적인 신장 차이가 있으면 오히려 이쪽의 팔의 움직임도 한정되고 말지만, 먼저 읽히더라도 상관없다. 우선 몸째 부딪쳐서, 요우엔의 두 팔과 함께 가느다란 허리를 바깥에서 조여 올려 홀드, 무력화한다. 그것만 생각하고 자신의 체중을 단숨에 기울여 간다.

그때였다.

비싯!! 하고.

갑자기 카미조 토우마의 배 한가운데에 검붉은 구멍이 뚫렸다.

12

"어머나, 어머나, 어머나, 어—머나☆"

(…일단 골판지 상자의 산에서 떨어뜨린 후에 확실하게 '매개자'를 포획하게 할 생각이었는데, 도탄(跳弾)이 다른 인간한테 맞아 버렸, 나?)

같은 부지 내에서 쌍안경을 들여다보면서, 검은 군복 차림의 여자는 일일이 이마에 손을 대거나 하지는 않고 자신의 행동에 객관적인 판단을 내린다.

"…흠."

최우선은 '매개자' 하나츠유 요우엔이다. 놈 하나만 수중에 넣으면 이 29일은 확실하게 제압할 수 있다. 반대로 여기에서 실패하면 요우엔은 준비를 완수시키고 장기판은 엉망진창이 될 것이다.

그래서 텟소 츠즈리는 지체 없이 무선기에 속삭였다.

반대쪽 손으로 맹수 조교용의 갈고리 달린 막대를 만지작거리면서,

"노도카, 고☆"

드륵드륵 하고, 카미조의 몸 속에서 딱딱하고 무거운 이물감이 있었다.

직전에 앞쪽에 있는 멋대가리 없는 금속 기둥이 오렌지색으로 튀었다는 것은, 아마 도탄일까. 당연히, 하나츠유 요우엔이 총을 갖고 있는 것은 아니다.

(그렇다면, 다른 쪽이 있다…?!)

도탄은 위력이 느껴진다, 는 이야기는 있지만, 한편으로 뭉개져서 까끌까끌해진 탄환이 몸에 파고들어 오기 때문에 더 위험하다는 설도 들은 적이 있다.

어차피 어느 쪽도 애매한 액션 영화 지식, 목숨을 건 도박에 참고는 되지 않는다.

덜컹, 하고 카미조의 시야 전체가 아래로 무너질 뻔하지만,

(튀어서 날아간 총알이 우연히 맞은 거라면, 노리는 건 아마 내가 아닐 거야. 이대로 같은 장소에 서 있으면… 요우엔이 총에 당한다!)

"응, 부, 가아아!!"

"꺄아?!"

이제 피투성이 몸을 쓸 수밖에 없다. 그대로 무리해서라도 앞으로 돌진해 정면의 요우엔을 밀어 쓰러뜨렸다. 의외로 비명은 귀여워서 오히려 카미조는 놀란다.

쿵!! 하고.

차량용 금속 셔터가 바깥에서 뚫리고, 톱보다도 둔하고 위험한

까끌까끌함을 보이는 금속판이 소녀의 머리 바로 위를 가르고 지나갔다.

그쪽으로 시선을 향해도 아무도 없다. 긱, 하는 삐걱거리는 소리가 바로 위에서 울려 왔다.

(총이 아니얏. 그 한순간에 천장까지 날아서, 학교 수영장보다도 큰 수갱을 뛰어넘어 왔다?!)

확인하고 있을 새는 없었다.

도저히는 아니지만 일어날 수 있을 것 같지 않다. 어쨌든 어린 요우엔의 몸을 세게 끌어당기며 옆으로 데굴데굴 구르자, 높은 천장에서 무언가 검은 덩어리가 유성처럼 낙하해 온다.

금속질의 굉음이 작렬했다.

방금 전까지 자신이 구르고 있던 곳에, 웅크리다시피 누군가가 착지해 있었다. 고양이의 발바닥 젤리 같은 모양의 두꺼운 너클로 보호되는 주먹을, 하필이면 강철의 바닥면에서 천천히 뽑아내고 있다.

겉으로 보기에는 앞치마 차림의 여대생? 아니면 더 나이가 많은 젊은 주부? 긴 밤색 머리카락을 간소한 머리끈으로 묶은, 연상의 여자다.

그러나 부드럽고 가정적인 외모이기 때문에 더더욱, 눈앞에서 전개된 규격 외의 폭력을 믿을 수가 없다. 우선 어른이니까 능력자는 아닐 것 같지만, 그렇다면 학원도시의 이형의 테크놀로지인가?!

'앨리스 때'에 본, 무엇이든 거칠게 밀고 지나가던 라쿠오카 호우후와는 전혀 다르다. 그 힘에 비해 두꺼운 근육의 갑옷으로 덮여 있는 것이 아니라, 어디까지나 가냘프고 부드러운 보디라인은 유지하고 있다.

퍼벙!! 하는 갑작스러운 폭발이 있었다.

부드러운 여성의 바로 근처, 아마 추가로 준비된 작업용 조명일 것이다. 발치에 있던 발전기의 연료 탱크에, 아까의 셔터의 금속 파편이라도 꽂힌 것인지도 모른다.

고개를 가볍게 흔들었을 뿐이었다.

있을 수 없게도, 그녀는 공기를 찢으며 옆에서 날아오는 파편의 비를 어렵지 않게 피해 간다.

끼이, 하는 작은 모터 소리가 울린다. 머리 위에서 형광색 삼각형 두 개가 이쪽을 향했다.

마치 고양이의 귀 같은.

저게 폭파의 전조일까, 아니면 파편의 비가 공기를 찢는 소리라도 정확하게 읽어 낸 것일까.

(…고양이?)

그걸로 카미조도 느낌이 왔다.

아마 유연함일 것이다. 약품이나 무언가로 체내의 근육과 연골을 변질시켜, 온몸의 관절의 가동 한계를 인위적으로 바꾼 것이다.

도로 옆 담에 올라가거나 방의 문손잡이를 열거나 하는 데에서도 알 수 있듯이, 고양이는 키의 4, 5배 가까이 되는 높이까지 도움닫기도 없이 수직으로 뛰어오를 수 있다. 강인한 근육은 물론이고, 관절이나 연골 등의 유연함을 무기로 삼고 있는 것도 크다. 그것을 인간 크기까지 확장할 수 있다면, 있을 수 있다. 높은 천장까지 단숨에 뛰어올라 달라붙고, 학교 수영장보다 큰 수갱을 뛰어넘어 다시 낙하해 오는 것 정도는.

(잠깐 기다려. 고양이과에 160센티미터 크기라면, 재규어? 치타? …아니……. 농담이 아니라고, 작은 사자 수준으로 위험하잖아 저 거?!)

그리고 저 속도에 실어 두꺼운 너클로 강화한 주먹이 휘둘러진다 면 어떻게 될까. 확실히 말해서, 상상력이 싫은 방향으로밖에 작용 하지 않는다. 아니, 그녀가 추가한 것은 그 하나뿐일까?

하지만 요우엔은 요우엔대로 다른 곳에서 의문이 멈추지 않는 것 같았다.

하얀 가운의 품 속에서 시험관을 빼내는 것도 잊은 모양이다. 작 은 악녀는 피투성이가 된 카미조에게 깔린 채 어린 두 다리를 버둥 거리면서,

"잠깐! 당신 아까부터 뭘 하고 있는 거야?!"

"시끄, 러윗!! 커헉, 나는 좌우간 널 구하고 싶어!!!!!!"

"???"

처음 만나는 습격자에게 갑자기 그런 말을 듣고 요우엔은 꽤 진 심으로 눈을 끔벅거리고 있는 것 같았다. 극한의 악녀보다도 열 살 짜리 여자아이 부분이 겉으로 나오고 있다.

"앗—, 앗, 앗—☆"

어디에선가, 또 다른 목소리가 들려왔다.

세 번째 사람이 있다.

"베니조메. 남자는 필요 없어, 적당히 쏴서 떼어 놔 주세요."

"웃!!"

(큰일이다, 이 애를 끌어들이게 되겠어!!)

아까의 도탄의 출처를 이해한 순간, 카미조는 지금까지 몸 밑에

서 감싸고 있던 요우엔을 순간적으로 해방하고 양손을 사용해 가능한 한 멀리 떠밀치려고 했다.

하지만 반대로 작은 양팔에 가까이 끌어당겨진다. '매개자'의 엄지가 시험관의 고무마개를 튕긴다.

쿵!! 하고.

검고 두꺼운 벽이 솟아올랐다. 그것은 무시무시한 물량의 벌레가 만드는 두께 미터급 이상의 벽이었다. 뜨겁고 날카로운 찰과음이 바로 옆을 빠져나갔지만, 아무래도 대량의 장애물 덕분에 도탄이 일그러진 모양이다. 느낌으로는 수족관에 있는 거대 수조 너머로 저격한 것과 같은 것일지도 모른다.

피를 흘리고 신음하면서, 제대로 일어서지도 못하는 카미조는 약하게 묻고 있었다.

"…뭐 해…?"

"몰라!! 바보! 변태!!!!!!"

두 눈을 빙글빙글 굴리면서 하나츠유 요우엔이 코앞에서 물어뜯어 왔다.

아무래도 흉포한 악당의 입장에서 보자면, 자신의 머리로는 이해할 수 없는 작은 선성(善性)은 변태로 판정되고 마는 모양이다. 이런 부분까지 '앨리스 때'와는 미묘하게 달랐다. 용기를 쥐어짜 내고, 공포를 떨쳐 내고, 수명을 깎아서라도 작은 악녀를 빌어 쓰러뜨린 것에 1밀리도 보답받지 못한다. 역시 현실은 안이하지 않았다.

하지만, 그래서 즐겁다.

무겁게 공기를 찢는 둔한 소리가 눈앞에서 휘둘러졌다.

휘잉!! 하는 그 한 발로 몇만의 목숨이 흩어졌을까. 좌우의 손을 너클로 강화한 앞치마 차림의 여성이 자신의 주먹만으로 두꺼운 벌레의 벽을 젖은 종이처럼 찢었다.

이만한 테크놀로지를 투입해도, 시야를 가로막고 도망칠 만한 여유도 만들지 못한다. 원시적인 폭력의 맹위가 밀어닥쳐 온다.

그러나, 다.

쿵!!!!!! 하고.

그 순간, 무슨 일이 일어난 것인지 카미조는 이해할 수 없었다.

탑이다. 살의 탑.

두꺼운 강철의 바닥이 찢어지고, 무언가가 수직으로 돋아나고 있었다. 그것은 근육의 덩어리였다. 손바닥을 세게 움켜쥐어 주먹의 형태를 만들고, 카미조의 키보다도 거대한 팔을 똑바로 위로 내밀고 있었다.

삐걱삐걱삐걱 끼익끼익!! 하고.

마치 알루미늄 포일처럼 강철의 바닥을 밀어젖히며 튀어나온 것은, 그림책 속의 도깨비 같은 괴물이었다. 다만 머리 있는 부분에만, 오히려 부자연스러울 정도로 궁상맞은 바코드 안경 아저씨 헤드가 달려 있다.

"저건 대체 뭐야…. 여기에 와서 연달아 근력 자랑이라니, 결국 마지막에는 근육과 몸의 사이즈가 약육강식을 결정하다니 농담이 아니야!!"

벌레의 물량을 힘으로 밀어내고 돌파할 수 있는 존재는 평범하게 무서운지, 요우엔이 양손으로 카미조의 상의 가슴팍을 살짝 움켜쥐고 버둥거리며 외친다.

"라."

삐죽삐죽 머리도 아연실색하면서 중얼거리고 있었다.

"라쿠오카, 호우후?"

그렇다.

그렇다.

근골이 울룩불룩한 거대한 등을 보면서도, 카미조 토우마에게는 의문이 있었다. '앨리스 때'도 풀 수 없는 수수께끼가 있었지 않은 가. 전직 안티스킬 어그레서. 죄수 호송 열차 '오버헌팅'에서 도망쳐 나온 것을 보면, 그 남자도 '어두운 부분'인가 하는 흉악범의 일원일 것이다.

하지만. 하지만, 이다.

애초에 근본적으로,

(…'앨리스 때'부터 그랬어. 날뛰고 있는 건 알겠는데, 라쿠오카 호우후는 무엇을 위해 싸우고 있는 거지?)

거기에서는, 라쿠오카 호우후는 인공 유령 프릴샌드#G와 맞붙어 싸우고 있었다. 틀림없이 궁합의 문제로, 순수한 물리 공격의 덩어 리였던 라쿠오카는 유령에게 유효한 대미지는 줄 수 없었을 텐데, 그래도 아랑곳하지 않고.

한시라도 빨리 학원도시 밖으로 도망치려고 했던 것은 아니라고 생각한다. 그렇다면 습격을 받고 있는 카미조 일행 따위는 내버려 두고 혼자서 냉큼 도망쳐 버리면 되었을 것이다.

그렇다고 해서, 자신을 붙잡은 안티스킬(경비원)이나 저지먼트(선도위원)에게 원한이 있는 것도 아닌 것 같다. 그렇다면 라쿠오카 호우후의 최우선은 프릴샌드#G가 아니라 시라이 쿠로코를 향한 것은 아닐까.

앞뒤가 맞지 않는다. 그런 이야기가 아니다.

(설마, 저 녀석….)

꿀꺽 목을 울린다. 내버려두면 멋대로 도망쳐서 깊은 수갱으로 떨어져 갈 것 같은 요우엔을 굳게 끌어안고 천천히 물러나면서도,

(지금도 경비원으로서 자유롭게 움직이는 범죄자들을 붙잡으려고 하고 있는 건가???!!!)

14

잘못되어 있었다.

자신이 한 일은 틀림없이 실패였다.

라쿠오카 호우후는 이를 악문다.

그래도, 길을 벗어나더라도, 행복해지기를 바라는 사람이 있었다. 그래서 피바다 속에서 멍하니 우두커니 서 있는 여동생의 몸을 끌어안고, 가족 모두가 상의해서, 라쿠오카 호우후는 악질적인 스토커의 시체를 뭉개고 부수고 화학적으로 분해해서 이 세상에서 완전히 없애 보이기로 결론을 내렸다.

진짜 비극은, 분명 재능이 있었던 것이리라.

언제든 무엇이든 실패해 온 주제에, 이런 때만 한 방 승부로 완전히 성공시켜 버린 자기 자신에게 있을 것이다.

하지만 이 생각지 못한 성공이 돌고 돌아 균열을 넓혀 간 것이라면. 다시 가족의 목숨을 위협하는 거대한 틱으로 성장을 이루었다는 것이라면. 그리고 이 가족의 문제가, 그 외에도 많은 학원도시 사람들의 목숨에까지 영향을 미치고 만다면.

그 남자는 자신의 손으로 모든 것에 결판을 낸다.

악귀가 되어서라도.

이 도시의 어둠에 군림하는 악의와 직면하는 것은 이게 처음이 아니다. 따라서 그 보잘것없는 패배한 개는 이런 곳에서 발이 움츠러들지는 않는다.

이미 끈적거리는 암흑에 대한 면역은 완성되어 있었다.

"라쿠오카 호우후. 중요도는 낮네요, 근접은 한 명만 있으면 돼요."

어디에선가 즐거운 듯한 목소리가 들렸다.

그때와 똑같은, 사람을 뜻대로 조종하며 즐기려고 하는 악마가 내는, 비웃음의 목소리가.

"최우선은 하나츠유 요우엔이에요. 베니조메, 회수에 방해가 될 것 같으면 사살해요. 노도카는 그대로 킵☆ 그냥 우두커니 서 있으면 놈은 움직임이 굳어질 테니까요?"

작열하는 무언가가 음속 이상의 기세로 라쿠오카의 상반신에 꽂히고, 내부에서 작열했다. 납은 뭉개져 꽃처럼 벌어지고, 상인한 근육 때문에 관통되지 않은 것이 오히려 재앙을 가져온다.

덜컹 하고 비스듬히 거구가 기운다.

그래서 어쨌다는 거냐. 소중한 가족이 바로 저기에서 보고 있다.

크래프트 계열로 뒷받침된 타격의 폭력. 살상력의 덩어리. 다른 누가 얼마나 두려워하든, 오빠 입장에서 보면 아무리 시간이 지나도 가냘프고 가느다란 여동생의 몸을 살며시 떠밀친다. 저 저격수는 도탄의 행방까지 정확하게 조종하는 타입은 아니다. 학교 수영장보다 커다란 투기용 수갱에 던져넣어 버리면, 각도상으로 바깥에서 쏘아지는 저격용 탄환을 뒤집어쓸 걱정은 없어진다.

그리고 자신의 목숨보다 소중한 가족을 끌어들일 걱정만 없어지면, 더 이상 조심하지는 않는다.

천천히 몸의 방향을 바꾼다.

뽀각, 뽀각, 빠각, 뽀각, 하고 라쿠오카 호우후는 피투성이 근육을 한층 더 부풀려 간다. 더 비대해진다. 상처에서 뭉개진 납탄이 억지로 토해져 나왔다.

표적은 한 사람.

검은 군복으로 몸을 감싼 안경 쓴 여자. 안티스킬 네고시에이터. 본래 같으면 흉악범을 벌하는 것이 아니라, 이렇게 되기 전에 가까운 상담자로서 죄의 발생을 막을 수 있는 인물이 되어야만 했을 누군가.

정면에서, 다.

그렇게 되지 못한 어리석은 어른끼리의 시선이 마주친다.

텟소 츠즈리는 오른손을 가볍게 흔들었다. 아마 멀리서 저격이 올 테지만, 신경 쓰지 않는다. 이쪽의 근력은 중량치기 환산으로 70톤 이상. 두꺼운 근육의 벽이 꿰뚫려 주요 내장이 기능을 정지하기 전에, 놈을 한 방 때리면 비극의 원천은 모든 힘을 잃는다.

"오."

한 발짝.

내디디고, 거기에서부터 폭발적으로 라쿠오카 호우후는 달렸다.

"오오!!!!!!"

최저의 인생이었다.

아무것도 하지 못한 채 마흔의 벽 따위는 아무렇지도 않게 넘어 버렸고, 지금은 무직의 범죄자고, 여동생이 먼저 결혼해서 가정을 가져 버렸고, 랄까 근본적으로 아직 동정이지만.

…그래도 아직, 가족이 가슴을 펴 줄 만한 무언가가 하나 정도는 있을까요?

15

『흠….』

그리고 부지 전역을 둘러볼 수 있는 철탑 위에서 낮은 인공 음성이 울리고 있었다.

담배의 불꽃이 작게 위아래로 흔들린다.

한때 땅 밑바닥에서 그 존재를 부정했을 터인, 로망을 사랑하는 골든 리트리버였다.

『하면 할 수 있잖아, 오빠.』

16

처절한 격돌음이 금속 셔터를 삐걱삐걱 떨리게 한 순간, 카미조는 피투성이 손으로 날뛰는 하나츠유 요우엔의 작은 몸을 껴안고 가까운 곳에 있던 작업차, 실내용 삽차 뒤로 굴러 들어갔다. 평범한 고등학생은 프로 저격수의 위치 따위는 읽어 낼 수 없고, 랜덤하게 날아다니는 도탄의 위험도 있기 때문에 안전 따위는 확인할 수 없지만, 그래도 아무것도 하지 않는 것보다는 낫다.

라쿠호카 호우후와 텟소 츠즈리.

평범하게 생각하면 3미터를 넘는 근육 덩어리와 가냘픈 여성이 정면충돌하면 어느 쪽이 이길지는 알 수 있을 것 같지만, 예상과 달리 결판이 나지 않는다.

삐걱삐걱, 끼익끼익, 하고.

받아냈다. 무언가가 삐걱거리는 듯한 무거운 소리와 함께, 상황이 팽팽하게 균형을 이루고 만다.

(안티스킬 네고시에이터. 빌어먹을, 저 여자도 '뭔가'를 쓰고 있어. 역시 즉흥적인 난입에 기뻐하고만 있어서는 살아남을 수 없나!!)

저런 것에 옆에서 원거리 저격까지 더해지면 라쿠오카 호우후는 살 수 없다. 안티스킬(경비원)이면서 범죄에 손을 댄 흉악범. 하지만 자신들을 도망치게 하기 위해 정면에 서 준 것은 사실이다. 시라이나 앨리스는 없다. 카미조의 오른손으로는 납탄을 없앨 수 없다. 그렇게 되면 지금 의지가 되는 것은 한 명밖에 없었다. 카미조 토우마는 자신의 팔 안에 말을 건다.

예상하지 못한 사태가 아무리 일어나도, 결코 못 본 척하지 않았던 작은 악녀를.

"요우엔!"

"뭐, 뭐야?"

"…네 힘을 빌리고 싶어. '매개자'로서 사용할 수 있는 전력(戰力)은 얼마나 남아 있어? 통로 쪽을 가득 메우고 있던 귀뚜라미 떼 같은 걸 이쪽으로 끌어낼 수는 없는 거야?! 응? 응? 있지, 있지, 부탁이니까요오!!"

"그, 금방 껴안질 않나 갑자기 이름으로 막 부르질 않나, 어째서 아까부터 일관되게 친한 척하는 거야 당신?! 내가 약의 조합에 실패해서 이상한 가스라도 뒤집어쓰고 기억 상실이 된 게 아니라면, 아무리 생각해도 나랑 당신은 처음 만나는 거지?!"

"됐·으·니·까·빨·리·해!!"

이제 소녀의 멱살을 양손으로 움켜쥐고 덜컹덜컹 앞뒤로 흔들면서,

"이쪽은 네 실력에 의지할 수밖에 없단 말이야!! 우리를 위해 싸워 준 저 사람을 죽게 하고 싶지 않아, 네 '매개자'가 있으면 그게 가능해. 그러니까 부탁해, 부탁이야!! 이렇게 부탁할 테니까, 너밖에 할 수 없는 그 비장의 기술로 우리를 구해 줘!!!!!!"

"……,"

멍하니, 였다.

잠시 동안, 하나츠유 요우엔은 눈도 깜박이지 않고 머릿속에서 그 말을 반추하고 있는 것 같았다.

뭐가 뭔지 전혀 모르겠지만, 아무래도 이 작은 악녀에게 자신의

힘이 평범한 사람에게 의지가 되는 기회는 어지간히 이상한 일인 모양이다.

"핫."

잠시 후, 다.

뭔가를 끊어 내듯이 '매개자'는 웃었다. 품에서 꺼낸 업자용 약품을 한꺼번에 손바닥으로 움켜쥐어 뭉개고, 분말 상태가 된 그것을 쓰레기 투기용 수갱을 향해 던져 넣는다. 부작용으로 졸음을 유발하는 작용 대항 약품이었던가. 아마 제대로 뒤집어쓴 라쿠오카 노도카는 저걸로 다운일 것이다.

그러고 나서 쨍!! 하고 유리끼리 부딪치는 새된 소리와 함께, 하얀 가운 안에서 컬러풀한 액체가 들어 있는 시험관을 여러 개 꺼낸다.

"…후회할 거야, 당신?"

꺼내어지는 것은 음향 무기가 된 대량의 귀뚜라미일까, 살인적인 독을 가진 벌이나 거미 떼일까, 아니면 더 흉악한, 고등학생에게는 상상도 가지 않을 듯한 무언가일까.

빠각, 빠각, 뽀각, 하는 둔한 소리가 연속되었다.

손에 든 시험관에 조미료라도 더하고 싶은 것인지, 요우엔은 갑자기 가까운 곳의 강관을 부수고 하얀 증기를 튀어나오게 했다. …그것도 칼을 꽂는다거나 하는 게 아니라, 자신의 이로.

"왜 그래? '핸드커프스' 때 이는 녹아 버렸다고. 입 속은 전부 자력으로 합성한 비금속 계열의 임플란트로 바꿨는걸? 비행기의 보디 같은 데 사용하는 거."

…사용할 수 있는 것은 약품뿐, 이라는 레벨이 아니다. 구속 중

에 무엇을 어떻게 하면 그런 새 장비를 몸에 장치할 수 있는 걸까. 결국 불발로 끝났지만, 그만 실수로 카미조가 몸으로 부딪쳐 다운시키려고 했다면 그대로 가슴팍이나 어깨 정도는 물려 뜯겨 나가지 않았을까.

그러나 카미조 토우마는 스스로 '매개자'를 이렇게 간파하고 있지 않았던가?

'매개자'는 확실히 강력하다. 약품을 사용해 도시형 해충이나 해수를 자유자재로 조종하고, 미생물이나 화학 약품을 핀포인트로 표적에 보내는 그 힘은 한 번 시작되어 버리면 아무도 감당할 수 없다. 하지만 한편으로, 그 방법이라면 권총 정도의 순발력은 없다, 고.

"베니조메."

그 목소리 쪽이, 아주 약간 빨랐다.

근육 덩어리와 격투하면서, 텟소 츠즈리가 이렇게 속삭인 것이다.

"최우선은 하나츠유 요우엔이지만, 손에 들어오지 않을 것 같다면 이제 필요 없어. 다른 플레이어의 장기말이 되기 전에 얼른 처리해 주세요."

"읏?! 요우엔!!"

자문한다. 곧 정확하게 다가올 총알에 대해서 무엇을 하고 싶었던 것일까. 제대로 일어서지도 못하고, 오른손의 이매진 브레이커(환상을 부수는 자) 따위는 통할 리도 없는데.

아랑곳하지 않고, 순간적으로 달려 나가고 있었다.

하지만 시간 자체가 일그러진 것처럼, 몸의 움직임은 느리고, 바로 저기에 있을 터인 요우엔까지의 거리가 멀다.

다만.

그러고 보니 카미조 토우마에게는 의문이 있었다.

안티스킬 어그레서인 라쿠오카 호우후가 이곳에 온 이유는 알았다. 하지만 그는 어째서 지하에서 바닥을 뚫고 나타난 것일까?

뭔가 의미가 있는 행동이라면, 그것은 구체적으로 무엇일까?

답이 있었다.

휘링!! 하고 지하에서 대량의 액체가 뿜어져 나왔다.

피부와 같은 색깔을 한 시럽은 하나츠유 요우엔을 감싸고는, 두꺼운 액체의 벽으로 탄환을 막은 것이다.

살갖.

피부.

그 외에도 이미지할 수 있는 것은 여러 가지가 있을 텐데, 그 희끄무레한 크림색을 보고 왜 카미조 토우마는 순간 그런 으스스한 말을 떠올린 것일까?

답은 정해져 있었다.

너무나도 비슷했던 것이다. 망연자실해 있는 작은 악녀, 하나츠유 요우엔의 피부색과.

"…카?"

『닛힛힛힛히.』

주위에서 소용돌이치는 액체는 중력을 무시하고 부풀어 오르더니, 이윽고 녹은 밀랍 같은 실루엣을 만들어 낸다. 세부가 갖추어져 가자, 그것은 하나츠유 요우엔 그 자체가 되었다.

아니, 아니다.

뭉개진 라이플 총알을 작은 손가락으로 만지작거리고 있는 것은 또 한 명의 소녀다.

『하수에 녹아서 실컷 이 도시의 더러움을 뒤집어쓰고 있었지만, 역시 안 되겠네. 인간이라는 생물은 환경에 익숙해져. 하지만 일본인의 정신은 3일 연속 카레라이스를 견딜 수 있는 구조로 되어 있지 않단 말이야. 으―음, 몸을 녹이기 전에 신비의 카레 대국 인도에서 제대로 수행을 쌓아 둬야 했을까나아?』

"카아이?! …너, 카아이야?"

『요우엔, 네 찰싹 달라붙는 의존에는 솔직히 말해서 질려 있었어. 머리카락도 옷도 쌍둥이는 항상 한 세트여야 한다고 생각하면 지루하기 짝이 없어서, 나는 얼른 혼자서 자유로워지고 싶었지. 하지만 깨달았어, 정말로 진짜 도시의 오점은 가장 가까이에 있었다는 걸! 헬로, 파랑새!! 나의 더러움!!!!!! 엄청 냉혹한 게 보고 싶네, 이 하나츠유 카아이가 맨발로 도망칠 정도로 최저이고 최악인 하나츠유 요우엔을. 그렇게 하면, 네 적과 놀아 줄게☆』

'매개자' 요우엔은 고개를 숙였다.

그리고 작게 웃었다.

"후."

악의 만점에 구제할 길이 없고, 따뜻한 가정과는 정반대에 있는 버석버석한 공기. 하지만, 그래도, 이런 관계가 어디까지나 자신들답다. 작은 악녀는 그렇게 생각한다.

결코 선인은 될 수 없지만.

그래도 결정적인 무언가를 보완한 하나츠유 요우엔은, 새삼 시험관의 액체를 바닥에 흘린다.

"흠, 흠, 흠, 흐흠."

『흠, 흠, 흠, 흐흠.』

휘링!! 하고. 물의 정령이라고 부르기에는 무시무시하다. 자유자재로 모습을 무너뜨리고 주위에서 소용돌이치는 소녀를 데리고, 다시 악을 극한까지 추구한 쌍둥이가 이 도시의 어둠으로 한 발짝 내디뎌 간다.

"자, 제재는 모두 죽이는 거면 될까?"

『자, 제재는 모두 죽이는 거면 될까?』

역시 어둠 쪽이 맞는다.

그래서 소녀들은 금기의 기술을 지니고, 자신의 발로 자유를 개척한다.

17

곤란하군, 하고 냉정하게 텟소 츠즈리는 판단하고 있었다.

단순히 라쿠오카 호우후를 후려쳐 쓰러뜨리면 되는 이야기가 아니게 되었다. 어느샌가 모르는 장기말이 섞이고, 게다가 가지고 있는 것이 꽤 줄었다. 가장 곤란한 점은, 카아이 · 요우엔 쌍둥이 페어가 지나치게 미지수라는 것이다. 일반인 소년의 뜻을 이해하고 사건 해결을 향한다면 차라리 방치해서 범죄자끼리 서로 죽이기를 '기다리는' 것도 가능하지만, 본래의 흉포성을 되찾은 경우에는 그 '기다림'이 치명상이 될 수도 있다.

안티스킬 네고시에이터의 전술은 기본적으로 말을 서로 빼앗는 것이다.

자기 자신도 판 위에 던져 넣고 있는 점을 제외하면 장기와 비슷할지도 모른다.

그리고 아무리 이질적이어도 그녀의 본질은 안티스킬(경비원). 즉 개인으로서의 압도적인 힘이 아니라, 집단에 의한 압살을 중시한다. 텟소 자신의 스펙 따위는 아무래도 좋다.

"앙."

『앙.』

부글!! 하는 늪에서 거대한 가스 거품이 떠올라 터지는 것 같은 소리가 났다.

아니다. 요우엔을 둘러싸고, 활처럼 휘어지는 크림색 점액에서 무언가가 부풀어 터진 것이다.

"두♪"

『두♪』

그리고 이미 텟소는 스스로 답을 말했다. 거대한 가스 거품, 이라고.

"걸쭉☆"

『걸쭉☆』

"웃?! 치잇!!"

정전기 하나로 대폭발이 일어난다. 또 정신 나간 미생물을 사용해서 근처의 음식물 쓰레기라도 급속하게 석유화한 것일까. 게다가 그것은 그냥 무질서한 가스 폭발이 아니라 명확한 지향성을 갖고, 몇 개의 날카로운 쇳조각을 저격 같은 기세로 정확하게 날려 오기까지 했다. 물론 '분해자'와 '매개자'의 합작이다. 화살촉에 어떤 '화살독'이 발라져 있을지는 상상도 가지 않는다.

필요한 수의 말이 갖추어지지 않으면 망설이지 않고 철수할 뿐이다.

"쉿!!"

눈앞에 있는 라쿠오카 호우후의 무릎을 날카로운 힐로 걷어차 자신의 방패로 삼고, 텟소 츠즈리는 일변하여 출구를 목표로 한다. 두 발, 세 발 공기를 찢으며 날아오는 암기…로는 끝나지 않을 것이다.

"칫. 좀 더 창의적으로 손을 써서 위력을 끌어올리고 싶네."

『헤이. 헤이. 헤이. 캐비어 캔이라니 재미있어 보이는 걸 갖고 있잖아. 그거 빌려 줘─☆』

헉 그만둬 그건 앨리스가 따 준 경품인─! 하는 분위기에 어울리지 않는 외침이 있었다.

웃? 하고 텟소가 저도 모르게 몸을 비튼 순간이었다.

퍼벙!!!!!! 하고, 지금까지와는 자릿수가 다른 충격이 바로 뒤에서 덮쳐 왔다. 순간적으로 고개를 숙이지만, 뺨에 날카로운 찰과가 스치는 것을 막을 수 없다.

썩은 가스로 통조림을 안쪽에서부터 부풀려, 폭발시켰다.

아까의 일격은 변형된 통조림 뚜껑이다. 그것 자체는 아슬아슬하게 피했지만, 산탄처럼 흩뿌려진 캐비어 알이 제대로 피부를 찢는 것을 알 수 있다. 바늘이 없는 마취탄처럼.

(우선, 상처로 들어와서 어란(魚卵) 알갱이가 터졌다?!)

제대로 움직이는 것은 저격수인 베니조메 젤리피시뿐. 라쿠오카 노도카는 부작용으로 강한 졸음을 유발하는 법인 사양의 작용 대항 약품으로 반쯤 리타이어, 게다가 라쿠오카 호우후, 카아이, 요우엔 등 이형의 '어두운 부분'이 같은 공간에 북적거리기 시작했다.

다시 시작한다.

뭔가의 미생물이나 화학 물질이 급격하게 체내를 돌고 있는 것이리라. 이 세상에 만능 약은 존재하지 않는 이상, 구체적인 종류를 모르면 근본적인 제거는 불가능하다. 안경을 쓴 여성은 어질어질한 시야를 의지의 힘으로 필사적으로 누르며 말을 움직이기 위한 컨트롤러, 무선기를 꺼낸다.

(어차피 인격 파탄자인 '어두운 부분'들. 지금은 무언가의 유행처럼 하나의 방향을 보고 있는 것 같지만, 그만큼 식는 것도 빠를 거야. 뭣하면 내부에서 혼란을 일으켜서 서로 죽이게 하면…!!)

"젠장할?! 노도카, 그리고 베니조메도오! 얼른 지원하지 않으면 '피싱 텅(설화발취)'으로 그 혀를 잡아 뽑…!!"

이를 갈며 출입구를 통해 건물 밖으로 뛰쳐나간 순간이었다.

징킹!! 하고.

수직으로, 단두대의 칼날이라도 내려온 건가 하고 생각했다.

순간 텟소 츠즈리가 옆으로 구르지 않았다면 실제로 같은 효과를 만들어 냈을지도 모른다. 텟소 정도의 순발력이 없었다면, 깨달았어도 머리가 잘렸을 것이다.

그것은 방패였다.

안티스킬(경비원)이 폭도를 진압할 때 들고 사용하는, 투명한 방패다.

피한 것이 아니다, 라는 것을 뒤늦게 깨닫는다. 흉악범들을 옥죄는 '피시 텅(설화발취)'. AAA 건전지 정도의 작은 롤러에 명령을 보내는 무선기가 산산이 부서져 허공을 춤추고 있었다.

난적에 대한 치명상보다도 먼저, 우선 목숨이 쥐어진 사람들을 빠르게 해방한다.

그러기 위해서라면 기습으로 쓰러뜨릴 기회를 자신 쪽에서 내버리고, 적에게서 일격을 받을 리스크가 발생해도 전혀 상관하지 않는다.

"뭐…."

알고 있다.

텟소 츠즈리는, 특별히 폭도 진압용 방패를 전문으로 다루는 안티스킬(경비원)을 잘 알고 있다. 상대가 폭주 능력자여도 아이에게 총을 향하는 것을 싫어해, 무기보다도 방어구 취급에 뛰어난 제일선의 안티스킬(경비원)을.

"요미카와, 선배…? 어떻게."

드르르르륵, 하고.

방패 아래쪽 끝, 그 모서리로 지면을 긁으면서, 그 여성은 낮은 목소리로 이렇게 대꾸해 왔다. 그만큼 '오퍼레이션 네임 · 핸드커프스'로 끈적거리는 어둠을 뒤집어써 놓고도, 그래도 결코 스탠스를 바꾸지 않았던 안티스킬(경비원)의 목소리로.

"…어째서 내가 여기에 왔는지, 설명하지 않으면 납득할 수 없잖아?"

그게 아니다.

어째서라는 진부한 이야기가 아니라, 어떻게, 라는 구체적인 이야기를 하고 있다.

왜, 여기에 그녀가 있을까?

애초에 제7학구에서 활동하는 안티스킬(경비원) 요미카와 아이호가, 그냥 우연으로 제10학구의 쓰레기 소각 시설까지 얼굴을 내밀 거라고는 생각할 수 없다. 즉 누군가가 부족한 부분을 메웠다. 그럼 구체적으로 누가.

"베…."

생각이 미쳐, 텟소 츠즈리는 상황을 무시하고 이를 갈았다.

"베니조메 젤리피시!! 이 스쿠프 정키가아?!"

18

전에, 그녀는 이렇게 중얼거렸었다.

『…그만둬. 나한테는 선악 어느 쪽으로 갈지 선택할 자격도 없다는 거야?』

그럴 것이다. 그래도 전혀 상관없다.

붉은 차이나드레스에 카우보이모자를 쓴 미녀의 판단 기준은 애초에 선악이 아니다.

가까운 곳에서 조달해 바닥에 펼쳐 놓은 '레드타운'의 볶음밥 샌드위치와 바나나 춘권 등을 배를 깔고 누워 대충 집어먹으면서, 다.

"아하☆"

녹을 듯한 웃음을 띠며 그녀는 사냥감을 다시 움켜쥔다. 스나이퍼 라이플은 어디까지나 상황을 만들기 위한 상차림일 뿐이다.

진짜 무기는 일안(一眼) 리플렉스 카메라면 된다.

이 한 장을 찍을 수 있다면 탈주 기회 따위는 허사로 만들어도 전혀 상관없다.

아래턱? 결정적인 순간을 얻기 위해서라면, 설령 지금 여기에서 날아가게 되더라도.

"모르는 거야? 옥중에서도 집필 활동은 할 수 있어."

19

횡, 하고 공기를 찢는 소리가 났다.

검은 군복으로 몸을 감싼 텟소 츠즈리가 허리 옆에서 뽑은 것은, 뭉쳐서 한데 묶은 채찍이었다.

스턴건, 최루 스프레이, LED 스트로보, 구체 모양의 무선 스피커. 이뿐만 아니라, 텟소의 장비는 자연공원이나 서커스 등, 대형의 동물을 복종시키는 도구에 집중적으로 모여 있다.

모든 것은 흉악범을 굴복시키고, 뜻대로 조종하고, 최대 효율로 이빨을 부러뜨리기 위해.

그렇게 해서 조금이라도 무질서하게 퍼지는 희생을 억누르기 위해.

그러나 그것을 본 요미카와 아이호는 작게 한숨을 쉬었을 뿐이었다.

그리고 한 마디로 간파했다.

"…자력식 침투압 세포막 조작. 이온 채널이나 나트륨 펌프의 제

어까지 만졌다면, 근육에 대한 명령 신호 자체에 손을 대서 과잉 운동이라도 출력할 수 있는 건가? 그렇게 되면 그것도 새로운 의미로의 사이보그일지도 모르잖아. 굳이 금속을 사용해서 근육이나 골격을 바꾸는 것만이 사이보그는 아닌 셈이고."

"……."

정곡이었다.

아무리 강력한 무기로 몸을 방어해도, 애초에 실력이 없으면 뜻대로 되지 않는다. 직격시켜도 유효한 대미지를 줄 수 없다. 따라서, 이 도시의 악의와 마주하기 위해서는 우선 자신의 약함 자체를 부정해 나갈 수밖에 없다.

인간을 포기할 각오라도 없는 한, 자신의 의지로는 선택지를 고를 수 없다.

"텟소. 넌 '어두운 부분'이 미워?"

"네."

방패를 든 여자를 응시하며, 채찍을 든 여자는 딱딱하게 고개를 끄덕였다.

망설임 없이, 말한다.

"난 어둠에 떨어져 가는 사람들을 무슨 일이 있어도 꼭 구하고 싶어요. 이 도시의 아이들을 맡고 있는 한 사람의 경비원으로서 거기에 망설임이 있을 거라고 생각하기라도 하나요, 선배?"

요미카와 아이호와 텟소 츠즈리.

두 안티스킬(경비원)의 시선이 정면에서 부딪힌다.

눈을 피하지 않고 노려볼 만한 이유 정도는, 그녀도 갖고 있다.

방패의 벨트에 있는 위아래가 거꾸로 된 엠블렘. 하지만 꼭 나쁜 의미라고는 할 수 없다. 세상에는 자신이 내걸기는 황송해서, 십자가를 거꾸로 해 달라고 부탁한 성자도 있었다.

"…인간은, 부서져요. 한 번이라도 악이라고 불린 사람들은 설령 어린아이라고 해도 잠자코 있으면 멋대로 서로 부딪쳐서 소모되고 치명적인 상처를 자기 자신에게 새겨 가죠. 12월 25일. 그 '오퍼레이션 네임 · 핸드커프스'를 가까이에서 보아 온 사람이라면 누구나 그렇게 생각할 거예요."

즉, 이 도시에는 미리 자정 작용이 설정되어 있다.

악당은 악당이 죽인다.

마치 컵에 오수(汚水)를 찰랑찰랑하게 따른 것처럼, 거기에는 기묘한 밸런스가 존재한다. 선한 쪽이 무리해서 뛰어들지 않는 한, 그 컵의 내용물이 밖으로 넘치는 일도 없다.

그래서 많은 사람들은, 바로 가까이에서 괴로워하고 있는 고립자를 곁눈질로 바라보며 그냥 지나쳐 간다.

그것을 바깥에서 억지로 씻어 내려고 한 최대의 충격이 곧 '핸드커프스'였을 것이다. 정수기도 염소 태블릿도 역효과가 되었을 뿐이지만.

"네, 네, 자신 쪽에서 악당이라고 나서며 폭력을 좋아하고, 순간 순간의 이익이나 쾌락만을 위해 목숨을 던지는 그들의 입장에서 보자면, 어쩌면 웃으며 받아들일지도 몰라요. 그런 파멸적인 삶의 방식을. 하지만 나는 아무래도 그걸 그냥 흘려 보낼 수가 없었어요. 아이들을 지키는 선생이 되고 싶다. 그렇게 맹세하면서도, 이루지 못했던 많은 선배들과 마찬가지예요.”

“텟소.”

“그러니까.”

안티스킬 네고시에이터. 애초에 악과의 대화에서 재출발한 누군가는, 설령 자신이 어떤 방법을 쓰더라도 악당들에 대해 이 한 마디만은 결코 쓰지 않겠다고 결심하고 있었다.

이해불능, 이라는 만능이자 최악의 카드만은.

그들을 인간으로 취급하는 데서부터 자신을 재조립했다. 그렇게 해서 늘 마음 약하고, 완고한 선배의 등에 숨어 있던 아직 경험이 얕은 안티스킬(경비원)은, 누군가를 감싸기 위해 마침내 선두에 섰다.

“누군가가 ‘관리’를 하지 않으면 안 돼요. 악의 상한을 정하고, 폭력의 방향을 이끌고, 이 도시를 위해 환원한다. 그렇게 해서 자리를 확보한다, 이 힘은 부정당하지 않는다는 실감을 준다. 그리고 동시에, 도가 지나치면 어떻게 되는지를 이쪽에서 제시하면, 그들은 자신의 위치를 발견하고 자신을 규율할 수 있게 될 거예요. 반드시.”

등하교 때, 정해진 통학로를 지키지 못하는 아이가 있다. 학생 식당에서 줄을 서 있지 못하는 학생이 있다. 규격 외의 ‘어두운 부분’이라고 불리고 있지만, 교사로서의 눈으로 다시 살펴보면 정도의 차이는 있어도 친숙한 인물상에 지나지 않는다. 그리고 이것이 학교 바깥이라면, 지금의 교육 현장에서는 이미 버려진 야만적인 해결법이 통용된다.

이윽고, 요미카와 아이호는 낮게 중얼거렸다.

“…‘무서운 선생님’인가.”

"네. 지금은 고배를 마실지도 몰라요. 얼마든지 나를 원망하면 돼요. 하지만 언젠가, 이런 과거를 웃으며 이야기할 수 있는 때도 올 거예요. 그 기회조차 없이 지금 이 순간에 사망하게 해 버리는 것보다는, 훨씬 제대로 된 길일 거예요. 틀림없이. 설령 아슬아슬한 죽음의 가장자리까지 몰아세우더라도, 심장이 1분 이상 멈춰 버리더라도."

"하지만 그건, 라쿠오카 노도카 씨한테는 상관없는 얘기잖아."

"어라? 모르고 있었나요? 그녀가 아—주 옛날에 무슨 짓을 했는지…에 대해서는, 뭐 수사 기관의 입장에서 이야기하는 건 불공정할지도 모르겠네요. 적어도 입증 불가능한 상황은 완벽하게 만들어져 버렸던 셈이고요."

텟소 츠즈리는 이 정도로는 흔들리지 않는다. 흉악범의 화려한 색깔을 안 정도로 그들의 존재를 봉쇄하거나 하지는 않는다. 뚜껑을 막고, 어둠 같은 것으로 덮지는 않는다.

스스로 상처투성이가 되어, 미래조차 버리려고 하는 사람들을 어떻게 해도 용서할 수가 없다.

그것만 생각하고, 자신의 몸도 마음도 철저하게 개조해 왔으니까.

"범죄 가해자나 그 가족의 구제도 우리가 할 일이거든요? 사회에 대한 공헌을 촉구하고, 그 공적에 따라 부당한 배척을 튕겨 낼 만한 객관적 근거를 구축·제공한다. 적어도, 내 '네고(협박)'를 한몫 끼우면 그것만으로 미운 가해 관계자에서 불쌍한 피해자로 입장을 시프트할 수 있어요. 게다가, 자신들이 관련된 사건 이상으로 흉악한 범인을 붙잡을 수 있다면 거실이나 인터넷의 한가한 사람들은 완전히 침묵시킬 수 있어요. 제 건만이 아니라, 예를 들면 사법 거래도 그런 거잖아요?"

"그래?"

요미카와 아이호한테서는 그 말뿐이었다.

"그렇다면, 카미조 토우마는?"

"……"

"단순한 일반인이지. 그 애는, 흉악범도 그 관계자도 아닐 텐데."

이것만은, 텟소 츠즈리는 대답할 수 없었다.

요미카와는 가만히 고개를 가로젓는다.

그러나 봐주지는 않았다.

"대답할 수 없다면, 역시 넌 틀렸어."

텟소 츠즈리가 그런 것처럼, 요미카와도 말을 뒤집어쓴 정도로는 흔들리지 않는다.

그 정도의 마음으로 남의 목숨을 맡으려고는 생각하지 않는다.

"네가 그런 길을 선택한 건, 분명히 '어두운 부분'을 부러워했기 때문이잖아. 네가 지옥이 된 제7학구의 초소에서 배운 건 단 하나. 그건 피해자를 줄이기 위한 새로운 전술의 구축도, 가해자를 줄이기 위한 가치관의 전환도 아니야. …약육강식에 대한, 일방적으로 목숨을 베어 내고 다니는 쪽에 대한, 단순한 동경이잖아."

텟소 츠즈리는 특별히 고개를 끄덕이지 않았다. 아무래도 좋은 일이었다. 어떤 수단을 써서라도, 이 도시와 그곳에서 사는 사람들을 지킨다. 그렇게 생각한 시점에서 그녀 또한 어둠에 사로잡혀 있었던 것인지도 모른다.

"그렇다면, 뭐가 어떻다는 건가요?"

"……."

"그래도 난, 이 학원도시를 지킬 거예요. 그들은 어리고, 유능하고, 그리고 반성을 하지 않아요. 그러니까 언젠가 우리에서 나와서 다시 사건을 일으킬 거예요. 그리고 목적만 정해지면 자기 파괴조차 개의치 않아요. 나쁜 짓을 좋아하는 성질도 또 하나의 개성인 이상, 그렇게 간단히 인격을 무시한 선인 같은 건 될 수 없어요. 그건 이과 계열의 인간을 교육해서 문과 계열로 바꾸는 것처럼 괴롭고 어려운 길이죠. 하지 못한 채 형기를 마치고 밖으로 쫓겨나 버리는 인간 쪽이 압도적으로 많아요. 그런 그들의 미래의 살인과 파멸을 막을 수 있다면, 악과 사귀는 방법을 가르쳐 나갈 수 있다면, 나는 뭐든지 해 줄 수 있어요. 설령 자작극 사건으로 일시적인 힘을 확장하더라도."

"그래서 으슥한 곳에서 수상한 인물을 쫓아다니고, 수상하다는 이유만으로 등 뒤에서 몰래 다가가서 근처의 나무 막대로 머리라도 후려치고 목줄을 채우는 건가? 유괴나 감금의 요건은 문이 잠기는 방 안에 사람을 던져 넣는 것만으로 한정되지는 않잖아. 자신의 의지로 이탈이 불가능한 환경을 만들어 낸 시점에서, 넌 이미 길에서 벗어났어. 룰이 없는 정의는 그냥 폭력이잖아. 나한테는, 네 쪽이야말로 미래의 살인자인지 뭔지로 보여."

서로 이해할 필요 따위는 없었다. 모든 사람한테 찬동을 얻을 수 있을 거라는 그런 안이한 생각을 갖고 있었다면, 행동을 일으키기 전에 존경하는 선배도 꼬셨을 것이다. 그리고 사전에 작살이 나 있었을 것이다.

텟소 츠즈리는, 사람의 목숨이나 인생을 구하기 위한 범죄자조차 되지 못하고 썩어 있었을 것이다.

마지막은 1대 1.

안티스킬 네고시에이터의 전술에서는 크게 멀어지지만, 지금부터다.

파탄나도 좋다. 여기에서 요미카와 아이호를 사냥할 수 있다면, 전황은 극적으로 개선된다. 설령 도리에서 벗어나 있어도, 그것은 분명 많은 사람을 구할 힘이 될 것이다.

"…요미카와 선배. 당신은 아무것도 바꿀 수 없어요."
"그렇다면? 네가 눈부셔 보인다고는 생각하지 않잖아."

신호 따위는 없었다.

다만, 어느 쪽이라고도 할 것 없이 한 발짝 앞으로 나섰다.

파방!! 하고, 거기에서 단숨에 공기가 찢겼다.

거의 이아이누키(주8)에 가까웠다.

텟소의 손에서 최대 위력이라면 일격에 코끼리를 베어 죽일 정도로 흉악한 채찍이 으르렁거리고, 그러나 요미카와의 방패가 아래로 휘둘러 내려져 지면과의 사이에 물려 뜯겨 나간다.

"요미카와 선배!!"
"무기 파괴 정도로 끝날 거라고 생각하지는 않았겠지, 이만큼 요란하게 저질러 놓고!!"

망설임 없이 텟소 츠즈리는 채찍의 그립을 내던지고, 허리에서 맹수 조교용의 갈고리 달린 막대를 뽑는다.

그러나 그쪽에 주목을 모으고 있는 사이에 반대쪽 손으로 꺼내는 LEd 스트로보가 진짜다. 앞으로 쳐들어 격렬한 섬광을 연사하면서

주8) 이아이누키: 앉은 자세에서 잽싸게 칼을 뽑아 적을 치는 무술.

단숨에 거리를 좁혀 간다.

요미카와의 방패와 제대로 격돌한다.

순간 텟소는 몸을 뒤로 젖히고, 갈고리 달린 막대는 한가운데에서 부러져 있었다. 방패는 삽과 비슷해서, 가장자리나 모서리 등 힘이 집중되는 곳을 이용해 적확하게 타격하면 치명상을 가져오는 무기로 둔갑한다.

그렇기 때문에 더더욱, 텟소는 웃고 있었다.

(본래 같으면 지금의 일격으로 나 정도는 죽였을 텐데요!!)

역시 효과가 있다.

최대 100만 칸델라. 스턴 그레네이드에 필적하는 섬광의 연속.

요미카와가 갖고 있는 방패는 투명한 수지로 만들어져 있다. 본래 같으면 방패로 몸을 지키면서 시야를 넓게 확보하기 위한 것이지만, 반대로 말하면 섬광으로부터 눈은 지킬 수 없다. 눈이 보이지 않게 하는 것을 피하기 위해서는 요미카와는 얼굴을 돌리는 것 이외에 방법이 없는 것이다. 그것은 확실하게 자유를 빼앗는다.

(안녕히 가세요, 선배.)

LED 스트로보를 켜든 채, 부러진 갈고리 막대의 그립을 옆으로 내던진다. 막대한 흰색으로 시각을 뭉갠 이상, 소리의 이변에는 반드시 달려들 것이다.

사람을 상처 입힌다는 행위에 대한 망설임은, 악당을 이해하겠다고 노력했을 때 이미 버렸다.

(그 커다란 방패는 나한테도 무기가 돼요! 한 손으로 드는 일점유지는 물론, 양손으로 드는 이점유지에서도 축은 하나. 근육은 이미 부스트되어 있어요. 체중을 실어서 힘껏 구두 밑바닥으로 걷어차는

것만으로, 문으로 두들기듯이 당신의 이마 정도는 강타할 수 있어 …!!)

거기에서 예상외의 일이 일어났다.

요미카와 아이호가 투명한 방패의 각도를 살짝 바꾼 것이다.

어둠에 감싸인 폐가를 수색할 때, 절대로 해서는 안 되는 일이 있다. 눈을 못 쓰게 하는 데도 사용할 수 있는 강력한 라이트의 점등은 자신이 있는 곳을 적에게 가르쳐 주고 말기 때문에, 계속 켠 채로 이동하는 것은 엄금. 잠깐만 점등했다가 곧 끄고, 머리에 새겨진 영상을 바탕으로 실내를 이동해 갈 것. 또 이때, 결코 창이나 금속 부분을 정면에서 반사시켜서는 안 된다, 라는 것이다. 왜일까?

거울처럼 반사한 경우, 자신이 퍼부은 조명에 시력을 빼앗기기 때문이다.

"가아악?!"

"뭐 타당하군. 너랑 얼마나 같은 조를 짜고 있었다고 생각해? 거리를 두고 채찍을 휘두르는 것만으로는 나를 쓰러뜨릴 수는 없다고 생각한 너는, 반드시 접근해서 내 실력을 빼앗으러 오겠지. 나는 그냥, 실패의 체험을 불식하고 한시라도 빨리 긴장을 풀려는 널 덫에 빠뜨리면 되는 거잖아."

그 목소리는 얼음처럼 차가웠다.

요미카와 아이호는 다르다. 악한 마음을 인정하고 영합하는 정신은 받아들이지 않는다.

그럼에도 불구하고, 안전한 선인(善人)으로부터 폭력의 리미터를 넘는 이질적인 무언가를 획득했다. 그것은 분명, '핸드커프스'의 악당들보다 훨씬 일그러진 '괴물'이다.

목숨을 지킨다, 학생을 지킨다, 이 도시를 지킨다. 그것을 위해서라면 한 마디 변명조차 필요 없이.

"읏!!"

등줄기의 오한에 삼켜지지 마라.

눈을 못 쓰게 된 정도로 기죽지 마라. 반사광을 겨냥해 다리를 강하게 내지르는 것만으로 방패를 강타할 수 있다. 그렇게 하면, 요미카와는 자신을 지켜 줄 터인 방어구로 타격을 당한다.

그걸로 처치할 수 있을 거라고는 생각되지 않는다.

따라서 LED 스트로보와는 반대쪽 손으로 경봉 형태의 스턴건을 뽑는다.

확실에 확실을 겹친다.

"오오오오오오아아아아아아아아!!"

"덧붙여 말하자면."

구두 밑창의 무거운 감촉이 그대로 쑥 빠져나갔다. 방패를 앞으로 당겨 흘려 낸 것치고도 지나치게 가볍다. 긴장해서 초조함을 억누르는 텟소 츠즈리의 귀에 요미카와의 목소리가 꽂힌다.

"방패는 손으로 들고 사용하는 것만이 아니라, 지면에 찔러서도 유지할 수 있어. 즉 손을 놓아도 되잖아."

"읏?!"

놓쳤다. 하지만 요미카와가 방패를 버렸다면 무방비할 터. 강렬한 빛의 잔상이 어른거리는 가운데, 어쨌거나 텟소 츠즈리는 경봉 형태의 스턴건의 스위치를 엄지로 밀어 올린다.

파징!! 하는 둔한 소리와 함께, 무너져 떨어져 가는 것은 텟소 츠즈리 쪽이었다.

부스트된 근육의 불규칙한 움직임인지, 고압 전류 때문인지, 검은 스타킹이 저절로 찢어져 가는 것을 감촉으로 알 수 있다.

어이없다는 듯한 목소리가 날아온다.

"그리고 스턴건, 특히 측면에서 방전하는 경봉 타입은 액체와 궁합이 나빠. 스프링클러, 안개, 그리고 손바닥의 땀. 궁지에 몰리면 어딘가의 타이밍에서 뽑을 거라고는 생각하고 있었잖아. 나는 적당히 희롱하고, 널 초조하게 만들기만 하면 되었어. 텟소, 아무리 나쁜 사람인 것처럼 행동해 봐야 마음 약한 성격은 달라지지 않았잖아."

그렇다.

요미카와 아이호의 말대로일 것이다.

흠뻑 젖은 자신의 손바닥, 마음의 추함에 이를 갈면서도, 텟소는 순순히 생각한다.

어디까지 가도 자신은 경험이 얕은 안티스킬(경비원)이고, 아무리 사고방식을 바꾸어 새로운 자신을 짜 올리거나 이질적인 재능을 가진 장기말을 긁어모아도 토대 부분에서 이길 수가 없다. 안티스킬(경비원)과 안티스킬(경비원)의 정면충돌이라면, 보다 강인하고 풍부한 경험을 축적한 요미카와 아이호에게는 이길 수 없을 것이다.

여기까지라면.

하지만 텟소 츠즈리는 '무서운 선생님'이 되기로 결심했다.

설령 누구에게 원망을 받더라도, 아이들이 여는 동창회에는 절대

초대받지 않을 듯한 어른이 되더라도, 그래도 반드시 그 전원에게 미래를 향한 길을 남길 것이다. 범죄 가해자나 그 가족이라는 이유만으로 돌이 던져지는 부조리에서 사람을 구하고 말 것이다. 왜냐하면 '어두운 부분'이라는 지옥에서 실컷 보아 왔으니까. 무고한 사람들이 일방적으로 살육당할 뿐만 아니라, 그런 기술에 매달리지 않으면 살아갈 수는 없는 아이들을. 선도 악도 없다. 사건에 관련되어 버린 모든 사람들에게. 살아 있으면 좋은 일은 반드시 찾아온다는 것을 가르쳐 줄 것이다. 그 구원이 없는 '핸드커프스'를 목격했을 때. 그런 선생이 되겠다고 자신에게 맹세했던 것이다!!

자신의 목숨을 함부로 하는 악당 따위, 인정할까 보냐.

자신만 삐딱하게 굴면 만족하고 죽어 갈 수 있는 웃기는 삶을 부정할 마지막 기회다. 그러니까 '순당한 대미지' 따위로 포기하고, 이런 곳에서 쓰러질 수는 없다!!!!!!

"악."

뽀각, 빠각, 빠각, 뽀각, 하고.

한 선생이 이를 악물고 아래로 떨어져 가는 몸에 억지로 힘을 주자, 온몸에서 무언가가 삐꺽거리며 부서지는 소리가 몇 개나 울려 퍼졌다. 과잉 근력에 내분의 골격이 압박되어 분쇄골절이라도 일으킨 것이다. 드럼통에 담은 사체가, 콘크리트가 단단하게 굳을 때의 부피 변화에 의해 부서져 가는 것과 마찬가지로. 하지만 일그러진 근육만으로 몸을 지탱할 수 있다면, 아직 싸울 수 있다.

텟소 츠즈리는 아주 조금 더, '무서운 선생님'을 계속할 수 있다.

자력식 침투압 세포막 조작.

쓰러져서 의식을 놓지 않는 한, 악당이라고 경멸받으며 스스로 파멸로 질주하는 사람에게 손을 내밀 수 있다. '무서운 선생님'이 되겠다고 스스로 결심했다면, 무릎을 꿇는 약한 모습은 누구에게도 보일 수 없다.

아무리 두려움의 대상이 되어도 좋다. 누구의 추억에서 튕겨 나가도 상관없다.

여기에서 포기하지 않으면.

분명, 약해서 아무도 지킬 수 없었던 송사리도 타인의 목숨이나 인생을 건질 수 있는 선생이 될 수 있을 터.

"가아아!!!!!!"

피를 토하면서, 옆으로 휘두르듯이 주먹을 휘두른다.

시야는 돌아오지 않아서, 가장 중요한 요미카와가 어디에 있는지는 파악할 수 없다. 그리고 그래도 상관없다. 목소리의 위치에서 방향과 거리감 정도는 파악하고 있다. 공기가 진흙처럼 딱딱해지고, 마찰열로 오른팔의 소매가 타서 찢어진다. 이만한 속도와 질량이 공기를 찢으면, 공기 중의 티끌이나 먼지를 낮은 위력으로 광범위하게 흩뿌리는 조류용 모래형 산탄처럼 바꾸어 부채꼴로 빈틈없이 흩뿌릴 것이다.

(유효 사정거리는 40미터, 최대 각도는 전방좌우 150도. 요미카와 선배, 당신이 어떻게 회피하든 그 의식은 여기에서 깎아 내겠어요!!)

팡, 하고.

그런 텟소 츠즈리의 결의조차 잘려 나가는 것 같았다. 기습으로 텟소 츠즈리의 살인적인 주먹이 막힌 것이다. 주먹을 끝까지 휘두르지 못하면, 부수되는 산탄의 벽도 발생하지 않는다.

"웃?"

일순, 요미카와 아이호도 같은 테크놀로지를 사용하고 있는 건가 하고 생각했다. 아니면 텟소 자신도 모르는 미지의 장비라도 가져온 건가 하고.

하지만 아니다. 직후에 뻐걱뻐걱 하는 살과 뼈의 비명이 텟소 츠즈리의 주먹에 전해져 온다.

(설마….)

"아무것도, 사용하지 않았어? 그냥 자신의 팔을 희생해서 내 주먹을 막은 거라고요?"

"그 정도의 각오도 없이 남의 목숨을 맡을 수 있을 거라고 생각하기라도 했어, 텟소?"

그것은, 고속회전하는 바퀴나 셔프트에 팔을 물려 대형 버스를 멈추는 것과 같은 짓이다.

하지만 만일 그 버스에 많은 아이들이 탄 채 절벽 아래로 향하고 있다면, 요미카와 아이호라는 여자는 망설임 없이 몸을 던지는 선택지를 실행할 것이다.

그녀라면 한다. 누구도 아닌 누군가를 위해 납탄의 폭풍우 속으로 뛰어 들어갈 수 있는 안티스킬(경비원)이라면.

그리고 그녀라면, 팔을 하나만 쓸 수 있으면 충분할 것이다.

멱살을 난폭하게 잡혀, 발이 걸렸다고 생각했다. 직후에 텟소 츠즈리는 상하의 감각이 소실된다. 내던져졌다는 것을 깨달은 직후에 등을 강타당해 폐의 산소를 남김없이 짜내는 처지가 되었다.

아픔이라기보다, 호흡이 날아갔다.

『…네 처음이자 최대의 잘못은 말이지, 텟소.』

그래서 그것이 정말로 존재한 목소리인지, 텟소 츠즈리로서는 단언할 수 없었다.

어쨌든 의식이 어둠에 떨어지기 직전, 이런 목소리가 내려온 기분이 들었다.

『악당은 선인은 될 수 없다, 는 생각으로 아이들의 길을 포기해 버린 거잖아. …발버둥치고 발버둥치고 괴로워하다가, 그런 길에서 자력으로 벗어난 괴물을, 나는 한 명 알고 있어.』

20

간신히다.

간신히 전부 끝났다.

안티스킬 네고시에이터는 양손을 뒤로 돌려 수갑을 찬 채, 달려온 어른 안티스킬(경비원)들의 손으로 차에 태워지고 있었다. 수갑을 채운 안티스킬(경비원) 여교사도 무사하지는 않았던 모양이다. 수갑을 채우는 것을 확인한 후, 풀썩 쓰러져 가는 것을 카미조는 목격하고 있었다.

힘이 빠져 주저앉는 카미조 토우마와는 별개로, 뭔가 살과 같은

색의 체액이 주위에 떠도는 가운데 불만스러운 듯한 얼굴을 하고 있는 것은 하나츠유 요우엔이다.

"불완전 연소. …사용할 기회는 한 번뿐이고, 대부분 방어 대상인 근육 아저씨한테 직격했고."

"별로 상관없잖아. 서로 죽이는 건 적으면 적을수록 고마운 일이야."

"그만큼 사람을 부추겨 놓고! 설마 당신 기세와 기분으로 누구한테나 그런 말을 하는 거야?!"

"괴, 괴로워!! 그렇달까 무서워, 미안합니다 그 액체 이쪽으로 스멀스멀 향하지 마! 살아 있는지 죽어 있는지는 그렇다 치고 그거 소재는 인간이잖아, 평범하게 무서워!!"

"뭐야 이런 배의 도탄은 뽑아 내 주지!!"

"허거흐윽 취급이 슈퍼 성의 없어?!"

움찔움찔 팔다리를 경련시키며 카미조 토우마는 필사적으로 사죄하고 있었다. 몸이 말을 듣지 않는데도 별로 아픔이 없는 것이 오히려 무섭다.

"선생님☆"

생글생글 웃으면서 달려오는 것은 금발 소녀 앨리스였다. 작은 양손을 앞으로 뻗고, 엉덩방아를 찧은 카미조에게 얇은 가슴 부근에서부터 사정없이 껴안아 오는 앨리스의 온기에 얼굴이 묻혀 버리자, 폭력적일 정도의 안도감으로 이쪽의 의식이 완전히 칠해진다. 만 하루 완전히 밤을 새우고 나서 마시는 따뜻한 우유, 와 같은. 저도 모르게 그만 그대로 잠들어 버릴 것 같다.

"푸핫. 시, 시라이 쿠로코는 어떻게 됐어…?"

"구출 끝냈어요. 선생님이 구해 주라고 했잖아욧."

휭!! 하고 바람을 가르는 듯한 소리가 들렸다.

보니, 허공에서 나타난 트윈테일의 소녀가 어깨에 축 늘어진 초췌한 차이나드레스 차림의 미녀를 짊어지고 있었다.

"도망범, 마지막 한 명을 확보. 이걸로 심야 잔업 걱정도 없겠네요."

…어떡하지. 취급이 굉장히 성의 없다. 베니조메 젤리피시도 29일에 관련되어 있었던 이상은 뭔가 뒤에서 중요한 역할을 맡고 있었을 것 같다는 기분도 들고, 그것은 돌고 돌아 카미조 일행의 생사에 직접 얽혀 있을 가능성도 있지만, 아직 근거가 없기 때문에 삐죽삐죽 머리로서는 반론할 수 없다.

뭐, 앨리스가 제대로 시라이를 구해 내기 이전에, 하나츠유 요우엔이 모든 전력(戰力)을 결집했을 때쯤 귀뚜라미들도 파도가 물러가듯이 장소를 이동했을 거라고는 생각하지만.

"…도망치지 않을 거지?"

"그럴 필요가 없는걸."

대답한 '매개자'는, 왠지 황홀해하면서 허공을 떠도는 살의 시럽에 뺨을 비비고 있었다.

"후후후. 카아이가 있으면 나는 아무것도 필요 없어. 생활의 장소 따윈 어디든 좋아. 오히려 완전 밀폐된 독방 같은 선 안성맞춤이야. 발신기를 몸에 심을 필요도 없어, 이걸로 이제, 카아이는 어디로도 도망칠 수 없겠지. 우후후후후후후후."

『싫—어—, 요우엔은 진짜 끈적끈적하단 말이야 캬하하 세계에서 제일 기분 나빠—☆』

…카미조 토우마도 배운 것이 있다. '어두운 부분'은 억지로 이해하려고 생각하면 진다. 이것은 이런 사이 좋은 형태, 로 다른 상자에 넣어두는 강한 마음이 필요했다.

"그럼, 이걸로… 전부 끝났다. 앗—!! 어쨌든 빨리 돌아가서 샤워를 하고 싶어. 49엔밖에 없지만. 어쨌든 나중으로 돌리고 잠들어 버리고 싶어!!!!!!"

"으—음? 정말로 전부인가욧???"

하고 뭔가 걸린다는 듯 앨리스는 불만스러워 보였다.

의아한 얼굴을 하는 카미조에게, 금발 소녀는 앞치마 속에서 꺼낸 고슴도치 공을 몇 개 합쳐서 적당한 자루에 넣고는 그 위에 걸터앉아 꾹꾹 힘을 주며 이렇게 물었다.

"그럼, 그건 프릴샌드#G가 어째서 덮쳐 왔는지도 포함해서 전부예요?"

....
....
....
....

카미조는 대답할 수 없었다.

"……, 어라?"

그렇다. 그렇다. 그 '인공 유령'은 결국 무엇이었을까? 애초에 '오버헌팅'에는 타고 있지 않았다. 안티스킬 네고시에이터인 텟소 츠즈리와도 상관없다. 그럼에도 불구하고 명확하게 29일의 사건에 관여해 온 그 여자는 지금 어디에서 뭘 하고 있을까???

사건은.

…아직 29일의 어두운 구름은, 완전히는 개지 않은 것일까…?

예스라고도 노라고도 단언할 수 없다. 그리고 어중간하게 끝내 버리면, 자신의 팔을 부러뜨리며 기절할 때까지 싸워 낸 여교사의 노력도 헛된 것이 되고 만다.

대답하지 못하고 말을 잃는 카미조 토우마의 귀에, 무언가가 들렸다.

단조로운 전자음의 연속.

끼이익 하고 소년이 고개를 돌려 보니, 쓰레기 소각 시설의 부지 한쪽 구석에 오도카니 형광등 불빛이 있었다. 지금은 그리운 것이 비추어지고 있었다. 그것은 강화 유리로 사방이 덮인 공중전화다. 거기에서 집전화 같은 벨소리가 울려 퍼지고 있다.

머뭇머뭇 그쪽으로 향해, 삐걱거리는 문을 열고, 전화를 본다. 아무리 기다려도 벨소리는 멈추지 않는다. 잠시 후, 카미조는 수화기를 움켜쥐어 보았다.

귓가에 대니 목소리가 났다.

『여어.』

"…애, 액셀러레이터(일방통행)?"

의미를 알 수가 없다.

눈을 끔벅거리는 카미조는, 간신히 그 말만 쥐어짜 냈다.

"너… 분명히, 붙잡혀 있었던 거 아니야…?"

『아아. 그래서 옥중에서 걸고 있어.』

지루한 듯한 목소리였다.

『이건, 본래 너 따위가 관여할 필요가 없는 사건의 뒤처리야. 멋대로 머리를 들이밀어 놓고, 할 거라면 어중간하게 끝내지 말란 말이다 하수.』

"......"

여전했다. 전화 너머로도 까칠함이 멈추지 않는다.

『대체적인 흐름은 악마 녀석한테 모니터링시키고 있었어. 단, 대체적이야. 그러니까 지금부터 세부를 채워 갈 거다. 상관없겠지?』

지금 현재 무엇이 진행되고 있는지 이해하지도 못한 채, 카미조는 좌우간 고개를 끄덕였다. 전화인데도 고개를 끄덕이고 나서, 몸짓은 상대방에게 닿지 않는다는 것을 떠올리고 목소리로 긍정의 뜻을 전했다.

수화기 너머에서는 이렇게 나왔다.

『'오버헌팅'에서 도망친 죄수는 전부 붙잡았나?』

"으음, 하나츠유 요우엔, 라쿠오카 호우후, 베니조메 젤리피시. 제대로 전원 다 있어. …왠지 요우엔한테는 쌍둥이 여자애가 붙어 있지만."

『열차 사고의 주모자, 안티스킬 네고시에이터는?』

"텟소 츠즈리, 였나? 어쨌든 '핸드커프스' 경험자인 안티스킬(경비원) 말이지? 그 녀석도 어떻게든 붙잡았어. 그러니까 이걸로 29일의 사건은 끝나…."

『그럼 마지막이다. 키하라 하스와 프릴샌드#G의 대립은 어디까지 파악했지?』

"…어?"

카미조는 대답할 수 없었다.

그건 뭐야? 프릴샌드#G라면 몰라도, 키하라 하스…? '앨리스 때'는 안드로이드 연구자로서 이름이 나왔을 테지만, 대립이라니 무슨 뜻일까. 지금까지 나오지 않았다면, 드렌처나 비바나처럼 그도 25일 밤에 이미 죽은 게 아닌 건가???

수화기 너머에서 실망의 한숨이 있었다.

다만, 의문이 있다.

텟소 츠즈리는 흉악범과 싸우기 위해 '어두운 부분'의 악당들을 차례차례 협박해서 자신의 진영에 끌어들여 왔다. 하지만 죄수 호송 열차를 직접 사고를 일으키고 범인을 또 직접 붙잡고, 만으로는 플러스 마이너스 제로다. 무엇 때문에 전력 강화를 꾀한 것인가, 하는 부분이 꽤 엉거주춤하다.

설마.

…'핸드커프스' 관계자 중에서 방목되어 있는 자가 있는 것일까. 인공 유령 프릴샌드#G나, 또는 그 이외에도 아직. 그래서 안티스킬 네고시에이터는 싸우고, 25일 밤에 관련된 전원을 죄수로 만들어 제대로 열차에 태우기 위해서 전력을 모으고 있었다, 거나?

그러나 아무리 생각해도 프릴샌드#G의 행동 이유는 짐작도 가지 않고, 하물며 키하라 하스는 지금까지 한 번도 만나지 않았다. 다만 카미조로서는 답을 낼 수 없는 정보가 나타난 것이야말로, 오늘 이곳에서 일어나고 있는 29일의 위기에는 아직 깊고 깊은 바닥이 존재한다는 증거가 아닐까.

"그래. 애초에 그 유령으로 말하자면…."

'앨리스 때'와는 다르다. '오버헌팅'의 사고에 관련되어 있지 않다면, 프릴샌드#G는 어째서 카미조 일행에게 위해를 가해 오는 것일까?

아무리 생각해도 답이 나오지 않는다면, 사고방식이 다른 것은 아닐까.

즉.

프릴샌드#G 측에 위해를 가할 생각은 없어도, 카미조 측에 받아낼 만한 강함이 없었다고 한다면? 만일 악의나 해의가 없다면, 그 '인공 유령'은 카미조 일행의 앞에 나타나서 대체 무엇을 호소하려 하고 있었단 말인가.

『아직 구하지 못한 녀석이 있어.』

답이 있었다.

새 총괄이사장 · 액셀러레이터(일방통행)는, 분명히 이렇게 말했던 것이다.

『리사코야. 아직 발견하지 못했다면 낙제점이라고, 당장 키하라 하스로부터 구해 내.』

21

제7학구의 병원이었다.

통상의 면회와는 상황이 다르다. 하지만 이 특별 대우는 기쁘지 않다. 집중치료실의 환자는 언제 용태가 급변해 이번 생과 이별하게 될지 알 수 없기 때문에, 언제든지 면회할 수 있도록 배려받고 있는 것이다.

잠깐 자리를 떠나 있었다.

겨우 5분 정도일 것이다. 타키츠보 리코는 집중치료실의 침대를
바라본다.

아무도 없었다.

"⋯⋯, 하마즈라?"

행간 4

　어둡고 어두운, 땅 밑바닥이었다.
　그곳은 누구에게도 알려지지 않은 학원도시의 깊은 밑바닥이었다.

　속삭이는 목소리가 있었다. 아니, 그건 정말로 목소리였을까. 낮은 으르렁거림 같은 균일한 노이즈를 오래 듣고 있으면 거기에 의미가 생겨나는 것 같은 착각과도 비슷하다.
　『너는 약해. 그래서 주위에 쓸데없는 부담을 강요하지.』
　파직!! 하고. 물리적인 충격마저 섞으며, 어린 소녀의 뇌리에 많은 얼굴이 떠올랐다가는 사라진다.
　…하수도에서 만난 멍멍이는, 그 후 한 번도 보지 못했다.
　…근육투성이의 덩치 큰 남자한테서 자신을 지켜 주었을 비바나 오니구마는, 나중에 보도를 통해 사망했다는 이야기를 들었다.
　…눈앞에서 총탄에 쓰러진 드렌처 키하라 리패트리는 말할 것도 없고.
　…어두운 지하에서 자신과 소다테를 지상까지 옮겨 준 불량배 오빠도, 어른이 쏜 총에 맞아 다시는 만나지 못했다.

『앞으로도 이런 일은 계속될 거야.』

작은 양손으로 머리를 끌어안고 웅크린 소녀에게는 들리지 않는다.

또 하나. 힘이 부족해서 지기는 했지만, 소녀를 향해 쏟아지고 있는 여성의 목소리가 닿지 않는다. 드륵드륵 하는 멋없는 소리가 확실한 구원을 멀어지게 한다. 그것은 톱니바퀴와 톱니바퀴를 잇고, 사슬을 돌리는 소리.

『더 이상의 희생을 허락하고 싶지 않다면 자신을 바꿀 수밖에 없어. 리사코 군, 네가 스스로 자신을 강하게 만들 수밖에 없는 거다.』

그것은 얼핏 보면 기분 좋은 울림일지도 모른다.

하지만 그렇기 때문에 더더욱 경계해야 한다. 어쨌거나 기분 좋은 울림인지 뭔지는, 그렇기 때문에 더더욱 다소 말이 안 되어도 감정적으로 튕겨 내기가 어려워지니까.

『그러니 나를 이용해. 이 키하라가 지금부터 너를 '어두운 부분'에서도 최강의 존재로 만들어 주마.』

천연인지 인공인지는 제쳐 두고, 유령은 있다.

얄궂게도, 그것은 어린 소녀를 지키려는 프릴샌드#G 자신이 증명해 버렸다.

즉.

정말로 진짜 악인은, 고작해야 죽은 정도로 활동을 정지한다고 볼 수만은 없다.

Alice's Adventures

카미조 토우마

소녀의 선생님이니까요.
여러 가지를 가르쳐 준답니다.

일방통행

학원도시의 높은 사람이에요.

시라이 쿠로코

선도위원 언니.
공간이동을 할 수 있으니까요.

키하라 하스

나쁜 사람. 그것도 자릿수가 다르게.

리사코

미아가 된 토끼니까요.

in Wonderland

라쿠오카 호우후

탈주범.
불끈불끈 바코드예요.
포획.

하나츠유 요우엔

탈주범.
약을 쓰니까요.

베니조메 젤리피시

탈주범.
카메라 언니고요.
포획.

텟소 츠즈리

나쁜 안티스킬(경비원)이에요.
포획.

라쿠오카 노도카

고양이발 언니니까요.
포획.

프릴샌드#G

학원도시에 나오는 유령이고요.

제4장 아직 구할 수 있는 사람이 남아 있다면
Final_Exams_"Handcuffs."

1

적과 아군의 진영 따위는 아무래도 좋다. 어쨌든 '오퍼레이션 네임·핸드커프스'에 나온 이형의 테크놀로지를 전부 조합해서 죽은 사람을 부활시키자.

그것이 '앨리스 때'에 짜 올린, 지금에 와서 생각하면 바보 같은 작전이었다.

하지만 만일 도전한 것이 카미조 한 사람이 아니라면? 평범한 고등학생보다 훨씬 유능하고 사악한 존재가, 이 현실 세계에서 그것을 아주 진지하게 저지르려고 하고 있다면?

"……."

카미조 토우마는 잠시 통화가 끊어진 수화기를 바라본다.

공중전화에는 보통의 전화와 대체로 같은 기능이 갖추어져 있지만, 곤란하게도 재다이얼 버튼은 없다. 그리고 도쿄 연말 서바이벌이 한창 중, 잔금 49엔으로는 노 힌트에 왠지 모르게로 도전할 만한 여유도 없다. 슬슬 편의점의 작은 초콜릿을 모두 함께 나누어 먹거나 샐러드의 별도 판매 드레싱을 핥으며 ATM 해방까지 견뎌 내는 설산 조난급의 연말연시가 보이기 시작하고 있다.

하지만 그 키하라 하스와 리사코? 그놈들은 학원도시의 어디에 있는 걸까? 말할 것까지도 없지만, 230만 명이 살고 있고 도쿄의 3분의 1을 차지하는 학원도시는 광대하다.

(생각해 내….)

액셀러레이터(일방통행)는 답을 말하지 않고 통화를 끊어 버렸다.

이 상황에서 일부러 수수께끼 놀이를 하고 싶은 것은 아닐 것이다. 그 녀석은 그래 봬도 학원도시 최고의 두뇌의 소유자이기도 하니, 계단을 세 개씩 한꺼번에 뛰어 올라가는 것처럼 답을 끌어냈을 가능성이 높다. 눈앞에, 이미 있다. 잘 알고 있기 때문에 입 밖에 낼 것까지도 없었다. 놈의 입장에서 보자면 그뿐이다.

(제15학구나 제20학구나, 지금까지 29일의 사건에 한 번도 나오지 않은 장소는 아니야. 순순히, 내가 보아 온 것 중에 답이 있어. 게다가, 전체를 보고 있던 액셀러레이터(일방통행)는 나 이외의 움직임도 파악하고 있었을 거야. 베니조메, 라쿠오카 남매, 요우엔과 카아이, 그리고 프릴샌드#G…. 다른 놈들이 보고 들어 온 것 중에 뭔가 힌트는 없을까.)

드렌처에, 안티스킬(경비원) 여교사에, 아니면 방법은 일그러져 있어도 안티스킬 네고시에이터 여자까지. 학원도시의 어른들도 제법 쓸 만하다는 것을 가르쳐 주었다.

누구도 아닌 누군가를 위해 목숨을 걸고 싸운다.

그런 결의나 각오도 이 상황을 방치하면 도루묵이 되고 만다.

거기까지 생각하고, 문득 카미조는 얼굴을 들었다.

"…빌어먹을 맞아, 역시 프릴샌드#G가 남아."

"으음?"

카미조에게 옆에서 달라붙은 앨리스는 결 고운 금발을 흩뿌리고 앞치마 뒤의 폭신폭신한 것을 흔들며, 생글생글 웃으면서 고개를 갸웃거렸다. 여전히 반소매라도 아랑곳하지 않는다. 자, 그 액셀러레이터(일방통행)는 지금 여기에 있는 작은 그림책의 소녀도 제대로 파악하고 있는 것일까. 앨리스만은 예외적으로 빠져 있다, 라는 말을 들어도 더 이상 놀랄 생각도 없지만.

"진짜 그 녀석의 힘은 차원이 달라, 우리가 시야 구석에 넣어 버리는 것만으로 평범하게 치명상을 처넣어 오지. 뭔가 중얼중얼 말하고 있었지만 알아들을 여유조차 없었고."

정체를 알 수 없는 유령이 하는 일이니까, 로 흘려 넘기고 있던 부분도 있다.

그래서는 안 되는 것이다.

"하지만 그 녀석은 그때 어디에서 나타난 거지?"

'앨리스 때'는 각종 조건이 편리하게 흔들리고 있었으니 반드시 참고가 되지는 않지만, 거기에서는 역의 넓은 통로를 걸어다니거나, 벽을 빠져나가 옆방에서 갑자기 출현하기도 했다. 즉, 물리 법칙에는 묶이지 않는 한편으로, 어느 정도는 지도나 겨냥도의 길을 의식해서 이동하고 있는 것이다. 시라이 쿠로코처럼 텔레포트(공간이동)로 갑자기 좌표에서 좌표로 날아가는 것은 아니다.

그럼 리얼로 이야기를 돌려 보자. …지붕이 있는 버스 정류장에서 갑자기 습격을 받았을 때는?

멀리서 다가왔다면 사전에 알았을 것이다. 그렇달까, 더 일찍 카미조 일행은 쓰러져 있었을 것이다. 전후좌우, 가까운 빌딩의 벽에

서 쑥 나온 것도 아니다. 그렇다면…,

"지하야."

카미조는 그렇게 중얼거리고 있었다.

급격한 접근을 눈치채지 못했다면, 그것밖에 없다.

"프릴샌드#G는 지하에서 위를 향해 튀어나온 거야. 바다에서 떠오르듯이. 이건 라쿠오카 호우후 때도 그래. 틀림없이 하수에 있던 카아이?를 데려오기 위해서라고도 생각하고 있었지만, 그것만이 아니라면?"

찰캉 하는 단단한 금속음이 났다.

그 라쿠오카 호우후는 완전히 쪼그라들어 작은 아저씨가 되어 있었다. 달려온 안티스킬(경비원)들이 들것에 싣고 있는 것이 보인다. 어쨌든 규격 외의 근육을 힘으로 밀어내는 텟소 츠즈리와 정면에서 부딪친 데다, 옆에서 베니조메의 저격을 몇 발 맞은 것이다. 당장 이야기를 들을 수 있는 상태는 아닐 것이다.

한순간, 안티스킬(경비원)들이 그 수용 작업의 손을 멈추었다.

약의 영향으로 기절한 다른 여성의 이마에, 들것에서 일어나지 못한 채 작은 아저씨의 손바닥이 살짝 닿았다. 나누는 말은 없었다. 오빠도 동생도, 결코 무조건 칭찬할 수 있는 인생은 아닐지도 모른다. 하지만 목숨을 걸고 납탄을 뒤집어쓰더라도, 그 손으로 지켜 낸 것의 무게를 새삼 확인할 기회 정도는 있어도 될 것이다.

이윽고 안티스킬(경비원)들은 라쿠오카 호우후를 구급차에 싣고 갔다.

무엇을 생각하고 있었는지, 멀리서 보고 있던 시라이 쿠로코는 가만히 한숨을 쉰다. 그 한숨에 어떤 감정이 실려 있는지는, '핸드커프스'를 경험하지 못한 카미조로서는 상상할 수밖에 없었다.

그때,

『뭐, 지금 있는 제10학구의 지하 깊은 곳에는 '그것'이 있으니까.』

선뜻 대답한 것은, 요우엔의 주위에서 중력을 무시하고 소용돌이 치고 있는 크림색 액체였다. 그것들은 (실수로 만지면 독 대미지라 도 입을 것 같을 정도로 더러운) 물의 정령처럼 스르륵 형태를 갖추 어 쌍둥이의 반쪽으로 변모해 간다.

『나도, 요우엔도 '핸드커프스' 때는 끝까지 남지 못했지만… 그래 도 바캉스 기분으로 하수 속을 마음껏 떠다니고 있다 보면 지하의 이상한 구조를 손에 잡힐 듯이 알 수 있는걸. 하지만 분명히 부자연 스럽게 모든 지하 구조체가 피하고 있는 장소가 있어. 우리는 흥미 없었지만, 하지만 '핸드커프스'에 휘말린 많은 흉악범들에게는 거기 가 목적지였을지도.』

"뭐야…? 대체 무슨 얘기를 하는 거야???"

『그러니까.』

오히려, 액체 상태의 소녀는 깜짝 놀라고 있었다.

또 한 명의 악녀는 그대로 말했다.

『'학원도시 최대의 금기' 얘기인걸.』

하나츠유 카아이의 말에서 나온 것은 믿기 어려운 설명이었다.

그 말에 따르면, 자력으로 자원 채굴을 하지 못하는 학원도시에 서는 쓰레기의 재이용을 강하게 추천하고 있지만, 그래도 소비형 대도시에서 수입에 의존하는 균형을 뒤집을 수가 없다. 다만 그런 것치고는 바깥에서 들여오는 재료와 안에서 토해 내어지는 쓰레기의 양이 맞지 않는다. 실제로는 왠지 쓰레기 쪽이 많은 것이다. 이러면 질량 보존의 법칙에 반한다. 즉, 높은 외벽으로 둘러싸인 이 도시의 지하 깊은 곳에는 비밀의 구멍이 있고, 그곳을 통해 안팎에서 물자를 주고받고 있는 게 아니라면 숫자가 맞지 않는다.

그리고 아마 이런 구멍 전설조차도 진실을 덮어 숨기기 위한 허세일 뿐이고, '학원도시 최대의 금기'의 진짜 의미는 따로 있다.

'오퍼레이션 네임 · 핸드커프스'의 최종 도달점.

많은 악당들이 비참한 사건에 휘말려 차례차례 쓰러져 가는 가운데, 키하라 하스나 프릴샌드#G와 같은 몇 명의 엑스퍼트만이 다다를 수 있었을, 정말로 최후의 어둠. 끝났을 터인 그 사건에서 아직 무언가가 남아 있다면, 아마 거기일 것이다.

요우엔은 가만히 한숨을 쉬며,

"제10학구의 외벽 주위라면, 지하철로라도 내려가서 남쪽 끝까지 가는 게 나으려나. 카아이의 이야기에 따르면 모든 지하 인프라는 '금기'를 피하고 있는 것 같지만."

"으—음, 그렇게 복잡한 이야기일까? 프릴샌드#G와 세트라면, 옆에 있는 폐기 레저 스파의 주차장에 이동 거점을 둔 드렌처도 '금기'인가 하는 장소까지 다다라 있었을 거야. 즉 여기에서 지하로 향하면 일직선으로 목적지까지 이어져 있을 텐데."

"흠. 만일 그 녀석이 지하 통로를 묻어서 봉쇄했다 해도, 그렇다면 적당한 벽을 부숴서 질러 가면 돼. 생물 계열의 산(酸)을 사용하든, 메탄 계열의 폭발이든."

"요우엔? 잠깐 기다려, 이야기를 어디로 가져가려는 거야?"

"뭐? 어차피 또 죄수의 재이용이라도 하는 거겠지. 그럼 빨리 끝내자고. 어차피 목숨을 던질 거라면, 지금의 이 흐름을 바꾸고 싶어. 도시형 해충이나 해수는 동면하기 어렵다고는 하지만, 말해 두겠는데 12월 29일의 그것도 야간에 약품으로 유도하는 건 꽤 힘들거든?"

"……, 아니."

당연한 것처럼 말하는 하얀 가운 차림의 소녀를 보고 카미조는 새삼 생각했다.

삐죽삐죽 머리의 소년은 고개를 가로저으며,

"너희들은 여기까지면 됐어. 애초에 '오버헌팅'의 사고만 없었다면 이렇게 되지는 않았을 거야. 싸울 이유는 없잖아? 그렇다면 목숨을 던질 건 없어."

"죽고 싶어? 난 키하라 하스인지 뭔지하고는 미묘하게 관련이 있을 뿐이고 직접 만나지는 않았지만, '금기'에 다다라서 거기에서 기다리고 있다는 건, 확실히 나보다 깊은 '어두운 부분'이야. 보통의 안티스킬(경비원)인지 저지먼트(선도위원)인지를 끌고 간 정도로 어떻게든 할 수 있는 상대라고 생각하기라도 하는 거야?"

"그렇겠지. 다만 그렇다면, 안티스킬 네고시에이터와 아무것도 다르지 않잖아."

"하지만!"

말하려던 요우엔의 가느다란 어깨를 양손으로 움켜쥐고, 소년은 허리를 굽힌다.

눈높이를 맞추며 카미조는 이렇게 말을 이었다.

"…부탁해. 네가 내 목숨을 구해 준 건 이게 처음이 아니야."

"?"

뭐, '앨리스 때'의 기억은 없나.

그래도 상관없다. 소년 쪽은 작은 악녀가 해 준 하나하나를 절대로 잊지 않는다.

"더 이상 빚을 지면 역시 다중 채무로 갚을 수 없게 될 거야. 그러니까 너는, 이제 안전한 장소에 있어 주었으면 좋겠어."

하얀 가운 차림의 작은 소녀는 잠시 침묵하고 있었다.

하지만 거기에서 분위기를 파악하지 못하는 여자아이가 가늘게 떨기 시작한다.

『앗, 아까까지 근육남을 구하기 위해서 힘을 빌려 달라고 당당하게 말했던 주제에, 저 요우엔이 잔금 49엔 자기 파산 직전인 형편 없는 남자의 겉만 번드르르한 말에 맥없이 흔들리고 있어…. 좋아, 그거 굉장히 좋아!! 눈앞에서 요우엔이 적당히 속아넘어가서 첫사랑 모드로 몸도 마음도 끈적끈적해지는 것에 어쩔 도리가 없는 나라든가, 이, 이게 새로운 불륜의 세계? 그런 거 지금까지 맛본 적이 없는 종류라서 강하게 강하─게 영혼이 더럽혀질 것 같은 예감인 걸 꿀꺽!!』

"시끄러워 카아이!! 누, 누가 첫사랑 모드로 적당히 속아넘어간 다고?!"

"자기 파산이 아니고!! 그렇게 무서운 가능성을 지껄이지 마!!"

카미조가 몸짓으로 저지먼트(선도위원) 시라이 쿠로코를 부르자 트윈테일의 여중생은 이렇게 말했다.

"요미카와 씨는 부목으로 팔을 고정하고 실려 갔고, 안티스킬(경비원) 여러분은 이곳에 남을 모양이네요. 현장 보존도 해야 하고 해충인지 해수인지의 격리와 구제, 그 외에는 한 번은 붙잡았던 죄수들한테서 눈을 뗄 수도 없어요. 저는 지금부터 지하로 들어가서 잔업이에요."

"알았어. 그럼 지금 당장 '학원도시 최대의 금기'인지 뭔지로 향하는 건 우리 둘인가?"

"소녀도웃☆"

앗 치사해!! 하고 옆에서 카미조에게 외친 요우엔을 한 손으로 제지하고, 두통을 참는 듯한 얼굴로 시라이는 중얼거리고 있었다.

"당신도 당신대로 그냥 일반인이잖아요? 총에 맞았을 텐데!"

"하지만 지금 갈 수 있는 건 우리밖에 없잖아…? 악당이라고 해서 목숨의 위기를 강요하는 건, 이제 슬슬 질렸어. 나도 갈래. 스스로 납득할 수 있는 29일을 이 손으로 만들어 줘야지."

"에에이!!"

결국 보고 있을 수 없게 된 것인지, 요우엔이 시험관의 고무마개를 엄지로 튕겼다. 순간, 카미조의 배 한가운데에서 무언가 뜨거운 덩어리가 꿈틀거린다. 총상을 입은 부근이다.

"무독(無毒)한 곰팡이의 일종이야. 상처에 얇은 막을 치는 정도지만, 그대로 내버려두는 것보다는 낫겠지?"

"곰팡이…."

"필요 없다면 에탄올로 닦아서 제거하면 되지만, 아마 당신 그 타이밍에 상처가 전부 벌어져서 죽을 거야."

그런 대화를 보고 있는 시라이 쿠로코는 꽤 진심으로 어이없어하는 것 같았다. 요우엔 본인일까, 아니면 본래 같으면 손을 댈 수 없을 악당과 어려움 없이 대화를 계속하고 있는 카미조를 향해서일까.

"…역시 죄수들과 함께 여기에서 기다렸다가, 많은 안티스킬(경비원)에게 보호받는 게 제일이지 않을까요?"

"무슨 소리야, 나는 나를 아무리 이용해도 괜찮아."

"…왠지 모르겠지만, 이 말이 모든 일그러짐의 중심인 것처럼 보이는 건 저뿐인가요…???"

진심으로 지긋지긋하다는 듯이 한숨을 쉬는 시라이 쿠로코지만, 강하게 제지해 오지는 않았다. 어디까지 가도 중학교 1학년생. 본인에게 그 자각이 있는지 어떤지는 제쳐 두고, 아직 보지 못한 '금기'인지 뭔지에 혼자서 들어가는 건 역시 저항이 있는 건지도 모른다.

프릴샌드#G에 키하라 하스. 이번의 '어둠'은 요우엔보다도 깊다고 보증을 받은 셈이고.

다행히 지하로 향하는 계단은 여기저기에 있다.

"…갈까요."

"응."

2

지하철역의 계단을 내려갔을 때, 벌써 허둥댄다.

뭔가 이상하다, 하고 카미조는 꿀꺽 목을 울리고 있었다.

아직 '학원도시 최대의 금기'인지 뭔지에는 도달하지 않았다. 예전에 드렌처는 여기에서 '금기'까지 직접 향했을지도 모르지만, 그렇다고 해도. 카아이나 요우엔의 이야기로는 어느 정도 지하를 남쪽으로 나아가고 나서 벽을 폭파해야 비로소 발을 들여놓을 수 있다, 는 것일 텐데.

미지근했다.

단순히 바깥 공기에서 차단된 지하로 내려왔기 때문, 만은 아닐 것이다. 어딘가 곰팡이 냄새가 나는 쉰내도 있어서, 정체를 알 수 없는 거대 생물의 구강에라도 들어온 것 같은 기분이 된다.

"있잖아…."

"뭔가요?"

"여기는… 평범한 지하철 역, 이지? 아직."

벽에서 자동 개찰구가 돋아나 있다.

들어갈 수도 없는 개찰구 옆을 이상하다는 듯이 지나 안쪽으로 나아가자, 애초에 바닥이 콘크리트에서 대리석으로 바뀌어 있었다. 고급 백화점의 지하에서 하수도, 마지막에는 동굴이나 광산 같은 철골로 보강된 울퉁불퉁한 암벽까지 매끄럽게 직결되어 있다.

방금 전까지와는 다른 무언가가 일어나고 있다. 카미조 일행이 변화의 발단을 모르는 이상, 그것은 전혀 다른 장소에서 이루어지고 있을 것이다.

예를 들어 프릴샌드#G라든가, 키하라 하스라는 수수께끼의 연구자라든가.

"이봐 이봐 이봐…. 광산? 학원도시의 지하에 이런 게 있었어???"

"'금기'는 자원 부족을 해소하기 위해 몰래 재료를 들여오고 내보내는 비밀의 구멍이라는 얘기였는데, 의외로 제한된 지하의 광물 자원을 사용하지 않고 모아 두고 있는 건지도 모르겠네요. 아니면 급속하게 동물 사체의 석유화를 진행하는 약이라도 산포하고 있는 걸까요."

"논리는 알겠어, 학원도시의 어딘가에는 그런 게 있을지도 모르지. …하지만 '이곳'에서 기묘한 추상화처럼 근처 통로와 이어져 있는 건 역시 이상하잖아…?"

"뭔가의 실체화, 일까요? AIM 버스트(환상맹수), 와는 달리 생물 계열은 아닌 것 같지만, 하지만 성질은 꽤 비슷한 기분이 들어요."

AIM. 그 울림에 카미조도 연상되는 것이 있었다. 능력자의 몸에서 새어 나오는 미약한 힘인 AIM 확산역장의 집합체인 한 소녀, 카자키리 효우카다.

(그렇다면….)

꿀꺽 하고 목을 울리며, 카미조는 새삼 주위를 둘러보았다.

(이게, 전부?)

학원도시 최대의 금기. 확실히, 그렇게 말할 만한 것은 있는 것 같다.

카미조가 지하 터널을 경유해서 제10학구에 들어간 것은 '앨리스 때'다. 그러니 그다지 의지는 되지 않는다. 다만, 그 전제가 있어도 카미조는 이렇게 생각하고 만다.

전에 왔을 때는 이 정도가 아니었다. 그렇다는 것은, 무언가의 계기가 있어서, 이 일그러짐은 가속적으로 기세를 늘리고 있나?

지하는 원래 지도 어플리케이션의 서포트 바깥에 있고, 의지가 된다고도 생각되지 않는다. 이렇게 되면 이미, 의지할 것이라곤 할 아버지 스마트폰의 디지털 방위 자석뿐이었다. 어쨌거나 남쪽으로.

지하 공간 자체는 그물망처럼 퍼져 있지만, 실수로 옆길로 벗어나면 두 번 다시 지상으로는 올라갈 수 없을 것 같은 기분이 든다.

또각또각뚜벅, 하고.

구두 뒷굽으로 지면을 울리는 듯한, 딱딱한 소리가 균일하게 울려 퍼졌다.

별생각 없이 소리가 나는 쪽으로 시선을 준 시라이 쿠로코가 슥, 하고 바로 아래로 무너져 떨어져 가는 것을 알 수 있었다. 무언가를 본 것만으로 무릎에서 힘이 빠진 모양이다. 그리고 그 현상은 본 적이 있다. 카미조는 의도적으로 얼굴을 돌린 채, 양손으로 힘이 빠진 소녀를 안고 가까운 기둥 그늘로 몸을 숨긴다. 평소에는 의식하지 않지만 인간 자체는 꽤 무겁다. 모래 자루라도 끌고 가는 것 같은 기분이었다.

"프릴샌드#G!!"

대화는 없다. 그 편이 고마웠다. 저 인공 유령에게 해칠 뜻이 있는지 없는지는 제쳐 두고, 애초에 인간에게는 자극이 지나치게 강하다. 상대를 보아 버리느냐 아니냐, 만이 트리거라고도 할 수 없다. 저쪽에서 부주의하게 말이라도 한 번 걸어오면 그대로 의식이 날아갈지도 모른다.

적어도 이매진 브레이커(환상을 부수는 자)로 무엇을 때리면 대미지가 사라져 줄 것인지 눈에 보이면 방법이라는 것이 있지만, 이렇게까지 애매한 치명상이면 때리는 형태로 가져갈 수가 없다.

"부탁이야, 좀 더 억눌러 줘!! 우리는 당신을 받아들일 수 있을 정도로 강하지 않아!!"

또각또각뚜벅, 하고 노크 같은 발소리가 다시 울린다. 위기감 제로의 앨리스는 분명히 기둥 그늘에서 삐져나간 채 생글생글 웃고 있었다. 앞치마 뒤의 하얗고 동그랗고 폭신폭신한 것을 귀엽게 흔들면서. 저주니 세균이니 안쪽에서부터 좀먹는 것은 (원래부터 땅속에서 살고 있는 두더지를 생매장해서 죽이려고 악전고투하는 레벨로) 맞아도 전혀 신경 쓰지 않는 아이는 칭찬해 칭찬해 광선을 마구 쏘고 있다. 반소매에서 엿보이는 상박에는 땀도 소름도 없고, 오히려 빛나고 있었다.

"선생님, 저 괴물 떠나가는 것 같아요."

"…저건 '따라와'일까? 아니면 '위험하니까 물러나'일까???"

"어느 쪽일까요."

카미조는 의아하게 생각하면서도 의미불명의 고열로 축 늘어진 시라이 쿠로코를 부축하며 기둥 그늘에서 몸을 내밀었다. 이미 프릴샌드#G는 없다. 하지만 어둠 속에서 또각또각뚜벅 하는 딱딱한 소리가 더욱 이어졌다.

"역시 저거, 따라와, 인 것 같아."

"어째서인가욧?"

…발을 묶고 싶다면 당장 전원 쓰러뜨려 기절시켜 버리면 되기 때문이다. 프릴샌드#G라면 아마 그것이 가능할 것이다. 유일하게, 정정당당하게 정체불명인 앨리스 어나더바이블을 제외하면 확실하게.

다리에 힘이 들어가지 않는 시라이 쿠로코를 부축하면서도 카미조에게는 의문이 있었다.

"그렇다고 해도, 드렌처라든가 피험자 아이들? 과 함께 생활하고 있었잖아. 저런 살상력으로 동거를 할 수 있는 거야…?"

"으—음. 처음에는 이렇지 않았던 건지도 모르고요."

앨리스는 느긋하게 자신의 턱에 검지 끝을 대며,

"애초에, 이 공간은 대체 뭔가요?"

"뭐냐니."

"그러니까, '학원도시 최대의 금기'는 제10학구? 의 벽 가에 있는 셈인데. 그게 무엇이든, 이런 곳까지 퍼져 있는 건 아니고요. 즉 원래 있던 '금기'가 아니라, 뭔가 망가져 버린 건?"

"…그러니까 지금 무슨 일이 일어나고 있는 거야?"

"글쎄요? 다만 여기가 평범한 곳이 아닌 건 확실해요. 선생님의 짐작대로 안내 역할을 자청하고 있는 거라면, 저 괴물은 그런 것도 깊이 알고 있지 않을까요?"

동물의 귀와 비슷하게 돌돌 말아올린 머리카락을 손끝으로 만지작거리면서 앨리스도 고개를 갸웃거리고 있다. 이 이상한 지하 미궁은 프릴샌드#G가 '학원도시 최대의 금기'인지 뭔지를 건드렸기 때문에 이렇게 되어 버린 걸까?

아니면, 그것 이외의 붕괴 원인이 존재하는 걸까?

애초에 '만난 것만으로 죽는' 규격 외의 프릴샌드#G는 카미조 일행에게 무엇을 시키고 싶은 걸까. 액셀러레이터(일방통행)로부터의 뉘앙스적으로는 키하라 하스에게서 리사코를 구하라는 이야기가 나왔었지만, 저만한 살상력을 가진 프릴샌드#G도 쓰러뜨릴 수 없는 적이라는 게 있을까?

의문이 그대로 형태를 얻은 것 같았다.

또각또각뚜벅, 하는 딱딱한 소리를 따라 안쪽으로 나아간다. 원래 지하에서는 쓸 수 없는 지도 어플리케이션은 굳어져서 움직이지 않는다. 스마트폰의 디지털 방위 자석도 확인하지만, 남쪽으로 향하고 있는 것은 틀림없다. 그럼에도 불구하고, 아무리 한쪽 방향으로 걸어도 끝이 보이지 않았다. 안내역이 없어도, 이만큼 걸었으면 벌써 학원도시 바깥까지 뚫고 나가 버릴 것 같은데….

"윽…. 꼭 1994년의 초광속 여행 같군요."

부축해 주고 있는 시라이 쿠로코가, 신음하면서 고개를 가로젓고 있었다.

모르는 이론이 나왔다.

"20세기 말에 어떤 물리학자가 진지한 얼굴을 하고 세운 워프 이론이에요. 한 번 공간을 줄이고 나서 그 일그러짐을 한 걸음 만에 뛰어넘고, 공간을 원래대로 되돌리면 줄어들었던 융단을 잡아당겨 늘리듯이 광속의 상한을 무시한 이동이 가능하다는 건데요…."

시라이 쿠로코가 몹시 잘 아는 것은, 자신도 '텔레포트(공간이동)'라는 능력을 쓰기 때문일 것이다. 자신과는 다른 사고방식에 대해서도 한바탕 훑어 두고 싶다고 생각한 것일까.

"말하자면, 여기는 그 반대. 이 공간은 무언가의 힘을 뒤집어쓰고 구깃구깃하게 뭉쳐진 전단지 같은 상태가 되어 있는 것은 아닐까요. 그러니까 걸음수를 세어서 한 방향으로 나아가는 것만으로는 목적지에 다다를 수 없어요. 겉으로 보기에는 한 걸음만큼의 폭일 뿐이라도, 구깃구깃하게 말려 버리면 도쿄의 3분의 1이나, 아니면 그 이상의 거리가 통째로 응축되어 있을지도 모르니까요."

"이봐…. 우리는 프릴샌드#G한테 어딘가로 안내되고 있는 게 아니었어?!"

"누가 그런 말을 했나요?"

아니, 프릴샌드#G 자신은 안전하게 안내하고 있다고 생각할지도 모른다.

하지만 한편으로, 앨리스는 이 공간이 망가졌다고도 했다.

즉,

"지금 여기에서는, 우리를 지키고 싶은 의지와 배제하고 싶은 의지가 서로 다투고 있다는 거야…?"

"프릴샌드#G 이외의 제삼자가 이 자리를 지배하고 있는 건지, 아니면 그녀 안에서 심리적인 대립이 발생한 건지는 알 수 없지만요."

하지만 무엇으로부터?

그것은 저렇게 절대적인 힘을 가진 프릴샌드#G가 타인의 손을 빌리려고 하고 있는 것과도 관련되어 있는 것 같다는 생각이 든다.

광산처럼 울퉁불퉁한 지면에, 경계를 촉구하는 전광 게시판이 놓여 있었다.

거기에는 오렌지색으로 이런 글씨가 흐르고 있었다.

『어째서, 나만 살아남아 버리는 거야…?』

카미조는 고개를 갸웃한다. 유령은 살아남는다는 말을 쓸까? 광산을 빠져나가니 청결하고 커다란 역의 통로가 기다리고 있었다. 같은 간격으로 늘어서 있는 기둥에는 활처럼 구부러진 광고용 액정 디스플레이가 붙어 있었다.

그 하나하나에 누군가의 웃는 얼굴이 비추어져 간다. 목소리는 저 유령의 것이 아니다.

또는, 골든 리트리버.

『멍멍이는, 하수도에서 헤어진 후에 한 번도 보지 못했어….』

또는, 비바나 오니구마.

『날 구해 준 언니는, 뉴스 방송에 사진이 나오고 있었어. 죽어 버렸다고.』

또는, 드렌처 키하라 리패트리.

『오빠는 눈앞에서 총에 맞아 죽었어.』

또는, 하마즈라 시아게.

『나랑 소다테를 지상까지 데려가 준 불량배 오빠도, 마지막에는 ….』

떨리는 목소리는 앨리스와 같거나, 더 어릴 정도인 소녀의 통곡이었다.

카미조는 그 전원을 알고 있는 것은 아니다.

알고 있었다고 해도, '앨리스 때'가 어디까지 의지가 될지도 확실하지 않다. 예를 들면 드렌처 키하라 리패트리. 인공 유령의 뇌격 관련으로 가끔 뇌리에 새겨지던 그것은 과연 진실이었을까, 앨리스의 변덕이었을까.

그 답도 분명히 여기에 있다.

악당에게서 악당으로 연결되어 가듯이 도움을 받은, 리사코를 쫓아가면.

'그들'은 결코 선인이 아니었을지도 모른다. 그늘 쪽이 어울리는 자들이었을 것이다. 하지만 '핸드커프스'의 큰 혼란 속에서, 악당의 가슴에 남아 있던 희미한 양심이 확실하게 욱신거렸던 것이다. 최악의 25일에 희롱당할 뿐인 어린 목숨을 발견했을 때, 자신의 목숨도 돌아보지 않고 저도 모르게 손을 내밀어 버릴 정도로는. 도망치라고, 살라고, 그것을 위한 기회를 만들어 주겠다며 웃어 주고 싶었던 것이다.

그것만으로 자신의 목숨을 걸 수 있는 사람들이었다.

낳은 결과는 어찌 되었든, 거기에는 악당이라고 불리더라도 자신을 관철한 당사자들이 스스로 선택한 의지가 있다. 그러니까 도움을 받은 리사코가 마음을 쓸 필요는 어디에도 없다.

그런데도.

『그러니까, 더 강해져야 해.』

바직!! 하고. 청결한 통로의 조명이 전부 떨어진다. 캄캄해진 세계에서, 마치 프로젝션 매핑처럼 커다란 벽 한 면에 영상이 표시된다.

고개를 숙인 채 입술을 깨무는 어린 소녀와, 그 주위를 날아다니는 인공 유령.

『이제, 아무도 상처 입히지 않을 거야. 그렇게 말할 수 있는 힘을 원해. 소다테를, 유령 언니를, 모두를 내 약함으로부터 지켜야 해. 어떤 방법을 써서라도….』

그런 벽의 글씨에 반론하는 존재가 있었다.

프릴샌드#G는 외치고 있었다.

그건 아니라고, 어둠에 빠져 버리면 아무 의미도 없다고. '핸드커프스'로 흩어져 간 목숨은, 너를 거기에서 끌어내기 위해 웃으며 목숨을 건 거라고.

하지만 닿지 않는다.

그렇게 절대적인 힘을 갖고 있을 터인 프릴샌드#G는, 그런데도 작은 소녀의 귓가에 목소리를 전달할 수조차 없다.

왜일까.

악몽의 종결을 바라지 않고, 안전한 출구로 이끄는 구원의 목소리를 차단하는 존재가 있기 때문이다.

『히힛, 아하하. 네 목소리는 리사코 군에게는 닿지 않아. 애초에 '핸드커프스' 때도, 인공 유령인 너는 이 공간과 궁합이 나빠서 나한테 졌잖나? 그러니 닿지 않지. 내 목소리밖에 닿지 않아! 그때도 사랑하는 청년을 지키지 못했던 것처럼 말이야!! 기히하하하!!!!!!』

야비한 노인의 웃음소리였다.

하지만 말을 토하는 입은 어디에도 없을 터였다. 소리가 나는 곳은 소녀의 손 부근. 어린 양손으로 안고 있는 것은, 너무나도 투박한 전기톱일까.

가륵가륵가륵바륵바륵!! 하는 고막을 찢는 폭음의 연속이, 그 안쪽에서 목소리 같은 무언가를 배어 나오게 하고 있는 것이다. 균일한 노이즈를 계속 듣고 있으면, 어느새 거기에 의미가 있는 것은 아닐까 하는 망상에 사로잡혀 가는 것처럼.

『레트로한 울림이지? 하지만 파괴에 필요한 게 들어 있어.』

또 하나.

리사코와는 별개로, 흐릿한 그림자가 바싹 붙어 있었다.

전기톱을 사이에 두고 맞은편에 서 있는 그림자는, 마치 신랑신부가 케이크라도 자르는 것처럼 하나의 날을 공유하고 있다. 어쩌면 이 투박한 전기톱이야말로 산 자와 죽은 자를 연결하는 흉기로 기능하고 있는 것일까.

이런 것은 이미 인간이라고는 부를 수 없다.

영원히 깨닫지 못하는 리사코를 사이에 두고, 프릴샌드#G와 악의 있는 말을 흩뿌리는 무거운 흉기는 서로 노려본다. 그렇다, 저 인공 유령을 상대로 노인은 정면에서 부딪치고, 그리고 팽팽하게 맞서고 있었다.

『닿지 않아.』

비웃는 듯한 말이 있었다. 흐릿한 노인의 그림자에서, 가 아니다. 입은 움직이고 있어도 소리가 나는 곳은 따로 있다. 어린 리사코가 위태롭게 양손에 들고 있는 흉포한 동력 기관에서다.

끼릭끼릭끼릭끼릭!! 하고. 고속 회전하는 날에, 더 흉악한 무언가가 깃든다.

『네 말은 닿지 않아. 지금의 리사코 군에게는 논리 이외의 말은 통하지 않아. 그게 아무리 잔혹해도, 논리적인 파탄이 없으면 거기에는 일정한 이해가 생겨나고 마는 법이니 말이야.』

『웃.』

『정연한 논리를 주관적으로 근거가 부족한 감정만으로 튕겨 내는 건, 받아들이는 측에 몹시 폭력적인 인상을 주지. 그리고 폭력이란 '핸드커프스'에 희롱당한 리사코 군이 가장 싫어하고, 멀리하고 싶어하는 것이 아니겠나?』

『키하라… 하스!!』

리사코가 안쪽에서부터 마음의 문을 열어 주면 1초 만에 원만하게 수습될 텐데, 그렇게 되지 않는다. 발생 예측이 어려운 타인의 감정 그 자체를, 취급하는 방법에 따라서는 폭력의 방아쇠가 될지도 모르는 그 힘을, 어린 소녀 자신이 거부하고 있으니까.

감정 그 자체는 결코 나쁜 것은 아닐 텐데도.

논리는 안정적이고 감정은 폭발의 상징? 그럴 리가 있나. 논리의 폭주를 막는 요인으로서 누구나 갖고 있는 당연한 상냥함이나 따뜻함이 크게 공헌하고 있다는 것은, 학원도시에서 살고 있으면 금방 알 만한 것이다. 만일 세계가 논리만으로 가득 메워져 있다면 더 차갑고 잔혹한 나날이 펼쳐지고 있었을 것이다. 드렌처 키하라 리패트리는 그런 것과 싸우기 위해, 이익을 우선하는 학원도시를 속여서라도 피험자 아이들을 계속 모아 오지 않았던가.

『인공 유령인 너를 참고로 해서 자신의 의사를 복원해 보았지만, 나는 여러 가지로 세부가 달라. 예를 들어 '학원도시 최대의 금기'가 가져오는 오작동을 제어하고 있는 것도 그중 하나. 그리고 어느 정도는 물건을 잡을 수 있는 것도. 다만 이 방법으로는 너와는 달리, 자신을 유지한 채 '금기' 밖으로 나가면 고압 전류가 폭주해서 도시째 불타 버리는 것 같더군. 나로서도, 가까이 간 데서부터 귀중한 실험 기구가 차례차례 망가져 가는 건 슬퍼. 그럼 괜찮은 몸이 필요해지지.』

『그걸 위해서, 리사코를…!!』

『그런 진부한 얘기가 아니야.』

애초에 리사코는 어떻게 여기까지 온 것일까.

키하라 하스는 이곳에서 움직일 수 없다면, 그가 억지로 끌고 들어왔다고는 생각할 수 없다.

25일을 살아남고.

그래도 무언가를 납득할 수 없어서.

살아남지 못한 사람들의 잔재라도 주워 모으려다가 이런 곳까지 내려오고, 그리고 터무니없는 몬스터와 마주치고 말았다. 그런 느낌일까?

그렇다면, 마치 고인을 애도하며 성묘를 하러 온 사람에게 괴한이 반쯤 재미로 무기를 휘두르는 것만큼 뒷맛이 나쁘다.

『뭐 사람에게서 사람으로 차례차례 빙의해 가는 성질을 획득하는 것도 재미있을 것 같지만, 그런 건 제5위쯤이 몸을 버리면 실현할 수 있을 것 같지 않나? 이쪽은 죽어도 썩어도 '키하라'의 한 사람, 좀 더 세계에 꿈을 주고 싶단 말이지.』

꽝이니까, 빗나갔으니까, 틀렸으니까, 리사코의 목숨은 위협받지 않는다.

아니.

같은 전기톱을 공유하는 이 노인은 그렇게 만만한 존재가 아니다.

'앨리스 때'에 이런 인물은 나오지 않았다. 즉 그런 것이다. 항상 초월해 있던 그 앨리스도 무방비하기 짝이 없는 카미조에게서 전력으로 멀리 떼어놓으려고 했던 누군가. 현실에 있는 모든 인생의 막다른 길이, 이 한 점에 모여 있다.

부릉부릉 하는 굵은 엔진 소리가 사람의 목소리를 정확하게 착각시킨다.

『그러니까 리사코 군에 대해서는, 작업을 마칠 때까지 내가 자신을 유지할 시간을 번다는 정도일까. 아무래도 지금의 나는, 단독으로는 파괴력이 지나치게 큰 것 같거든. 끝까지 유지될지 어떨지는 알 수 없지만, 뭐, 원래 연구를 위해 준비된 피험자잖아. 실컷 써 주지. 기힛, 기힛, 히히히아하하하하하하하하하!!』

프릴샌드#G는 그저 그곳에 서 있는 것만이 아니다.

카미조는 처음으로 보았을지도 모른다. 그 '인공 유령'이 오른손을 권총 모양으로 하고, 명확한 의사를 갖고 무언가를 노리고, 적의를 부딪쳐 가는 순간을.

그래도 키하라 하스는 태연한 얼굴을 하고 있었다.

'핸드커프스' 때도 프릴샌드#G를 쓰러뜨린 것처럼 노인은 말했다. 흐릿한 그림자는 웃으면서 전기톱에서 한 손을 떼고는 교차하듯이 자신의 오른손을 내밀고, 그리고 권총 모양을 만들었다.

『너로는, 이길 수 없어.』

『악?!』

『그러니까 전부 나한테 맡기면 돼 네가 통째로 삼킨 이 '금기'에 대해서도, 네가 아직도 지키려고 하고 있는 취약한 목숨에 대해서도, 전부.』

빛도 소리도 없었다. 하지만 분명히, 보이지 않는 실 같은 것이 끊어졌다. 프릴샌드#G의 몸이 급속하게 '학원도시 최대의 금기'에서 멀어져 간다. 그녀는 필사적으로 팔을 뻗지만, 가장 깊은 어둠의 밑바닥에 오도카니 남겨진 리사코는 그것을 눈치채지 못한다.

바로 저기에서, 이를 악물고라도 구해 내려고 하고 있는데도.

아무것도 눈치채지 못한 채, 어린 소녀는 이렇게 중얼거린 것이다.

『이번에는, 내가 유령 언니를 지키는 거야.』

영상을 훅 흩트리듯이, 넓은 통로를 하얗고 강한 조명의 빛이 메워 간다.

역시 아직 끝나지 않았다. 그리고 지금 움직일 수 있는 것은 카미조 일행뿐이다.

지금부터 학원도시가 어떻게 되어 갈지는, 분명 이 사건에 걸려 있다.

"이상해…."

카미조 토우마는 낮게 중얼거리고 있었다.

부정하는 목소리는 어디에서도 나지 않았다. 무언은 모든 것을 긍정해 주었다.

어둠에 의문을 내뿜고, 집요하게 남아 있는 이 도시의 부조리에 맞서려는 자의 목소리를.

"이런 거 이상하잖아, 틀림없이."

리사코는 분명히 상태가 이상했다. 바깥에서 주입되어 있었다.

왜 논리적으로 옳으면 그 외에는 전부 차단당할까? 감정을 근거로 하는 것이 허락되지 않을까?

초대국(超大國)이 핵미사일을 서로 들이대던 냉전도, 과학과 마술이 정면충돌한 제3차 세계대전도, 오티누스가 농담 반으로 이 세계를 부수었던 '궁니르(주신의 창)' 사용 때도. 단순한 차갑고 무기질적인 논리뿐이었다면, 이런 세계는 이미 옛날에 멸망해 그대로 내던져졌을 것이다.

세계가 멸망하는 것은 무섭다. 소중한 사람을 지키지 못하는 것은 괴롭다. 세계를 뒤에서 조종하는 거물이 밉다. 평소와 똑같은 내일이 오기를 기다리기 위해, 지금만은 용기를 내고 싶다.

있는 힘을 다해 그렇게 생각하는 감정이, 뭐가 나쁘단 말인가?

논리로 설명할 것까지도 없는 일은 얼마든지 있는데.

사람은 어째서 웃는 거야? 마음은 어째서 보이지 않아? 별님은 왜 많이 있는 거야? 새삼 논리만으로 설명하려고 하면 옴짝달싹도 못 하게 되는 문제도 많이 있는데.

"그렇게 말하고 싶어도, 할 수 없었어. 아무리 소리쳐도, 어둠 밑바닥까지 이끌려 들어가서 외톨이로 계속 헤매는 리사코에게는 닿지 않았어. 빌어먹을, 이게 유령의 '미련'의 정체인가…."

지금 이대로는 죽어도 완전히 죽을 수 없다. 그런 원동력을 알았다.

…인공 유령 프릴샌드#G가 싸우는 이유가 겨우 발견되었다. 역시 '앨리스 때'와는 다르다, 내가 내가 하며 싸우고 있는 것이 아닌 것이다. 이미 죽어 간 사람들의 마음을 존중하고, 아직 살아 있는 어린 목숨을 지키려고 하고, 하지만 그것이 불가능했다. 그래서 다른 사람의 손을 빌릴 필요가 있었다. 어떻게 해서라도.

'오퍼레이션 네임 · 핸드커프스'.

카미조는 그 전모를 모른다. 본래 같으면 이곳에 설 자격 따위 없었을지도 모른다. 하지만 그날 자신의 모든 것을 걸었던 사람들의 행동과 아슬아슬하게 구할 수 있었던 작은 목숨을, 시시한 비극의 추가 인화로 전부 한꺼번에 짓밟으려는 빌어먹을 놈이 아직 어둠 깊은 곳에서 웃고 있다.

정말로, 겨우 발견한 것이다. 끈적거리는 어둠의 밑바닥에서 계속 발버둥치는, 마지막 한 사람을.

하지만 아직 거리가 있다.

'핸드커프스'는 끝나지 않았다. 누군가가 비극을 잘라 내지 않는 한, 종결되지 않는다.

"……,"

카미조 토우마는 지금까지 부축하고 있던 시라이 쿠로코를 가만히 떼어놓았다.

"있잖아, 이대로는 아무리 시간이 지나도 목적지에 다다를 수 없다고 했지. 프릴샌드#G의 의사에 상관없이, 이 공간이 망가졌으니까."

"네."

"그리고 그건, 본래의 공간이 구깃구깃하게 뭉쳐진 상태에 가깝기 때문이라고 했어."

"그렇다면 어떻게 할 건가요?"

카미조는 말없이 통로에 줄줄이 늘어선 기둥 중 하나를 마주했다.

별로, 어디든 상관없었다. 소년은 강하게 오른쪽 주먹을 움켜쥐고,

"이렇게 해 주지."

힘껏, 눈앞의 환상을 후려쳤다.

3

쿵!!!!!! 하고.

4

한순간의 현기증 후, 카미조 토우마는 모르는 장소에 서 있었다.

마치 오래된 시대의 콜로세움 같다. 원형의 거대한 공간에 같은 간격으로 콘크리트 기둥이 서 있었다. 그리고 중앙에는 열차의 턴테이블. 거기에서 시계의 문자판처럼 열두 방향으로 선로가 뻗어서 어둡고 어두운 터널로 빨려들어간다.

'학원도시 최대의 금기'.

'오퍼레이션 네임 · 핸드커프스'의, 끝의 끝.

옆에는 시라이 쿠로코도, 앨리스 어나더바이블도 없었다.

구깃구깃하게 뭉쳐져 있던 공간을 원래대로 되돌린 것이다. 겉으로 보기에는 바로 옆에 서 있었다 해도, 주름을 편 순간에 멀리 떨어진 장소로 날아가 버린 것인지도 모른다. 그게 어디든, 우선 '학원도시의 지하'인 것에는 변함이 없을 것 같지만.

그러니까.

정면에 서 있는 작은 그림자는 그런 동료들이 아니다. 더 위험한 성질을 가진 무언가가, 일그러짐에서 해방된 공간에서 기다리고 있었다.

하얀 가운을 입은 노인이었다.

아마, 이곳에 있어서는 안 될.

그 양손에 들고 있는 것은 150센티미터를 넘는 거대한 전기톱이다. 프릴샌드#G의 안내 속에서 본 영상에서는 어린 리사코가 움켜쥐고 있었을.

싫은 느낌이 들었다.

카미조 토우마는 낮은 목소리로 물었다.

"…리사코는 어떻게 했지?"

『뼈까지 먹어 버렸다.』

끽!! 하고, 카미조의 어금니에서 이상한 소리가 울려 퍼졌다.

성실한 인간의 분노가 우스워서 견딜 수가 없다. 그렇다는 듯이, 키하라 하스는 어깨를 떨며 웃는다.

『그냥 농담이 아니야. 뭐야, 29일을 헤매며 걷고 있는 사이에 '핸드커프스'의 잔재에 중독되었나? 그놈들이라면 그 정도는 저지를지도 모른다, 고.』

몸을 꺾으며 한바탕 웃고, 그리고 나서 키하라 하스는 손가락을 하나 세웠다.

아니, 아니다.

머리 위를 가리킨 것이다. 높디높은 천장. 아니면 '정규 수순'에 따라 지하로 내려왔다면 최하층에 다다르기 전에 똑똑히 보였을지도 모른다.

뭔가, 도롱이벌레 같은 것이 매달려 있었다. 아니, 그것은 천장에 매달려 있는 너무나도 작은 사람 그림자다.

『특별히 의미는 없어.』

심플을 극한까지 추구한 최악의 악취미가 갑자기 꽃피었다.

이 이상의 모독이 있을까.

너무나도 어안이 벙벙해서, 하마터면 카미조는 오른쪽에서 왼쪽으로 흘려 버릴 뻔했다.

　『높이는 550미터. 이 지하 공간은 천장까지 뚫려 있어서 천장은 이미 지상 부분에 있지만, 어디에서 더듬어 가도 직결된 길은 없어. 그리고 내 지배색이 강한 '금기'의 중심에서는 유령이라 해도 벽을 통과할 수는 없다. 즉 카 내비게이션을 헤매게 만드는 것과 마찬가지로, 리사코 군을 구하려고 하는 프릴샌드#G 군은 가장 짧은 길을 찾아 영원히 헤매고 말지. 불사(不死)와 불사. 나와 프릴샌드#G 군은 정면에서 진심으로 충돌하면 어느 쪽이라고 하기도 전에 장소 쪽이 무너져 버릴지도 모르거든. 이런 불안정한 '금기'로 그런 임계 부하를 걸고 싶지는 않아. 지금은 아직.』

　"……"

　『뭐, 그녀는 초조하겠지. 공회전을 하면 할수록 리사코 군을 빼앗기고 있다고 확신할 거야. 이런 지하 따위 아무리 파고 들어가 봐야 목적하는 것은 손에 들어오지 않아. 내가 손을 뻗고 싶은 건 하늘 위인데, 큭큭.』

　사실인지 아닌지는 판단할 수 없다.

　그리고 키하라 하스가 이 타이밍에 농담을 해서 분위기를 누그러뜨리려 할 거라고는 생각할 수 없다.

　즉,

　(…적어도, 당장 대답하고 싶지 않을 만한 '무언가'가 있어.)

　우선 짐작한 후, 또 카미조는 한 발짝 내디뎠다.

　두려워할 이유가 있을까.

　"이곳에 올 때까지 보아 온 것과 달라. 어째서 갑자기 방침을 바꿨지?"

『이런, 이런. 보여 준 건 프릴샌드#G 군인가? 아니면 내 무의식에서 새어 나간 걸까. 이 카키키에 터널은 유령과 궁합이 나쁘니까, 뭐, 원래는 리사코 군의 귓가에서 속삭여서 편리하게 조종할 생각이었는데.』

그것이 불가능했기 때문에, 무언가가 어긋났다.

어쩌면 '금기'가 급격하게 퍼지고 있는 것도 이 방침 전환이 이유인지도 모른다.

『부끄럽게도 애를 먹고 말아서 말이야, 저래 봬도 꽤 끈질겨. 소다테가, 유령 언니가 슬퍼하는 일은 할 수 없어―라는 말을 되풀이하니 성가셔서 말이지. 귀찮아서 입을 다물게 해 버렸어.』

웃기는 말을 들었으면 충분했다.

뚝 하는 소리는, 카미조가 송곳니로 자신의 입술 끝을 찢은 소리일까.

소년의 안쪽에서 자신의 심장이 소리친다.

이제 이유 따위는 필요 없다. 누구도 아닌 누군가를 위해 싸워라. 새로 태어난 학원도시는, 카미조 토우마가 사는 장소는, 그런 도시여야 한다. 고.

탕!! 하고.

오른쪽 주먹을 움켜쥔 카미조 토우마가 망설임 없이 앞으로 달린다.

드릉!! 하는 굵은 엔진 소리가 응답했다. 키하라 하스가 전기톱의 끈을 세게 당기자, 두껍고 짧은 날이 빼곡히 돋은 자동차 체인과 비슷한 사슬이 흉포하게 고속 회전을 시작한다.

(그래서 뭐….)

졸아들려고 하는 자신의 심장에, 카미조 토우마는 용기를 붓는다.

한 발짝 더, 강하게 내디딘다.

(내가 받았어, 리사코. 설령 네가 한 마디도 입 밖에 낼 수 없는 상태라고 해도, 악의 있는 다른 입으로 멋대로 폭로된 진실이라고 해도. 소중한 사람을 슬프게 하고 싶지 않다, 그 일념만으로 반편이 유령을 부정하고 물리친 마음은 이 내가 확실하게 받았어. 그러니까 이제, 뒤로 물러나거나 하지는 않아!!)

그렇다, 상대는 키에 필적하는 거대한 전기톱을 갖고 있다. 확실히 일격을 받으면 즉사 확정. 게다가 아마 이매진 브레이커(환상을 부수는 자)도 통용되지 않을 것이다. 하지만 그 길이와 무게는 취할 수 있는 공격 수단을 한정하는 것도 확실하다. 유령이라고 해도 이놈들은 제대로 두 발로 걷는 것 같고.

옆으로 휘두르거나, 비스듬하게 어깨에서부터 휘둘러 내리거나.

어느 쪽이라 해도, 오른손으로 난사하듯이 전기톱을 들고 있는 이상, 왼손으로 휘두르기가 어려운 것은 사실.

그리고 놈은 유령.

그 이야기에 매달린다면, 그럭저럭 이매진 브레이커(환상을 부수는 자)가 파고들 여지가 있다!!

"네놈!!"

카미조는 고함치며 행동으로 나선다.

당연히, 불편한 거리라고 해도 키하라 하스는 전기톱을 휘두를 것이다. 이 경우는 옆으로 휘두르는 것이 정답. 하지만 그것을 알고 있다면 카미조 쪽에서 포석을 칠 수도 있다.

구체적으로는, 발치에 떨어져 있던 비닐봉지를 차 올렸다.

전기톱은 확실히 흉악한 무기지만, 회전 방향은 항상 일정. 그리고 비닐봉지는 얇지만, 찢긴다 해도 깨끗이 없어지는 것은 아니다. 천이 한 장 물려 버리면 전기톱의 날은 멈출 터!!

그렇게 생각하고 있었다.

그러나,

『안 이해.』

(빌어먹을… 뭔가 있나?!)

노인의 비웃는 듯한 목소리와 함께, 카미조는 거의 몸을 꺾으며 뒤로 몸을 쓰러뜨리다시피 급브레이크를 걸었다. 실패한 림보 댄스처럼 등에서부터 콘크리트 바닥에 내동댕이쳐지지만, 바로 위를 전기톱의 날이 수평으로 휘둘러져 지나간 것을 생각하면 이래도 단연낫다.

아니, 전기톱만이 아니다.

파직!! 하고. 노인의 피부에 닿은 비닐의 파편이 부자연스러운 희푸른 불꽃과 함께 튕겨 날아갔다.

『덧붙여 말하자면.』

"읏!"

『이건 단순한 충고인데, 그 이매진 브레이커(환상을 부수는 자)로 나를 소멸시키려고는 생각하지 마라. 기본적인 구조는 프릴샌드#G 군과 다르지 않아. 뭐 카키키에 터널과의 궁합 문제를 이쪽에서 조정할 수 있도록 몇 가지 기능을 껐으니, 그런 치사성은 버릴 수밖에 없었지만.』

잠자코 있어도 희미하게 낮은 대전(帶電) 소리를 울리는 노인은 더욱 웃으며,

『즉 하이볼티지 커팅법은 전기적으로 설명할 수 있는 물리 현상. 섣불리 만지면 그쪽의 몸이 뼈까지 타고 살이 찢어질걸? 뭐 가동 중인 변압기를 맨주먹으로 파괴할 용기가 있다면 시험해 보m

쿵!! 하는 둔한 소리가 작렬했다.

무시하고 카미조 토우마가 주먹을 찔러 넣은 굉음이었다. 당연히, '과학적으로 설명되어 버리는 유령'에게는 이매진 브레이커(환상을 부수는 자) 따위 통하지 않는다.

"그래서 어쨌다는 건데."

『……,』

카미조 토우마는 그 근처에 떨어져 있던 덕트테이프의 굵은 롤을 세게 움켜쥐고 있었다. 수지 테이프는 절반 정도가 사정없이 튕겨 날아가 녹아 있다.

"…오른쪽 주먹이 통하지 않는다. 그 정도로 일일이 제자리걸음을 할 거라고 생각하기라도 했나? 이렇게까지 당하고. 지금도 바로 저기에서, 25일 밤을 살아남은 리사코가 죽은 사람의 손으로 부조리하게 괴롭힘을 당하고 있다고 하는데."

갑자기 쓸 수 없게 된 덕트테이프의 롤을 옆으로 내던지며, 카미조는 방심하지 않고 주위에 시선을 준다. 전철 정비에 사용하는 것일 여러 가지 공구나 세정 도구 등이 아무렇게나 굴러다니는 턴테이블 내에는, 아직 쓸 수 있는 물건은 얼마든지 굴러다니고 있다.

무시무시한 하루였다.

지금까지 자신이 얼마나 이 도시의 어둠으로부터 보호받아 왔는지를 통감할 정도로.

'앨리스 때'는 엉망진창이었다. 하지만 거기에서 아무것도 배우지 못한 것은 아니다. '매개자' 하나츠유 요우엔은 이렇게 말하지 않았는가. 어스는 강하다. 뇌나 심장에 전기가 달려 올라가지 않는 한, 사람은 그렇게 쉽게 감전사하지 않는다, 고.

돌아온 현실 쪽도 공포 덩어리였다. 하지만 조심스럽지 못하게도, 거기에서 마주친 텟소 츠즈리나 라쿠오카 노도카에게 감탄할 때도 있었다. 그녀들은 부족한 자신을 메우기 위해서라면 무엇이든 했다. 예를 들어 자신의 주먹을 보호할 도구를 장착한다거나.

카미조 토우마는 그저 막연하게 이곳에 서 있는 것이 아니다.

이 녀석과 달리, 적도 아군도 힘껏 살아남기 위해 싸워 왔다.

가장 깊숙한 곳, '학원도시 최대의 금기'에 도달하기까지의 길은 헛되지 않다.

그러니까 끝내 줘.

이곳에 오기까지 있었던 모든 걸 사용해서 마지막 적을 쓰러뜨려.

"때리라고 한다면 얼마든지 해 주지…. 어려운 이야기는 모르지만, 당신은 전기에 지탱되어서 안정을 유지하는 존재잖아. 수지가 튕겨 날아가 증발했을 때 몸이 조금 흔들렸지. 다음은 철이나 알루미늄으로 시험해 줄까? 아니면 액체나 분말이라면 어때? 그 몸에는, 뭔가 지탱할 수 없게 되는 상한 같은 게 있어! 그렇다면 얼마든지 해 주지. 일일이 머리 같은 걸 쓸 필요도 없어, 이런 건 트럼프에서 신경 쇠약으로 꽝을 계속 뽑는 거나 마찬가지야. 스스로 몸을 던져서 한 점의 조건을 찌르는 것만으로, 겨우 그것만으로!! 네놈의 손에서 확실하게 리사코를 구할 수 있으니까 말이야앗!!!!!!"

『칫, 순사(殉死) 마조 놈이이!!』

처음으로, '인공 유령'인 키하라 하스 쪽이 피하는 동작을 했다.

절연이나 어스 외에, 소위 말하는 작은 새와 전선도 이용할 수 있다.

전기는 더 저항이 낮은 쪽으로 흘러간다. 경로가 여럿 있고, 사람의 몸보다 효율적으로 흘러가는 도선(導線)과 병렬의 관계를 만들 수 있으면, 아슬아슬하게 죽음은 면할 수 있다. 방법을 생각하면 싸울 수 있다.

고압 전류에만 맡겨 둘 수 없다고 생각했는지, 이번에는 키하라 하스 쪽에서 명확하게 나온다. 상단으로 쳐들고 나서 휘둘러 내린다. 전기톱에 대해서는 소년 쪽이 이를 악물고 오기를 관철해 봐야 노인에게 대미지는 가지 않는다. 그저 몸이 갈기갈기 찢길 뿐이다. 그렇게 되면 리사코도 구할 수 없다. 혀를 차며, 카미조는 일단 뒤로 뛰어 물러난다.

각, 각각가가가가가가가!! 하고.

고속 회전하는 날이 튀어오르는 것까지 이용해서, 키하라 하스 쪽에서 더욱 추격해 온다. 조금이라도 닿으면 배가 물려 살도 뼈도 너덜너덜해지고 만다.

"칫!!"

『한 번은 네 오른손에 지워져 버렸지만, '금기'는 항상 폭주 상태에 있어. 그리고 하이볼티지 커팅법을 지탱하는 문명 전지(電池)에서는 대도시가 만들어 내는 산성비를 이용해서 전원을 확보하지. 지금은 합승하고 있을 뿐이지만, '금기'라는 도시 바깥까지 이어지는 구멍 터널을 이용해서 학원도시의 기계나 재료를 내보내는 것만으로, 전세계의 기술 레벨이나 경제 상황은 통째로 장악할 수 있어. 공장이나 차량의 가동 상태는 이쪽에서 자유롭게 간섭·관리할 수 있게 되는 거지.』

"......?"

거리를 두고, 몸을 일으키고, 카미조는 의아한 얼굴이 되었다.

왜 여기에서 추격이 오지 않을까?

그렇게까지 해서라도 카미조의 의식을 다른 데로 돌리고 싶은 '무언가'가 있는 걸까?

『말했지? 지하를 파도 아무것도 손에 들어오지 않는다, 내 목적은 하늘 위에 있다고. 자석과 자석은 한쪽만이 일방적으로 잡아당기는 것이 아니라, 서로 영향을 미친다. 별을 덮는 자기권과 땅속을 흐르는 용암이 만들어 내는 지자기(地磁氣)의 관계에서도 말이지. 지구 전역의 하늘을 정밀하게 조종함으로써, 간접적으로는 지구의 중심핵에까지 영향은 미칠 수 있게 돼. 이 별이 자기를 띠고 있는 건 지구 내부의 마그마의 흐름이나 중심핵의 운동이 거대한 발전기로 기능하고 있기 때문이야. 거기에까지, 전기적 에너지의 덩어리, 유령인 내가 손을 뻗을 수 있다면?』

'인공 유령'이라고는 해도, 프릴샌드#G와는 세부가 다르다고 키하라 하스는 말했었다. 실제로, 이 녀석을 직접 보아도 카미조가 피를 뿜으며 쓰러지는 일은 없다.

그래서 당초에는 리사코를 이용할 생각이었다, 고도.

『나는, 다이나모설(說)과 자신을 접속할 거야.』

여기까지 하고도, 아직 멈추지 않는다.

이 노인은 눈앞의 흥미에 대해서, 타인을 해쳐서라도 탐욕스럽게 흡수하려고 한다.

『지구의 중심핵을 파괴하지 않으면 멸망시킬 수 없는 존재가 될 거다. 지금은 정밀 가공하기에는 약간 속도가 너무 빠르지만, 뭐, 리사코 군의 협력이 있으면 조정해서 길들이기 위한 시간은 벌 수 있어. 같은 하이볼티지 커팅법을 사용한 프릴샌드#G 군과의, 끝없는, 진흙탕화된 불사의 싸움에 빠지지 않는다면 말이야.』

(이 녀석….)

정말로 별생각이 없는 말이었다.

근처 슈퍼에서 달걀을 싸게 판대, 정도의 감각.

키하라 하스라는 연구자에게 있어서, 이것은 비장한 소원 같은 것이 아니다. '앨리스 때'는 안드로이드 연구의 일인자 같은 느낌으로 이름이 나왔으니, 애초에 인공 유령은 전문이 아닐 터.

즉.

근처에 떨어져 있는 것을 적당히 조합하면 손이 닿을 것 같으니 우선 주워 두자. 그 정도의 감각으로 사람의 존엄을 짓밟고, 별의 중심에까지 손을 뻗으려고 한다. 죄책감 따위는 전혀 느끼지도 않고, 개인도 세계도 흙발로 엉망진창으로 만든다.

대단한 목적도 없이 남이 소중히 여기는 것을 짓밟고, 모든 감정을 파괴당한 얼굴을 보고 그저 웃는다.

이 녀석은 틀림없이 그런 극악이다.

(…지금이라면 알 수 있어. 드렌처 키하라 리패트리. 나는 당신

과는 한 번도 만난 적은 없지만, 그래도 확실하게 널 이해할 수 있어! 어째서 당신이 죽은 사람이 살아 돌아오지 않는 이 세계에서, 하나밖에 없는 자신의 목숨을 내던지면서까지 '어두운 부분'에 떨어진 아이들을 건져 올릴 그릇을 만들려고 했는지!! 그래. 확실히 이런 건 절대로 내버려둘 수 없어. 이 녀석은, 이 최악이기 짝이 없는 악은, 이쪽이 상상할 수 있는 비극의 한계 따위 가볍게 뛰어넘었어!!)

『거기까지 해 버리면, 뭐, 강도(强度)상으로는 나 자신이 파열해서 이 도시를 완전히 불태우는 일 없이 '금기' 바깥을 자유롭게 돌아다닐 수도 있게 되겠지. 모처럼 불사가 되어도 실험 기구를 만지려고 할 때마다 파괴해 버려서야 역시 당해 낼 수가 없거든. 생각지 못한 형태로 영원이 굴러들어왔지만, 그럼 남은 시간은 어떻게 쓸까. …이 별의 무엇도 벌하지 못하는 존재가 될 수 있다면, 우선 질릴 때까지 내 연구를 계속해 보게 될 거라고 생각하긴 하지만.』

그리고 또 비극과 악취미가 펼쳐져 갈 것이다.

이 녀석이 이렇게 존재하는 한, 끈적거리는 어둠은 사라지지 않을 것이다.

'오퍼레이션 네임 · 핸드커프스'는, 언제까지나 영원히 계속되고 말 것이다.

할 말은 하나밖에 없었다.

높디높은 천장에 매달려 흔들리고 있는 리사코는 아직 죽지 않았다. 그녀에게는 가능성이 있다. 소중한 사람을 상처 입히고 싶지 않다며 스스로 고통을 받아들인 소녀와 같은 장소에 있는 것이다. 그것을 강하게 생각할 수 있다면, 카미조에게는 이것밖에 없었다.

즉,

"아니, 내가 끝낼 거야. 오늘 여기에서, 이 도시의 인간이 너를 막을 거다…!!"

『키하라』를 보면, 말뿐이라면 누구든지 하지. 이룰 수 있었던 자를 본 적은 없지만.』

부릉부릉부릉부릉!! 하는 처절한 소리는 더욱 기세를 더한다.

쳐든 오른쪽 주먹은 너무나도 허약해서, 눈앞의 노인에게 실소를 살 정도였다.

그래서 어쨌다는 거냐.

이 녀석이 아무리 자신을 커 보이게 하려고 해도, 카미조 토우마는 1밀리도 흔들리지 않는다. 어린 리사코는 방금 전까지 여기에서 혼자서 고독하게 싸우고 있었다. 프릴샌드#G의 말은 닿지 않아도, 키하라 하스에게 차단되어도, 그래도 어둠의 밑바닥의 밑바닥에서 '키하라'의 말을 자신의 힘만으로 튕겨 냈다. 다른 사람을 상처 입히는 일은, 친한 사람들을 슬프게 만드는 일은 절대로 할 수 없다고 딱 잘라 말했다. 드렌처나 프릴샌드#G가 가르치려고 했던 올바름은 무사히 닿았고, 결코 꺾이지 않았다. 그 쾌거는 누구도 부정하게 놔두지 않을 것이다. 그리고 이 악의 망자를 쓰러뜨리지 않는 한, 천장에 부조리하게 매달린 어린 소녀는 구할 수 없다.

승패 조건 따위는 그것만 알면 충분하다.

리사코라는 소녀를 구해 내라.

1초라도 빨리.

'앨리스 때'와는 다르다. 한 번 죽어 버린 사람은 아무리 모든 방법을 써도 더 이상 돌아오지 않는다. 하지만 29일에 그 발자취를 좋아감으로써 보였던 옆얼굴도 있었을 것이다. 학원도시의 어둠에 떨어져 가는 아이들을 건져 올리기 위해, 또는 우연히 마주친 소녀를 내버려두지 못하고 손을 내밀며. 차가운 세계의 이치로는, 그것은 비효율적이고 정답이 아니었을지도 모른다. 그래서 가장 합리적이고 안전한 길을 고를 수 없었던 '그들'은 생존의 레일에서 탈선해 버리고, 그 결과 상처입고 쓰러져 살아남지 못했던 것이리라.

하지만.

비바나에 드렌처. 악당이라고 경멸받던 사람들이 대가를 바라지도 않고 실행한 그 삶의 모습은, 바깥에서 보고 들은 단편 정도로도 확실히 카미조 토우마의 가슴에 새겨져 있었다.

'핸드커프스'에서는 서로 적이었을 터. 하지만 그늘의 악당들이 저도 모르게 배턴을 넘기는 형태로 모처럼 구해 낸 리사코의 목숨이 정체를 알 수 없는 망령의 심심풀이를 위해 소비되고 깎여 나간다는 바보 같은 이야기는, 절대로 '그들'이 바라고 있었던 것이 아니다. 그렇게 단언할 수 있을 정도로는.

내버려둘 수 있을까, 이런 최악의 29일을.

이제, 구하는 것은 리사코 한 사람만이 아니다. 어린 그녀를 구하기 위해 모든 방법을 동원하고, 한 번은 사건의 어둠에서 끌어 올렸던 모든 사람들의 마음이 보답받느냐 아니냐. 지금은 그런 싸움을 하고 있는 것이다.

그렇다면,

(저런 전기톱이 뭐라고⋯.)

순식간에 조준을 정했다.

가장 무서운 데부터 도전하라. 어둠에서 눈을 돌리는 것은, 이제 그만두자.

(해야 할 일은 달라지지 않아, 방해를 한다면 이 손으로 빼앗아 주지. 유령을 어떻게 쓰러뜨리느냐 하는 문제도 남아 있지만, 정말로 저 녀석이 나로서는 어쩔 수 없는 존재라면 키하라 하스는 전기톱 따위 휘두르지 않아. 즉, 뭔가 있는 거야. 이 턴테이블의 어딘가에, 전기적으로 만들어진 유령인가 하는 걸 쓰러뜨릴 구체적인 방법이!!)

말로 하는 것은 간단하지만 물론 목숨을 거는 일이다.

하얀 가운을 입은 노인이 들고 있는 전기톱은 그것만으로 살상력의 덩어리. 성냥처럼 가느다란 몸은 무게와 진동에 휘둘리고 있지만, 그 때문에 움직임도 예측이 되지 않는다. 접촉 이퀄 즉사인 상황에서의, 불안정한 발걸음. 검도나 펜싱의 달인과는 또 다른 무서움이 있었다.

이번에는 노인 쪽에서 공격해 왔다.

두 번, 세 번 위태로운 움직임으로 몸째 전기톱을 휘두르는 키하라 하스에게, 카미조는 뒤로 물러나면서 떨어져 있던 대걸레를 차올려 움켜쥔다.

(전기톱은 강력하지만, 가솔린 엔진으로 움직이고 있어. 연료 탱크를 쳐서 흔들면 기포가 생겨서 엔진 고장을 일으킬 수 있을 거야. 애초에 세로로 가로로 휘두르느라 찰박찰박 가솔린을 흔들고 있는 시점에서 불안정화되어 있기는 하고!!)

논리는 맞을지도 모르지만, 어쨌거나 상대는 진짜 전기톱이다. 칼날은 평범한 식칼이라도 무서운데, 저런 파괴력 덩어리를 정말로 누를 수 있을지 어떨지는 미지 중의 미지.

그렇게 생각하고 있었을 때였다.

직, 하고.

하얀 가운을 입은 노인이 아래로 내린 전기톱의 날이, 콘크리트의 지면과 살짝 접촉했다. 눈동자에 어두운색을 띤 본인에게 의도가 있었는지 어떤지도 확실하지 않다. 자칫하면 그 자신의 발 바깥쪽부터 말려들어갈지도 모를 정도로 무방비한 동작이다.

그 직후의 일이었다.

폭발했다.

대량의 불꽃과 함께 스테인드글라스처럼 콘크리트 지면이 깨지고, 대량의 산탄이 되어 덮쳐 온 것이다.

"악…!!"

순간 두 팔을 크로스해서 얼굴을 지키는 것 이외에, 카미조는 아무것도 할 수 없었다.

몸 여기저기에 자갈만 한 크기의 덩어리가 차례차례 꽂히고, 두 발의 신발 밑바닥이 지면에서 뜬다. 일순 후, 카미조의 몸이 바로 뒤로 날아간다.

뒹굴거리면서도 카미조는 어금니를 꽉 깨물었다.

(뭐야 지금 그거…. 단순한 전기톱이 아니야?!)

『히힛.』

그륵그륵 하고 폭력적인 소리를 울리는 원흉을, 소년은 방심하지 않고 노려본다.

『기히히, 이히이히히히히!! 키하라라는 이름을 쓰는 이 내가, '평범한'으로 끝낼 거라고 생각하기라도 했나?』

저 노인이 뭔가 하고 있다. 전기톱의 예리함만으로 설명할 수 없다면 역시 학원도시의 능력인가? 의문도 갖지 않고 거기까지 생각하고, 나중에 카미조는 흠칫했다.

어째서 노인——즉 어른 인간——이 능력을 쓸 수 있는 걸까? 유령이란 그렇게까지 룰을 무시하고 리미터를 뛰어넘을 수 있기라도 하다는 걸까?

(쫄지 마….)

훅, 하고 짧게 숨을 내쉬고, 카미조는 억지로라도 사고를 전환했다.

오른쪽 주먹을 고쳐 쥐고, 자기 자신에게 확인을 하듯이 짧게 끊고는 생각한다.

(멈추지 마, 생각을 계속해!! 꽝을 뽑는 건 나쁜 일이 아니야. 저렇게 어린 리사코는 혼자서 이 녀석을 이겼어. 성가시게 했다, 고 최악의 '키하라'에게 인정하게 하고 마지못해 작전을 바꾸게 할 정도로!! 그렇다면, 고등학생인 내가 압도당하고 있을 때냐. 저 작은 몸으로 이렇게 열심히 한 거야, 조금은 새로운 이 도시에도 희망이 있다는 걸 보여 줘야지!!)

키하라 하스의 능력에 대해서는 자세히 생각하고 있을 시간은 없다. 어쨌든 지금은, 자그마한 노인이라고 우습게 볼 수 없을 만한 무언가가 있다는 것만 기억해 둘 수밖에 없다. 이러고 있는 지금도, 가동 중인 전기톱을 양손으로 움켜쥔 채 몸을 좌우로 흔들며 키하라 하스는 이쪽으로 다가온다. 금속 레일, 콘크리트 기둥, 묶여서 놓여 있는 비닐 로프 다발. 여러 가지 것들에 부주의하게 접촉할 때마다 오렌지색 불꽃이 흩뿌려지고, 튀어 날아간 파편이 고속으로 카미조를 향해 발사된다.

마치 작은 폭탄 같다.

"젠장…!!"

물론, 이 상황에서 오른쪽으로 왼쪽으로 흔들흔들 휘둘러지는 전기톱의 엔진을 맨손으로 움켜쥐고 스위치를 끄는 일은 어려운 일 중에서도 어려운 일일 것이다. 설령 온몸을 빈틈없이 쇠로 만든 갑옷으로 덮고 있어도 양단되는 것이 고작이다. 엔진 고장을 노리는 게 낫지만, 대걸레로 몇 번 연료 탱크를 때리면 기포가 생길지는 계산할 수 없다. 그런 것에 목숨을 맡길 수는 없다.

여기에서 지면, 자신은 물론 리사코도 살 수 없다.

허공에 매달려 있는 것도, 그 덕분에 콘크리트 조각의 산탄이나 오렌지색 불꽃의 유탄을 뒤집어쓸 걱정은 없다고 플러스로 생각해라.

팔에 감은 비닐 시트를 풀어서 버리고, 카미조 토우마가 순간 움켜쥔 것은 세제 병이었다. 캡을 열어 수지로 만들어진 통을 힘껏 짜면, 물대포 대신 정도는 될 터.

해야 할 일은 달라지지 않는다고, 그렇게 말했다.

(가솔린 엔진이라면 반드시 바깥에서 공기를 받아들여서 연소시키고 있을 거야. 진흙이든 비든 세제든 좋아, 어쨌든 떨어진 장소에서 끈적거리는 액체로 흡기구를 막으면 엔진은 알아서 멈출 거야! 고압 전류 덩어리를 어떻게 할지는 그 후라도 상관없어!!)

"이걸로!!"

덜컹, 하고.

그때였다. 팔을 앞으로 내밀고 조준하려던 카미조의 몸이 갑자기 멈춘다. 보니, 발목이 콘크리트 지면에 묻혀 있었다. 마치 검게 변색된 얇은 판자를 밟아 뚫은 것처럼.

그걸로 깨달았다.

(아니야…. 이 녀석의 능력은, 전기톱의 위력을 늘리는 게 아니야. 그렇다면 쇠나 콘크리트라면 몰라도, 부드러운 합성수지 다발이 불꽃을 튀기며 절단될 리 없어!)

굵은 진동음과 함께 흉기가 휘둘러졌다. 엔진의 힘으로 고속 회전하는 전기톱이다.

하지만 진짜로 무서운 것은,

(애초에 능력 같은 게 아니었어. 이곳은 평범한 공간이 아니라, '학원도시 최대의 금기'인가 하는 기묘한 장소였을 텐데. 오작동이 었나. 즉 유령 측만이 영향을 받는 게 아니라, 장소 쪽도 흔들리는 거야. 그리고 지금은 키하라 하스가 프릴샌드#G에게서 빼앗았기 때문에, 쌍방향이라면 풍경 전체의 지형이나 재질 자체에 간섭해서 조종할 수 있다?!)

검고 버석거리는 바닥에서 억지로 발을 뽑았지만, 시간의 로스는 치명적이었다.

여기에서 죽으면 리사코를 구할 수 없다.

순간 콘크리트 기둥의 그늘로 굴러들어가려고 한 카미조 토우마를 향해, 그 굵은 기둥째 전기톱으로 베기 위해 비스듬한 참격이 덮쳐 온다.

붉은색이 튀었다.

5

쿵!! 하고. 부자연스러울 정도로 대량의 불꽃이 화염방사기처럼 튀어 날아가고, 전방 가득 부채꼴로 대량의 콘크리트 조각이 사출되어 갔다.

(실은 오른손으로 파편은 없앨 수 있지만, 뭐, 수가 이 정도면 대응할 수 없으려나. 아니면, 떨어져 있던 덕트테이프나 대걸레는 평범하게 움켜질 수 있었던 게 판단을 틀리게 했을지도 모르겠지만.)

분진 맞은편 따위는 일일이 확인할 마음도 일어나지 않는다.

전의 총괄이사장이 '플랜(계획)'의 중심에 두고 있었으니 어느 정도의 존재일까 생각하고 있었는데, 뚜껑을 열어 보니 이 정도인가.

('금기'는 물리 공간과 허수 학구가 뒤섞인 장소라고는 하지만, 바깥에서 가지고 들어온 물건은 그대로야. 원래 누가 출입하고 있었는지는 모르겠지만, 즉 대걸레나 세제 병 같은 빈번하게 보충하는 소모 계열의 비품에 이매진 브레이커(환상을 부수는 자)가 듣지 않는 것도 당연할 테지.)

아니,

『…이 경우는, 리사코 군의 특성 쪽이 이긴 걸까.』

키하라 하스는 혼자서 낮게 중얼거리고 있었다.

'오퍼레이션 네임·핸드커프스'는 과장 없는 지옥이었다. 그것은 마지막의 마지막에 목숨을 잃은 키하라 하스가 잘 알고 있다. 그 사건에 조금이라도 관련되었던 자가 끝까지 살아남을 수 있었던 것. 그것만으로 이미 충분 이상으로 이질적인 것이다.

그중에서도.

리사코는, 스스로는 한 번도 싸우지 않고 '핸드커프스'를 살아남았다는 의미로는 특필해야 할 기록을 갖고 있다고 해도 좋다.

원래는 프릴샌드#G에 대한 견제로 설치해 두었을 뿐이었다. 리사코 자신이 협력을 거부한 이상, 실은 그녀를 억지로 짜 넣을 이유는 아무것도 없다.

그럼에도 불구하고, 역시 다르다.

리사코. 의식이 있고 없고에 상관없이, 같은 공간에 그녀가 있으면 무언가가 달라진다.

『키하라 노칸은 하수도에서 나오는 걸 보지 못했어.』

속삭인다.

『비바나 오니구마는 아이를 감싸다 죽었어.』

속삭인다.

『드렌처 키하라 리패트리는 말할 것도 없지.』

속삭인다.

『하마즈라 시아게도, 마지막의 마지막에 폭발에 맞아 흉탄에 쓰러졌어.』

속삭인다.

전기톱을 양손으로 든 채, 키하라 하스는 씩 웃음을 짓는다.

본인의 의사에 상관없이, 리사코의 약함이 오로지 주위의 발을 잡아당기고 '핸드커프스'에서 그런 결과를 불렀다. 그것은 사실일 것이다. 하지만 약함을 극복하기 위해 그녀가 전기톱이라는 알기 쉬운 '힘'을 움켜쥐었다면, 리사코 자신이 죽음을 흩뿌리는 중심점이 되었을 것이 틀림없다.

스스로 결정한 일은 스스로 하지 않으면 속이 후련하지 않은 행동력이 있다.

그러면서도 남의 이야기는 무엇이든 있는 그대로 받아들이고, 만난 사람의 충고는 스트레이트하게 따른다.

자기를 주장하면서 적극적으로 타인의 말을 듣고 싶어한다. 실제로 이런 양립을 할 수 있는 인간은 꽤 드물다. 남에게 이야기를 듣고 정보를 모으는 것이 직업인 기자라도 어려울 것이다. 실제로, 예를 들어 '어두운 부분'에서 꿈틀거리고 있던 파파라치는 자기가 지나치게 강해서 균형이 붕괴되었다.

옛날이야기로 말하자면, 리사코는 자신의 발로 이계에 들어간 주제에 가장 이득을 보는 정직한 사람일까.

다만, 무슨 일이나 이면의 이면까지 읽고 싶어하는 '어두운 부분' 안에서는 필시 기묘한 움직임으로 보였을 것이다. 본래 같으면 지불할 필요가 없는 비용을 내밀고, 저도 모르게 고개를 갸웃거린 도깨비나 악마도 있었을지도 모른다. 그렇다. 무력한 정직한 사람은 어둠에 있어서 때로 오히려 최강 랭크를 허물어뜨릴 수도 있는 특수한 존재가 된다. 심술궂은 이웃을 저도 모르게 이계의 룰 속에서 몰아내 가듯이.

그것을, 부순다.

선성(善性)을 콤플렉스로 좋여, 간신히 움켜쥔 가느다란 실 끝에 극대의 더러움을 장치한다. 실제로 예전에 '학원도시에서 쓰고 버려져 가는 아이들 대신, 능력 사용 안드로이드인 자신이 얼마든지 쓰고 돌릴 수 있는 인체 실험의 소재가 되겠다'며 씩씩거리던 레이디버드가, '타인의 뇌를 끌어들이지 않으면 자기를 지속할 수 없다'는 것을 알았을 때의 얼굴은 아주 볼만했다.

이 한순간을 위해 배우고 있다.

그런 말로(末路)가 즐거울 터였는데, 막판에 리사코는 뒤엎었다.

그것만 없으면, 저런 도롱이벌레 같은 추태를 드러내는 일도 없었을 텐데.

『히힛. 뭐, 즐길 수 있으면 뭐든 좋아. 확실히, 이런 종류의 비장의 패로서 가치를 보여 준다는 건 재미있거든. 마치, 하나 던져 넣는 것만으로 냄비 전체를 갑자기 끓어오르게 하는 모래알 같은 최소 인자(因子)일까. 리사코 군, '핸드커프스'에서도 최대의 괴물은 그녀였을지도 모르겠는걸?』

그때였다.

또각, 하는 딱딱한 발소리가 있었다.

키하라 하스는, 이다.

그 순간, 손 안에 흉악한 전기톱이 있는 것조차 잊어버릴 뻔했다.

별생각 없이 얼굴을 들고, 거기에서 확실하게 움직임이 멈춘다.

그럴 만한 무언가가 있었다.

'핸드커프스'의 계속이 기다리고 있었다.

죽은 사람 따위에 의지하지 않는다, 세계는 일그러뜨릴 수 없다. 정말로 정말의 계속이 거기에 있었다.

너덜너덜하고, 당장이라도 죽어 버릴 것 같을 정도로 안색도 나쁘고.

그래도 그 남자는 엄지로 자신의 얼굴을 가리키고, 그리고 내뱉듯이 이렇게 말했던 것이다.

모든 주박(呪縛)을 끊는, 심플하기 짝이 없는 로직을.

"살아 있는데요?"

최악의 키하라.

예전에 그 노인의 숨통을 끊은 천적, 하마즈라 시아게가 왔다.

이런 땅 밑바닥에서, '어두운 부분' 중에서도 최악에 위치하는 연구에 대해 고독하게 계속 저항했던 어린 소녀의 존엄을 지키기 위해서라면 하나밖에 없는 몸을 던질 수 있다. 그렇게 생각할 만큼 목숨 아까운 줄 모르는 사람이 또 한 명.

옷차림은 여전히 수술복이고, 팔이나 배에 몇 개나 튜브와 코드를 늘어뜨리고. 입술은 말라서 갈라지고, 피부에서 땀을 흘릴 만한 여유조차 잃은 상태여도.

아랑곳하지 않고.

마음을 받아들이고, 누구도 아닌 누군가를 위해 일어선 것은 카미조 토우마 한 사람만이 아니다.

'핸드커프스'의 실패 따위는 모른다.

이제 지금까지의 학원도시와는 다르다. 여기는, 그렇게 말할 수 있는 도시로 우화해야 한다.

6

실제로, 다.

하마즈라 시아게는 29일의 사건을 거의 모른다.

한 번은 자신의 발로 왔을 터인 '이곳'에 들어오는 게 얼마나 어렵기 짝이 없는지, 그것을 가능하게 하기까지 어느 정도의 드라마가 있었는지. 그런 것을 전혀 이해하지 못한다.

하지만 도와 달라는 목소리를 들었다.

그것은 이 세상의 것이 아닌, 분노에 휘둘려 과학과 마술의 경계조차 애매한 '학원도시 최대의 금기'를 통째로 삼킨 결과, 목소리 자체에까지 살상력을 더해 버린 인공 유령의 말이었을지도 모르지만.

그래도, 그 25일을 살아남은 것은 하마즈라 시아게다.

만일 자신의 손으로 끝냈을 터인 '오퍼레이션 네임 · 핸드커프스'가 지금도 끈질기게 계속되고 있고, 아직 고통받고 있는 인간이 어둠의 밑바닥에 남겨져 있다면… 죽어 가는 불량소년에게는 그것만으로 침대에서 일어날 이유가 될 수 있다.

특히, 소년은 드렌처 키하라 리패트리의 삶을 가까이에서 보아 왔으니까. 그 남자가 목숨을 걸어서라도 지키려고 한 것을 짓밟게 할 수는 없다.

이것만은, 무슨 일이 있어도 절대로.

『히, 히.』

뭔가가, 고함치고 있었다.

이 현실 세계의 어둠에 뭔가의 실수로 걸려서 달라붙어 있을 뿐인, 슬픈 망령의 목소리가. 높디높은 천장에 부조리하게 매달린 도롱이벌레 같은 어린 소녀 바로 밑에서.

『하필이면 네놈이 오나? 정체를 알 수 없는 금화에 휘둘려서, 단 한 번 나를 꿰뚫은 정도로 착각한 거냐?! 제로가, 이 레벨 0(무능력자)!! 자신이 서 있는 위치도 잊고 다시 한번 어둠의 밑바닥으로 돌아오다니, 어지간히 분수에 맞지 않는 행운을 부정하고 죽고 싶은 모양이지!』

"…상관없어."

낮게, 조용히 하마즈라 시아게는 중얼거렸다.

'오퍼레이션 네임·핸드커프스'는 최악 중의 최악이었다. 하지만 재앙으로 가득 메워진 25일을 살아서 빠져나옴으로써, 아주 조금 보이기 시작한 것도 있다.

하나쯤은 배워라.

비바나 오니구마. 드렌처 키하라 리패트리. 눈앞에서 망설임 없이 흩어져 간 사람들로부터, 적어도 무언가를 흡수하고 한 발짝이라도 앞으로 나아가라.

만일 어린 리사코가 혼자서 힘껏 싸운 끝에 얻은 승리를 부정당하고, 그 결의까지 우롱당하고 있다면, 그들이 잠자코 보고 있기라도 할 거라고 생각하나?

"지금 여기에서, 능력적으로 높으냐 낮으냐 어떠냐 따위는 상관없어. 이 도시에 온 누군가는 모두, 일곱 명밖에 없는 레벨 5(초능력자)가, 그중에서도 꼭대기인 제1위가, 아니 아무도 본 적이 없는 괴물이 되고 싶다는 이유를 이 세계 안에서 찾아내고, 거기에서 비로소 첫 번째 한 걸음을 내디뎌. 그러니까 나한테는 자격이 있어. 탐욕스럽게 현세에 매달려서 리사코를 끌어들이고, 나를 누구한테도 지지 않는 왕의 길로 잘못 들어서게 한 건 이 빌어먹을 어둠이라고."

『뭔가 했더니 옛날을 그리워하는 근성론이냐? 그런 걸로 실력이 뒤집히는 일이 없다는 건, 레벨이 나뉘어져 있는 이 도시의 능력 판정 제도를 보면 알 수 있을 텐데. 제로는 제로, 레벨 0(무능력자)!!
끝까지 가도 제로에 지나지 않아!!』

"네놈한테는 아무 말도 안 했어. 내용물 없는 망령 놈."

내뱉듯이 가로막았다.

중요한 이야기를 하고 있는데 조심성 없는 TV 소리에 가로막힌
듯한, 작은 초조함이 섞인 목소리. 그렇다. 하마즈라 시아게는 최악
의 유령과 정면에서 대치하면서, 그러나 전혀 다른 쪽에 목소리를
던지고 있었던 것이다.

"다시 한번 말하지. 지금 여기에서, 능력적으로 높으냐 낮으냐
따위는 상관없어."

그것은, 노래하는 것 같았다.

그것은, 선전포고라도 하는 것 같았다.

"이 도시에 온 누군가는 모두, 일곱 명밖에 없는 레벨 5(초능력
자)가, 그중에서도 꼭대기인 제1위가, 아니 아무도 본 적이 없는 괴
물이 되고 싶다는 이유를 이 세계 안에서 찾아내고, 거기에서 비로
소 첫 번째 한 걸음을 내디뎌."

어쩌면 그것은 어린 리사코도 그랬을지도 모른다. 분명히 쓰러뜨
릴 수 없었다. 저항도 허무하게, 결국은 키하라 하스에게 짓눌리고
말았다. 하지만 그녀는 노인의 달콤한 말에는 현혹되지 않았다. 마
지막의 마지막까지. 드렌처 키하라 리패트리가 주려고 한 것을 확
실하게 받아들이고 있었던 것이다. 키하라 하스가 초조해져서 밖으
로 나온 건 자체가, 그만큼 리사코의 마음이 강했다는 증거다. 소다
테를, 유령 언니를 상처 입히고 싶지 않다는 마음은, 언젠가 강대한
힘으로 자랄 작은 반짝임을 숨기고 있었음이 틀림없다.

드렌처는 이제 없다. 죽은 사람은 쉽게 되살아나거나 하지 않는다. 하지만 그런 이야기와는 다른 차원에서, 분명 그런 리사코를 보고 그는 상냥하게 웃고 있을 것이다. 자신이 해 온 일은 결코 자신 혼자만 좋다고 생각한 것이 아니었다, 고.

그렇게 생각될 정도로는, 하마즈라 시아게도 그들과 관여해 왔다.

"그러니까 나한테는 자격이 있어."

따라서 하마즈라는 단순한 결과를 규탄하지 않는다.

애초에 그가 물음을 던지고 있는 상대는 역시 리사코가 아니다.

"리사코를 끌어들이고, 나를 누구한테도 지지 않는 왕의 길로 잘못 들어서게 한 건 이 빌어먹을 어둠이라고."

그리고.

그렇게, 어떤 남자는 또 한 명의 자격자에게 목소리를 던진 것이다.

"넌 어때, 소다테?"

줄줄이 늘어선 콘크리트 기둥, 그 뒤쪽을 향해.

그렇다. 최악의 25일, '오퍼레이션 네임 · 핸드커프스'를 살아남은 사람이 자격을 갖는다고 한다면, 역시 '그'도 그렇다. 아무리 실패를 되풀이하고, 누구에게도 이길 수 없었다고 해도, 그래도 살아남은 것만으로 반드시 승리다. 그 당연함이 얼마나 어려웠는지, '니콜라우스의 금화'에 모두가 휘둘리던 25일을 질릴 정도로 맛보아 온 하마즈라는 잘 안다.

적어도.

지고 죽어서 자격을 잃고, 이기지 못했다고 해서 짜증을 내며 판을 뒤집고. 그래도 꼴사납게 매달리는 비겁한 반칙 녀석에게 이러쿵저러쿵 말을 들을 이유는 없다.

덜컹, 하는 작은 소리가 있었다.

기둥 그늘에서 나온 것은 체조복을 입은 작은 남자아이였다. 본래 같으면 절대로 이런 곳에 있어서는 안 되는 인간, 흉포한 전기톱에서 우선 제일 먼저 멀리해야 하는, 구조가 필요한 존재.

"…싶어…."

하지만 하마즈라는 말리지 않았다. 한 사람의 자격을 인정했기 때문이다. 떨리는 다리에 힘을 주며, 작은 주먹을 필사적으로 움켜쥐고. 나란히 선 남자는 확실히 이렇게 말했다.

세상의 부조리에 저항하고, 가까운 누군가를 구하기 위해.

"나도 그런 능력자가, 초능력자가, 누구에게도 지지 않는 학원도시 제1위를 뛰어넘는 존재가 되고 싶어!!"

7

"핫."

부자연스럽게 장식된 독방 안에서, 새로운 총괄이사장은 작게 웃고 있었다.

킹사이즈 침대에 걸터앉은 하얀 괴물은 캔커피의 입구에서 입술을 떼고는, 누구에게도 들리지 않는 목소리로 이렇게 중얼거리고 있었다.

"…이미 뛰어넘었어, 그런 거."

8

파앙!! 드륵드륵드륵드륵!! 하는 오토바이와도 비슷한 엔진 소리가 강하게 작렬했다. 오른쪽으로 왼쪽으로 몸을 흔들고 있는 키하라 하스가 안고 있는 전기톱에서다. 한시라도 빨리 침묵하게 하고 싶은 것은 하마즈라도 소다테도 마찬가지지만, 무작정 저 전기톱에 뛰어들 수는 없다. 이런 일로 자신들이 치명상을 입으면, 분명 슬퍼하는 것은 당사자인 리사코다. 그것은 절대로 용납할 수 없다.

『키힉.』

전기톱을 손에 든 채, 노인이 비웃는다.

『히히히, 아하하하하!! 분수에 맞지 않는 넋두리로 논리를 부정하는 거냐. 감정으로 성패의 조건은 메울 수 없어. 부족하면 어떻게 되는지, 자신의 몸을 베어 보고 깨닫도록 해라!!』

그에 대해 하마즈라는 내뱉었다.

아니, 그만이 아니다. 25일을 싸워 낸 그 남자는 이제 없지만, 그래도 29일에 그 마음을 받아 든 인간은 그 외에도 있다. 그래서 하마즈라는 악의 정도로는 꺾이지 않는다.

"분수에 맞지 않아? 당연하지!! '핸드커프스' 안에서는 뛰어나게 초월해 있었던 그 드렌처도, 프릴샌드#G도, 처음부터 자신들의 힘만으로는 '어두운 부분'에 삼켜져 가는 아이들은 지킬 수 없다고 괴로워하고 있었어. 전부 거기에서 시작되어서 고뇌 속을 헤매고, 끝내는 선인이면서도 학원도시의 어둠 전체를 속이게까지 된 거야!!"

"그리고 형은 마지막에는 죽어 버렸지만, 하지만 처음부터 모든 걸 포기하고 있었던 건 아니고. 힘든 마음이나 괴로운 아픔은, 그래도 다루기에 따라서 앞으로 나아가는 힘으로 바꿀 수 있어. 부러지거나 일그러지거나 하는 것만이 아니야, 똑바로 뻗기 위한 힘으로 자신에게 쏟아부을 수 있어! 그 전환이, 형이 갖고 있던 최대의 '힘'이었어. 그러니까 절대로, 나도 모두가 살아서 돌아갈 길을 내던지지 않을 거고. 우리는, 아무리 부족해도, 때려눕혀져도, 그래도 모두가 행복해질 길을 찾을 거야!! 형이 힘껏 그렇게 살았던 것처럼!!!!!!"

그러니까, 필요 없다.

부자연스럽게 죽은 자를 되살아나게 하는 기술 따위 필요 없다.

드렌처 키하라 리패트리. 그의 결의는, 마음은, 그 강한 다정함은, 또 다른 남자들을 지탱하는 심지로서 새롭게 기능을 시작했다. 어둠 밑바닥에 남겨진 리사코를 끌어올리기 위해. 따라서 그의 목숨이 사라지더라도, 그의 존재까지 사라져 없어지는 일은 있을 수 없다. 누구도 드렌처가 될 수는 없다. 하지만 그가 하려고 한 일을 물려받는 사람은 나타난다. 자신의 가슴에 손을 대어라, 그의 고동이 들리지 않는가. 하마즈라도 소다테도, 서로 말로 확인을 할 것까지도 없다.

누구도 아닌 누군가에게 자신의 목숨을 걸 수 있는가.

그 남자와 마찬가지로 예스라고 말할 수 있기 때문에, 망설이지 않고 두 사람은 땅 밑바닥에 있는 이계까지 왔다.

키하라 하스.

네가 탐욕스럽게 현세에 매달릴 여지는, 이제 죽인다.

"읏!"

하마즈라는 발치의 비닐 시트를 차올려 견제하면서, 소다테의 작은 몸을 안고 가까운 기둥의 그늘로 뛰어든다. 끼리릭!! 하는 사슬이 맞물리는 소리와 함께, 왠지 비닐 시트가 오렌지색 불꽃을 뿜으며 잘려 나갔다.

소다테는 엄지손톱을 깨문 채 먼 곳을 노려보고 있었다.

어떻게 할 수도 없다. 그래도 작은 소년은 더 이상 눈앞의 위협에서 얼굴을 돌리거나 하지는 않는다.

예전에 어떤 청년이 거대한 어둠의 깊숙한 곳에 도전했던 것과 마찬가지로.

행복을 추구하기 위한 반격을 아끼지 않는다.

"어떡할 거야, 형? 나는 이제, 리사코 앞에서 꼴사나운 모습을 보이는 건 그만두기로 결심했어! 그러니까 뭐든지 할 거고. 저 전기톱을 지금 당장 빼앗을 수 없다면, 가솔린이 없어질 때까지 도망쳐 다닌다거나?"

도망치는 것은 꼴사납지 않다. 그것은 어엿한 전술이다.

직접 말하지는 않지만 그렇게 단언하고 있는 소다테는, 역시 제대로 드렌처의 마음을 받아 들었다. 겉으로 보이는 프라이드가 어떻고 저떻고 하는 이야기는 아무도 하지 않았다. 정말로 이기고 싶다면, 이 새까만 악몽에서 리사코를 슬퍼하게 하지 않고 구해 내고 싶다면, 우선 자신의 목숨을 지키는 것이 최우선. 과학의 진보라든가 학원도시의 발전이라든가, 그런 주제로 납득하고 아이들이 스스로 용감하게 죽어 가는 세계를 용서할 수 없어서 이 도시의 두터운 어둠과 싸워 온 그 남자는, 이걸로 보답받는다. 이번에야말로.

그리고 도망치는 것도 하나의 작전이지만, 아마 따라잡혀서 갈기갈기 찢기는 게 더 빠를 것이다. 노인 상대라고는 해도, 공간이 제한되어 있는 지하라는 것은 역시 디메리트밖에 되지 않는다.

(어떻게든 해서 즉시, 그리고 안전하게 전기톱을 멈출 방법이 있다면….)

생각해라. 이건 문외한이라는 얘기가 아니다. 엔진의 취급이라면 훔친 차를 타고 다니며 ATM을 습격하곤 했던 불량소년의 전문이 아닌가.

"하마즈라!!"

멀리서 다른 소년의 목소리가 날아왔다.

피를 토하더라도 전하고 싶은 무언가를, 그대로 입 밖에 내고 있는 듯한.

키하라 하스에게 발각되리라는 것도 알면서 무언가를 가르쳐 주려고 하고 있다. 이 녀석도 리사코를 위해 단 하나밖에 없는 목숨을 던져 주고 있는 것이다.

여기에서는 보이지 않았다. 어딘가의 기둥이나 컨테이너 그늘에라도 있는 것일까.

"나도 거기에서 실패했어!! 키하라 하스는 추가로 뭔가 사용해 올 거야. 커헉, 효과는 전기톱의 '불꽃'을 증폭시키는 무언가…. 아마이 '금기'인가 하는 장소 자체를 빼앗았기 때문이겠지만. 잊지 마, 그 녀석의 위협은 전기톱'만'이 아니야!!"

과연, 하고 하마즈라는 생각한다.

"뭐야, 부싯돌이잖아…."

"?"

아직 작은 소다테가 고개를 갸웃거리는 것은 무리도 아니다. 뭐 본래는 고등학생인 하마즈라가 라이터의 구조에 그렇게까지 해박한 것도 이상한 이야기이기는 할 테지만.

"부싯돌을 치면 불꽃이 나온다는 건 누구나 알고 있을 거라고 생각하지만, 실은 부싯돌 그 자체는 어떻게 해도 불꽃을 만들어 내지 않아. 부싯돌을 부딪치는 금속 쪽에서 발생하는 불꽃이지."

"엇, 그런 거야?"

"엄밀하게는 금속이 깎이면 미세한 분말 속에 섞여 있는 탄소가 마찰로 오렌지색으로 빛나는 거지만."

그것을, 증폭한다.

게다가 콘크리트 기둥이든 바닥이든 사정없이 잘라 나간다.

그렇다면,

"…물체 속에 포함되어 있는 탄소를 빨아들여서 불꽃을 일으키기 쉽게 한다. 동시에 타깃에게서는 탄소가 빠져나가 구멍이 숭숭 나게 되는 셈이니까, 강도(强度)가 물러진다는 느낌인가?"

즉 콘크리트 기둥을 방패로 삼아도 의미가 없다. 키하라 하스, 놈은 프릴샌드#G와 달리 '학원도시 최대의 금기'인지 뭔지와의 궁합이니 오작동이니 하는 것을 능숙하게 올라타, 역으로 이용하고 있는 것이리라. 궁상맞은 노인의 전기톱은 이 '금기' 내에 한해, 모든 물체를 자르고, 부수고, 게다가 산탄처럼 튕겨 날린다.

하마즈라는 소다테의 작은 몸을 안아 들고는, 몸을 돌려 가까운 기둥 뒤로 도망쳐 들어간다.

아니, 그런 것처럼 보이게 했다.

파지지!! 하는 전기가 터지는 듯한 잡음이 작렬했다. 유령이 이쪽을 좇은 코스를 확정시킨 후, 하마즈라가 가까이 있던 전철 관련 설비 중 하나, 비상 전원 변압기를 향해 양동이의 물을 힘껏 뒤집어씌운 것이다. 무엇에 굴복할 리도 없던 불사의 인공 유령이, 명확하게 흔들렸다.

『가비가바기기기긱?!』

"유령 누나는 어떤 벽이든 기둥이든 통과하지만, 왠지 부엌 컨테이너 안에서도 전자레인지만은 피하는 것 같았어. 왜인지는 모르지만, 네가 같은 성질을 갖고 있다면 같은 약점을 안고 있을 테고!!"

『치이!! 지지지, 전자파인가?!』

대기권 밖에서 핵폭탄을 작렬시키는 전자 펄스 공격은 정밀 기계나 네트워크 파괴에 몹시 유리하지만, 어쨌든 핵을 사용하기 때문에 고 사인을 내리기 어렵다는 디메리트도 있다. 그래서 염가판으로, 착탄 지점에서 전방위로 두터운 마이크로파를 흩뿌리는 E폭탄이라는 무기가 있다. 소다테는 보호받기만 하는 것이 아니다. 자신의 패를 펴고, 도전하듯이 외친다.

"나한테는 특별한 힘 같은 건 아무것도 없어. 하지만 유령과 함께 살아온 시간의 길이라면, 신참자인 너 따위와 비교도 안 되고!!"

유령, 이라는 말의 강함은 일단 잊어라.

놈이 막대한 전기에 지탱되는 존재라면 상응하는 약점도 안고 있다. 게다가 방수 가공 같은 것도 없는, 배선이 드러나 있는 상태라고 생각하면 된다. 그렇다면 소금물이나 정전기, 마이크로파에 전자 펄스, 지금까지는 공격해야 할 곳을 틀렸을 뿐이고 자칫하면 보통의 인간보다도 많은 약점을 안고 있는 것은 아닐까.

그런 활로를 찾아냈다.

안이했다.

직후에, 지징⋯!! 하는 둔한 진동이 지하 공간 전체를 낮게 흔든 것이다.

"저기, 있잖아. 아까, 저놈은 주위에서 탄소를 뽑는다고 했지? 그래서 안이 숭숭 뚫려서 물러진다고."

"아, 응. 그런데?"

"그럼."

꿀꺽 목을 울리며, 소다테는 무언가를 보고 있었다.

그렇다,

"지금 기대고 있는 이 기둥은. 괜찮은 거야?"

비시비시뽀각!! 하고 굵은 균열이 몇 개나 스쳤다. 내부에서 탄소를 뽑힐 리스크가 있는 이상, 철근이 들어 있는 콘크리트의 안전 신화는 이제 없다. 그리고 기둥이 천장의 무게를 견딜 수 없게 되면 무엇이 어떻게 될까.

무거운 공기의 압력이 위에서 아래로 뚫고 지나갔다. 하마즈라에게는 그것이 지하철 플랫폼에서 열차를 기다리고 있을 때 느끼는 대질량의 도래로 여겨졌다.

틀리지 않았다.

직후에 대형 트레일러보다 거대한 콘크리트 덩어리가 한꺼번에 몇 개나 떨어져 내렸다.

"위험해!!"

어쨌든 소다테를 안고 지면을 구를 수밖에 없다.

(큰일이다!! 리사코는 지금도 천장에 매달려 있다고. 저 높이에서 불시에 떨어지거나 하지는 않겠지?!)

두 번, 세 번 연달아 갈라지고 부서진 천장이 내려온다. 발 디딜 곳이 불안정해서 견딜 수가 없다. 그렇게 강고하게 생각되었던 턴테이블이 스프링이 느슨한 침대 같은 것처럼 여겨진다.

아니, 아니다.

진동은 낙하물에 의한 것만이 아니다. 그것과는 별개로, 분명히 아래에서 위로 뚫고 올라오는 것이 있다.

"서, 설마…."

"에에잇!! 이 지하, 지금은 대체 어디까지 펼쳐져 있는 거야?! 지반 전체에서 탄소를 뽑아서 너덜너덜하게 만들고, 지진의 에너지라도 해방하고 있는 건 아니겠지!!"

땅속 깊은 곳의 플레이트와 플레이트는, 사람 인(人) 자를 그리듯이 서로 대립하며 싸우고 있다. 만일, 이다. 어느 쪽인가 한쪽만을 무르게 변화시켜 버린다면, 용수철 장치처럼 단숨에 힘이 해방될 위험이 있다.

(다만 뭐, 원래 이 자리에 있는 것 한정이라는 게 유일한 구원인가. 만일 외부인이 있었다면 인간은 탄소 덩어리야, 실컷 내장에서 자유롭게 뽑아내 주십시오라는 얘기가 되었을지도…!!)

하지만 그것도 정확한 조건은 확실하지 않다. 예를 들어 '죽음의 세계의 과일을 먹으면 죽음의 세계의 존재가 될 수 있다'는 옛날이야기 같은 룰이 있다면 사전 준비에 따라서 하마즈라 일행도 당하고 만다.

그런데.

지진이 일어나면 저도 모르게 멈추어 서서 천장을 올려다보고 만다는 것은, 가느다란 끈이나 사슬을 당겨 밝기를 조정하는 천장의 형광등이나 플로어 램프가 보급한 일본 특유의 동작인 듯하다. 해외에서는 컵의 물 표면이 부자연스럽게 흔들린다, 촛불의 작은 불꽃이 갑자기 흔들린다, 등 또 다른 장소에 주목이 향하는 일도 있으니, 어쩌면 이런 점에도 시대성이나 국가의 특징이 나타나는 것인지도 모른다. 예를 들어, 최근 같으면 주위의 스마트폰이 일제히 완전히 똑같은 경보를 울리면 주의해야 한다, 등이다.

어쨌거나, 불안에 쫓긴 하마즈라와 소다테는 별생각 없이 늘 하듯이 천장을 올려다보고 만다.

마치 의도해서 누군가에게 유도된 것처럼.

그리고 위를 향한 탓에 바로 정면이 사각지대가 된 그 순간, 기둥 그늘에서 나타난 키하라 하스가 전기톱을 옆으로 쳐들었다. 그대로 수평으로 베어 버렸다면 두 사람은 한꺼번에 둘로 잘렸을 것이다.

하지만 그 직전에, 머리 위에서 정확하게 노인의 눈을 꿰뚫는 엄청난 섬광이 습격자를 움츠러들게 했다.

이 경우는 유령이라도 눈을 못 쓰게 하는 것이 통하는 것에 어이없어해야 할지, 아니면 강한 빛을 싫어한다는 것도 오컬트 냄새가 난다고 감탄해야 할지. 오래된 시대의 콜로세움 같은, 원통형의 지하 공간. 그 벽을 따라 빙글 도는 캣워크에 누군가 있다. 그 녀석이 라이트의 빛을 던지고 있다.

『이거야. 빨리 써.』

눈을 못 쓰게 만드는 용도의 라이트가 다른 곳으로 향했다.

비추어진 것은 소화기였다. 게다가 화학 화재에 대응하는 거품형 모델이다.

하마즈라는 순간 달려들었다.

가솔린식 전자톱은 구조가 단순하기 때문에, 수랭식(水冷式) 라디에이터 같은 것은 없다. 오토바이와 같은 공기냉각식이라면, 엔진 본체를 솜처럼 폭신폭신한 것으로 덮어 버리면 멋대로 열로 불탈 것이다. 그것은 많은 기포를 담고 있는 화학 소화제에서도 통한다. 간단히 무너져서 얼마든지 달라붙는 화학성 거품은, 키하라 하스 측이 화상을 각오하고 (유령은 화상 같은 것을 입을까…?) 조금 씻어 낸 정도로 간단히 제거할 수 있는 것도 아니다.

물론 건축물의 붕괴나 지진의 유발 등 그 외에도 위협은 있지만, 그래도 섣불리 접근하는 것조차 허락되지 않는 저 살상력 덩어리를 노인의 손에서 안전하게 빼앗을 수 있는 것은 대단한 일일 것이다.

엔진 소리를 흩뿌리는 망령은.

잠시 동안, 가까운 거리에 있는 희생자들이 아니라 계단 위로 의식을 향하며 낮게 중얼거린 것 같았다.

『네놈…. 나와 같은 '키하라'인가?』

『미안하지만 저기에 매달려 있는 리사코인지 뭔지한테는 '핸드커프스' 때의 빚이 있어서 말이야. 젠장, 건실한 마음의 소유자라고는 해도, 설마 죽은 척 작전이 이렇게까지 자신을 몰아넣는 재료가 되어 버릴 줄이야. 그래서, 이번에는 이득을 생각하지 않고 힘을 쏟아부을 거야. 그러지 않으면 나는 자신을 용서할 수 있을 것 같지 않아.』

작은, 오렌지색 불이 벽 쪽의 캣워크에서 흔들리고 있었다.

담배를 입에 문 골든 리트리버였다.

『…게다가, 애초에 나는 상대가 '키하라'인지 어떤지로 대충 봐주도록 되어 있지는 않아. 키하라 하스, 지금의 네게는 로망이 조금도 없어. 과학을 위해서도 학원도시를 위해서도 아니고, 그냥 죽인다. 여기에서 일어나고 있는 일은, 분명히 내가 처분해야 할 영역이거든.』

『그래서 의지한 게 이 어중이떠중이냐? 그렇다면 내기를 걸어야 할 곳을 틀렸군. 나도 '키하라'인지 어떤지로는 선을 긋지 않아. 자신의 즐거움(연구)을 방해하는 자는 그 일체를 죽인다. 서로, 룰은 그것만 있으면 충분하겠지?』

테니스의 심판처럼 시선을 이리저리 옮기면서 의미불명의 대화를 듣고 있을 때가 아니다.

(저 대화 자체가, 우리가 움직이기 쉽도록 하기 위한 미끼야. 제법이잖아, 커다란 개!!)

하마즈라는 소화기의 안전핀을 뽑고는 호스 끝을 키하라 하스에게 향한다. 정확하게는 전기톱의 엔진 부분. 살상력 제로의 무기지만, 두터운 거품으로 오토바이와 같은 공기냉각 엔진 전체를 막아 버리면 스스로 만든 열을 내보내지 못하고 가솔린 기관은 멈출 것이다.

까긱!! 하고. 묘한 위화감이 그런 하마즈라의 희망을 부수었다.

기역자 레버가 갑자기 부러졌다.

이 영역을 지배하는 키하라 하스는, '물체로부터 탄소를 뽑아 내 구멍이 숭숭 뚫리게 만드는' 힘을 갖고 있다.

"젠장!!"

혀를 차며 소화기 자체를 내던진다. 노인 쪽이 가동 중인 전기톱으로 베면, 레버를 당기고 말고 하기 이전에 캔이 터져서 고압 불연 가스와 함께 대량의 거품이 튀어나올 것이다. 저놈이 머리부터 그것을 뒤집어써 버리면 결과는 마찬가지.

그러나 이 가능성도 부서졌다.

날에 부딪히기 전에, 공중에서 부자연스럽게 소화기의 금속 캔이 튕겨 날아간 것이다. 탄소가 뽑혀 물러진 소화기 자체가 내압을 누르지 못하게 된 것이리라.

(예상 이상이야!! 이쪽도 소화기에 너무 집착했나?!)

둥, 하고 옆에서 충격이 왔다.

소다테가 순간 달려들어 하마즈라를 떠밀치려고 한 것 같지만, 그 정도로는 다 죽어 간다고는 해도 고등학생의 몸은 움직이지 않는다. 그리고 눈앞에서는 키하라 하스가 비스듬히 전기톱을 휘둘러 올리고 있었다. 이대로는 둘이 한꺼번에 두 토막 난다.

생각하고 있을 새도 없었다.

소화기의 붉은 캔이 산산이 터지고, 금속의 칼날이 되어 이쪽으로 튀어 날아온다. 하마즈라는 자신의 몸을 사용해 소다테의 방패가 되면서, 이걸로는 가장 중요한 전기톱을 막을 수 없다고 통감하고 있었다. 알고 있으면서도, 그러나 다른 선택지를 고를 수가 없다. 발을 묶는 용도의 산탄도, 한 발이라도 소다테에게 직격하면 치명상이 되기 때문이다.

이제 눈을 감고 이를 악무는 정도밖에 할 수 없었다. 전기톱의 흉포한 음색, 그 음원(音源)이 비스듬히 휘둘러 내려진다.

그리고.

기기가륵가륵!! 하는 둔한 파괴음이 언제까지나 계속되고 있었다.

그럼에도 불구하고 아픔은 없다.

하마즈라 시아게가 천천히 눈을 떠 보니, 무언가가 전기톱에 정면에서 맞서고 있었다. 펼치고 있는 것은 인간치고는 부자연스러운 오렌지색의 긴 머리카락. 전신에 젤 형태의 방전 기계유를 붓고, 전기의 힘으로 구동하는 가냘픈 몸을 감싸고 있는 것은 경영(競泳) 수영복 같은 특수 섬유의 옷.

이 자리에 있는 것이라면, 키하라 하스는 자유롭게 탄소의 분포를 조작할 수 있다. 하지만 무기질일 터인 그 소녀는, 관절이 무너져 버리는 일도 쳐든 팔이 두부처럼 잘려 나가는 일도 없었다.

분명히 '별개의 무언가'로서 존재하고 있다.

그래서 그 가느다란 팔만으로 전기톱과 정면에서 팽팽하게 버틸 수 있다!!

"레."

하마즈라 시아게는 그녀를 알고 있다.

학원도시의 아이들을 위험한 실험에서 해방하기 위해, 능력을 사용할 수 있는 안드로이드인 자신의 유용성을 세상에 알리려고 했던 한 소녀. 하지만 악취미적인 연구자의 손에 의해 정기적으로 인간의 뇌를 확보하지 않으면 안 되게 된, 애초이 성립부디가 비극의 산물.

파징, 하는 둔한 소리와 함께 반대로 전기톱의 날을 튕겨 낸다.

"레이디버드?!"

'키하라'의 손으로 만들어진 안드로이드가, '키하라'를 막기 위해 다시 움직이기 시작한 것이다.

9

사실을 말하면, 이다. 카미조 토우마는 거기까지 깊이 생각할 여유 따위는 없었다.

출혈에 타격.

거듭되는 대미지로 피를 너무 흘렸다. 제대로 머리가 돌아갈 만한 상태가 아니다. 서 있지도 못하고, 엎드려서 필사적으로 의식을 붙드는 것이 고작이었다. 요우엔이 처치해 준 무해한 곰팡이? 인가하는 막도 찢어져, 복부의 총상에서 피가 멈추지 않는다.

하지만 아직 할 수 있는 일은 분명히 있을 터.

비닐 시트든 세제든 좋다. 어쨌든 키하라 하스의 전기톱에서 도망쳐 다니면서 저 엔진을 멈출 수 있는 것을 찾고 있을 때, 문득 드럼통 그늘에 이상한 것이 떨어져 있는 것을 보았던 것이다.

그것은 소녀로 보였다.

다만 배선이 드러나 있고, 머리는 통째로 떨어지고, 등이 쌍바라지 문처럼 크게 열린 채 기능이 정지해 있는, 중금속의 골격을 인공근육 다발로 감싼 소녀였다.

이용할 수 있는 것이라면 뭐든 좋다.

자신의 기억에 매달려라.

방패로 삼은 기둥째 전기톱으로 공격받고, 대량의 콘크리트 조각의 산탄을 뒤집어쓰고 몇 미터나 쓸려 날아간 카미조는, 거기에서 몇 초인가 정신을 잃고 있었던 것 같다.

그리고 두 눈을 뜬 순간, 자신의 몸에서 질금질금 피가 넘치고 있는 것을 깨닫고 얼굴을 찌푸린다. 배의 총상만이 아니다. 처음 시점에서, 플라스틱 정글짐에 처박혀 날카로운 파편을 몇 개나 꽂고, 온몸 여기저기를 꿰매는 처지가 되었을 것이다.

(빌어먹을. 거기서 비극은 끝이라고 생각하지 말고, 제대로 구급 상자를 열차에서 꺼내 올 걸 그랬어. 그 핸드미싱이 그립네….)

"윽…."

콘크리트 기둥에 손을 짚지만, 일어서려고 해도 손이 미끄러져서 무너져 떨어지고 만다. 미끌거리는 손이 성가시다. 시야는 흐릿하게 어둡고 탁해져 가고, 일어서지도 못하고 두 다리는 부자연스럽게 경련을 되풀이하고 있다.

피를 너무 흘렸다.

이래서는 노인의 망령이 상대라고는 해도 전기톱을 피할 수 있을 거라고는 생각되지 않는다.

(하지만, 뭔가, 할 수 있는 일이….)

순당한 이유가 적정량 있으면 포기할 수 있기라도 할까 봐?

이런 사건에서 고통받아 온 사람들을 위해 해 줄 수 있는 일은 이제 아무것도 없다니, 절대로 인정할 수 없다.

'핸드커프스'를 끊어 내라.

이제 비극과 불행의 연쇄를 끝내라.

아직.

기회는 사라지지 않았을 터.

몇 초라고는 해도 기절해 있었는데 전기톱 공격은 오지 않았다. 기묘하게도 키하라 하스 측이 심한 분진이나 불꽃에 의해 표적을 놓친 것을 카미조는 깨달았다. 파괴력이 지나치게 큰 것도 장단점이 있다. 기어가는 것밖에 할 수 없는 카미조는, 자신이 어떻게 해도 핏자국을 남기고 마는 것을 깨닫고 혀를 찬다. 가까이에 있던 비닐 시트를 감는 형태로 데굴데굴 구르고, 춘권 같은 모습이 되어 다시 더러운 바닥을 손의 힘만으로 기어서 나아간다.

손가락이 전부 아프다. 손톱이 깨질 것 같았다.

그래도 천재일우의 기회이기는 했다. 이런 상태에서 노인에게 들키면 한 방에 양단될 테니, 어쩌면 이것이 정말로 마지막 선택지일지도 모른다. 그것을, 카미조 토우마는 드럼통 뒤에 걸기로 했다. 빙 돌아서 질질 기어 바닥을 나아가 아까 그 소녀를 주워 든다.

지금부터 상처를 막고 날거나 뛰거나 하기는 어렵다. 하지만 아무것도 하지 못하는 것은 아니다. 누구에게나──그렇다, 키하라 하스에게도──예상 외의 전력(戰力)을 이 자리에 던져 넣을 수 있다면, 거기에서 리사코를 구할 돌파구가 생길지도 모른다.

경영 수영복 차림의 소녀는 부서져 있는… 것 같다.

적어도 떨어져 있는 소녀의 머리는 몸통에 붙인다고 해서 다시 움직이기 시작하는 것은 아닐 것이다. 그래서 카미조 토우마는 피투성이 손가락을 움직여, 센스 없는 할아버지 스마트폰을 꺼내고 순순히 의지했다.

(위험햇. 잔금 49엔인데, 역시 스마트폰끼리도 국제 요금은 비싸게 나올까? 전세계 어디에서나 자유롭게 가지고 다닐 수 있는 모바일일 텐데.)

트랜스 펜이 없어서 영어 변환은 일단 정확도가 의심스러운 사이트를 사이에 끼워 넣을 수밖에 없다. 오티누스 왈, 학원도시 '바깥'의 인간이면서, 그 '키하라'도 생각해 내지 못했던 인스피레이션에 형태를 준 여성에게 목소리를 전하고 싶다.

　즉 이렇게.

　"부탁이야 멜자베스!! 이 녀석의 배선 연결하는 방법을 알고 싶어. 네 힘을 빌려줘!!"

10

　기릭기릭 하고 기분 나쁜 소리를 울리며 돌아가는 전기톱을, 소녀는 정면에서 노려보았다.

　『그때….』

　상관없었다.

　위협의 레벨을 알기 때문에 더더욱, 레이디버드는 도망치는 게 아니라 한 발짝 앞으로 강하게 발을 내디딘다. 무서우니까 도망치는 것이 아니다. 무서우니까 도전한다. 이 등으로 사람을 감싸는 누군가가 되고 싶다고 바랐던 소녀는, 마침내 여기까지 도달한 것이다.

　『나도 생각했어, 이런 지저분한 나도. 여기에서 아이들을 죽이고 뇌를 잘라 낼 정도라면, 드럼통의 폭발에 휘말려 보는 것도 나쁘지 않겠다고. 그러니까 나는 이제 두 번 다시 그런 짓에 손을 대지는 않을 거야. 나는, 나도, 그런 제1위를 뛰어넘는 무언가가 되고 싶어!!』

　이유를 발견했다.

　그런 데이터를 키하라 하스는 입력한 기억은 없는데도.

그러니까 분명, 이 순간에 레이디버드는 진정한 의미로 주박에서 해방된 것이다.

맡겨 주고, 등을 밀어 주었다.

누구도 아닌 누군가를 위해 불 속으로 뛰어들어라. 안드로이드라면 비유가 아니라, 물리적으로 그것이 가능하다. 그러니까 이제 자신을 비하하고 콤플렉스투성이가 될 필요 따위 없다.

솔직하게 목적을 응시하는 데서부터 시작한다 해도, 지금까지 의문조차 갖지 않고 시키는 대로 저질러 온 죄와는 전혀 균형이 맞지 않았다고 해도, 그래도 그녀는 겨우 자신의 발로 이 넓은 세계에 첫 번째 한 걸음을 내딛던 것이다.

만들어진 소녀가, 지금 여기에서 첫 울음소리를 낸다.

『그래.』

허리 뒤로 손을 뻗는다.

보통 사람이라면 움켜쥐고 들 수도 없을 정도로 초중량(超重量)의 산도(山刀)를 망설임 없이 뽑는다.

이번에는, 이번의 이번에야말로. 속아서 죽이기 위해서가 아니라, 사람의 목숨을 지키기 위해.

한 번이라도 좋다. 단 한 번이라도 상관없으니까.

레이디버드는 정면에서 자신을 만든 노인을 노려보며,

『겨우, 겨우야. 그래, 선생님. 나는 지금, 되고 싶은 자신을 손에 넣었어…!!』

『웃기는군! 지저분한 살인 무기가 잘난 척!!』

파징!! 하는 둔한 소리가 있었다.

교차한 순간, 그렇게 흉포했던 전기톱은 사슬을 유도하는 가이드째 기억자로 구부려져 있었다. 이렇게 되어 버리면 이제 사슬을 돌릴 수는 없다.

위협은 제거되었다.

『호오. 조립한 제작자의 생각을 뛰어넘어 움직이기 시작하는 인조인간인가. 단순한 장난감이라고 생각하고 있었는데, 꽤나 로망이 넘치는 존재가 되었잖아, 레이디버드 군. 게다가 그게 괴물의 폭주 원인이 아니라, 작은 선성으로 굴러간다면 불평 없는 100점이야.』

머리 위의 캣워크에서 어딘가 감탄한 듯한 골든 리트리버의 목소리가 났다. 일반 윤리와는 다른 차원에서 이 세계를 바라보는 연구자의 말이.

『…그만큼 죽고, 모두가 지나친 힘에 휘둘렸어. 적어도 그 정도의 수확이 없으면 25일에 흩어져 간 악당들도 보답받지 못할 테고 말이지.』

하지만 같은 '키하라'로부터의 그런 농담 같은 말에, 키하라 하스는 일일이 대꾸하지 못한다.

그럴 때가 아니다.

『어떻게… 이제 와서, 네가 그렇게까지 가동할 수 있지?』

부조리에 대한 분노마저 섞여 있었다.

인공 유령이라는 새로운 장난감을 손에 넣었을 노인은, 자신의 손으로 버린 무언가를 몹시 부러워하는 듯한 목소리를 내고 있었다.

이미 망가져 버린 전기톱을 그래도 놓지 않고. 부릉부릉 하는 굵은 엔진 소리를 사람의 목소리처럼 일그러뜨리며.

『네놈은 25일에 여기에서 완전히 기능 정지했어!! 설령 아마추어의 임시변통으로 일시적으로 기능을 되찾았다 해도, 몇 초 움직이면 다행인 편일 텐데…. 애초에 사람의 뇌를 소비하지 않는 한은 자신을 유지할 수조차 없을 터. 그런데 어째서, 이제 와서 그렇게까지 기민하게?! 내가 설계한 한도를 뛰어넘었단 말이다!!』

『그런가요?』

무뚝뚝한 목소리가 있었다. 레이디버드의 입에서다. 다만 나온 목소리는, 분명히 소녀의 그것이 아니다. 그 영어는 더 성숙한 어른 여성의 음색이었다.

다른 무언가가 접속되어 있다.

멜자베스 그로서리라는, 또 한 명의 천재가.

『확실히 셀룰로스 나노 파이버에 한 축을 둔 이 아이의 '뇌'는 내버려두어도 이상하게 성장하고, 결국에는 인공 두개골의 용적을 뛰어넘어서 작게 접으려고 해 버리겠죠. 적당히 단선(斷線)해서 허용 사이즈에 넣기 위해서는, 일부러 거절을 이용하기 위한 이물로서 사람의 뇌가 항상 필요해질지도 몰라요. …하지만 그건, 일부러 셀룰로스 나노 파이버를 사용하거나 하지 않으면 될 뿐인 이야기예요.』

『뭐.』

『로지스틱스 호넷. 내가 설계했고 R&C 오컬틱스의 장난감이 되어, 지금은 세계 각지의 바다에 착수(着水)한 공중 발사식 수송 거점. 전체 폭 5,000미터의 그릇 속에는, 결국 한 번도 사용하지 않은 설비가 있어요. 완전 자율형 광(光) 뉴로 컴퓨터, 통칭은 시크릿. 즉, 처음부터 사람의 뇌의 구조를 흉내내어 만들어진 최대의 연산 처리 장치죠.』

레이디버드는 예전에, 자신이 불완전한 기계라는 것을 오로지 저주하고 있었다. 항상 능력자를 죽여 뇌를 적출하지 않으면 자기를 유지할 수 없게 되는 자신의 모든 것에.

하지만 기계이기 때문에 더더욱 열리는 구원의 길도 있다.

『이건 사람의 두개골에 들어가는 사이즈가 아니에요. 학원도시만이 독점하는 능력인지 뭔지도 쓸 수 없게 될지도 몰라요. …하지만 여기에는, 악취미 같은 건 없어요. 그 애의 머리와 대형 컴퓨터를 무선 네트워크로 연결하는 것만으로, 그녀는 동작 불량이나 죽음의 공포, 그리고 죄에서 해방될 거예요. 그런데도 당신은 생각해 내지 못했어. 눈앞의 이익과 무엇보다 심술궂은 악취미에 달려들려고 한 나머지, 스스로 영원히 풀 수 없는 막다른 골목에 들어간 것도 깨닫지 못했죠.』

음색에는 모멸의 빛이 담겨 있었다.

멜자베스 그로서리는 한 소녀의 어머니다. 어쩌면 지금도 함께 있을지도 모른다. 그렇기 때문에, 그녀의 입장에서 보자면 절대로 용서할 수 없을 것이다. 태어난 방법은 달라도 레이디버드는 제조자인 키하라 하스를 따르고 있었을 것이다. 그런 딸을 비웃고, 늙은 연구자가 무슨 짓을 저질렀는지를 알았기 때문에.

그래서 망설임 없이, 잘라 내듯이 멜자베스는 이렇게 말했다.

뛰어난 연구자로서, 가장 잔혹하게 마음을 도려내는 말은 무엇인지를 누구보다도 숙지하고.

『키하라 하스. 당신, 말하는 것만큼 대단하지는 않네요.』

11

그것은 어떤 심리 상태였을까.

어쩌면 키하라 일족이 아니면 알 수 없었을지도 모른다. 아니, 같은 키하라라는 이름을 쓰는 자도 이해할 수 없는 이야기였을 가능성도 있다.

『히.』

흔들, 하고 노인의 윤곽이 흔들렸다.

무언가, 원래부터 육체를 갖지 않는 무언가의 성질이, 눈에 보이게 바뀌었다.

『부정한다. 같은 키하라라는 고사하고, 학원도시의 인간조차 아닌 하찮은 과학자 나부랭이가 잘난 척…. 그래? 그렇다면 이제 영원 같은 건 필요 없어. 지구의 중심핵 따위 내버려둬도 좋아. 학설도, 논문도, 그 삶도! 어쨌거나 네놈만은 반드시 모든 걸 빼앗고 때려 부숴서 영원히 부정해 주맛!!!!!!』

『어머 그래요? 키히히, 그럼 귀여운 리사코는 이쪽에서 빼앗아 버릴게요?』

파직!! 하고.

불꽃과도 비슷한 소리와 함께, 키하라 하스는 무언가를 빼앗겼다.

너무나도 쉽게.

『뭣….』

놀란 소리를 지른 것은 카미조 토우마였을까, 아니면 하마즈라 시아게였을까.

콜로세움 같은 넓은 원형 공간. 그 높디높은 천장. 누구에게나 보이지만, 아무도 손을 댈 수 없는 그곳에, 새로운 그림자가 둥실 떠 있었던 것이다.

고치라도 찢다시피 하며 꺼내어진 것은, 의식이 없는 작은 소녀였다. 소다테와는 비슷비슷한 체조복을 입은 여자아이다.

그리고 축 늘어진 리사코를 안은 것은 또 다른, 한 명의 소녀였다.

하지만 아니다. 솜이나 나뭇잎처럼 중력을 느끼게 하지 않는 움직임으로 바닥까지 내려오는 것은, 오히려 성질로서는 인공 유령보다도 더 애매한 무언가다.

가냘픈 소녀의 실루엣에 해양 생물 같은 날개와 꼬리를 더한 이형의 그림자. 모든 신화나 종교에도 기록이 없는 감추어진 존재.

눈치채고, 키하라 하스가 신음했다.

『악마, 그것도 진짜, 라고?!』

『하앙? 몇 살이 되어도 차이를 모르는 유감스러운 할아버지네요, 저는 메이드 인 UK의 인공물, 클리파 퍼즐 545인데요 왜??? 그리고 갑자기 어째서, 라는 헛소리는 용납하지 않겠어요. 애초에 이곳은 그 사람이 지키는 평화로운 도시고, 갑자기 나타난 거추장스러운 이물은 당신 쪽이에요.』

누구도 아닌 누군가를 위해 전력을 다한다.

이 도시의 새로운 정점은, 마침내 과학 바깥에 있는 존재까지 가지고 나왔다.

하지만 키하라 하스 측에는 차가운 바닥에 눕혀진 리사코를 도로 빼앗을 만한 여유는 없다.

징!! 하고.

오른쪽과 왼쪽에서 악마를 추월하듯이. 카미조 토우마와 하마즈라 시아게가 일그러진 고압 전류 덩어리를 향해, 망설이지 않고 한 발짝 내디뎠기 때문이다.

자신의 한계 따위는 모른다. 둘 다 처음부터 너덜너덜하게 여기까지 왔다.

"…핫, 뭐가 뭔지 모르겠지만."

"아아. 여기에서 네놈의 움직임을 막고 시간을 벌면, 그것만으로 리사코를 구하는 데 도움이 된다는 거지이!!"

손등으로 뺨과 입가의 피를 닦는 남자들은, 구체적인 승산은 고사하고 자기 자신이 살아남기 위한 계산조차 하지 않는다.

뭐가 뭔지 모르지만, 하지만, 또는 비닐 로프 다발을 움켜쥐어 주먹을 보호하고, 또는 자루가 나무로 되어 있는 망치를 양손으로 움켜쥐고, 망설이지 않고 이쪽으로 발을 내딛는 두 소년에게 어지간한 키하라 하스도 주춤한다. 이놈들은 고압 전류 덩어리를 두려워하지 않는다. 그 실루엣을 무너뜨리기 위해서라면 쓸 수 있는 것은 무엇이든 시험한다. 소년들의 눈동자에는 호전적인 희망조차 깃들어 있었다.

프릴샌드#G도 항상 심령사진이나 저주의 로직을 끄집어내어, 적대하는 자일수록 거리를 두고 대군을 압도하는 싸움 방식을 선호해 왔다.

그러고 있는 동안에도, 다.

인간 소녀와 해양 생물 같은 질감의 날개와 꼬리를 합친 그 악마는, 영자 신문을 고무테이프로 기워 붙인 볼품없는 드레스를 크게 과시한다.

붕!! 하고 그 기사(記事)가 크게 꿈틀거린다.

악마는 두 팔을 벌리고, 퍼스널라이즈화된 전신(全身)의 글씨들을 리사코에게 게시한다.

아직 그 두 눈은 뜨지 않아도, 그래도 숨길 이유는 되지 않는다는 듯이.

『그리고 악마라는 건 사람의 욕망에는 민감하게 만들어져 있는 법이에요. 이쪽은 이래 봬도 전쟁의 분위기를 만들어서 국가 단위로 사람을 착란시키는 클리파 퍼즐 545, 사람의 마음의 어두운 부분에 대해서는 제 앞마당이죠. 노린 사냥감의 이력은, 그냥 드레스의 기사(記事)를 좇아가면 돼요.』

만일 전기톱이 건재했다면, 이러고 있는 지금도 키하라 하스는 악마 소녀의 등을 베려고 들었을 것이다. 특히 이 노인은 그런 분위기를 뒤집는 듯한 악의를 흩뿌리는 것을 아주 좋아하니까.

하지만 전기톱은 이미 기억자로 부려져 파괴되었다. 부릉부릉 하고 엔진을 울려 봐야 짧은 날이 달린 사슬은 돌아가지 않는다.

그리고 무기를 파괴한 경영 수영복 차림의 소녀가 버티고 서 있다. 목숨 아까운 줄 모르는 레벨 0(무능력자)들 사이에 더욱 끼어들 듯이.

이 도시의 악취미로부터, 아이들을 지키는 누군가가 된다.

아마 레이디버드에게는, 피투성이로 싸우는 '그들'조차 들어맞는 것이다.

악명 높은 '키하라' 안에서 태어났으면서도, 되고 싶은 자신을 확실하게 응시한 안드로이드가 다시 첫 번째 한 걸음을 내디뎌 간다.

하이볼티지 커팅법이든 전기적 에너지의 덩어리든, 레이디버드 만은 살아 있는 인간과는 사정이 다르다. 이제 그녀는 육체를 아무리 파괴당해도 눈썹 하나 까딱하는 일 없이 스스로 설정한 목적을 실행할 것이다. 안드로이드로서의 강함을 이해하고.

『할 수 있을, 것 으냣.』

어금니를 악물고.

신음하고, 그리고 악의의 화신이 으르렁거렸다.

『소다테를, 유령 언니를, 상처 입히는 짓은 하고 싶지 않다. 그렇다고 해도! 그럼 어떻게 이 부조리한 세계에 맞서 나갈지, 리사코 군은 답을 내지 않았어!! 결국은 단순한 사고(思考)의 정체. 다그치고 같은 질문을 영구히 되풀이하면 조만간 반드시 이렇게 말하겠지, 소중한 사람을 지키기 위해 직접 싸우고, 죽일 힘을 원한다고 말이야아!!』

『정말로 그럴까요?』

움찔, 하고 체조복 차림의 소녀의 어깨가 작게 움직였다.

아직 눈은 뜨지 않았지만.

그래도 왠지 그 말은, 키하라 하스를 완전히 부정하지 못했던 리사코에게 닿는다.

클리파 퍼즐 545의 몸을 감싼 신문 기사에는, 본질적으로 의미 따위는 없을지도 모른다. 로르샤흐 테스트(주9)처럼 보는 사람에 따라 내용을 바꾸어 가는 것이리라. 리사코 앞에서 기사의 내용은 생물처럼 줄줄이 변화해 가는 것이다.

『악마인 내게는 당신의 욕심 따위 다 보여요. 하지만 나는 굳이, 당신에게 이렇게 질문하겠어요.』

주9) 로르샤흐 테스트: 스위스의 정신과 의사 헤르만 로르샤흐가 고안한 성격 검사법. 피험자에게 잉크의 얼룩을 보여 주고 무엇이 상상되는지를 말하게 하여, 그 언어 표현을 분석하는 검사법이다.

쓰윽 하고.

얼굴과 얼굴을 가까이 하고, 클리파 퍼즐 545는 더욱 크게 웃는다.

『…사고를 멈춘 거절. 그것만으로는 키하라 하스를 물리치기에는 부족했어요. 그래서 당신은, 마지막에는 비겁한 노인에게 말로 져 버렸어요. 그러니까 다시 그 다음을 나아가 보죠. 보류로 해서 제자리걸음을 하는 게 아니라, 확실한 답으로서 부정하는 거예요. 소중한 사람을 지키기 위해서는 싸울 힘이 필요하다. 그 이외에도 확실한 해답은 있다고.』

사람의 욕심에 직접 속삭이는 그녀의 목소리는, 리사코의 딱딱해진 마음에도 사정없이 스며들어 간다. 논리적으로 맞는 내용을 감정으로 부정하는 것은 몹시 폭력적인 인상을 주고, 리사코의 마음을 굳게 닫는 방향으로 향하게 할 텐데.

『아무도, 자신의 약함 때문에 희생하고 싶지 않다, 그러니까 어떤 방법을 써서라도 강해지고 싶다. 바라는 건 좋지만, 그건 마음을 닫고 눈을 흐리게 하고, 그저 남이 시키는 대로 칼날을 휘두르는 것으로 이룰 수 있는 걸까요?』

아니, 그 전제가 틀린 것이다.

욕심, 이라고 말해 버리면 속세적인 감정 덩어리로 들릴지도 모른다.

하지만 실제로는, 논리적인 욕심도 얼마든지 있다. 예를 들어 금융 경제 세계에서 숫자로 계산할 수 있는 이해관계는 으뜸가는 것일 것이다. 효율적으로 인간을 단련하는 스포츠 의학과 바이오 메카닉스도, 하얀 가운을 입은 학자들이 실컷 숫자로 인체 각부를 말한다고 해도 뿌리에 있는 것은 결국 이 한 마디가 전부다. 1등상이 되고 싶다. 그것을 욕심이라고 부르지 않고 뭐라고 말하면 좋단 말인가.

그리고 프릴샌드#G가 보여 준 환각 속에서, 리사코는 분명히 말했을 것이다.

『자신의 약함을 극복하고, 더 강해지고 싶다. 어떤 방법을 사용해서라도』. 여러 가지로 빠진 데가 많고 위험한 논리이기는 하지만, 좀 더 그 이전의 이야기로서, 다.

리사코는 강함을 수치로 환산해서 증감이나 순위의 실감을 얻으려고 했다.

일견 딱 잘라 거절한 것처럼 보여도, 그래도 완전히 부정하지 못하고 있다. 실제로, 만일 리사코에게 학원도시 제1위의 벡터 조작 능력이 있었으면 25일의 '핸드커프스'는 결과가 달라졌을 것이다. 확실하게 가까운 사람들을 구할 수 있었을 것이다. 그것은 틀림없기 때문이다.

비바나 오니구마나 드렌처 키하라 리패트리는 그런 리사코를 보고 싶어하지 않는다, 고 생각하는 것은 자유다.

하지만 정말로 눈앞에서 사람들의 죽음을 보고 만 리사코는, 어떻게 해도 마음 한쪽 구석에서 이렇게 생각하고 만다. 자신에게 눈으로 보고 알 수 있을 정도로 더 명확한 힘이 있다면, 하고. 그래서 그런 마음을 막고 키하라 하스의 달콤한 말을 물리치는 것만으로, 완전히 끊어 낼 수는 없었다.

즉, 이다.

숫자로 순위를 재고 싶어하는 리사코의 논리에는 '욕심'이 끼어들 여지가 있다.

본능과 이성은 반드시 대립한다고는 할 수 없다. 오히려 한쪽밖에 기능하지 않는 쪽이, 마음의 작용으로서는 부자연스러운 밸런스다. 최면 상태에서 뇌의 배측 전대상피질의 활동이 저하되면, 의문을 갖지 않고 저항 없이 명령에 따르고 마는 것처럼.

『하지만, 당신이 진짜 바라는 건 숫자가 아니야.』

자신에게 절대적인 무기, 유일한 창구를, 그러나 클리파 퍼즐 545는 스스로 부정했다.

냉정하게 생각하면 된다. 기분 좋아지고 싶다고 바라는 마음도, 행복을 주고 싶다고 바라는 마음도, 비열한 욕심 중 하나인 것에는 다름이 없다.

그렇다면 오히려 기묘한 것이다.

'키하라'라는 것에 의지하고, 무거운 전기톱을 건네받아서 이룰 수 있는 욕심이란, 무엇일까?

사람을 상처입히고 죽이는 일밖에 하지 못하는 힘으로, 인간의 마음의 대체 무엇이 채워질까? 만일 어린 소녀 자신이 깨닫지 못한다면, 거기에 중대한 일그러짐이 있다.

『힘을 원하는 건 알겠어요. 하지만 그건 말대꾸하는 사람을 누구든 가리지 않고 상처 입히고 멀리하는, 고독을 향하는 힘이었나요? 그럴 리가 없잖아요. 키하라 노칸을 보고, 비바나 오니구마를 보고, 드렌처 키하라 리패트리를 보고, 하마즈라 시아게를 보고!! 당신은 그래서 뭘 생각했죠?! 자신만 살아남아 버린 세계에서 또 더 유혈을 바라나요? 그럴 리가 없어요. 시시한 최강 의논이나 스펙 자랑 같은 걸로는 리사코의 마음은 편해지지 않아요. 당신에게는 당신의 욕심이 따로 있지 않으면 틀림없이 이상해!!』

이마와 이마를 맞대고.

몹시 가까운 거리에서 악마 소녀는 이렇게 외쳤다.

『말하세요 리사코!! 처음에 스스로 그렸던 욕심을 떠올려요오!!』

소리도 없이, 였다.

천천히 눈꺼풀을 뜨는 어린 소녀가 있었다.

"강해, 지고 싶어…."

떨리는 목소리로, 그랬다.

그것은 틀림없이, 이곳에 모인 모든 사람에게 힘을 주었을 터였다.

"하지만 그건, 사람을 상처 입히는 힘 같은 게 아니야."

아무런 의미도 없을지도 모른다. 능력과는 상관없는 이야기일지도 모른다.

다만 그 목소리에는 확실한 힘이 깃든다.

흐려져 있던 눈동자를 맑게 하고, 굳어 있던 마음을 연다.

이매진 브레이커(환상을 부수는 자)도, 액셀러레이터(일방통행)도 아니다. 하지만 악마가 작은 가슴에 보낸 그 힘에 움직여. 그 어린 욕심은, 확실하게, 어떤 악의가 파고들 틈을 봉쇄해 간다!!

"…유령 언니나 소다테를 웃으면서 격려할 수 있는, 어떤 위기에 빠져도 모두의 힘을 120퍼센트 끌어낼 수 있는. 그런 다정한 힘을 원해."

12

붕!! 하고.

낮은 으르렁거림과 함께, 갑자기 키하라 하스는 어딘가로 날아 갔다. 어떤 세계의 인간은, 그것을 다른 위상이라고 불렀을지도 모른다. 또는 예로부터 학원도시의 깊은 곳에 서식하고 있는 자들이라면 허수 학구라고 불렸을지도 모르는 장소다.

어쨌거나, 같은 세계에 서 있으면서 키하라 하스는 잘려 나가 있었다.

그가 인간의 틀 바깥으로 나갔기 때문에 이렇게 된 것일까, 아니면 불안정한 '학원도시 최대의 금기'라는 것을 만지작거리다 보니 흔들림에 삼켜진 것일까.

고독한 세계에 서 있는 것은 클리파 퍼즐 545. 마찬가지로 인간이 아닌 그녀 한 명뿐.

『치..』

아마 가장 당황한 것은 키하라 하스 본인일 것이다.

갑자기 악마의 참견을 받고, 게다가 '학원도시 최대의 금기' 본래의 소유인인 프릴샌드#G를 유일하게 지상에서 헤매게 할 수 있는 리사코 자신이 구출되어 지하로 내려와 버려서는, 마침내 노인의 아성은 무너지고 만다.

논리는 뿔뿔이 흩어지고, 어린 소녀의 감정에 의해 키하라 하스는 거절된다.

키하라 하스는 이렇게 말했을 것이다. 프릴샌드#G를 참고로 해서 자신의 의사를 복원해 보았지만, 세부는 다르다. 지구 중심핵과 접속하면 실루엣이 파열되어 도시를 완전히 불태우는 일 없이 '금기' 바깥으로 자유롭게 나다닐 수 있게 된다. 불사를 손에 넣어 놓고도 실험 기구를 건드리려고 할 때마다 예외 없이 파괴하고 만다, 는 공회전은 피할 수 있다. 그러니 그때까지 방해받지 않도록, 리사코가 프릴샌드#G의 발목을 붙잡게 할 것이다, 라고.

흘려들어서는 안 된다.

즉, 키하라 하스는 자기 자신을 완전히 제어하지 못하고 있는 것이다. 리사코라는 덫이 사라진 시점에서 프릴샌드#G를 불러들이는 것은 피할 수 없고, 그의 계획은 영구히 방해받는다. 그리고 이제, 꽁꽁 묶어서 억지로 자신의 계획에 끌어넣는다는 것도 허용되지 않는다.

원래 이 연구자의 영역은 이 깊은 지하. 아니, 그는 허수 학구에서 탈출하는 방법을 아직 짜 내지 못했다. 이제 어디로도 도망칠 수 없는 망령을 상대로, 악마 소녀가 조용히 다가든다.

보다 고위(高位)에 존재하는 심령 분야의 무언가가.

그러나 그 이상으로.

『아, 아니야….』

소멸에 대한 공포조차 잊고, 키하라 하스는 고개를 가로젓고 있었다.

이해할 수 없는 상황에 대한 분노로 가득 차 있었다.

그래도 학자이기 때문에, 이런 비틀림은 무슨 일이 있어도 허용할 수 없는 것일까.

『나는 있지도 않은 욕심 따위 심어 넣지 않았어!! 전기톱은, 유혈은, 알기 쉬운 살상력은, 분명히 리사코 군이 스스로 바랐던 최강의 형태였어. 그래서 파고들 틈이 생겼지!! 그게, 어째서, 웃으면서 격려하는 힘이라고? 그런 오답은 있을 수 없어!!』

『키히히. 뭐, 유령으로는 이 정도가 한계인가요?』

악마가 웃는다.

답을 비튼 무언가는 영자 신문 스커트를 가볍게 양손의 손끝으로 잡고 절을 하면서,

『말해 두겠는데요, 인간의 욕심은 하나만이 아니거든요? 포도알처럼 크고 작은 여러 가지 욕심이 하나의 마음에 동거하고 있고, 각자가 서로 싸우면서, 결과적으로 단일 행동이 육체에서 출력되고 있을 뿐이에요. 리사코한테는, 부조리하게 덮쳐드는 악인을 잘라내어서라도 소중한 사람을 지키고 싶은 마음은 있었어요. 그래서요? 그것과는 별개로, 싸움을 바라지 않는 마음이 있어도 이상하지 않잖아요. 바지는 좋지만 치마도 잃을 수 없다, 는 것처럼.』

『…너, 이 악마, 리사코 군을 속인 거냐…?』

『하나의 답이 나오지 않으면 납득하지 못하는 이과 학자님한테는 어려웠을지도 모르겠네요. 하지만, 저는 '전쟁의 분위기'마저 자유자재로 다루는 클리파 퍼즐 545. 악마라는 건 그렇게 소망을 일그러뜨려서 행복을 착각하게 만드는 존재잖아요?』

그래서 신은, 악마가 아무리 많은 웃는 얼굴을 만든다 해도 결코 용서하지 않는다.

나뭇잎 돈을 끌어안고 행복하게 웃는 사람들을 보고, 어떻게 해도 참지 못한다.

『그리고.』

『웃?』

『당신은 리사코에게 거절당하고 중심핵에 대한 간섭도 생각했던 것처럼 진행되지 않아서, 가만히 있어도 전략 코스 일직선이라는 느낌이기는 해요. 다만, 그런 어중간한 끝을 그 사람이 용납할까요—? 이 불안정한 '학원도시 최대의 금기'의 제어가 본래의 소유자에게 돌아갔을 경우, 무서—운 언니가 찾아올 것 같기는 한데요?』

팟!! 하고.

순간 키하라 하스는 주위를 바라보았다. 이 경우, 상정되는 적은 한 명밖에 없었다. 프릴샌드#G. 그녀는 누구보다도 리사코의 생환을 바라고, 모든 수단을 써서 '금기' 바깥쪽에서 어택을 계속하고 있었으니까.

보호가 사라지고 성벽이 부서진 경우, 무엇이 쇄도해 올까. 상상하지 못한다면 이상하다.

(…문제없어.)

한 번 죽었던 남자는 소멸의 공포를 알고 있다.

단순한 도를 넘은 아픔과는 다른 상실감이 새겨져 있다. 그것은 피를 흘리는 것이 무섭다거나, 고통이 밀어붙여지는 것을 견딜 수 없다거나, 목숨이 사라져 없어지는 건 싫다거나, 그런 저차원이고 동물적인 본능에 기인한 이야기가 아니다.

연구를 계속할 수 없다.

지금 가슴에 품고 있는 것을 형태로 만들지 못한 채, 그저 무산될 수밖에 없다.

이 정도의 공포가 또 있을까. 가장 큰 즐거움을 즐기지 못할 정도의 상실감이 있을 리 없다.

행동 기준의 원천에 있는 공포가 다시 그의 마음을 꽁꽁 묶어 왔다.

그리고 어떤 의미로, 공포는 투쟁심이라는 불에 쏟아붓는 기름으로 기능한다.

그래서 끝까지 진심이 된다.

(나도 프릴샌드#G 군도 같은 인공 유령, 그러니 즉시 결판이 나는 일은 없어! 게다가 조건만 채우면 리사코 군이 아니어도 발을 묶는 방황은 만들 수 있지. 예를 들면, 그래, 예를 들면 같은 처지에 있는 소다테 군을 몰아넣어서 꼭대기까지 트여 있는 천장에 매단다거나…!!)

확실히 프릴샌드#G에 대한 대책은 완벽했을지도 모른다.

지금까지는 회피해 왔지만, 일부러 프릴샌드#G를 내부로 불러들여 인공 유령끼리의 정면충돌에 클리파 퍼즐 545를 끌어들여 버리면 그 혼란을 틈타 시간을 벌 수 있다. '금기' 바깥으로 나가면 실루엣이 튕겨 날아가 도시나 세계를 불태운다? 그런 건, 이 도시 지하에 무진장으로 가득 퍼져 있는 '금기'를 당장 100퍼센트 프릴샌드#G가 되찾을 수 있으리라고는 할 수 없다. 시간을 벌고 있는 사이에 상층 대기, 자기권을 이용해서 키하라 하스가 행성 중심의 거대한 다이나모에 자기 자신의 존재를 새겨 사물화(私物化)한다. 그렇게 하면 '금기' 바깥으로 나가 세계의 어디로도 떠날 수 있다.

그렇게 생각하고 있었다.

직후의 일이었다.

징!! 하고.

등 쪽에서 가슴 한가운데로, 빛나는 무언가가 키하라 하스를 완전히 관통시키고 있었다.

　연필처럼 끝을 깎은 통나무가 몇 개나. 끈으로 묶어 교차시켜, 본래는 흉악한 울타리로 취급하는 도구. 그것들은 유령의 몸을 꿰뚫고, 손에 들고 있던 전기톱의 잔해까지 구깃구깃하게 뭉개 부숴나간다. 상처에서 일곱 색깔의 불꽃이 흔들리는 것은, 통나무가 불타면서 나온 숯이 간섭해 오기 때문일까.

　울짱.

　주로 전투용이라기보다는 고문이나 처형의 전문가가 형장을 둘러싸기 위해 취급하는 도구.

　그리고 25일에는 있었을 것이다. 죽음의 운명에 희롱당하면서도 낯선 아이나 길 가다가 마주친 동료를 구하기 위해 자신의 목숨을 모두 사용한, 길고 곱슬거리는 은발에 하카마를 입은 소녀가.

　깜짝 놀라서, 키하라 하스는 말했다.

　『처.』

　아픔은 무시했다.

　놀람이 더했다. 자신의 머리를 움직여 뒤를 돌아보는 것이 이렇게 어렵기 짝이 없는 일일 거라고는 생각도 하지 않았다.

　누구도 아닌 누군가를 위해 싸운다. 그 마음은, 마침내 이런 존재를 불러들인다.

　이미 거기까지 죽음은 다가와 있었다.

　『천, 사…?』

　그것은, 어딘가의 학교 교복을 입은 소녀였다.

　그것은, 머리 옆에서 가늘게 한 타래 나누어 묶은 긴 머리카락의 소녀였다.

그것은, 가냘픈 안경과 커다란 가슴이 특징인 소녀였다.

카자키리 효우카.

울짱의 소유자, 비바나 오니구마 본인… 이 아니다.

왜냐하면 아무리 기도해 봐야 죽은 사람은 두 번 다시 되살아나지 않으니까.

그런 편의주의는 허용되지 않으니까.

하지만 25일의 이면을 바라보고, 마음을 헤아리고, 여기까지 다다르지 못했던 누군가의 유품을 손에 들고 마지막 일격을 가하기 위해 일어선 사람은 확실하게 있어 주었다.

모른다면, 키하라 하스는 그만큼 레벨이 낮은 '키하라'였을 것이다.

악마가 웃는다.

『프릴샌드#G는 '학원도시 최대의 금기'를 되찾을지도 몰라요. 하지만 무서―운 언니가 그녀라고 말한 기억은 없는걸요? 애초에 프릴샌드#G는 '핸드커프스' 때는 당신한테 추월당해서 무력화되어 버렸다, 는 이야기는 잊었나요? 이히, 제어를 되찾든 되찾지 않든, 프릴샌드#G는 키하라 하스에게는 이길 수 없다니까요.』

그래서, 누구보다도 '학원도시 최대의 금기'를 자세히 알고 허수학구를 자신의 홈으로 삼는 소녀와 부딪쳤다.

어쩌면, 악의와 악의의 충돌이라면, 키하라 하스는 극복했을지도 모른다.

이것은 이제 이치라든가 실력이라든가에 상관없이, 더 본능적이거나 관념적인 레벨에서 '키하라'는 그 악성(惡性)으로 악마나 유령

의 추격을 능가했을지도 모른다.

하지만 이것은 다르다.

이 도시에서 사는 사람들이 흘리는 미약한 힘, AIM 확산역장의 집합체. 카자키리 효우카. 말해 버리자면 학원도시의 총의(總意)가 하나의 악에게 이렇게 들이댄 것이다.

노, 라고.

너 같은 악취미 덩어리는 이제 필요 없다, 고.

『…인공의, 천사. 정말이지 터무니없는 반칙이라고 생각해요. 공공연해졌고, 역시 직접 '시스터즈(여동생들)'에게 부담을 부탁할 수 있으니까 강하네―. 으―음. 고독하게 고민하는 아이인 것 같고, 당신이 유령 같은 게 되지 않았다면 이 공포와는 만날 일도 없었을지도 몰라요. 하지만 어째서 갑자기 그런 게, 라는 말은 못 할걸요?』

소멸해 가는 일그러진 유령을 보며 악마가 슬쩍 웃음을 지었다.

어디까지나 잔혹하고, 악인이 마지막에 보기에 어울리는, 구원을 주는 일이 없는 웃음을 띠고.

『그녀는 최초의 최초부터 학원도시에 있었어요. 애초에 이곳은 그 사람이 지키는 평화로운 도시고, 갑자기 나온 사악한 이물은 당신 쪽이에요☆』

종장 설령 그 손은 떨어지더라도 Not_Enemy

기어 나왔다.

카미조 토우마는 어떻게든 지하 깊은 곳에서 바깥 세계로 돌아왔다.

"핫."

지상의 공기를 피부에 뒤집어쓴 순간, 작게 웃고, 꽤 진심으로 주저앉고 만다. 솔직히 말해서 이번만은 살아서 밖으로 나갈 수 있을 거라는 기분이 들지 않았다. 아니, 실제로 카미조 혼자였다면 어둠의 밑바닥에서 빠져나올 수 없었을 것이다.

배 한가운데가 검붉게 더러워져 있다.

이제 무리다. 역시 이 이상은 싸울 수 없다. 자신의 위험한 상황을 알고 있어도, 그래도 카미조는 힘없이 주저앉은 채 먼 곳을 보며 무심코 작게 웃고 말았다.

조금 떨어진 장소에서는 사람이 덩어리가 되어 있었다.

초중량의 산도(山刀)를 허리 뒤의 검집에 넣고, 인공적으로 만든 피부가 벗겨진 한쪽 팔에서 인공 근육과 도선(導線)이 튀어나온 레이디버드에게, 하마즈라의 등에서 밖으로 나온 리사코가 머뭇머뭇 다가가는 것을 알 수 있다. 소다테가 약간 엉거주춤한 것은, 예전에 자신을 해치려고 했던 안드로이드가 무섭다는 것보다는 단순히 맨살을 크게 드러낸 경영 수영복 차림의 소녀에게 주눅이 든 것인지도 모른다. 작은 것이지만, 여기에는 확실한 극복이 있었다.

서서히 카미조의 시야가 붉게 일그러진다. 인공 유령 프릴샌드#G는, 본래 함께 살고 있었던 아이들도 괴롭게 만들 정도의 독성을 띠고 만 것일까. 카미조에게는 말을 걸 여유는 없었다. 그리고 그녀도 멀찍이서 그것을 바라보고, 그러나 한 마디도 나누지 않고, 이윽고 허공으로 사라져 갔다.

그녀의 손으로 돌아왔다고 한다면, 그리고 말없이 사라진 것이라면, '학원도시 최대의 금기'가 무질서하게 퍼져 가는 일도, 자기권을 이용해 행성 자체에 개혁이 가해지는 일도, 아마 이제 없을 것이다. 왠지 모르게, 그런 의미로 프릴샌드#G가 드렌처의 마음을 배반하는 일은 절대로 없을 거라고 카미조는 생각하고 있었다.

'오퍼레이션 네임 · 핸드커프스'는 최악의 사건이었을지도 모른다. 하지만 사건에 휘말린 사람들에게는 아무런 가능성도 없었던 것은 아니다.

이번에야말로, 완전히 이 손으로 끝냈다.

카미조 토우마는 그것을 강하게 생각한다.

"선생님."

파다다다닥, 하고 앨리스가 웃는 얼굴로 달려왔다. 앞치마 뒤의 하얗고 동그랗고 폭신폭신한 것을 좌우로 흔들고, 반소매에서 엿보이는 두 팔을 앞으로 내민 채 온몸으로 카미조에게 달라붙어 온다.

"후후, 잘했어요."

"그래?"

"역시 선생님은 굉장해욧. 뭐 너덜너덜해서 보고 있을 수가 없지만, 적어도, 소녀의 술식을 끊어 내고 일부러 자기 쪽에서 버둥거리고 괴로워할 정도의 가치는."

…지도 모른다.

앨리스는 여전히 분위기가 부드럽다. 고등학생인 소년이 엉덩방아를 찧어도 아랑곳하지 않고 달려 들어와서, 앨리스와 한껏 뺨을 비비는 처지가 되고 말았다. 저항감이 전혀 없는 매끄러운 피부와 높은 체온이 지친 뇌에 꽂힌다. 앨리스에 대해서는, 이제 와서 어디에서 어떻게 왔느냐는 생각은 하지 않았다. 그림책의 소녀는 무해하지만 수수께끼인 데가 너무 많다.

온몸은 너덜너덜하지만, 잔금은 49엔이지만, 도쿄 연말 서바이벌은 엄청난 핀치지만, 휘말리기만 하고 얻을 수 있는 것은 없었을지도 모르지만, 그래도 카미조 토우마는 '오퍼레이션 네임 · 핸드커프스'를 끝냈다. 이런 일은 두 번 다시 일어나지 않는다, 는 것을 안 것만으로도 충분한가.

그렇게 생각하며 숨을 내쉬었을 때였다.

"앨리스, 즐거웠어?"

흠칫!! 하고.

카미조의 어깨가 떨렸지만 그것뿐이었다. 머리가 움직이지 않는다.

소년을 사이에 두고 앨리스와는 반대쪽에서 지루한 듯한 소녀의 목소리가 날아왔는데도. 잠을 잘못 자서 목이 심하게 결리는 것처

럼, 관절의 움직임이 저해되어 그쪽을 시야에 넣는 것이 도저히 불
가능하다.

가만히, 머리 위에 무언가 놓여 있는 것은 알 수 있다. 가까이에
있는 물웅덩이에 비치는 자신의 머리에는 장미로 만든 가시투성이
의 관이 있었다. 순간 생각한 것은 이것뿐이었다.

(독이나 뭐 그런 건가…?!)

생제르맹도 그렇지만, '놈들'의 약이나 독에는 괴로운 추억이 있
다.

이것이 마술 관련의 영적 장치라고 해도 오른손이 움직이지 않아
서는 건드릴 수도 없다.

귀로 미끄러져 들어온 음색은 기억에 있었다.

장미의 달콤한 향기를 가볍게 풍기며, 그것은 천천히 숨을 내쉰
것 같았다.

"……그렇다고 해도 당신, 그렇게 보호 욕구를 풀로 자극하는 게
취향이었어? 그렇다면 나도 눈물 글썽글썽한 눈으로 올려다보면서
이불 속에라도 숨어 들어갔으면 좋았으려나."

"안, 나 슈프렝겔…?"

"앨리스."

상대는 신경 쓰지 않았다.

제대로 몸을 움직이지도 못하는 카미조를 아랑곳하지 않고, 안나
라고 불린 악녀는 또 한 명의 수수께끼 같은 그림자에게 목소리를
던진다. 별것 아닌 잡담처럼.

"한껏 날뛰어서 졸려진 거 아니야? 슬슬 돌아갈까?"

"으음. 하지만 명령은 안 돼요, 이야기에는 감사하지만요."

앨리스도 가벼운 기색으로 카미조에게서 떨어졌다. 하지만 그 의미까지 이해하고 있는 것일까.

"기다, 려…."

카미조는 저도 모르게 불러 세우고 있었다.

앨리스 어나더바이블. 확실히 긴 금발에 동물의 귀처럼 뾰족하게 말아 올린 머리카락의 소녀는 처음의 처음부터 수수께끼 같은 존재이기는 했다. '인공 유령' 프릴샌드#G에 '매개자' 하나츠유 요우엔, 누구에게 무슨 일을 당해도 태연한 얼굴을 하고 있었고, 라이브 어쩌고인가 하는 극대의 마술에 대해서는 직격한 후에 앨리스 자신에게 설명을 들어도 무엇을 당한 건지 정확하게 이해할 수는 없었다.

솔직히 정말로 마술사인가 하는 데서부터 의심하고 싶어질 정도의 이질적인 존재.

하지만,

"…너는, 다를 거야."

"으음? 뭐가욧?"

"안나 슈프렝겔과는 다를 거야!! 확실히 이해할 수 없는 힘을 사용하고, 존재 자체도 수수께끼 같지만, 하지만, 넌 날 도와주었잖아. '핸드커프스'에 희롱당하고 괴로워하고 있는 사람들을 보고, 저도 모르게 그 힘을 사용해 주었잖아!"

"앨리스."

즐거운 듯한, 그러면서도 어이없는 듯한 목소리가 있었다.

보다 상위의 무언가가.

"뭐야, 이번에는 그런 욕심에라도 숨어든 거야?"

"아뇨. 선생님은 소녀의 선생님이지만, 하지만 여기에 소녀가 모험할 수 있는 '틈새'는 없었어요."

콩, 하고.

앨리스의 작은 손등이 카미조의 가슴 한가운데를 작게 노크했다.

"라이브 어드벤처스 인 원더랜드가 튕겨 내어진 시점에서, 뭐, 알고 있던 일이에요. 아하하, 정말의 정말로 좋은 사람일수록 소녀를 필요로 하지는 않는 법이니까요."

"어머나. '그녀들'에게도 유혹을 뿌리치지 못했다는데."

"그렇죠? 선생님은 굉장해욧☆"

쓸쓸한 듯이, 하지만 어딘가 자랑스러운 듯이 앨리스는 그렇게 웃었다.

시야 바깥에서 옷 스치는 소리가 났다. 아마 안나 슈프렝겔이 천천히 일어선 것이다.

이곳에서 떠나기 위해.

선이나 악과는 다른 차원에 있는 소녀, 또는 아직 그것을 모르는 어린 누군가의 손을 잡고, '핸드커프스'와는 다른 어둠으로 데려가기 위해.

"그만둬… 안나…."

"왜? 로스앤젤레스에서 '인간'으로부터 메시지는 받았고, 놀이 준비가 필요해. 게다가 앨리스를 거절한 건 당신인데. 그림책의 세계로 도망치는 걸 거부하고, 앨리스의 모험을 막은 건 당신 자신이잖아?"

"그 애는 은인이야. 나 혼자만이 아닌, '핸드커프스'에 관련된 전원의…. 앨리스가 있었기 때문에 복잡해졌지만, 하지만 앨리스가 없었으면 29일은 이곳에 도달하지 못했어!"

손가락 하나 움직이지 못하는 카미조에게, 그러나, 안나 슈프렝 겔의 음색이 살짝 바뀌었다.

아주 조금, 무언가를 후회하듯이.

"…정말로, 나도 처음부터 그렇게 했으면 좋았으려나."

"?"

안나의 목소리는 일변해서 새로운 장난을 꾸미는 소녀의 것으로 바뀌었다.

무언가를 떨쳐 내듯이.

"그리고 말해 두겠는데, 이번에 대해서는 당신한테 도움이 될 거라고 생각하거든?"

의미를 알 수가 없다.

이곳에 다다르지 못하는 한은, 소녀들의 등으로 뻗은 손은 닿지 않는 것일까.

마지막에 앨리스는 선 채로 허리를 숙였다.

언제까지나 주저앉아 있는 카미조와 눈과 눈의 높이를 맞추고, 그녀는 살며시 웃었다. 동물의 귀처럼 말아 올린 머리카락이나 그림책의 드레스에는 어울리지 않는, 기묘하게 어른스러운 웃음이었다.

"안녕이에요, 선생님. 당신은 이제, 여기에서 멈춰 서 있는 편이 좋아요."

뺨에.

닿은 입술의 감촉은, 아마 작별 인사일 것이다.

어딘가 홍차와 비슷한 향기만이 가볍게 남았다.

앨리스가 폴짝폴짝 뛰듯이 떨어진다. 또 한 명의 소녀가 시야 바깥에서 비쳐 온다. 헐렁헐렁한 드레스를 억지로 입은 슈프렝겔 양과 앨리스는 둘이서 손을 잡고 어둠 속으로 걸어간다.

"…끝나지, 않았어."

움직이지 못한 채, 카미조 토우마는 그렇게 중얼거리고 있었다.

그것은 곧 고함 소리로 바뀌었다.

"나는 멈춰 서지 않아!! 알겠어, 앨리스? 네가 '핸드커프스' 놈들처럼 스스로 어둠 속으로 뛰어 들어가겠다면, 내가 반드시 끌어올리겠어. 네가 그걸 바라지 않아도 반드시 해 줄 거야!! 누가 뭐라고 말하든, 네가 자신을 어떻게 생각하고 있어도, 앨리스 어나더바이블이 우리 모두를 구해 준 건 사실이니까!!"

목소리에 힘은 없었다.

그래도 아무것도 하지 못하는 소년은 이렇게 외쳤다. 자신의 가슴에 새기듯이.

"자신은 특별한 마술을 쓰니까라든가, 사람과는 다른 존재니까라든가, 그런 건 전부 아무래도 좋아! 넌 나와 알게 되었어, 빌어먹을 어둠에서 끌어올릴 이유 따위 그것만으로 충분해!! 그러니까, 알겠어, 앨리스? 네가 있을 곳이 거기밖에 없다면, 그런 환상은 내가 반드시 부숴 줄 테니까아!!!!!!"

어디인지도 알 수 없는, 시대와 문명에서 통째로 잘라 내어진 듯한 깊고 깊은 열대우림의 한가운데. 수몰된 스타디움의 중앙에 떠 있는 호화 여객선이었다. 방대한 물을 담고 있는 그 수면에는, 무슨 농담처럼 거대한 노란색 오리가 떠 있다.

사락, 하고 순금이 스치는 소리와 함께, 모든 마녀들의 여신 아라디아는 생글생글 웃으며 그림책의 소녀를 맞아들였다.

"어서 와, 앨리스."

"다녀왔습니닷☆"

폴짝 하고, 앞치마 뒤의 동그랗고 폭신폭신한 것을 흔들다시피 하며, 수면을 차고 잘 닦인 갑판에 발을 올려놓는 소녀. 정글 안이면 반소매가 매치된다고 해야 할지, 반대로 위험한 대자연에서 맨살을 드러내는 것은 미스매치라고 보아야 할지.

"집을 지키는 건 쓸쓸하지 않았나요?"

"네, 네."

자기 쪽에서 멋대로 사라져 놓고 무슨, 하고 마녀들의 여신은 일일이 지적하거나 하지 않는다. 매번 있는 일인 것이다. 안나와 눈이 마주치자 아라디아는 아무 말도 하지 않고 어깨를 으쓱했다.

익숙한 듯이 앨리스는 으스스한 호화 여객선 안을 걸어서 지나 원형의 콜로세움으로 향한다. 그중 또 중앙 부분. 앨리스는 거기에 놓인 거대한 옥좌에 걸터앉는다. 사이즈가 전혀 맞지 않아서, 앨리스는 등받이에 몸을 기대면 자신의 무릎을 구부릴 수도 없게 되는 모양이다. 두 다리를 앞으로 쭉 뻗은 채, 치마도 신경 쓰지 않고 파닥파닥 흔들고 있다.

금발과 하얀 피부가 튕겨 내는 빛의 난무에 높은 체온, 통틀어 말하자면 공기가 달라진다.

늘 있는 광경이었다.

앨리스의 귀환을 알아챈 것인지, 계단 모양의 관객석에 몇 개의 그림자가 떠오른다. 옛날의 좋았던 마리아에, H.T. 트리스메기스투스. 그 외에도 여러 가지. 물리적인 위치 관계만이라면 위에서 내려다보고 있지만, 실제의 관계는 정반대다. 주인의 귀환에 달려오지 않은 것이, 아주 조금이라도 앨리스의 마음에 가시를 꽂는다면 무슨 일이 일어날까. 상상력이 작용하는 자는 모두, 각자의 자유가 보장되어 있는 이 배 위에서도 결코 무시할 수 없었던 것이다.

같은 콜로세움 중앙에 있는 것은 앨리스와 가장 가까운 아라디아와, 새로 들어왔지만 그래서 그 위험성을 올바르게 인식하지 못하고 있을 안나 슈프렝겔.

망토처럼 발목까지 닿는 바람막이와 변칙 비키니와 비슷한 무용수 의상. 보라색 천으로 몸을 감싼 아라디아는 부드러운 말투로 옥좌 위의 주인에게 말을 걸었다.

"즐거웠어?"

"네!"

"그럼 리프레시가 끝났다면, 슬슬 본론으로 들어가자, 앨리스."

"으으음?"

검지를 자신의 턱에 대고, 앨리스가 엉뚱한 방향으로 시선을 주었다.

아라디아의 웃는 얼굴은 무너지지 않았다. 그림책의 소녀의 변덕은 허용 범위다. 그래서 아무 말도 하지 않고 갑자기 사라졌을 때도, 안나에게 손을 잡혀 여기까지 돌아왔을 때도, 아라디아는 특별히 앨리스의 행동에 언급은 하지 않았다.

장난감이 갖고 싶다고 하면 그렇게 하고, 지루함을 풀고 싶다며 토라지면 그렇게 한다.

　설령 그것이 살아 있는 인간이라도 상관하지 않는다.

　그것만으로, 여기저기에 모험을 떠났다가는 모든 법칙이나 정의를 이어 붙여 의미를 주고. 게다가 전세계에 파급시키는 라이브 어드벤처스 인 원더랜드를 천진하게 손바닥 위에서 굴리는 앨리스를 자신들의 계획에 끼워 넣을 수 있다면 싸게 먹히는 것이다.

　하지만,

　"역시 그만둘래욧. 그런 질척질척은 선생님이 기뻐하지 않을 테고요."

　그것은 천연덕스럽고.

　하지만 그녀들에게는 치명적이 되는 한 마디였다. 특히, (마술답지 않게도) 앨리스만이 사용할 수 있는 특수한 술식을 주시하고 '무언가'를 완수하려고 하던 극대의 마술사들에게는.

　앨리스는 작은 엉덩이로 옥좌의 쿠션을 몇 번이나 꾸욱꾸욱 눌러 뭉개면서도,

　"…음ー, 부족하고요. 역시 선생님의 무릎 위가 제일이에요."

　"내 취향에는 맞지 않는데. 하지만 그걸 손에 넣는 건 쉽지 않을 걸?"

　"그래서 재미있죠."

　"그건 이해해."

　모두가 말을 잃는 가운데, 앨리스와 함께 웃는 즐거운 듯한 목소

리는 하나뿐.

안나 슈프렝겔이 앨리스 어나더바이블의 얼굴을 들여다보며 이렇게 물었다.

"그럼 이번에는 어떤 모험을 할까, 앨리스."

"아직 정하지 않았어요."

"그럼, 이렇게 생각해 보자. '그'라면 세계를 어떻게 할까?"

"우후후, 안나 슈프렝겔도 모르는 주제에."

잠시, 아라디아는 시간의 흐름에서 제외되어 있었다.

혈액은 몇 초 늦게 끓어오른 그녀의 머리로 쇄도해 간다.

"아."

하지만 뭔가를 말하려고 했을 때, 공기를 찢는 소리가 아라디아의 귀에 닿았다.

어느새 그림책의 소녀, 그 앞치마 속에서 플라밍고 배트와 고슴도치 공이 얼굴을 내밀고 있었다. 즉, 심리적인 보호의 자세를 보이고 있다.

지금은 아직, 앨리스 자신의 '그만 무심코'에서 지켜 준다.

다만 집요하게 잔소리를 했다간 보호 대상에서 제외하고, 처형인이든 그 안쪽이든 꺼내겠다, 고.

눈 깜박임을 멈추고 주의 깊게 관찰하면 알 수 있을 것이다. 지루한 듯이 걸터앉아 있는 앨리스지만, 공기 쪽은 정전기보다도 불온하게 찌릿거리기 시작한 것을. 이것은 말할 것까지도 없지만, 가장 무서운 것은 배트도 공도 처형인도 아니고, 어린 앨리스 그 자체다.

"웃."

따라서 아라디아는 이미 만들어 버린 '아'의 입에서 공격의 방향을 바꿀 수밖에 없었다. 무리하게 구부려서라도.

　수많은 자격자 중 한 명에 지나지 않는다고 생각하고 있었다. 가령, 이다. 이 신입이 이용할 수 있는 장기말이라면 그걸로 좋다. 한편 설령 어떤 형태로 모반을 일으키더라도, 존재 자체가 전설이 된 아라디아 등이 집단으로 확실하게 봉쇄하거나, 또는 변덕스러운 앨리스의 노여움을 나서 한순간에 소멸할 거라고 계산하고 있었다.

　그런데 이렇게 나왔나.

　확실히 앨리스가 언제 어느 타이밍에서 학원도시에 흥미를 보였는지는 불명이었지만!!

　"안나 슈프렝겔!! 당신, 우리가 맞아들인 것보다 더 일찍 이 깊은 안쪽까지 숨어 들어 있었던 거야?!"

　쿡쿡 하고, 붉은 소녀는 웃음을 참고 있었다.

　아니, 참지 못하고 있었다. 뭔가 떨고 있다 했더니, 슈프렝겔 양은 몸을 기역자로 꺾으며 배를 끌어안고 있었다.

　"하핫, 아하하!! '전'에 말했잖아, 앨리스한테 물어보지 그래? 라고. 어머나 어머나 세상에 세상에. 확실히 안쪽의 안쪽에서 지루해하고 있던 앨리스한테 그림책처럼 어떤 남자의 이야기를 해 준 건 사실이지만, 이런 걸로 날 원망하는 건 잘못 아니야? 게다가 날 죽여 봐야 이제 와서 앨리스의 성질은 바뀌지 않아. 이 애는 이미 당신들과는 다른 장난감에 열중한 것 같고, 푸하핫!!"

　"그렇게 되도록 꾸며 놓고 잘난 척…!! 자신이 무슨 짓을 했는지 알고 있는 거야?!"

　아라디아의 이성적인 분노에, 이미 안나는 자신의 몸을 끌어안고 오싹오싹 떨기까지 하고 있었다. 엘리트인 척하는 그녀의 그런 얼굴이 보고 싶어서 일부러 머리를 늘어뜨린 거라는 듯이.

기분으로 움직여 모든 것을 파괴해 가는 것은, 꼭 앨리스만인 것은 아니다.

R&C 오컬틱스마저 어려움 없이 쓰고 버린 또 하나의 무구함이, 자기 자신의 웃음을 찢는다.

"아무리 고함쳐도 확정돼 버린 결과는 뒤집히지 않아. 후훗. 앨리스의 선생님은 내가 아니야. 이제 이 아이의 마음에 드는 건 달리 더 있잖아?"

당사자인 앨리스는 입가에 작은 손을 대고 하품을 하고 있었다.

오른쪽으로 왼쪽으로 자신을 둘러싼 말이 오가고 있어도, 전혀 흥미가 없는 듯한 느낌으로.

사이즈가 맞지 않는 거대한 옥좌에 걸터앉아 작은 발을 파닥파닥 흔드는 앨리스는, 그것만 보면 귀여움의 화신일 것이다. 하지만 그녀를 바깥에서 힘으로 따르게 하는 것은 누구에게도 불가능하다. 이 자리에 있는 누구도. 아라디아 자신이 안나에게 그렇게 설명하지 않았던가. 여기에서는 무엇을 해도 상관없지만, 앨리스의 기분만은 상하게 하지 말라고.

단 하나의 절대적인 룰이, 이번에는 아라디아 일행을 꽁꽁 묶게 되었다.

그렇다고 해도, 이미 많은 것을 지불하고 달리기 시작한 이상은 아라디아 일행도 이대로 잠자코 있을 수 없다.

"…카미조 토우마."

이를 갈며.

밤과 달을 지배하는 마녀들의 여신은 급속하게 계획을 수정해 나간다.

여기서 앨리스의 흥미를 잃어버리는 것은 완전한 치명상이 될 수도 있다.

그것을 위해서라면,

"카미조 토우맛…!!"

― 다음 권에 계속 ―

작가 후기

한 권씩 읽어 주시는 여러분은 오랜만입니다, 한꺼번에 사 주신 여러분은… 으음, 엄밀하게는 이걸로 시리즈 통산 몇 권째가 되는 걸까요???

카마치 카즈마입니다.

이번에는 '오퍼레이션 네임 · 핸드커프스' 구제 리벤지를 베이스에 깔고, 수수께끼 같은 그림책의 소녀, 앨리스 어나더바이블을 게스트 여주인공으로 한껏 날뛰게 했습니다. 밝게 웃는 얼굴이 어울리는 사랑스러운 여자아이지만, 하지만 어딘가 그것만은 아닌 진득한 공포를 느껴 주셨으면 좋겠다고 생각하는데, 어떠셨을까요?

앨리스도, 안나도 자신이 최우선인 제멋대로 아가씨지만, 안나나 '핸드커프스'의 악당들이 빈번하게 폭발을 일으키고 끓는점이 낮은 위험인물인 것에 비해, 앨리스는 언제나 웃는 얼굴이고 지극히 안정되어 있지만, 만일 그런 그녀가 정말의 정말로 분노를 폭발시키면 무슨 일이 일어날지 아무도 예측할 수 없다, 는 온도감으로 만들었습니다. 이건 아마 오용(誤用)일 거라고는 생각하지만, 부처의 얼굴도 세 번까지(주10) 느낌이라고나 할까요. …아니면 연령 미상의 대범한 어머니라든가…?

주10) 부처의 얼굴도 세 번까지: 아무리 자비로운 사람이라도 거듭해서 난폭한 짓을 당하게 되면 결국에는 화를 낸다는 뜻의 일본 속담.

카미조 토우마와 하마즈라 시아게는 무엇이 달랐는가.

창약 3권이나 4권에서도 약간 언급이 있었던 질문이라고 생각하지만, 그 답을 이번의 창약 5권에서 게시했습니다. 즉, 왜 그렇게 되었는가 하는 원인의 규명이나, 악성(惡性)의 힘을 궁리해서 선성(善性)의 행위로 치환할 수 없을까 하는 결과를 바꾸는 노력을 게을리한 채 전투에 돌입해 버렸기 때문에, 하마즈라는 상대의 필드에 올려지고 말았고 비극의 발생을 막지 못했다는 거죠. 다만 이것은 '니콜라우스의 금화'에 방해받지 않고, 하마즈라가 혼자서 휘말렸다면 또 달랐을 겁니다. 지켜야 할 것을 감싸는 것은 반드시 플러스로만 작용한다고는 할 수 없는 거지요. 슬프게도, 선성의 입장만 높여나가면 선택지가 늘어나는 것도 아니거든요.

비포어(창약 3권)와 애프터(창약 5권)의 변화에 대해서는, 이번으로 말하자면 하나츠유 요우엔이 특히 현저했던 것 같습니다. 더 흉포하고 자기파멸적인 언동을 지극히 좋아하는 카아이와 분리되어, 비교적 냉정하고 다음 행동을 읽기 쉬웠다고는 하지만, 그래도 카미조 측에서 다가가는 솜씨가 보통이 아니죠. 창약 3권의 카아이든 창약 5권의 카미조든, 박력 있게 밀어붙이는 방법으로 나오면 그만 휩쓸리고 마는 부분에 작은 악녀·요우엔의 귀여움을 느껴 주셨으면 좋겠다고 바라고 있습니다.

어떤 인간에게나 선성과 악성은 존재하죠. 그래서 이번에는 안티스킬(경비원)의 컬러도 조금 바꾸어 보았습니다. 그 '핸드커프스'로 본거지가 괴멸된 안티스킬(경비원)이, 이제 악당과 어떻게 마주해나갈까 하고. 지금까지는 극단적인 선성에 의해 폭주해 가는 느낌의 부대가 많았기 때문에, 이번에는 반대로 선악을 모두 받아들이고 악당을 철저하게 이용하는 안티스킬(경비원)을 전문으로 준비해 보았습니다. 유연한 대응으로 사람과 사람과의 충돌을 피하고 선택 지를 늘린다. 문장만 보면 번드르르한 말로 가득하지만 내용물은 어디까지나 불길한 데에서 어른의 조직을 느껴 주셨으면 합니다. 카미조와 텟소는 어디가 어떻게 달랐는지를 생각해 보는 것도 즐거 운 머리 운동이 될지도 몰라요.

그리고 선성이든 악성이든, 결코 흔들리지 않은 것은 유령들이겠 죠. 악성의 덩어리였던 키하라 하스에 대해서는 창약 3권에서는 과 학자이면서 과학 측의 범위에서 죽지 못했던 인물이었지만, 이번에 유령으로 컴백한 끝에, 어딘가의 천사에 의해 숨통이 끊긴 것은 아 이러니 중에서도 아이러니였던 것 같습니다. 다른 악인들과 달리 이 녀석만은 선성의 구제는 역효과일 뿐이고, 독을 빼면 그야말로 그 순간에 존재 전체가 죽어 버릴 것 같은 기분이 들어요.

한편으로 선성의 유령 프릴샌드#G는 창약 3권의 마지막에서 상 당히 불온해져 있었지만, 하지만 만일 드렌처가 목숨을 걸면서까지 지키려고 했던 아이들이 다시 목숨의 위기에 처한다면, 그녀가 우 선해야 하는 것은 자신의 복수일까, 자신을 굽히고서라도 아이들을 지키는 것일까, 그것을 생각하면 당연한 선택이었다고 생각합니다. 여기에서 중요한 것은 프릴샌드#G의 본질은 '우선 가까운 아이들을 지키는 육아 유령이고, 그것을 위해서라면 외적과 싸우는 것도 마 다하지 않는' 무시무시한 존재였던 점이죠. 작중에서는 배경을 자 세히 밝히지는 않았지만 '핸드커프스' 관계자에 대한 복수의 도구를 갖추고서, 하지만 자신의 의사로 그것들 전부를 내던져서라도 역시 작은 생명을 지키기 위해 강대한 악의에 맞서는 길을 선택할 수 있었던 마음씨 착한 유령에 대해서도, 부디 생각해 주신다면 좋겠다고 바라고 있습니다.

드렌처 키하라 리패트리. 그 마음을 물려받고 구제한 것은, 꼭 하마즈라나 소다테만이 아니었구나, 하고요.

일러스트를 그려 주신 하이무라 씨와 이토 타테키 씨, 담당 편집자 미키 씨, 아난 씨, 나카지마 씨, 하마무라 씨께 감사드립니다. 이번은 창약 3권의 리벤지 매치인데, 그래서 더더욱 새로운 적이 그들에게 지지 않도록 디자인을 두드러지게 하는 건 힘들었을 거라고 생각합니다. 이번에도 여러 가지로 무리한 부탁을 들어 주셔서 감사했습니다. 그리고 독자 여러분께도 감사드립니다. '핸드커프스'의 악당들과 앨리스 어나더바이블, 여러분은 어느 쪽이 무섭다고 생각하셨나요? R&C 오컬틱스 괴멸, 액셀러레이터(일방통행)의 형무소 새 생활 스타트 등 은근히 소소한 정보 변화도 이것저것 생각해 주신다면, 더할 나위가 없겠습니다.

그럼 이번에는 이쯤에서 책을 덮어 주시고.
다음번에도 페이지를 넘겨 주시기를 바라며.
이쯤에서 붓을 놓을까 합니다.

쓸쓸한 듯이 입술을 삐죽거리는 악녀란 최고로 모에롭다고 생각해요.

카마치 카즈마

밤의 학원도시였다.

익숙한 플랫폼이지만, 어떤 소년이 말했던 대로 이미 이곳은 '인간의 왕국이 아니다.

금발을 어깨 부근에서 싹둑 자르고 베이지색 수도복으로 몸을 감싼 여자.

…정확하게는 대악마라고 불리는 존재의 몸을 빼앗은 아레이스타 크로울리는 제7학구의 한쪽 구석에 서 있었다.

고층 빌딩투성이의 과밀 지역치고는 부자연스러울 정도로 네모나게 트여 있는 그 장소에, 그녀(?)는 조용히 몸을 굽히고 있다.

그대로, 새로 나타난 골든 리트리버를 향해 시선도 던지지 않고 이렇게 말했다.

"이제 끝났나?"

『생색내는 것 같군. 그쪽도 그쪽대로 자신의 목적이 있었잖아. 29일의 트러블에 대해서는, 그걸 위한 핑계로 딱 좋았던 주제에.』

"뭐 그렇지."

확실히 소동의 중심을 제7학구에서 이웃한 제10학구로 옮기는 편이 유리했다.

그렇게 하지 않았다면 작업 도중에 누군가 한 명 정도는 이변을 눈치챘을지도 모른다.

밤거리를 뛰어다니고 있던 죄수들이든, 누구에게도 들키지 않고 날아다니는 인조 악마든, 또는 그것들 전체를 머리에서 바라보고 있는 이 도시의 새로운 지배자든.

공기에 녹아드는 '언더라인(체공회선)' 대책도 준비해 두었지만, 새로운 주인은 아무래도 기능을 끊은 모양이다.

『하지만 그건 아슬아슬했지.』

"뭐가 말인가?"

『카미조 토우마에게 배턴 터치를 제안했을 때 말이야. 아레이스타, 그것만은 이해득실을 빼고 한 일이었지? 네가 제10학구로 가서 사건을 해결하고 있으면 양동(陽動)의 의미가 없어져. 거기에서 전부 실패했을지도 모르는데.』

"……"

아레이스타는 몸을 굽힌 채 잠시 침묵하고.

그리고 낮게 물었다.

"…설령 실패나 패배를 면하지 못해도, 그래도 마음대로 취급당하는 사람을 보고 저도 모르게 손을 내밀고 마는 행위는, 역시 잘못되었다고 생각하나?"

『옳고 그름으로 말하자면 어떻게 생각해도 잘못이겠지. 다만 그런 수를 둘 수 있으니까, 나는 너를 돕고 싶어지는 거지만.』

아레이스타 크로울리의 인생은 실패와 잘못의 연속이다.

아무리 면밀하게 작전이나 계획을 짜 봐야 사소한 한 점에서 어이없게 와해되어 간다. 걸린 시간도 투입한 노력도 상관없이. 그런 장면은 얼마든지 있었다.

그래서, 다.

분명히 말하자. 예전에 대악마 코론존과의 싸움에서 '창문 없는 빌딩'을 잃은 것도, 그 후에 이어진 런던에서의 싸움으로 웨스트코트나 메이더스 등 '황금'의 옛 멤버들과 충돌하는 처지가 된 것도, 완전히 상정 외였다.

그래서 그 대책은 거의 아무것도 없었다.

다만 머리에는 몇 가지 짐작 가는 데가 있었다.

조건이 맞지 않아서 결국 버려져 있던 비장의 패는 지금 여기에서, 다른 형태로 도움이 될 것 같지만.

베이지색 수도복 차림의 여자는 태블릿 단말에 연결한 케이블을 다른 기재에 접속해 간다.

'창문 없는 빌딩'은 이미 사라졌지만, 그 기부(基部)는 학원도시의 대지에 남겨져 있다. 기부에 있는 전원이나 통신 관련도 망가졌지만, 그것도 파괴·은폐된 부위를 특정해서 수리해 버리면 원래의 네트워크 창구는 부활한다.

필요한 것은 검색이었다.

학원도시에만 그치지 않는다. 이 도시를 중심으로 해서, 과학 측이라는 넓은 세계 전체를 뒤덮을 정도로 방대한 정보의 바다를 뒤진다.

'그것'의 가치를 보다 무겁게 이해하고 있는 것은, 당연한 일이지만 마술 측이다.

그래서 거기에서 숨길 의도로 일부러 반대쪽 세계에 숨겨 둔 것은 쉽게 상상이 갔다.

아레이스타는 씩 웃었다.

"찾았다."

『이런, 이런. 모든 마술의 격멸을 바라는 나로서는 꼭 쌍수를 들고 환영할 수도 없는데 말이야.』

"네가 앞발을 둘 다 들고 기뻐하는 그림은 상상하니 꽤 해피하군. 뭐, 이 나라의 말로는 고○라고 부를지도 모르겠지만."

『…문다?』

"무슨 소리야, 영어 중에서도 100개를 넘는 은어로 기술되는 물체는 좀처럼 없다고. 자칫하면 지구를 나타내는 말보다 많을걸. 고상한 얼굴을 하고 지식인인 척하지 마, 학자님, 이러니저러니 해도 모두 고○를 좋아하는 주제에. 고○는 로망 덩어리야."

역사 연표에 이름이 남아 버릴 레벨의 변태가 진지한 얼굴로 머리 나쁜 단언을 한 직후, 정말로 골든 리트리버가 수녀에게 달려들었다.

어떻게 해도 간과할 수 없는 한 마디였던 모양이다.

"아파 아파 아파!! 치, 친구로서 영감으로서 개한테 습격을 받아서 패배하는 여마왕이라니 꽤나 재미있어. 훗, 이게 새로운 노멀의 도래인가. 모든 길을 극한까지 추구한 이 내게 그래도 스키마(미지)의 영역을 제시하다니 제법이군, 키하라 노칸."

『그르르르! …놀고 있을 때냐. 지금의 우리는 학원도시의 이물이야, 언제까지나 이러고 있을 수는 없다고.』

"알고 있어. 이것만 손에 넣으면, 이제 학원도시에 볼일은 없어."

대형견에게 팔을 물려 땅을 끌려다니며, 비교적 너덜너덜해진 아레이스타 크로울리는 하늘을 향해 뒹군 채 밤하늘을 올려다보고 있었다. 그러고 나서 자신의 시야에 태블릿 단말의 얇은 화면을 겹친다.

그 움직임에 이끌려, 아슬아슬하게 쳐져 있던 통신 케이블이 떨어져 간다.

화면에는 새로운 표시가 있었다.

지도 위에 핀이 꽂혀 있다. 수도복 차림의 여자는 그 한 점에 가볍게 입을 맞추었다.

100년 이상 전의 유체가 지금도 청결하게 보존되어 있는 시설의 장소였다.

"…헬로, 안나 킹스포드. 웨스트코트와 메이더스의 은사이자, 그 여자의 원형 중 하나라는 소문이 있는 마술사여. 그럼, 슬슬 반격 개시로 가 볼까."

창약 어떤 마술의 금서목록 5

2024년 10월 15일 초판 인쇄
2024년 10월 31일 초판 발행

저자 · KAZUMA KAMACHI
일러스트 · KIYOTAKA HAIMURA
역자 · 김소연
발행인 · 황민호
콘텐츠4사업본부장 · 박정훈
편집기획 · 신주식 최경민 이예린
마케팅 · 조안나 이유진
국제업무 · 이주은 김준혜
제작 · 심상운 최택순 성시원
일본어판 오리지널 디자인 · HIROKAZU WATANABE
한국판 디자인 · 디자인 우리
발행처 · 대원씨아이(주)

서울 특별시 용산구 한강로3가 40-456
편집부 : 02-2071-2104 FAX : 02-794-2105
영업부 : 02-2071-2061 FAX : 02-794-7771
1992년 5월 11일 등록 3-563호

http://www.dwci.co.kr/

원제 SOYAKU TOARU MAJUTSU NO INDEX Vol.5
©©Kazuma Kamachi 2021
Edited by 전격 문고
First published in Japan in 2021 by KADOKAWA CORPORATION, Tokyo.
Korean translation rights arranged with KADOKAWA CORPORATION, Tokyo.

ISBN 979-11-7288-940-1 04830
ISBN 979-11-362-9439-5 (세트)